KB111934

랭커를 위한
바른 생활 안내서

A RANKER'S GUIDE TO THE GOOD LIFE

1부

랭커를 위한
바른 생활 안내서

A RANKER'S GUIDE TO THE GOOD LIFE

1부 VOL.2

테제 장편소설

초판 1쇄 찍은 날 | 2023년 10월 4일
초판 1쇄 펴낸 날 | 2023년 10월 10일

지은이 | 테제
발행인 | 이진수
펴낸이 | 황현수

기획 | 정수민
편집 | 윤수진

펴낸곳 | 주식회사 카카오엔터테인먼트
등록번호 | 제2015-000037호
등록일자 | 2010년 8월 16일
주소 | 경기도 성남시 분당구 판교역로 221 6(일부)층

제작·감수 | KW북스
E-mail | paperbook@kwbooks.co.kr

ⓒ 테제, 2020

ISBN 979-11-385-8715-0 04810

A RANKER's GUIDE TO THE GOOD LIFE

THE GUIDE TO

GOOD LIFE

VOL.2

랭커를 위한
바른 생활 안내서 1부

A RANKER'S GUIDE TO THE GOOD LIFE

테제 장편소설

CONTENTS

4장
미운 놈한테 떡을 왜 주나

1

「몇 급이라고?」

「……B급.」

최초 만남은 게이트 앞.

여의도 일대에서 벌어진 돌발 균열 사건으로 인해서였다.

마침내 게이트가 닫히고, 바삐 부상자들을 옮기는 북
새통 가운데, 견지록이 백도현을 돌아보았다. 퉤. 먼지 섞
인 침을 뱉더니 신경질적으로 뇌까린다.

「씨발. 아주 노답 병신은 아닌데. 검 쓰는 감각도 없진 않고. 근데 왜 그래?」

「……」

「정신머리가 썩어 빠졌잖아. 그래서 칼끝도 엉망진창이고.」

「……」

「탑에 들어가면 제일 먼저 죽는 게 어떤 놈들인지 알아?」

「……」

「너 같은 새끼들이야. 밑바닥 하급들이 아니라 너처럼 어설프게 등급 믿고 들이박는 새끼들. 그런 어중간한 놈들이 제일 먼저 뒈져.」

분했지만, 변명의 여지가 없었다.

견지록이 아니었다면 백도현은 방금 이곳에서 몇 번이고 죽었을 테니까.

운 좋게 재입장 기회를 받고, 성약까지 맺으면서 F급에서 B급으로 경신한 지도 한 달째. 등급은 인생 역전 수준으로 뛰어올랐지만, 여전히 백도현이란 인간은 제자리걸음이었다.

「쯧.」

어둑해진 얼굴의 백도현.

힐긋 일별한 견지록이 창을 회수했다. 피로 젖은 장창

에서 튄 핏방울들이 백도현의 발치로 떨어진다.

「제 목숨 아까운 줄 알아야 남의 목숨 아까운 줄도 알지.」

「……」

「어이. 그쪽 어디 소속인데?」

「……인바이브.」

「하, 근데 그 쓰레기 새끼들은 지들 식구도 안 챙기고 튄 거고? 그것도 이제 화성에서 갓 나온 신입을?」

알 만하지 알 만해. 더러운 조폭 새끼들.

세상이 말세라 감옥에 처넣지도 못한다며, 경멸 섞인 어조로 견지록이 중얼거렸다. 백도현은 쓰게 고개를 저었다.

「……엄밀히 따지자면 신입은 아닙니다. 재입장해서.」

「전에는 몇 급이었는데?」

예전 등급은 그의 오랜 콤플렉스였다. 아주 낡고, 아주 깊숙이 곪은 열등감.

「……급.」

「뭐?」

「F급.」

꽉 주먹을 움켜쥔 백도현을 견지록이 빤히 바라본다.

그들 사이에 무겁지 않은 적막이 떴다.

레이드 종결 후 닫힌 균열 앞, 전혀 다른 인생의 청년 두 명.

5분 남짓한 이 막간의 대화에서 젊은 하이 랭커가 한참 아래의 헌터로부터 어떤 인상을 받았는지는 모를 일이다. 한심함이었을지, 동정심이었을지, 아니면 또 다른⋯⋯.

어쨌든 간에 중요한 사실은, 그 순간 견지록이 결정을 내렸다는 것.

부서진 장비와 떨어진 검을 챙겨 일어나는 백도현. 그대로 자리를 뜰 생각이었으나 비틀거리는 그의 등 뒤로 허스키한 중저음이 울렸다.

「백도현이랬나?」

「⋯⋯.」

「그건 이가 다 빠져서 더 쓰긴 글렀어. 검은 바꿔 주지.」

「⋯⋯?」

흠. 길드 창고에 쓸 만한 게 있던가? 뭐, 보면 알겠지. 다행히 널리고 널린 게 칼쟁이들이다.

「인사할 사람 있으면 하시고. 앞으로 얼굴 보기 힘들어질 테니까. 인바이브니, 여명이니……. 전부 내가 혐오하는 종자들이거든. 어울릴 생각은 때려치우는 편이 좋을걸.」

휘익! 견지록의 경쾌한 손길에 허공으로 사라지는 장창.
그때까지도 백도현은 상황을 이해하지 못하고 있었다.
견지록이 한쪽 눈썹을 추켜올린다.

「못 알아들어?」
「……설마?」
「그래. 오늘부터 그쪽 소속은 바빌론이다.」
「……!」
「좋아할 거 없어, 중고 신입.」

바벨의 최선두最先頭.
가장 화려하지만, 가장 위험한 이름 아래 살려면 그 정신부터 다시 박아야 할 거야.

다시 현재.
길드 〈바빌론〉의 미팅 룸 안.

눈앞에는 삐딱하게 의자에 걸터앉은 견지록.

한 시대를 풍미하는 반항아 같은 모습이 여전했다. 그리운, 또 그리워했던 얼굴이다.

회귀 후 직접 만나는 것은 처음.

백도현은 홀로 뜨거운 감회를 곱씹었다.

이곳 〈바빌론〉은 백도현에게 단순한 길드가 아니었다. 가족도, 집도 없었던 그에게 이들은 동료이기 전에 가족이고 또 집이었으며…… 백도현이라는 한 사람의 인생, 그 전부라 일컬어도 무방했다.

그중에서도 길드장 견지록은 특히나 의미가 남달랐다.

패배감과 열등감에 찌들어 살던 그를 구제한 것도, 길드원들의 반대를 무릅쓰고 끝끝내 〈바빌론〉으로 데려와 준 것도, 전부 견지록.

한 명의 사람이자 헌터로서 백도현이 제구실을 하도록 만들어 준 은인이래도 과언이 아니다.

"흐음. 전생 같은 거 믿습니까?"

"……예?"

"뭔 사람을 백 년 전에 헤어진 애인 쳐다보듯 보길래. 난 분명 초면인데, 전생의 인연인가 싶어서."

'귀신같은 감도 그대로고.'

"죄송합니다. 동경하던 분을 가까이서 보게 되니 너무 신기해서 그만."

"……구경은 다 하셨고?"

여전히 우호적이라 볼 순 없으나 불쾌한 티 팍팍 내던 아까보다는 훨씬 누그러진 어조.

백도현의 담백한 아부가 마음에 든 거다. 밤비는 유명 인이니 셀럽이니 그딴 취급은 질색하지만, 헌터로서 동경 한다거나 롤 모델이라거나 그런 말은 또 좋아했다.

워낙 어린 나이부터 전장에서 굴러서 그런가? 소위 말 하는 형님 대접에 약한 편이었다.

"뭔가 나도 그쪽 이름이 낯익긴 해. 혹시 여동생 있어 요? 뭐, 백도희…… 라든가."

찡그리며 말을 흐리는 견지록.

미묘한 의심에 찬 그 얼굴을 보며 백도현은 덤덤하게 대 꾸했다.

"가족 관계는 서류에 기입한 게 전부라서."

"아."

그걸 안 봤네, 하는 표정으로 테이블 위 서류철을 집어 드는 손. 한 장, 한 장. 빠르게 휙휙 넘기던 견지록이 서류 에 시선을 고정한 채로 뇌까렸다.

"없네, 가족이."

"형제는 원래 없고, 양친께선 사고로 돌아가셨습니다. 저 혼자죠."

"그럼 없다고 하면 되지. 사람 불편하게 뭐야?"

뭐긴, 일부러 그런 거다.

백도현은 찝찝한 표정으로 입가를 슥 훑는 견지록을 빤히 응시했다.

저건 멋쩍거나 미안할 때 나오는 버릇.

일찍 부친을 여의고, 또 그 부친이 천애 고아였다는 사실 때문에 고아들에게 유독 무른 밤비를 백도현은 기억하고 있었다.

탁. 던지듯 견지록이 서류철을 내려놓는다. 거친 손길로 제 머리칼을 흩트렸다.

"아, 성질에 안 맞네."

"……."

"사세종 알죠? 우리 부길드장."

"예. 유명한 분이니까요."

"들어오는데 거의 협박을 하더라고. 절대 놓치면 안 되는 초특급 루키니까 잘해라. 잘 어르고 달래서 여기 눌러앉게 목줄 채워라."

"그러셨습니까?"

"어. 근데 내가 그게 안 돼. 체질적으로 그런 거 잘 못하거든."

좋은 말도 나쁘게 하는 재주면 또 모를까. 듣기 좋게 포장하는 재주와는 영 거리가 먼 놈. 그게 견지록이었다.

"그렇다고 이대로 박차고 나가기엔 사세종, 그 형이 여기 실세라서. 보다시피 소수 정예로 굴러가는 곳이잖아요. 살림꾼 말 안 들으면 많이 피곤해져. 그러니까."

"……."

"서로 편하게 직구로 갑시다."

견지록이 등을 젖혀 의자에 기댔다.

남에게 단 한 번도 굽혀 본 적 없는 사람답게, 오연한 젊은 지배자의 태도로 말했다.

"원하는 조건 불러 봐요. 그게 뭐든, 100%는 아니더라도 99.9%까진 채워 줄 테니까."

오랜만에 듣는 말. 그의 입버릇 같은 말이었다.

0.1%는 운명의 영역.

그 외 99.9%는 사람의 영역.

「불가능은 없어, 형. 죽어라 하면 99.9%까진 무조건 가. 사람의 힘으로 채우지 못하는 건 고작 0.1%뿐이야.」

신이 아니기에 완전무결할 수 없음을 인정한다.

하지만 한 끗 차이 직전까진 갈 수 있다고 믿고, 또 결국 가고 마는 사람.

집요하고 성실한 희대의 천재.

조명 아래로 두 쌍의 시선이 오가고, 백도현이 먼저 입을 열었다.

"원하는 조건 같은 건 따로 없습니다."

"흠?"

"업계 표준에만 맞춰 주세요. 그럼 계약서에 바로 사인하겠습니다. 다만."

"……."

"이렇게 길드장과 단독 면담을 요청한 것은…… 이곳에 몸담기 전, 꼭 드려야 하는 말씀이 있기 때문입니다."

시니컬한 권태 대신 흥미가 차오르는 눈동자.

견지록의 기분에 따라 실내를 은은히 적시고 있던 녹음의 향도 농도가 짙어졌다. 아직은 느긋한 이완 상태지만, 과연 이 말을 던지면 어떨까?

회귀자는 고요한 숲에 불씨를 던져 보았다.

"저는 미래를 압니다."

"……."

"정확히는, 파편적으로."

백도현의 예상대로였다.

공기가 일변한다. 편안한 숲처럼 느껴지던 공간은 온데간데없다.

백도현의 목덜미로 음산한 기운이 와 닿았다. 마치 가시나무 숲 한가운데 갇히는 느낌이었다.

"……."

"……."

짜증스럽게 견지록이 머리칼을 쓸어 올렸다. 아오, 시발.

"간만에 괜찮은 놈 하나 건지나 싶었더니."

"이해합니다. 안 믿기시겠죠."

"나 웹 소설 존나 싫어해. 왠지 알아?"

첫째. 우리 집 식충이가 거기 중독돼서 매달 수십만 원씩 꼬박꼬박 내 폰으로 결제를 해 대거든. 그리고 둘째.

"소설과 현실을 구분 못 하는 놈들이 주기적으로 설쳐대, 이렇게. '세계율'이 뭔지도 모르고. 뭐, 튜토리얼에서 예언가 특성이라도 주우셨나?"

"성약을 맺은 입장에서 세계율의 페널티만큼 끔찍한 것도 없겠죠. 그 정도는 인지하고 있습니다."

"……."

"또 예언가 특성처럼 아웃풋 없이 돈만 잡아먹는 하마 같은 것도 아니고요."

천천히, 견지록이 흐트러진 자세를 다시 세웠다.

그의 기운이 거둬진 것만으로 목소리를 내기가 훨씬 수월해졌다. 백도현은 차분히 말을 이었다.

"삼 남매끼리 돌려쓰던 애착 인형이 하나 있었죠. 어릴 적 잃어버리고, 누나와 동생한테는 친구한테 줬다고 거짓말했던."

"……씨발."

"그거, 다락방 서랍 아래 있습니다."

"……."

그를 노려보면서 느릿하게 휴대전화를 꺼내는 견지록.

둘밖에 없는 공간인지라 신호음이나 통화 목소리가 그대로 울렸다.

-여보세요.

"어디야, 집이야?"

-응. 왜?

"미안한데 다락방 좀 가 봐. 지금 바로."

-아 씨. 청소도 안 한 데를 왜!

"얼른. 그리고 금금, 가서 옛날에 엄마가 옮겨 뒀던 서랍장 있지? 거기 아래-"

"손을 깊숙이 넣어야 할 겁니다. 장롱과 서랍장 틈새에 끼어 있을 테니까."

"……그, 서랍 아래로 깊이, 깊숙이 손 넣어서 뒤져 봐."

-아 진짜 뭐야. 짜증 나게. 뭐 이딴 걸 시켜. (시발 밤비 새끼).

"다 들린다……."

-어쩌라…… 어어! 뭐야? 야 견지록! 오빠 너 이거 꽃밤비! 친구한테 줬다면서 이런 데 처박아 났었냐?

"……끊어. 다시 전화할게."

-야, 야아!

전화를 끊은 견지록이 입을 가렸다. 다소 창백해진 안색으로 중얼거린다.

"그니까. 당신 말고 몰라. 아무한테도 말 안 했다고……"

그의 성약성과 대화하는 듯했다. 속으로가 아닌, 육성으로 말하고 있다는 사실도 인지 못 할 만큼 심적 타격이 커 보였고.

백도현은 젠틀하게 웃었다.

"길마가 나중에 찾고 무척 기뻤는지 여기저기 말하고 다니거든요. 길드원들이 그 장소까지 외울 만큼."

그 후로도 이어진 몇 번의 사소한 검증이 끝나고.

정적이 내려앉은 실내. 이마를 짚은 견지록은 말이 없다.

그 충격을 어느 정도 덜어 줄 때였다.

"다 알지는 못합니다. 아까 말했듯 미래의 일을 '파편적으로' 아는 것에 불과하니까요. 듬성듬성합니다."

물론 거짓말이었다.

회귀했다는 것을 포함해 앞으로 일어날 일들에 대해 견지록에게 전부 미주알고주알 떠들 생각은 애당초 없었으니까. [세계율]의 페널티도 페널티지만…….

회귀하길 택한 것은 백도현 그 자신이다.

'이전 세계'를 경험한 적 없는 현재 시점의 사람이 스스로 선택하지도 않은 몫까지 감당해야 할 이유는 전혀 없었다.

잠깐의 침묵 뒤, 견지록이 낮게 물었다.

"이걸 나한테 말한 이유는?"

백도현은 즉답했다.

"바빌론의 '리더'니까."

"……."

"저를 받아 주시든 안 받아 주시든, 그걸 떠나 미리 말하는 게 옳다고 판단했습니다."

"……."

"또 만약에 받아 주신다면, 훗날 모두가 YES를 말하는 상황에서 저 혼자 NO를 외치게 되더라도 리더만큼은 그 이유를 알고 있어야 할 테니까요."

어떤 누구도 아닌, 견지록의 신뢰가 백도현에겐 반드시 필요했다. 거짓 섞인 절반의 비밀이라도 털어놓은 것은 모두 그 탓이다.

견지록이 옅은 한숨과 함께 뒷목을 젖혔다.

옷깃 사이로 목걸이가 반짝인다. 그래, 저 목걸이. 백도현은 거기에 머무르려는 시선을 애써 떼어 냈다.

'견지록, 견금희, 그리고…….'

견지오.

'죠'가 인류로부터 돌아선 배경에 대해선 정확히 알려진 바가 없다.

하지만 백도현, 마술사왕의 형제가 누구인지 알고 있는 그만큼은 어렴풋이 짐작할 수 있었다.

'동생 중에 한 명이 죽었어.'

그 한 명이 밤비인지, 막내인지 가장 중요한 걸 모르겠어서 문제지만.

죽은 동생의 시신도, 생존한 동생도 전부 마술사왕이 데려갔기 때문이다. 이후 그들의 행방에 대해선 정말 아무도 알지 못했다. 백도현이 소식을 듣고 급히 복귀했을 땐, 사태가 종결된 후였다.

"찝찝하고, 꺼림칙하고, 겁나 수상한데."

"……."

"마음에 들어. 희한하게."

견지록은 백도현을 정면으로 바라봤다.

"그쪽이 본 미래에는 우리가 아주 가까운 사이라 이거잖아."

"……네."

다른 사람도 아니고 또 다른 '나'가 검증한 사람이라…….

"속는 셈 치고 믿어 봐도 나쁘지 않겠지. 뭘 아는 건 확실해 보이는데."

여유를 되찾은 견지록이 픽 웃는다.

"의도나 목적이야 옆에 두고 차차 밝혀 가면 되겠고."

"절대 해가 되는 일은 없을 겁니다."

"그래야 할 거야. 그쪽 앞에 앉은 사람이 누구인지, 또 이 문장이 뭘 뜻하는지 안다면."

젊은 리더의 손가락이 계약서의 상단을 짚었다.

사슴뿔과 승리의 황금 월계수가 그려진 상징. 〈바빌론〉의 길드 마크. 그리고 그 아래 상위 룬 문자로 쓴 문장은…….

"[벗의 피는 뜨겁게, 적의 피는 차갑게.]"

"굿. 룬도 읽을 줄 아시고."

피식 웃은 견지록이 턱짓했다.

"사인해, 그럼. 마력 잘 넣어서."

그때. 만년필에 마력을 불어넣고, 그대로 서명하려던 백도현의 손이 멈칫했다.

'잠깐.'

옛날에야 B급이었다지만…… 구를 만큼 구르고, 개고생 해서 이번엔 S급까지 됐는데. 첫 진입 순위도 10위, 나름 톱 텐이고. 요구 하나쯤은 해 봐도 되는 거 아닌가?

머뭇거린 백도현이 다시 고개를 들었다.

"왜."

"……생각해 보니 조건 하나를 걸고 싶습니다만."

"뭐야? 말 바꾸는 인간 최악인데."

"물질적인 건 아닙니다."

"뭔데."

"……반말."

"엉?"

"저도 반말하고 싶습니다."

"……"

"그리고 웬만하면…… 길드장도 저를 형이라고 불러 주

셨으면 좋겠는데."

"……."

"저 ××년생 스물다섯입니다. 실례지만, 몇 년생이셨죠?"

"……현이 형, 사인해요."

커험. 이제 같은 식구인데 식구끼리 말 편하게 하셔야지, 그럼.

다섯 살 연상에게 내내 반말 찍찍 깠던 견지록이 괜히 휘파람 불면서 턱을 괴는 그때.

－똑똑. 차 가져왔습니다, 보스.

갈증 나던 참에 잘됐다.

서명을 마친 백도현은 그런 생각으로 고개를 들었지만.

"……?"

눈앞 사람 상태가 영 심상치 않다.

갑자기 고삼차를 열맷 잔은 들이켠 표정. 나른하던 눈매도 와락 구겨졌다.

"왜 그래? 무슨 문제 있어?"

"……하라곤 했지만, 이 형 반말이 상당히 자연스럽, 아니, 아니. 아니야."

－똑, 똑, 똑. (더럽게 무거운) 차 가져왔다니까요, 보스.

……제기랄.

"아, 들어오든가 그럼!"

내적 빡침을 전부 끌어모은 일갈에 문이 부드럽게 열린

다. 그리고 이어지는, 요란하기 짝이 없는 덜그럭덜그럭 소리.

찻잔이 저렇게 격렬히 트위스트 추는 걸 백도현은 난생 처음 봤다.

"(아휴……. 손이 없나 발이 없나. 사지 멀쩡하게 달고 태어난 놈들이 지들 알아서 타 먹을 것이지, 민주주의 시대에 꼭 사람을 부려 먹어야 하나? 더러운 자본주의 개돼지들.)"

"들려. 다 들린다고. 염병할."

찻물이 한 방울도 튀지 않는 게 신기한 경지다. 서커스 관객처럼 백도현이 턱을 떨궜다.

타악, 센 타격음와 함께 앞에 놓인 찻잔 세트.

'녹차가…… 진하게 우러나다 못해…… 이끼색이야.'

이거 마셔도 목숨에 지장 없는 건가?

짐짓 심각해진 백도현 앞에서, 단 몇 초 만에 영혼을 탈곡기로 탈탈 털린 얼굴의 견지록이 입을 뗐다.

"인사해……."

"오."

"……이쪽은 우리…… 새로운 알, 바생."

"하이."

다리미로 빳빳하게 (남이) 다린 듯한 칼각 반팔 셔츠. 앞머리 한 올 남김없이 머리띠로 바짝 넘긴 단발머리. 또 어디서 구해 왔는지 모르겠지만, 콘셉트임이 분명해 보이는 뿔테 안경.

그러나 아무리 열심히 의욕 만땅 신입 사원 코스프레를
해 놔도 결코 감춰지지 않는…… 뼛속에서부터 흘러나오
는 태생적 게으름의 아우라.

"견지오 씨……. 이쪽은 오늘부터 바빌론 소속으로 활
동할 백도현 씨입니다."

"Yo! Welcome!"

"아니, 그게 아니지! 야! 잘 부탁드린다고 필요한 거 있
으면 말씀하시라 그렇게 말해야 맞지!"

"그렇대."

"시이발!"

뒷골 잡고 쓰러지는 견지록을 한 번. 태연하게 한쪽 손
을 흔드는 견지오를 한 번.

시트콤 찍는 남매를 번갈아 본 백도현이 어색하게 웃음
지었다. 형이, 아니, 마술사왕이 여기서 왜 나와……?

사건의 발단은 며칠 전으로 거슬러 올라간다.

막내와의 데이트를 성공적으로 마친 그날, 뒤늦게 귀가
한 견지록에게 나머지 삼계명도 마저 채우고 유유자적 여
유를 즐기던 밤.

배부른 평화에 취해 현실을 망각한 폭군을 꾸짖기라도

하듯 견씨 집안 옥황상제의 철퇴가 떨어져 내렸으니.

「……답답해 죽겠어요. 저렇게 맨날 집에서 한심한 백수처럼 뒹구는 꼴, 난 도저히 못 봐.」

자정 넘은 시각. 어둠이 내려앉은 거실.

부엌에서 김치찌개 속 돼지고기들을 몰래 쏙쏙 건져 먹고, 살금살금 방으로 되돌아가던 견지오의 발걸음이 우뚝 멈춰 섰다.

목소리가 들려온 곳은 안방.

문틈으로 노란 불빛이 새어 나오고 있었다.

뭔가…… 어마무시하게 쎄했다.

마법사답게 영민한 지오의 두뇌가 재빨리 회전했다.

'이 집에서 한심한 백수라는 수식어가 붙을 수 있는 주어는 견지오, 오직 나뿐이다!'

끄덕.

백수 견지오는 식후 디저트로 까먹던 천하장사 소시지를 양손에 쥐고, 가던 방향을 변경했다. 우물우물 씹으며 안방 문에 바싹 귀를 붙인다. 통화 중인 목소리가 선명히 들려왔다.

「달라지긴요. 내가 내 딸을 모르나요? 오늘만 해도 낮 3시나 되어서 일어나던데. 오전에 일어나는 건 이젠 바라지도 않아. 그러니까요. 어휴, 고르고 고른 학원이 그 꼴 날 줄 누가 알았겠어요? 서울 한복판에서. 상황이 이렇게 되니 어디 맡겨 놓기도 불안하고. 둘째야 제 한 몸은 챙길 줄 아는 애고, 막내는 학교 다니니까. 애들 학교는 또 워낙 안전하잖아요.」

참고: 모든 학교에는 나라에서 지원한 대보호 결계가 기본 장착되어 있다.

「첫째가 문제지. 누가 옆에서 간섭하고 잡아 줘야 그나마 좀 하는 애예요. 워낙에 게을러서! 부대표님도 오래 봐서 알잖아?」

말이 이어질수록 박 여사의 어조가 점점 단호해졌다. 그에 비례하여 지오의 불안감도 커졌다. 결국.

「안 되겠어요. 답은 강원도야.」

……!

「보현 스님 연락처가…… 여기 어디 있을 텐데. 어머. 어디다 뒀더라?」

며칠 전에 치워 버린 과거의 견지오 나, 나이스!

「아이고. 그게 어디 갔담? ……네? 조금 기다려 보라고요? 그치만. 으음…….」

그래! 범 자식아, 힘을 내!

나 정말 강원도로 올려보낼 거 아니지? 너와 나의 서울에는 아직 킹죠가 필요하다구! 아이 서울 유!

「……인내라. 그쵸. 나는 많은 거 안 바라. 그냥 내 딸이 좀 성실히 살았으면 좋겠고, 남들처럼 살아 줬으면 하는 거지. 듣자 하니 남의 집 딸들은 재수를 하더라도, 저희들이 알아서 알바도 하고 그런다던데. 옆집 애는 심지어 학교 다니면서 과외를 다니더니 첫 월급으로 지네 엄마 구찌 백을 사 줬다나 뭐라나. 선영이네 엄마가 어찌나 자랑을 하는지.」

너어. 진선영 너어어.

진짜 가만 안 둔다. 복수한다, 내가 꼭.

「아휴. 그래요……. 내가 욕심이 많은 걸지도. 부대표님 말대로 일단 며칠만 두고 보자고요.」

발끝을 발레리나처럼 세워 지오는 방으로 돌아왔다.

그리고 침대 위에 로댕의 생각하는 사람 포즈로 걸터앉는다. 사태가 생각보다 심각했다.

'이 정도면…… 거의 진돗개 하나짜리다.'

견지오 월드 최고 비상사태에 가깝다. 강원도 감자 떼가 바로 코앞에 보이기 시작했으니까.

'어떠카쥐?'

음, 도서관이나 독서실을 가겠다고 해?

아니. 그것들은 이미 고3 시절에 내내 개꿀잠 자다가 들켜서 조져진 전적이 있다.

새로운 학원 등록?

빌어먹을 옵티무스가 그 꼴 난 이상 어떤 학원도 박 여사를 만족시킬 수 없을 것이다.

아니면 기, 기숙 학…….

'아냐! 견지오 님, 저기요! 님아! 미치셨음?'

사회악 기숙 학원은 절대 안 된다. 그건 마치 절간 피해 보겠다고 똥간 들어가는 짓.

침착하자. 패닉에 빠지지 말고 핵심을 파악해야 한다. 박 여사와 완만하게 협상을 취할 수 있는 합의점을……!

그때였다.

▷ 랭커 1번 채널

▷ 랭킹 8위 '아나운스' 사용

/채널 소속 인원이 '아나운스'를 사용 중입니다./

/아나운스 모드에서는 '채널 창 접기' 기능을 이용할 수 없습니다./

'바빠 뒈지겠는데에!'

이 야밤중에 개매너 누구야 진짜?

[아나운스]가 켜지면 일정 시간 동안 채널 채팅창을 접을 수 없다. 지오는 와락 찡그리며 눈앞에 떠오른 반투명한 창을 휘휘 저었지만, 소용없었다.

| 8 | 다윗: 하아,,쒸,,

| 8 | 다윗: 술 한잔 마셧습니다,, 스카웃이 잘 안되도 조습니다, 하지ㅣ만 "해타" 하나만 기억해주쇼,, 진씸을 다해 전합니다..

| 8 | 다윗: 울 길드가 별로 일수있습니다.. 밤낮으로 고민하고 키윗습니다 ,,.최선을 다햇고 열심히 했습니다.. 우리의 진심이 느껴지길 바랍니다 고맘습니다,,,,

| 28 | 도미: 와 술냄새;;

| 9 | 규니규닉: 이젠 하다하다 못해 채팅창 주정까지……

| 18 | 청희도: 왜 저래

| 18 | 청희도: 랭킹 밀려나서 가뜩이나 심란해 죽겠는데 이

시간에 남의 술주정까지 봐야합니까 참나

| 4 | 흰새: 미안하다. 뜻하지 않게 추태를 보이게 됐군.

| 4 | 흰새: 오늘 다윗의 마음이 적잖이 상한 모양이니 부디
넓은 이해 바란다.

| 26 | 성탄: ??? 무슨 일 있나요?

| 21 | 낼공인인증서갱신: 아이고 저런... 소문이 사실인가
보네요

| 8 | 다윗: 추잡한,,더러운,,

| 26 | 성탄: 소문이요?

| 21 | 낼공인인증서갱신: 아 마탑분들은 모르시겠구나 오
늘 아주 많은 일들이 있었거든요

| 8 | 다윗: 돈이면다냐 머니머니해도 money라 이거쥐,,

| 21 | 낼공인인증서갱신: 역대급 초신성에 그 희귀하다는
AA급 힐러까지ㅎㅎ 한국 길드란 길드는 다 모였을
걸요 진풍경이 따로 없었다니까요

| 21 | 낼공인인증서갱신: 아마 아나운스 떠서 이 채팅창도
보고 계실 텐데

| 21 | 낼공인인증서갱신: 해타랑 여명에서 많이 공들이는
것 같더니 결국 바빌론으로 가시나 봐요

| 3 | 알파: 저희도 물 먹었답니다~ 어찌나 단호하시던지^^;

| 3 | 알파: 말씀이야 뭐 원래부터 한 곳만 생각해두셨다고
하는데.

| 3 | 알파: 사실 바빌론 측에서 사전접촉이 심했던 건 여기 모두가 아는 사실이지 않습니까? 화성의 미숙한 대처도 좀 실망스럽긴 합니다^^

| 9 | 규니규닉: 무슨 말을 해도 자기들 내킬 때만 알아듣는 척하는데 어쩝니까, 그럼.

| 9 | 규니규닉: D.I.측 성과가 좋았던 지난 시즌 때는 온갖 찬사를 다 하시더니.

| 3 | 알파: 제가 그랬던가요? 기억이… ^^ㅎ

| 8 | 다윗: 흙수저길드 서러벅

| 6 | 야식킹: 마 최다윗 강해지라.. 마

| 6 | 야식킹: 가스나,, 여장부씩이나 되어가 약한 모습 보이고 그라믄 안대 어? 따흑,,

| 16 | 샘: 헤드 제발

| 16 | 샘: 술 깨시기 전에 채팅하지 마시라고 제가 가기 전에 부탁드렸지 않습니까

| 3 | 알파: 뭐 아무튼 이번 리쿠르팅 시즌 승자는 바빌론이 유력해 보이네요^^; 물론 게임은 끝까지 가봐야 알겠지만.

| 3 | 알파: 그렇죠? 도현씨^^ 아직 도장 찍기 전이니까요.

| 13 | 상상: 왜들 이러십니까. 사회적 지위도 있으신 분들께서 이런 "사적인" 곳에서 "공적인" 얘기라뇨. 보고 있기 민망하네요.

| 13 | 상상: 저희 "예비 신입" 분께서 상당히 부담스러워
하시겠습니다ㅎㅎ

| 8 | 다윗: 와 톤나 개재수업써 개시박ㄱ새끼 쪼개는거 바라

| 13 | 상상:

| 8 | 다윗: 야 조냐 좋냐고시밬 어?

| 8 | 다윗: 하,,,

| 8 | 다윗: 이러케 된 이상 나는 존나 한놈만 팬다 칼잡이
도제야 듣고잇냐

| 8 | 다윗: 울히 도제 where?? ㅠㅠ my발도제 대려오겟
다 이거에요 내가

| 18 | 청희도: 한놈만 팬다는 그럴 때 쓰는 말이 아닐 텐데……

| 21 | 낼공인인증서갱신: 근데 정말 그러네요 이번 시즌 검
술계의 가장 핫한 초신성이 이렇게 빨리 솔드아웃
됐으니 다른 길드에선 발도제님 찾으러 혈안이 되겠
어요

| 26 | 성탄: 와 몸값 어마어마하게 오르겠다

| 21 | 낼공인인증서갱신: 몸값이 문제일까요 아주 모셔가
려 난리겠죠 막 앉아만 계셔도 된다면서ㅋㅋㅋㅋ

| 26 | 성탄: 하긴 그러겠네요ㅋㅋㅋㅋ 스카웃 단골멘트ㅋㅋ
와서 누워만 있어도 된다

'……누워만 있어도 돼?'

파밧! 머릿속에 형광등이 켜지는 느낌.

지오는 벌떡 일어났다. 허둥지둥 위층 서재로 달려갔다.

'왜 그걸 생각 못 했지?'

한 칸 한 칸 계단을 밟을 때마다 사막의 오아시스라도 터지는 기분이었다.

여타 업종과 다르게, 계속 서 있거나 움직이지 않아도 되면서 분초마다 모르는 사람들 상대할 필요도 없이! 앉아만 있어도 되고, 심지어는, 어쩌면 누워 있는 것까지 가능할지도 모르는!

무엇보다 현재 견지오의 스펙이면 프리 패스가 가능한 업계!

서재 안.

견지록의 책상을 뒤지던 지오가 금강산 심마니처럼 양팔을 번쩍 들어 올렸다. 손에 든 서류철이 형광등 빛을 받아 번쩍였다. 유레카—!

'개꿀 알바!'

20××년 길드 바빌론
데스크직 기간제 사원 공개 채용 공고
※ 지원 자격: **각성자 라이선스 필참**

어쩌다 만든 B급 라이선스 한 장, S급 라이선스 열 장보

다 낫다더니!

부캐까진 밝힐 필요도 없다. 현장에서 뛸 생각은 요만큼도 없으시니까. 일반 길드의 데스크직 각성자들이 평균 E, F급인 걸 생각해 보면…….

'이 스펙이면 시장에서 무조건 먹힌다!'

마술사왕 견지오는 어깨를 떨며 큭큭 비열하게 웃었다.

데스크직계의 황소개구리. 알바지옥 고스펙 끝판왕의 출마 선언이었다.

··✦✳✦✳✦··

20××년 길드 바빌론
데스크직 기간제 사원 공개 채용 공고

· 채용 직종: 기간제 계약직
- 3개월 수습 기간 만료 후 내부 평가를 거쳐 정규직 임용
· 채용 직무: 데스크 / 전일제
· 지원 자격: (※공통) **각성자 라이선스 소지자**(등급 제한 없음) / 채용 즉시 근무 가능한 자
- 현장 경험자 및 경력직 우대

지오가 즉시 이 공고를 떠올려 낼 수 있었던 건, 전적으

로 견지록 덕분이었다.

「금금아. 너 알바 안 할래?」

「갑자기 뭔 솔?」

「우리 직원 뽑는데 이거 은근 꿀이라서. 뭐 크게 하는 일도 없고 앉아만 있다 가면 되거든.」

「하는 일도 없는 자리에 뭔 사람을 뽑아, 돈이 썩어 나냐?」

「빈자리가 있어 보이면 보기 안 좋다나 뭐라나. 그러게 애초에 건물 좀 작게 올리자니까 다들 허영심만 많아서는.」

「안 해. 나도 바빠. 그리고 가서 낙하산 취급 받기 싫어. 내가 오빠 아래서 일을 왜 해?」

「그래, 그럼. 말든가.」

「뭐야, 웬일이래? 이런 걸로 섭섭해하고.」

「들어올 자리가 내 서포터팀이야. 예민한 시기에 남이 왔다 갔다 하는 것보다 아는 사람이 낫잖아.」

「아아. 곧 39층 준비 들어가겠구나.」

「진짜 너 안 한다고?」

「응. 놉놉.」

그 후로도 나갈 때나, 들어올 때나, 식사 때마다 아닌 척 돌림노래 부르던 견지록. 흥미 없는 일엔 무관심한 지오조차 옆에서 듣다가 외울 정도였으니 말 다 했다.

견지오는 우두커니 서서 정면을 올려다봤다.

'으. 눈부셔.'

고개를 꺾다가 절로 손 그늘을 만들게 되는 압도적 스케일.

지상 14층, 지하 6층. 도합 20층짜리 빌딩.

사슴뿔 형상의 이 유리 건물이 바로 길드 〈바빌론〉. 서울 한복판에 견지록이 쌓아 올린 금자탑이었다.

'크으……. 성공했구나, 요 귀염둥이 밤비 녀석!'

[당신의 성약성, '운명을 읽는 자' 님이 울 애기 이런 거 좋아하냐고, 진작 말을 하지 그랬냐며 삽자루를 들어 올립니다.]

'응. 그거 아냐. 내려놔.'

근데 사슴뿔 모양이라니.

자기애가 심한 거 아닌가? 얘 좀 아픈 거 같은데?

'역시 이 누나가 옆에서 도와줘야겠당.'

누나답게 동생의 정신 건강을 걱정해 주며 지오가 사뿐사뿐 발걸음을 옮겼다.

"어떻게 오셨습니까?"

내부로 들어온 〈바빌론〉은 바깥에서 볼 때보다 한층 더 째끈하고 화려했다.

한쪽 벽면 가득, 랜덤 재생되고 있는 길드원들의 전투 매드 무비. 또, 요정 불빛이 날아다니는 유리 전시물 안의 숲과 로비 한가운데 박제된 대형 마수의 뼛조각까지.

누가 봐도 어마어마하게 성공한, 또 엄청나게 대단한

길드구나 첫눈에 확 깨달을 만한 비주얼. 복장을 갖춰 입은 가드들도 몹시 정중하지만, 기도부터 남달랐다.

'떡대 쩐다.'

"데스크직 면접 보러요."

"실례지만, 라이선스 확인 부탁드립니다."

견지오가 그들을 신기해하는 만큼, 가드들도 눈앞의 삼수생이 신기했다.

뭔 박물관 견학이라도 온 것처럼 요리조리 돌아가는 고개부터 저 날아갈 듯 가벼운 발걸음이라니.

거대 길드의 위용에 전혀 위축된 기색이 없다.

'간이 큰 건지, 배짱이 좋은 건지.'

마력 스캐너가 지오의 라이선스를 훑었다. 척하니 B등급이 떴지만 상위 헌터들이 매일 드나드는 곳답게 D 마켓 때와 달리 소란은 없었다.

아무튼 위장 신분이긴 해도 메이드 바이 센터다. 문제없이 통과됐다.

"확인 감사합니다. 이쪽으로 오십시오."

승강기 앞까지 가드가 붙어서 안내한다. 보안 카드 없이는 층수 버튼이 눌리지 않는 구조였다.

"11층으로 가서서 안내받으시면 됩니다. 아, 잠시."

"응?"

"잠시만 기다려 주십시오. 방문객용 승강기가 한 대라

서요. 다른 분과 같이 가시죠."

저벅. 남자 구두 소리였다.

매끈한 석조 바닥을 밟아 걸어오더니, 먼저 타고 있는 지오를 보고 싱긋 웃는다.

"이런. 본의 아니게 숙녀분을 기다리시게 했군요. 실례했습니다."

'아, 나…….'

"음? 안색이 창백한데 괜찮으신가요?"

'와, 나 진짜…….'

돌아오지 않는 대답.

랭킹 3위 '알파' 정길가온이 갸우뚱 고개를 기울였다. 정장 주머니에 손 꽂은 자세 그대로 살짝 몸을 기울인다. 그 움직임에 암갈색 머리칼이 부드럽게 흔들렸다.

"으음?"

"……원래, 원래 타고나길 창백함요."

방심하고 있던 마력들을 허겁지겁 집어넣으며 지오가 대답했다.

"아하."

정길가온이 끄덕였다.

그러곤 눈에 띄게 멀어진 둘 사이의 거리를 보면서 웃는다. 어느새 지오는 승강기 안쪽 구석에 바짝 붙어 있었다.

"유명인이 모두에게 반갑진 않은 법이죠."

"……"

"아름다운 숙녀분께서 그러시니 가슴 쓰라리긴 하지만."

'아 뭔 멘트가, 쌍팔년도냐?'

[성위, '운명을 읽는 자' 님이 팍 씨 저 픽업 아티스트 같은 놈이 돌았나, 으디서 남의 숙녀한테, 어? 죽고 싶냐고 소매를 걷어붙입니다.]

"그런데…… 우리 어디서 만난 적 있는 것 같지 않습니까?"

'이 아재들이 다 돌았나…….'

"만났잖아요."

"네?"

"방금. 지금. 여기 엘리베이터 안에서 조금."

물음표에서 느낌표로 표정이 바뀐 정길가온이 하하 소리 내어 웃음을 터트렸다.

"그거 참. 꼭 드라마 대사 같네요."

뭐지…… 이 전혀 의도치 않게 공략 루트 뚫어 버린 것 같은 이 느낌은……?

정길가온이 한드 오타쿠인 건 이 바닥 헌터들에게 유명한 얘기였다. 그런 놈 입에서 드라마 운운하는 걸 들으니 상당히 예감이 좋지 않다. 지오는 더 구석으로 바짝 붙었다.

다행히 승강기가 알맞게 도착한다. 열림 버튼을 눌러 주며 정길가온이 미소 지었다.

"재밌는 분 같은데 하필 장소가 엘리베이터라니……. 다시 연이 닿길 바라죠."

나가면서 쳐다보자 소리 없이 입을 벙긋거린다.

'면접, 행운을 빕니다.'

……끝까지 느끼하네. 혀를 차며 돌아선 지오가 그대로 우뚝 멈춰 섰다.

'헐……?'

11층 면접장.

장내는 한적하던 1층 로비와 전혀 다른 분위기였다. 웅성웅성. 온갖 사람이 모여든 흡사 도떼기시장.

일반 사무직과 다르게 길드의 데스크직은 무조건 현장 접수다. 각성자 라이선스의 실물 확인이 필요한 탓이었다.

직원들이 1차로 헌터 라이선스 및 서류를 걸러 내면, 2차로 길드 본팀에서 확인. 그리고 최종으로 대면 면접을 거치는 식.

때마침 오늘이 접수 마감일이란 것도 알았고, 그래서 역시 될놈될이라며 끄덕이기도 했지만, 이거 예상보다…….

'대체 경쟁률이 몇 대 일임?'

대한민국 각성자 취업 시장이 이 정도로 암울한가? 헌터 딱지 있는 놈들은 여기 다 모인 거 같은데. 지오의 표정이 짐짓 심각해졌다.

무조건 프리 패스라고 여유 부렸는데, 이렇게 되면 취업 비리를 저질러야 할지도!

'휴. 정정당당하게 승부하고 싶었건만.'

세상이 나의 정의심을 돕지 않는군…….

떡 줄 놈(바빌론 길드장)은 생각도 않는데 김칫국부터 드링킹하고 자빠진 놈(예비 낙하산)이 고개를 절레절레 흔들었다.

"저기, 줄 서신 거예요?"

"넹. 저 완죤 아까부터 여기 서 있었음."

스무스하게 안쪽으로 옮겨지는 발. 1초 전까지 줄 바깥에 서 있던 견지오가 뚝 시치미 뗐다.

그랬나……? 뒷줄 사람은 갸웃하는 듯했지만, 이내 한숨을 푹 내쉰다.

"죄송해요. 제가 착각했나 봐요. 지금 긴장해서 아무것도 안 보이는 지경이라."

"그럴 수도 있겨."

"친절하시네요……."

"Be Nice가 인생의 모토라."

"멋지다……."

"흠흠."

"엄청 여유도 있어 보이시고…… 물론 그만큼 능력이 받쳐 주니까 그러신 거겠죠. 부러워요."

[당신의 성약성, '운명을 읽는 자' 님이 이쯤 되면 어디 호구

들 모으는 숨겨진 특성이라도 있는 거 아니냐고 의심합니다.]

'하, 언니. 그냥 마성의 견지오를 인정하면 편하–'

"저는…… 폐기 직전 개쓰레기인데……."

[…….]

……으응?

[크흠, 방금 말 취소하고 호구가 아니라 어디 이상한 애들 끌어모으는 재주가 있는 거 같다며 성약성이 정정합니다.]

초면 인간의 급발진에 당황한 지오가 삐질 식은땀을 흘렸다. 두 눈을 끔뻑인다.

"아니이…… 보통 폐기 직전 개쓰레기가 면접 보러 오진 않지, 않지요……?"

"그러게요. 역시 지금이라도 돌아가는 게!"

"아니! 아니! 아냐, 가지 마! 미안해!"

얘 모야? 무서워.

"죄, 죄송해요……. 제가 만성 우울증이라."

'으응. 말 안 해 줘도 알아. 얼굴에 세상 우울하다고 써 있어. 졸라 인X이드 아웃에 나오는 슬픔이 개 같아.'

훌쩍이면서 덥수룩한 머리카락을 넘기는 여자. 키는 작고, 나이대는 지오와 비슷해 보였다.

"저는 최선해, 라고 해요. E급이고요."

"견지오."

솔직히 안면 트고 지내고 싶은 상대는 아니지만, 지오

는 떨떠름히 자기소개했다. 제아무리 [철면피] 특성을 지녔대도 면접장에서 생판 초면인 남을 울리는 상황은 사양하고 싶었다.

"드, 등급은⋯⋯?"

그래도 이건 못 들은 척. 시끄러워지는 거 절대 싫으니까.

"네에⋯⋯ 말씀 안 해 주셔도 돼요오⋯⋯. 저 같은 쓰레기랑 말 섞고 싶지 않은 그 심정 충분히-"

"B급. B급. B그읍!"

'시발.'

"네에에? B, B급이요?!"

꽥 소리 지르는 최선해. 곧바로 면접장의 모든 이목이 집중된 건 당연한 수순이었다.

"방금 뭐라 한 거야? B급?"

"말도 안 돼. 미친 거 아냐? B급이 여길 왜 와?"

점점 높아지는 웅성거림. 줄과 줄을 넘어 도미노처럼 퍼져 간다. 걷잡을 수 없는 마하 속도였다.

한데 모이는 시선이 분출 직전 활화산처럼 뜨겁다.

지오는 울상으로 얼굴을 가렸다. 하, 저 망할 슬픔이 자식.

'망했다⋯⋯.'

가엾은 내 면접. 함정에 갇혔네⋯⋯.

큰 보폭의 빠른 걸음걸이. 남들 시선 신경 안 쓰고, 급한 성질 고스란히 드러내는 이 발소리는 〈바빌론〉 내에 한 사람뿐이다.

쾅-!

문을 세게 젖힌 견지록이 그대로 직진했다.

성큼성큼 걸어가 방의 중앙, 진녹색 에그 체어에 털썩 앉는다.

이곳은 14층 보스 룸. 그런고로 이 자리는 그의 지정석이었다. 견지록이 빈정거렸다.

"한가하셔? 약속도 없이 찾아오고."

"바쁘니까 미처 약속도 못 잡고 왔다는 쪽이 더 말 되겠지?"

"허. 그래서. 왜 왔는데."

한쪽에 미니 바 형식으로 마련된 손님용 술들. 억 소리나게 비싼 마력주들을 손가락으로 쭉 훑으며 정길가온이 병을 들어 올렸다.

"생일이 12월 31일이지? 독특해서 기억하고 있거든. 그럼 아직 만으로 스물이 안 됐다는 건데⋯⋯. 벌써부터 술고래라니. 대단하네."

"접객용이야. 내려놔."

"나도 손님인데?"

"불청객한테 줄 건 없거든."

"서운하네."

"왜 왔냐고, 정 이사."

"정말 몰라서 물어, 견 리더?"

미간을 푹 찌푸린 정길가온이 한숨 쉬며 소파에 앉았다.

"내가 직접 갔어야 했는데."

"어제 직접 안 간 건 피차 마찬가지야. 쪽팔리게 루키 하나 얻어 보겠다고 대가리가 거기까지 왜 가?"

"그냥 루키는 아니지. 첫 진입에 톱 텐이라…… 이거 우리 사슴 왕자께서도 못 해 본 대기록 아닌가?"

"긁을 거면 당장 꺼지시고."

휘이, 손을 터는 견지록.

정길가온은 미미하게 웃었다. 어깨를 무너트리며 뒤로 기대자 슈트에 주름이 진다. 아끼는 톰 포드 슈트였지만, 딱히 격식 지킬 자리도 아니니 상관없다.

"정말 이쪽에 넘길 생각 없나? 아직 계약서 도장도 안 찍었다면서."

"뭐라더라, 나랑 단독 면담을 원한다나. 건방진 새끼가……."

작게 혀를 차며 견지록은 영화배우처럼 잘생긴 경쟁자를 돌아봤다.

"하여튼 모레쯤 만나기로 했으니까 관심 끄셔. 내가 별 관심 없어도 마님께서 이미 진심이야."

"사세종……."

골치 아픈 얼굴을 떠올린 정길가온이 인상을 구겼다.

눈앞의 견지록은 타고난 전투광, 젊은 정복 군주.

역사 인물로 비유하면 알렉산드로스 대왕과 엇비슷한 놈이다.

하지만 지금이 무슨, 무식하게 땅따먹기 해 대는 고대 전쟁 시대도 아니고. 온갖 암계가 난무하는 이 현대 사회에서 앞만 보고 달리는 견지록이 이만큼 빠르게 성장할 수 있었던 건, 전부 '사세종'. 그 눈물겨운 충성심의 참모가 견지록의 옆에 찰싹 달라붙어 있기 때문이었다.

"기껏 키워 놨더니 어린애한테 홀랑 빠져서는, 친구 뒤통수나 갈기고 말이야……."

"어이. 여기가 누구 영역인지 잊었나 봐?"

바로 급소를 짓눌러 오는 기운. 짙어진 수림 냄새를 들이쉬며, 정길가온은 두 손을 들어 보였다.

"10년지기 동창한테 섭섭해서 그런다."

"회포는 아저씨들끼리 나중에 알아서 푸시고. 내 앞에선 말 가려서 해."

선을 넘지 말라는 경고다.

서늘히 일별한 견지록이 책상 위를 뒤적거렸다. 불청객의 방문 목적이 별 같잖지도 않은 투정이었음을 안 이상, 하던 일에나 마저 집중할 심산이었다.

그 개무시의 정석 같은 태도를 보며 정길가온은 앉은

자세를 바꾼다. 옆으로 팔을 걸친 채 턱을 괬다. 느긋하게 말했다.

"알았으니 그럼 힐러는 이 아저씨 주세요."

"……힐러? 아, 나조연."

"사세종한테 밑 작업 그만 치라고 전해 주면 좋겠는데. 같이 39층 공략 안 할 건가? 좀 나눠 드셔야지. 체할라. 이 좁은 땅에 정말 바빌로니아라도 세울 셈인가 싶어."

와, 그것까지 욕심낸 거였냐……? 하여간 그 형은.

저 비즈니스맨이 괜히 여기까지 쫓아온 게 아니었군. 귀찮은 얼굴로 견지록이 끄덕였다.

"오케이."

"말이 통해. 그런데 루키는 왜 모레쯤 만난다는 거야? 대기자들 희망 고문, 그런 거? 음, 역시 나한테도 아직 기회가 있긴 있는 건가?"

뻔뻔한 중얼거림에 견지록이 와락 얼굴을 일그러뜨렸다.

"선약이 있어서 그런다, 선약! 선 스케줄! 씨발, 작작 질척거려!"

"선약? 아."

무언가를 떠올려 낸 정길가온이 나지막하게 탄성했다.

"11층에 있는 사람들?"

"그래. 오늘부터 면접이야. 바쁘다고."

데스크도 참, 왜 하필 이때 휴가를 내서 빈자리가 생기

게 하는지.

39층 공략 준비 기간이랑 겹쳐도 너무 정확히 겹친다고 투덜거리는 밤비. 예민함으로 그득그득한 그 얼굴을 보며 정길가온이 의미심장하게 미소 지었다.

"글쎄. 그 면접, 생각보다 빨리 끝날지도."

"뭐?"

오면서 보니 꽤 괜찮은 인물이 있더라, 그렇게 정길가온이 막 운을 떼려는 찰나였다.

"영 보스—!"

노크도 없이 벌컥 열리는 문.

급하다고 몸부터 냅다 내밀었던 도미가 놀라 주춤했다.

"헉. 손님 계셨네! 아, 아니, 지금 좀 내려가 봐야 할 것 같아서……."

·· ∗ ✳ ✳ ✳ ∗ ··

슬픔이가 일으킨 파장은 생각보다 컸다.

그도 그럴 게, 데스크직(기간제) 역사에선 전례 없는 고스펙의 출현 아니겠나?

비유하면 "자! 우리 오늘은 아기자기한 컵케이크를 만들어 봅시다!" 하고 모인 동네 쿠킹 클래스에 르 코르동 블루 출신 유학파 파티시에가 나타난 격이었다.

그나마 여기가 한국 5대 길드요, 각성자 등급 평균으로는 업계 톱인 〈바빌론〉이었으니 망정이지. 어디 지방 영세 중소 길드였으면 길드장급이라 꽤나 많이 민망해질 뻔했다.

어쨌든 초고스펙의 등장에 1차 심사는 다 같이 어리벙벙 때리다가 얼렁뚱땅 통과.

2차 본팀 심사도 어어어 하다가 패스.

그렇게 견지오는 현재.

"나021번 지원자. 우리 길드에 지원한 동기가 무엇입니까?"

바빌론 사옥에 들어온 지 정확히 17분 51초 만에 최종 면접, 대면 심사대 앞에 앉아 있었다.

'여긴 어디……?'

나는 누구……?

당황하기는 서로 매한가지였다.

면접관도 당황. 지원자도 당황. 구경꾼들도 당황. 에브리바디 다 함께 당황. 당황 탈트가 일어나도 무방한 초고속 전개 속.

대답 없는 지오에게 옆자리 지원자가 조심스레 속삭였다.

"저기…… 그쪽이 나021번이에요."

뭐, 뭣? 당황하며 가슴팍을 더듬는 손.

진짜다. 언제부터 여기 있었는지 모를 번호표에는 정확히 나021번이라 적혀 있었다.

"……질문이 뭐였더라?"

"크흠. 길드에 지원한 동기, 말입니다. 해당 직무와 본인의 능력치가 맞지 않으신 듯한데……."

혼잣말이긴 했지만 지원자(B급)는 반말하고, 면접관(D급)은 극존칭을 쓰는 이 괴상한 상황.

답하다가 현타 쎄게 온 면접관이 울먹울먹 제 상사를 돌아봤다.

소수 정예를 표방하는 〈바빌론〉이긴 하나 그건 필드에서 뛰는 선수들, 일명 로열들을 일컫는 거고. 그런 그들을 서포트하는 게 주 업무인 산하 직군은 각성 등급이 비교적 낮을 수밖에 없었다.

이들 중 견지오 부캐보다 높은 등급은 없다는 뜻.

'정말 뭐야, 저 황소개구리는?'

면접 총괄 책임자 마우림(CC급)은 떨떠름한 얼굴로 초고스펙 알바몬을 바라봤다.

좀 많이 예쁘장하고, 좀 많이 세 보이고, 좀 많이 게을러 보인다는 것 외엔…… 일견 평범한 인상.

'설마 등급으로 밀고 들어앉아 실컷 꿀이라도 빨아 보겠다 이건가?'

스스로가 거의 완벽에 가까운 진실을 추론했다는 사실을 모른 채 그는 마음을 다잡았다.

'쫄지 말자. 저건 그냥 흔해 빠진 지원자 1이다. 그렇게 생각하자.'

여기서 물러나면 그동안 서슬 퍼런 면접관들의 압박에 울며 떠난 지원자들이 통곡하리라. 마우림은 엘리트 냄새 풀풀 풍기는 사각 안경테를 슥 들어 올렸다.

"나021번 지원자. 이력서에 빈칸이 아주 많은데, 직무와 관련된 경험이 있나요?"

"네."

"오, 뭐죠?"

"책상에 앉아 봤습니다."

"……."

"아차. 오래. 오래 앉아 봤습니다."

"……."

다, 다음 질문.

"직무를 수행하면서 제일 중요한 것이 무엇이라 생각합니까?"

"정시 퇴근……?"

"……."

"흠. (이게 아닌가) 워라밸……?"

그 후로 쭉 지속된 일문일답 노답 러시.

Q. 스펙이 굉장히 뛰어난데 어째서 이 일을 하려고 하시죠?

A. 자발적 재능 기부.

Q. 이곳에 들어오기 위해 어떤 노력을 했습니까?

A. 지하철 두 번 환승.

Q. 상사가 부당한 업무 지시를 내린다면 어떻게 할 것인지 설명해 보세요.

A. 난 나보다 약한 녀석의 말 따위 듣지 않는다.

Q. 인생의 최종 목표는 무엇입니까?

A. 없다.

일동 생각했다.

'이 새끼 뭐야······?'

견지오도 생각했다.

'걍 집에 갈까······?'

합격 목걸이를 건네주고 싶어도, 답변의 상태가 도저히 줄 수 없는 상황에 봉착한 면접관들과 강원도 감자 떼의 환영이 보이기 시작한 삼수생.

모두가 고통에 빠진 그 시점이었다.

콰앙!

쏟아지는 후광에 샤워. 마우림은 눈을 가렸다. 저, 저분은! 우리 면접을 망치러 온 우리의 구원자······!

"야, 당장 따라 나와, 너."

이 개판을 끝내러 왔다.

곱슬머리 견지록이 면접 종결을 선언했다.

"너 무슨 코×이야? 가는 데마다 사고 치고 다니게? 뭔 알바 면접조차 이따위로 평탄치가 않아!"

"흠……."

"이상하게, 희한하게! 시끄럽다 싶으면 꼭 너라고 이 망할 웬수야! 네가 여길 오긴 왜 와?"

다다다 쏟아지는 잔소리 폭격.

쉼 없이 리듬감 있게, 맛깔나게 몰아치는 모습이 절대 하루 이틀 해 본 솜씨가 아니었다. 〈바빌론〉 길드원들은 고삐 풀린 길드장과 그의 누님이라는 분을 팝콘 먹는 심정으로 관전했다.

너, 나와! 마치 로맨스 드라마 재벌 남주처럼 박력 넘치게 쳐들어가 끌고 나온 14층.

그리고 고래고래 삿대질하며 핏대 세우는 견지록과 달리 몹시 평온한 표정의 청취자.

'티벳 여우다.'

'티벳 여우 같네. 거의 경지에 올랐는데 저거.'

이번 공고로 채용할 데스크직이 견지록의 직속이긴 해도, 또 지원자가 데스크직치곤 놀라운 하이 스펙이긴 해도.

최종 면접도 채 끝나기 전에 길드의 주인, 견지록한테 즉각 소식이 전달된 건 실로 타이밍의 한 수라 봐도 좋았다.

「뭐가 그렇게 재밌어요? 다들 모여서.」

「아, 도미 님. 그게 아니라 지금 아래층에 난리가 났거든요.」

「무슨 난리?」

「오늘 영 보스 비서팀 면접이잖아요. 여기 이것 좀 보세요. 방금 올라온 이력서 사본인데.」

직원들이 내미는 이력서를 도미가 호기심을 담아 훑어봤다. 어디 보자. 오오오, B급? 이름은⋯⋯.

「어?」

「왜 그러세요?」

「아니, 잠깐만요. 이 이름⋯⋯.」

「아아, 성이요? 그쵸, 우리 보스랑 같은 성씨예요. 희귀 성인 걸로 아는데 우연치곤 신기하긴 하네요. 역시 도미 님 눈썰미~ 저흰 여태 등급만 얘기하느라 바빴는데.」

아아니. 우연치곤 신기한 정도가 아닌데?

땅콩을 까먹던 도미의 손이 뚝 멎었다. 기억 회로가 파드득 돌아간다. 어떤 날의 대화였다.

"견지오가 생각 없이 살긴 해도 가족 생각은 좀 하는 편이지."

"누나 이름이 지오였구나."

……대박 사건!

도미는 그 즉시 보스 룸으로 튀어 갔다.

"그래서? 저 사람이 진짜 우리 리더 누나라고?"

"상상했던 이미지랑은 꽤 거리가 있네."

"영 보스랑 열한 달 차이로 태어났다고 하지 않았어? 닮을 만도 한데 전혀 안 닮았다."

"그러게. 동생은 퇴폐 사슴인데 누님은…… 리틀 고양이잖아. 와, 카테고리가 전혀 다른데."

"입조심들 해라. 시스콤 들을라."

탁, 탁-!

속닥대는 길드원들의 머리 위로 내려쳐지는 서류철.

어수선한 장내를 대충 정리한 사세종이 아직도 아웅다웅하고 있는 남매 쪽으로 걸어갔다.

"보스. 보는 눈들도 있는데 혈육 단속은 집에 가서 하시지? 아무리 편하셔도 여긴 너희 집 안방이 아니거든요."

물 잔을 견지록에게 건네며 주의를 환기하는 사세종. 찬물 마시고 속 챙기란 뜻이었다.

덕분에 열이 좀 식는다. 주변도 보이고. 견지록은 의자에 털썩 앉으며 짜증스레 일갈했다.

"다들 나가 있어."

"그래. 나가서 일들 봐. 남동생 면회 온 누님 구경하러 모여든 군인들처럼 촌스럽게 시시덕대지 말고."

"미안한데 형도."

"……나도?"

그의 오른팔이 미묘하게 서운한 얼굴로 반문했지만, 견지록은 가차 없이 끄덕였다. 응. 너도요.

그렇게 우르르 나가고 남매 단둘이 남겨진 실내.

거친 손길로 견지록이 앞머리를 쓸어 올렸다.

"뭔 생각이야, 대체?"

"님이 알바 필요하다고 만날 돌림노래 불렀잖음."

"아오, 그건……! 내가 지금 무슨 얘기 하는지 몰라? 길드 멤버들은 그렇다 치자. 너랑 격차가 크니까. 근데 천상계 놈들."

"흐음."

"그놈들이 여기 얼마나 자주 드나드는지 알기나 해? 아까만 해도 정길…… 됐다. 아니면 이제 와서 뭐, 정체 까발릴 마음이라도 든 거야?"

"미쳤음?"

"그럼 왜!"

의자에 퍼져 있던 지오가 자세를 고쳐 앉았다. 심각하게 두 손을 모은다.

"여기 아니면 강원도임."

"……."

"이대로 속세를 떠나기엔 너무도 원통하구나, 아우여."

"……."

"죠밍아웃 절대 안 할 자신 있음. 맹세. 죠는 완죠니 이 분야 베테랑이죠."

"하아……."

"식비랑 교통비만 챙겨 죠. 그럼 열심히 얌전히 조용히 앉아 있다만 가죠."

저 염병할 죠죠충…… 대가리 아프다. 스트레스성 편두통일 확률이 100%. 견지록은 신음하며 관자놀이를 꾹 눌렀다.

"……엄마한테는 뭐라고 말할 건데?"

"음."

"바빌론에서 민간인 채용 안 한다는 건 세 살짜리도 알아. 너 일한다고 쳐. 그럼 어딘지 엄마가 알아볼 테고, 이곳인 거 알게 되는 건 당연한 수순인데. 뭐라 변명할 건데?"

지오는 말없이 허공을 열었다.

툭, 손가락을 퉁기자 탁, 견지록의 손안에 안착하는 종이 한 장. 뭐야 이게?

"……20××년 길드 바빌론 데스크직 기간제 민간인 특별 채용 공고?"

이 자식 서류 위조까지 했어……?

겁나 감쪽같아서 더 당혹스럽다. 마치 원래 처음부터

제자리였던 것처럼 '민간인 특별 채용'이란 단어가 자연스럽게 어우러져 있었다.

"게임하는 거 말고는 워드 창 하나 못 켜는 컴알못이…… 설마 돈 썼냐? 누구 고용했어?"

"노노. 잘 봐 보셈."

그래서 잘 봤다.

그리고 감탄했다.

자세히 보니 컴퓨터로 글자에 손댄 게 아니다. 마력이었다. 마력 한 톨 안 느껴질 만큼 무서울 정도로 세밀한 컨트롤!

'미친 재능충…….'

"박 여사한테는 이미 다 말했음. 합격하면 알바해서 학원비도 보태고 효도하겠다고 하니까 고깃국 맥여서 보내 주던데."

'어쩐지 시발.'

다리미 칼각 잡힌 셔츠 하며, 반듯하게 이마 드러낸 머리띠까지. 저 삼수생 정신 상태로는 절대 나올 수 없는 착장이다 싶더니.

'메이드 바이 마더였냐…….'

눈물 젖은 손수건을 흔드는 엄마의 환영이 보이는 듯한 착각이 든다. 겉보기와 다르게 이 구역 일등 효자인 견지록의 마음이 추풍낙엽마냥 고꾸라졌다.

그리하여 정리되는 듯한 상황.

접수 번호 나021번 견지오는 다소곳이 무릎을 모았다. 겸손한 지원자의 자세로 묻는다.

"그래서…… 보스, 저는 합격인가요?"

2

〈바빌론〉 비서팀 소속 마우림. 별명은 마 사감.

그런 별명을 가진 이들이 대개 그렇듯, 마우림 역시 깐깐한 성질로는 남부럽지 않은 남자였다.

비품 낭비는 극혐. 지각은 절대 금물. 근무 태만은 처형감이라 믿는 사람.

그런 의미에서 그는 요즘 가히 천적을 만났다고 봐도 좋았다.

"견지오 씨 또 어디 갔어?"

"미팅 룸에요. 음료 트레이 챙겨서 방금 들어갔어요."

"뭐? 이제야? 손님 오신 게 언젠데 방금 들어가?"

"좀 느리잖아요, 지오 씨가."

까르르 웃는 비서들과 서포터들. 속 터지는 사람은 이곳에서 그 혼자뿐인 듯했다. 마 사감은 가슴을 퍽퍽 쳤다.

"지금 웃음이 나와? 직장이 장난이니? 막내가 부족하면 타이르고 가르칠 생각을 해야지!"

"아이, 왜 그러세요? 귀여운데. 어차피 알바고."

"맞아. 아직 솜털 보송보송 애기잖아요~ 조그만 애가 티백 쥐고 고민하는데 귀엽기만 하더만. 하여튼 깐깐하시다니까, 사감님."

'이…… 이…… 양심에 털 난 속물들!'

귀엽긴 개뿔이다.

마 사감은 저 여우들이 일 못하는 신입에게 얼마나 냉혹해지는 냉혈한들인지 익히 알고 있었다. 텃세는 기본에, 은근한 구박은 옵션. 눈물 콧물 짜면서 도망간 애들이 못해도 한 트럭이리라. 그런데.

'니들도 낙하산 앞에선 장사 없다 이거지.'

며칠 전 면접장에서 벌어진 사건은 알음알음 퍼져 나간 지 오래. 길드장 직속 금령이 떨어진 만큼 다들 쉬쉬하고는 있지만, 이미 내부에선 모르는 사람이 없을 정도였다.

암만 한국 사회가 몇 다리 건너면 다 아는, 비좁디비좁은 사회라지만…….

단순 지인도 아니고, 먼 친척도 아니고.

'보스 가족이라니…….'

그것도 같은 해 1월, 12월에 태어나 거의 쌍둥이처럼 자란 누이란다. 보스가 애지중지 싸고돈다는 소문이 벌써 사내에 파다했다.

"얼마나 아끼는지 이름도 안 알려 줘서 최측근 몇 명 빼면 로열들도 이번에 처음 알았대요."

"저도 들었어요. 도미 님이나 최측근들도 듣긴 들었는데 일반인인 줄 알았다고 하더라고."

"뭐 아무 경험도 없고, 헌터 관련 일은 얼씬도 못 하게 영 보스가 철저히 막았다니까 굳이 따지자면 일반인이나 마찬가지긴 하죠."

"극성이네, 극성이야. 우리 보스 그렇게 안 봤는데."

"근데 딱 봐도 애가 좀 연약해 보이긴 하잖아요? 저번에 본 막냇동생은 길쭉길쭉 건강하기만 하던데. 누나만 저렇게 쬐끄맣고 비실비실하니…… 과보호할 만도 하지. 난 우리 보스 이해해."

"하긴 영 보스 입장이면, 아무래도 자기 같은 강자 기준에서 놓고 볼 테니까 더 그렇게 느껴지겠네요."

"그런데 어떻게 B급씩이나 나왔대? 아까 트레이 들 때 보니까 내가 툭 치면 넘어질 것 같던데."

"혹시 영 보스가 호신용으로 라이선스 구해다 준 거 아닐까요?"

"에이~ 소설을 써라, 소설을."

"근데 일리는 있어."

하하 호호 웃는 직원들.

요새 모였다 하면 저렇게 아파트 반상회마냥 가십거리를 털어 대기 바빴다. 한 명이 운 떼면 방앗간 참새들처럼 우르르 모여 떠들어 대기 일쑤.

'말세다. 말세.'

보통 낙하산도 아니고 길드 내 최고 권력자의 가족이다 보니 불길이 좀처럼 잦아들 줄을 몰랐다. 단순한 호기심만 유지하는 방관자들부터, 잘 보여서 나쁠 거 없다는 긍정파, 잘 지내면 콩고물이라도 떨어지지 않겠냐는 실리추구형까지.

다들 저 입맛대로 처세 노선을 잡아 가고 있었지만, 마 사감만은 대쪽 같은 턱을 높이 세웠다.

'나라도 군기를 잡아야 해. 더러운 속세에 물들지 않는 한 마리의 고고한 학처럼.'

"아. 지오 씨 왔다."

왔구나. 책상을 힘껏 내리치며 마 사감이 일어났다.

"이봐요, 견지오 씨!"

한 마리 학보다는 고릴라에 가깝다. 위협적으로 가슴을 펴고, 험악한 인상을 잔뜩 구긴 마 사감이 지오에게 쿵쿵 다가갔다.

"일 정말 이런 식으로 할 거야?"

"넹?"

"다과 준비는 자칫 사소해 보여도 세심하게 신경 써야 하는 부분이라고 내가 말했을 텐데!"

"아."

"언제까지 같은 말을 반복해 줘야 알아들을 거지? 이런 건 당연히 선임자가 해야 하는 일이라고!"

"아, 죄송……?"

"죄송해야지! 다음부턴 이런 중요한 일은 확실히 선임인 나한테 맡기도록 해!"

우리 귀한 아가씨, 이 무거운 거 드시다가 어디 안 다치셨나?

얼른 트레이를 빼앗아 들며 마 사감이 지오의 어깨 위 먼지를 툭툭 털었다.

직장 생활 20년 차. 월급쟁이의 눈물겨운 처세술이었다.

·· ✦ ✦ ✦ ✦ ✦ ··

삼수생 견지오는 요즘 고민이 생겼다.

회사에 다니는 모든 이들이 갖고 있다는 현대인의 고질병, 바로 직장 스트레스였다.

'심한데…… 텃세가.'

어디의 고릴라가 들었으면 울부짖을 개소리였으나 정작 장본인은 심각했다.

'아무것도 안 하러 들어오긴 했지만……'

정말 진짜 찐으로 아무것도 안 시키다니.

까만 모니터 위로 고뇌하는 얼굴이 비친다. 지오는 생각했다.

'이런 거, 옛날에 드라마에서 봤어. 바둑 두다가 낙하산

타고 들어온 예쁜 애가 아무것도 못 하고 앉아서 뻘쭘 타는 거.'

그런 건가? 삼수생 견지오에서 미생 견지오가 되어 버린 상황인 건가, 지금?

미생 견그래가 주변을 휘휘 둘러봤다.

저마다 바삐 움직이고 있는 〈바빌론〉 데스크 사람들.

고급 정장을 쫙 빼입은 채 서류를 뒤적거리거나, 심각한 얼굴로 모여 의논하거나, 외국어로 통화하고 있는 모습들이 다양했다.

완전 딴 세상. 심지어는…….

'옆자리 슬픔이조차도 일이 산더미야.'

무슨 우연인지 면접장의 그 슬픔이(이름: 최선해/특징: 만성 우울증 환자)가 지오의 유일한 입사 동기였다.

지금은 서류 산에 코 박고 얼굴도 안 보이는 중이시다. 지오는 발을 뻗어 슬픔이의 의자를 툭툭 쳤다.

"헤이."

"예? 예에…… 지오 씨…….."

"뭐가 그렇게 바쁜 거임?"

"아. 곧 39층 공략이잖아요……. 그, 여러 대형 길드가 연계해서…… 가는 거라. 아이템 체크랑…… 음."

"그렇게 중요한 걸 왜 네가 해?"

"그죠, 지오 씨가 봐도 그렇죠……! 저 같은 쓸모없는 우주 먼지한테 왜 이런 중요한……!"

"……내가 잘못했으니까 그만혀."

아래로 처진 안경을 추스르며 슬픔이가 한숨 쉬었다.

"아무래도 제일 바쁜 시기고, 물량이 한꺼번에 풀리는 바람에 손이 모자라다나 봐요……. 말단인 저한테까지 일이 몰릴 만큼이라고……."

지오는 빤히 슬픔이를 마주 봤다.

약속한 것처럼 두 쌍의 시선이 텅 빈 견그래의 책상을 훑는다.

순간 말문이 막힌 슬픔이가 더듬더듬 말을 이었다.

"……모, 모두가 함께 바빠야 하는 건 아니니까."

"……."

"으, 으음. 부럽네요……."

"……."

[당신의 성약성, '운명을 읽는 자' 님이 직장 내 왕따 반대라고 적힌 피켓을 들고 1인 시위에 나섭니다.]

그만해라.

그럴수록 더 초라해질 뿐이다.

'아니, 이럴 거면 컴퓨터에 게임이라도 깔게 해 주든가. 우리 아이가 달라졌어요 반성 의자 체험이야 뭐야?'

"이봐. 지오 씨!"

구시렁거리는 마음의 소리를 들었을까?

턱, 앞으로 드리우는 육중한 그림자. 마씨 고릴라였다.

지오의 얼굴이 즉시 경계 태세를 띠었다.

'차 심부름조차도 못 하게 하는 텃세 끝판왕!'

"보아하니 지루해 보이는데. 입도 심심하겠다, 가서 커피나 한잔하면서 쉬고 오지 그래?"

해석: 우리 아가씨, 심심하시면 카페 가서 시원한 바닐라 라테라도 한잔하고 오셔요.

그러나 모두의 해석이 같을 순 없는 법. 미생 견그래는 시무룩하게 일어났다.

'자빠져 놀지 말고 선배들 커피나 사 와라, 이 낙하산아…… 라니. 말이 심하잖아, 고릴라.'

"휴. 알겠습니다…… 사감님! 놀지 않고 얼른 달려가 선배님들 커피 대령해 오겠습니다. 다녀오겠습니다!"

"아, 아니, 저기……!"

당황한 고릴라의 외침이 아련히 울렸지만, B급 위장 중인 S급은 이미 슝 떠나고 난 뒤였다.

·✦✳✦✳·

"음. 아아 네 잔이랑 바닐라 라테 한 잔, 자바 칩 프라푸치노 한 잔이요. 사이즈는 전부 그란데로."

"네에~ 한쪽에서 잠시만 기다려 주세요, 고객님."

지오는 기다리며 카페 안을 둘러봤다.

굳이 뉴스나 인터넷까지 뒤질 필요도 없다. 바깥에 나오기만 하면 이렇게 요즘 가장 핫한 토픽이 무엇인지 즉시 체감 가능했다.

〈바빌론〉 인근 둥근 돔 모양의 대형 프랜차이즈 카페.

벽과 천장에 여러 개의 마력 홀로그램들이 출력되고 있었다. 국내 및 월드 랭킹 현황부터 백도현의 〈바빌론〉 계약 뉴스까지, 다방면이다.

흐으음. 지오는 턱을 쓸었다.

홀로그램에 비치는, 이젠 사뭇 익숙해져 버린 얼굴.

속쌍꺼풀의 두 눈이 담백하고 깨끗한 느낌을 주는 미청년.

'이상하게 계속 엮인다니까. 백도현.'

우연인지, 운명인지. 선릉역에서부터 시작해 튜토리얼도 그렇고, 다신 안 봐야겠다고 마음먹자마자 길드 일로 더 깊게 얽히질 않나.

'이쯤 되니 알려고도 안 했던 회귀자의 히스토리가 쬐끔, 아주 쬐에끔 궁금해지는 것도 같고……'

[성위, '운명을 읽는 자' 님이 귀찮은 일은 질색하면서 웬일이냐며 흥미로워합니다.]

'나랑 얽히는 건 무시 때리면 되는데, 록이랑 얽혀 버렸잖아.'

현판소 주인공이랑은 아예 안 얽히는 게 최상타인데.

그래도 뭐. 이제 '안전장치' 걸어 뒀으니까.

삼계명 목걸이를 떠올리자 마음이 한결 느긋해졌다.

'위급한 상황 오면 이 끝판왕께서 날아가 뚜까뚜까 조져 버리줘 뭐. 그럼 그만이줘. 그치, 언니?'

경쾌하게 까딱거리던 발끝, 천천히 멈추고.

기둥에 기댔던 지오가 등을 슬쩍 떼어 냈다.

'언니?'

뭐야, 이 똥별 왜 대답이 없어?

'언니. 언니! 야. 어이, 성약성~! 운읽자 님아. 운명을 읽는 자 님! 저기요?'

"⋯⋯오빠?"

⋯⋯.

"별님아."

갑작스런 혼잣말에 옆자리의 사람이 힐긋 쳐다본다. 하지만 견지오는 신경 쓰지 않았다. 정확히는, 그럴 정신이 없었다.

수십 번을 불러도 대답이 돌아오지 않는다.

그걸 인지하자 제일 먼저 손이 떨려왔다.

다음엔 다리. 곧 온몸으로 떨림이 빠르게 퍼져 나간다.

"진짜 뭐야? 왜 이래⋯⋯."

"저기요. 괜찮으세요? 안색이."

탁!

백지장처럼 창백해진 낯빛에 주변에서 손을 뻗어왔지만, 지오는 거세게 쳐 냈다.

"내 몸에 손대지 마."

[성흔]을 여는 중이었다.

그와 연결이 끊기지 않았음을 당장 확인해야 한다.

'여기서 나가야 해.'

어서 나가서, 사람들 없는 곳에 가서, 제대로.

견지오는 후들거리는 다리를 억지로 움직였다.

걸음마다 컨트롤에서 벗어난 마력이 새어 나오기 시작했다. 억제하려 했지만, 패닉 상태라 뜻대로 되지 않았다.

머리론 알고 있다. 혼으로도 느끼고 있다.

'그'는 아직 나와 함께 있다.

그들이 맺은 성약의 연결은 여전히 물 샐 틈 하나 없이 굳건했다. 하지만.

'왜 대답이 없는데?'

이런 적은 난생처음이다.

그리고 식은땀으로 축축해진 손바닥이 카페의 문을 밀어젖히는 순간.

콰직- 파아악!

"꺄아악!"

"뭐, 뭐야?!"

사방으로 비산하는 유리 파편.

놀란 사람들의 비명이 함께 울린다.

동요로 요동치는 마력과 닿으며 충격을 견디지 못한 유리문이 와르르 무너져 있었다.

당황으로 힘이 풀린 지오 역시 비틀, 주저앉는데.

"아~ 이런. 실수, 실수."

타악.

능숙히 허리를 받쳐 안는 손.

'……별, 바람…… 냄새?'

"죄송해라. 제가 마력 컨트롤이 미숙해서 문을 부쉈네요."

제 실수라며 남자가 소리 높여 말한다. 가까워진 옷깃에서는 바람 냄새가, 목소리에선 나긋한 운율이 느껴졌다.

"다친 데는 없어, 자기?"

낯선 이의 품에서 지오는 느릿하게 고개를 들었다.

깊이 눌러쓴 모자 아래, 희고 단단한 목. 그 위를 부드럽게 스치는 연록빛과 하늘색, 그 중간의 머리카락.

단단한 목선과 대비되는 귀족적인 턱이 가까이 기운다. 지오에게 속삭이며.

'방구석 쓰레기 같은 꼴도, 성질만 앞선 어린애 같은 꼴도, 다 그대로…….'

더없이 사랑스러운 것을 보듯, 그가 그렇게 웃었다.

"여전히 엉망진창이구나. 나의 친애하는 죠."

[Temporary Blocked]
[로컬 서버 — 국가 대한민국]
[최초 디렉터Director 권한으로 해당 지역에 성위 간섭이
일시 차단됩니다.]
[남은 시간 00:00:02:59]

머나먼 곳.
먼 곳의 성위가 야만적으로 웃었다. 하.

【이 건방진 씨발 새끼가.】

"바벨탑 공략 속도부터 당겨야 해."

중요하게 할 말이 있다더니, 고작 이거였냐는 얼굴로 견
지록이 땅콩을 비벼 깠다.

"그래, 알아. 느려 터졌지. 종주국씩이나 돼서 이제 겨우
39층이라니. 개쪽팔리게."

"아니, 리더. 우린 느린 게 아니라 '뒤처진' 거야."

"……."

도발에 가까운 말이다.

최소한, 이 나라에서 가장 탑 공략에 목숨 걸고 있는 남자에게는 그리 들렸다.

견지록이 천천히 고개를 들었다. 이를 살짝 드러낸 웃음으로.

"……이딴 개소리를 내 앞에서 지껄이는 이유가 반드시 있어야 할 텐데."

"디렉터Director."

백도현은 똑바로 바라보며 말했다.

"바벨에는 [디렉터]라는 타이틀이 있어."

"……."

투둑. 바스러진 땅콩을 털어 내며 견지록이 허리를 폈다. 일단은 들어 보겠다는 태도. 백도현은 멈추지 않고 설명을 이었다.

"탑의 50층 공략을 마치면 [인터림]이라 부르는 초월 공간이 열려. 디렉터는 거기서 얻게 되는 업적 타이틀이고. 그곳의 시련을 통과하는 최초 한 명이 갖게 되지."

"……."

"그렇게 디렉터가 되면 바벨 네트워크에 간섭이 가능해져. 그걸 [디렉팅]이라 하는데."

바벨과의 직접 소통부터 시작해 탑과 관련된 권한 일부까지 얻게 된다.

쉽게 말해 일개 각성자가 아닌, 지역 바벨탑의 대행자가 된다고 봐야 했다. 행성 대표가 각성자 전체를 대표하는 왕이라면, 디렉터는 지역 성주쯤 되는 거다.

"문제는, 그 [디렉팅]이 디렉터가 소속된 본인 지역 말고 다른 로컬 채널에도 가능하다는 거야."

"……젠장."

견지록은 이해가 빨랐다.

"저번 튜토리얼 위크 때 오류도 그럼?"

"우연일 수도 있지만, 높은 확률로 타 지역 디렉터의 저격이라고 봐야지."

이렇게 빠를 줄은, 당겨졌을 줄은 백도현 역시 몰랐지만, 아무리 생각해 봐도 가능성은 그쪽밖에 없었다.

"하지만 50층이 해금된 탑은 아직 없…… 아, 씨발."

"그래. '무탑'이 있어."

버려진 땅의 바벨탑.

국적과 소속이 없고, 이름 없는 자들이 향하는 그곳.

어디에 있는지 알 수 없고, 봤다는 목격자도 없으나 실재하는 것만큼은 확실한 그 '무주無主의 탑'을 가리켜 사람들은 무탑이라 불렀다.

그 존재가 최초 알려진 배경은 무국적자 '매드독'의 월드 랭킹 데뷔.

이어 매드독을 필두로 나타난 국적 불명 국제 테러 집단의 출범이었다.

견지록이 끄덕였다.

"재밌네."

"……"

"갑자기 판이 개같이 돌아가. 탑 기어오르기도 바빠 죽겠는데, 이제 타국 놈들까지 견제해라?"

하하. 소리 내어 웃던 걸 뚝 끊고 상체를 숙인다. 견지록의 눈이 어둑하게 빛났다.

"이게 무슨 의미인지 알고 얘기하는 거지, 지금?"

"공성攻城과 수성守城."

백도현이 즉답했다.

"디렉터, 즉 성주들 간의 전쟁 시대가 도래하겠지. 이쪽에서 싸울 의지가 없어도 공격하는 쪽이 존재하는 이상, 어떻게 막아 내느냐에 따라 피해 규모가 달라질 거고."

"……"

"이제 왜 '뒤처졌다'고 했는지 알겠어?"

"……"

키도의 무탑은 이미 50층을 넘었고, 미국 탑도 벌써 40층대를 돌파했다.

현재까지의 한국은 뒤처진 것이 맞다.

"물론 우리에겐 왕이 존재해. 지구에서 단 한 명뿐인 킹이 우리 땅에 있으니까. 하지만 이건 그것과 카테고리가 다른 문제야."

[디렉터]는 귀찮은 자리다. 악용할 의사가 없을 시엔 특히나.

그저 바벨의 시련을 통과했을 뿐. 그건 가장 강한 사람을 일컫지도, 가장 현명한 사람을 가리키지도 않았다.

이름 그대로, 탑을 감독하고 관리하는 지휘자에 불과한 자리. 백도현이 기억하고 있는 예전 한국 바벨탑의 디렉터도 평범하기 짝이 없는 소년이었다.

하지만 그럼에도 분명히 '필요한' 자리다.

"사령탑 없는 수성은 그저 졸병 싸움일 뿐이지. 그런 모욕을 견딜 수 있겠어?"

"졸병이라니."

견지록은 기가 찬 웃음을 띠며 일어났다.

"왕좌는 정해진 주인이 있으니 그렇다 치고. 사지 멀쩡하게 태어났으면, 시발."

그대로 걸어가 수화기의 버튼을 누른다.

"대장군 정도는 해 보고 뒈져야지."

—예, 영 보스.

"공문 띄워. 5대 길드로. 그대로 전해. 39층 공략 회의 날짜 변경. 내일 13시. 불참 시엔."

견지록이 사납게 웃었다.

"두고 간다, 졸병 새끼들아."

· · ✦ ✳ ✦ · ·

같은 시각.

견지오의 마음속에선 합리적인 의심이 싹트고 있었다.

'나 혹시…… 자각 못 한 빙의물 주인공인가?'

이거 시바, 내 인생의 장르가 어느 날 바뀌었는데 나만 자각 못 하고 하하버스 타고 있는 중 아니냐? 어떤 애들이 여기 등장인물 중에 '견지오'라고 있는데 걔가 이 소설 끝판왕이야, 소문내고 다니는 거 아니냐고.

'그게 아니면 이렇게 개나 소나 다 알고 죠죠 외쳐 대는 일이 가능함?'

회귀자 백 모 씨부터 시작해…… 이젠 경국지색 소달기 뺨치는 미모의 누가 봐도 흑막 같은 놈 등장이라니.

게다가 여우 웃음까지.

선조님들 말씀에 저렇게 웃는 놈치고 정상 없다더라. 회귀자가 그냥 커피라면 얘는 티오피. 느낌이 빡 왔다.

"얼굴빛 좋아졌네."

'그거야 집 나갔던 성위가 컴백했으니까.'

몇 분 전에 복귀하셔서 현재 실시간으로 손이 발이 되도록 싹싹 빌고 계셨다.

[당신의 성약성, '운명을 읽는 자' 님이 오빠가 백번 천번 만번 잘못했어요, 나랑 진짜 말 안 할 거냐며 닭똥 같은 눈물을 떨굽니다.]

[와이파이가 잠깐 끊겨서 그랬다고, 오빠가 이렇게 외지고 낙후한 곳에 홀아비처럼 살고 있다고 이거 보라며 주변을 양팔로 휘젓습니다.]

'안 보여.'

[성위, '운명을 읽는 자' 님이 허거덩 울 아기 지금 오빠 말에 대답해 준 고야? 그런 고야? 눈물 고인 원숭이 입틀막 포즈를 시전합니다.]

읽씹으로 대답한 지오가 뒤를 힐긋 돌아봤다.

"왜 따라와?"

"자기 또 쓰러질까 봐?"

"됐으니까 가던 길 가쇼."

"걱정되는데."

"언제 봤다고. 저 아세요?"

"응."

"……."

"이제 어떻게 아냐고 물어볼 차례야."

대답도 준비해 놨다며 웃음 짓는 목소리.

정말 이상한 놈이다.

지오는 떨떠름한 표정으로 손바닥을 쫙 펼쳐 보였다.

"1번 회귀자. 2번 환생자. 3번 책 빙의자. 4번 눈깔 능력자. 5번 개또라이 스토커."

"객관식이라……."

"골라."

"6번, 운명."

살살 눈을 접어 보이는 여우 웃음.

어디 지브리 영화 속 신비로운 남자 주인공 같기도 하고, 폭풍우 치는 밤에 불쑥 찾아온 어른 피터 팬 같기도 했다.

'진짜 재수 없는데…….'

이상하게 호감이 간다. 진짜로 '이상하게'.

견지오는 낯선 기분을 느꼈다. 정말이지 생소한 감각이었다. 분명 내 감정이 맞는데, 아닌 것 같은…….

'그리움?'

지오가 팍 눈가를 찡그렸다.

"무슨 짓이야?"

"뭘?"

"나한테 뭐 하고 있잖아, 너. 뭔 개짓거리임? 이 곱게 생긴 씹새가 뒈질라고."

"와. 입이 험하네 자기."

미소 띤 여우가 다가와 고개 숙였다. 지오의 뺨 가까이 입술을 대고 속삭인다.

"왜, 혹시…… 그리워졌니?"

그대로 각도를 틀면 서로의 입술이 닿을 거다. 지오는 숨을 삼켰다. 또, 바람 냄새.

이건 정말 '이상'하잖아.

견지오의 얼굴에서 표정이 사라졌다.

"너. 이름이 뭐야?"

낯선 이가 대답했다.

"귀도 마라말디."

['라이브러리화' 발동]

[유일 진眞 화신 — 견지오 권한 확인 완료]

[영역을 지정합니다.]

['귀도 마라말디'의 문서화를 진행하시겠습니까?]

[작업에 실패했습니다.]

[문서화할 대상이 존재하지 않습니다.]

'귀도 마라말디'가 웃었다.

"얼굴빛이 안 좋네. 실패했니, 죠?"

"너…… 뭐야?"

"읽지 않아도 돼. 내가 직접 알려 줄게."

이름은 귀도 마라말디. 공식 랭킹은 월드 9위.

소속은 〈이지스〉. 이탈리아계 미국인이고, 바벨과 세계

협회에서 붙인 이명은…….

"'조련사'라고 해. 어린 고양아."

"……."

"모두가 나한테서 연인戀人의 그림자를 봐. 일차적으로는…… 후각에서부터 시작하는데."

미려한 손가락이 지오의 콧등을 스쳤다.

"넌 무슨 향을 맡았을까? 궁금하네."

귀도가 몸을 물렸다.

"머지않아 또 보게 될 거야."

그리고 그대로, 붙잡을 새 없이 인파 속으로 사라진다.

지오는 그가 떠난 빈자리를 물끄러미 바라봤다. 생소한 기분이 가시지 않고 있었다.

'아무것도 할 수 없었어.'

더 강하고 더 약하고, 그런 종류의 문제가 아니었다.

마력은 원초적인 생물. 만약 상대가 강했더라면 견지오 스스로 인지하기도 전에 그들이 먼저 공격적으로 반응했을 터였다.

그러나 지오는 귀도에게서 어떤 일말의 위협도 느끼지 못했다. 즉, 이쪽이 월등하게 강하다는 뜻. 그럼에도.

'연인…….'

무의식적으로 곱씹은 지오가 곧 와락 인상을 구겼다.

뭐래 진짜? 모쏠인데 장난하나?

"몸이 허해서 그런가?"

음, 과연. 그럴지도. 아까 저기 멀리 사는 누구 때문에 패닉 비슷한 게 오기도 했으니 말이다.

[성위, '운명을 읽는 자' 님이 언제쯤 팔 내리면 되겠냐고 오빠 계속 벌 서는 중이라고 어필합니다.]

'계속 들고 계셔.'

흥. 코웃음 치고 지오가 걸어갔다. 걸음 따라 양손에 든 커피 캐리어도 흔들흔들.

그리고 그 순간.

짧은 단발머리가 바람에 나부낀다. 지오는 멈칫 고개를 들었다.

【이건 이제 그만 닫고.】

【몸 상한다.】

형체 없는 손길이 그녀의 머리칼을 흩트리고 떠나간다. 지오는 몇 초간 감았던 눈꺼풀을 느리게 들어 올렸다. 그리고 그제야 비로소, 내내 열어 뒀던 성흔을 닫았다.

퇴근이 가까워진 오후.

직원들 모두가 흘긋흘긋 시계를 훔쳐볼 즈음이었다.

"지오 씨, 안녕."

파티션 너머로 쑥 등장한 얼굴.

잠시 멀뚱멀뚱 쳐다보던 지오도 이내 까딱, 눈인사했다. 그러자 상대의 얼굴이 환해진다.

"어어. 나 누군지 알아?"

"넹."

"와~ 정말?"

풀 네임 도미. 성이 도, 이름이 미다.

밤비의 오른팔이 사세종이라면 이쪽은 왼팔. 랭킹은 얼마 전 백도현의 진입으로 한 순위 떨어져서 28위. 한국 '퍼스트 라인' 헌터, 1번 채널 소속 하이 랭커이자 길드 〈바빌론〉 제1의 탱커이기도 했다.

그리고 사람 잘 못 외우는 견지오가 그녀를 정확히 기억하고 있는 이유는…….

"울 금금 인스타 친구잖아요."

"와아. 맞아 맞아! 지오 씨도 인스타 해?"

"노노. 금금 계정 스토킹만."

"……어, 그, 그렇구나."

이 남매 역시 좀 이상해. 도미는 어색한 웃음으로 콧등을 긁적였다.

"아. 내가 말 편하게 해도 되지?"

"예스. 노 상관."

"성격 시원시원하네, 좋다! 용건은 이거. 보스가 미리 말해 뒀다고 전해 주기만 하면 된다던데."

"넹."

"그래, 그래. 그럼 잘 부탁할게!"

쿨하게 손 흔들며 떠나는 도미.

멀어지는 등을 지켜보다가 지오는 서랍에 넣는 척, 인벤토리에 휙 던져뒀다.

밤비의 메시지는 한 시간 전쯤 왔다.

[엄마네아들: 야 힘숨찐]

[엄마네아들: 할일 없지? 너 앉아만 있다 간다고 길드에 소문 자자하더라]

[엄마네아들: 아니ㅋㅋㅋ 뭔ㅋㅋ 반성의자냐고ㅋㅋㅋㅋ 우아 달 찍냐ㅅㅂㅋㅋㅋ]

[엄마네아들: (이모티콘)]

[엄마네아들: 암튼ㅋㅋ 그니까 오랜만에 일 하나 해 내일부터 개바빠서 따로 내돌릴 잉여인력이 없거든]

[엄마네아들: 근데 금고 열쇠라 남한테 맡기기엔 좀 그래서]

[엄마네아들: 이따 사람 보낼 테니까 받아둬]

[엄마네아들: 잃어버리지 말고]

[엄마네아들: 절대]

[엄마네아들: 야 보고 있지?]

[엄마네아들: 아오 답장 좀 진짜]

[엄마네아들: 옆에 1 없어졌으니까 알아들은 걸로 안다]

지오는 천하장사 소시지를 까며 인벤토리 창을 띄워 보았다. 사파이어 열쇠가 곱게 한 칸 자리해 있다.

인벤토리 용량의 한계도 있고, 모든 아이템을 날마다 바리바리 싸서 들고 다닐 수도 없는 노릇. 각 길드마다 공용 창고는 필수였다.

규모가 큰 길드일수록 당연히 창고 개수도 그만큼 많았는데, 지오가 방금 전달받은 열쇠는 〈바빌론〉의 지하 제9금고.

일명 황금 곳간. 그곳의 열쇠였다.

"도미 님이 뭐 전해 주고 가신 거예요……?"

"사파이어 열쇠."

"헙. 황금 곳간 열쇠요? 거기 길드원 중에서도 로열들만 들어갈 수 있는 곳 아니에요……?"

"엉. 그래서 임시. 뭐 내일부터 엄청 바쁘다나?"

킹지오 같은 고급 인력을 고작 창고지기로 써먹다니.

밤비 녀석 통탄스럽고 괘씸하기 짝이 없지만. 벗뜨.

'드디어 내게도 업무다운 업무가 온 거쥐.'

미생 견그래의 진정한 길드 라이프 오늘부터 1일이다!

세계 최강의 창고지기가 되어 주지! 지오는 늠름한 얼굴로 커피를 원샷했다.

"그거 제 건데……."

"캬. 꿀맛."

"실례합니다."

똑, 똑.

조심스럽고 정중한 노크 소리. 그리고 사람들 이목을 확 잡아끄는 부드러운 중저음까지.

늦은 오후. 애타게 퇴근만 기다리고 있던 사회인들이 순간 잠에서 깨어난 듯한 표정을 지었다.

"무, 무슨 일로 오셨나요? 도움 드릴 일이라도?"

"괜찮습니다. 전 신경 쓰지 말고 보던 일들 보시죠. 따로 찾는 분이 있어서."

그대로 직진한 그가 조금 전 도미와 같은 파티션을 찾았다. 너머로 고개를 내밀었던 도미와 달리, 파티션 위로 슥 팔을 걸친다.

훤칠한 키 덕분에 가림 없이 잘 보이는 얼굴.

"지하 금고를 이용하고 싶은데 리더가 이쪽으로 가 보라 하더군요."

"……."

"이제야 좀 제대로 인사드리게 되네요."

흐린 날씨에 봐도 청량한 미소로 백도현이 인사했다.

"좋은 저녁입니다. ……지오."

·· + ✳ ✦ ✳ + ··

타악, 탁-.

좁고 어두운 공간에 두 쌍의 발소리가 울린다. 목소리
하나도.

"워낙 자유로운 분이시니까 기대를 안 하긴 했지만. 역시
허전하던데요. 원래 그렇게 휑한 집이었나 싶고……. 든 자리
는 몰라도 난 자리는 안다는 말이 이래서 나왔구나 했어요."

"……."

"그때 미팅 룸에서 잠깐 뵙긴 했지만 너무 짧았지 않습니
까. 그간 별일 없으셨습니까? 튜토리얼 이후로 처음인데."

"……."

…….

"죠."

"왜."

"……거리 두시네요. 꼭 처음 그때처럼."

회귀 후 처음 만났던 선릉역의 그날 그때처럼.

최하층의 지하 금고로 내려가는 계단 위, 주홍빛 조명
이 백도현의 얼굴에 그늘을 그려 냈다. 지오는 대꾸 없이
계속 계단을 내려갔다.

"……."

"……이거 놓지?"

꽈악.

말대로 놓는 대신 백도현은 잡은 손에 더 힘을 줬다. 너무 세진 않게, 그러나 그녀가 제게서 떠나진 못하도록.

"피하지 마세요."

"허. 피하긴 뭘 피한다구."

"저요. 저 피하지 마시라고요."

"……."

"귀찮은 일 싫어하는 거 압니다. 정확히는, 시끄러워지는 일을 피한다는 거 알고 있어요. 그래서 저를 꺼리시는 것도 이해합니다."

"……."

"이해는, 합니다."

"……."

목소리가 흐릿했다. 얼굴도 비슷했다.

곧은 신념으로 두 번이나 생을 되풀이해 살아가길 택한 남자와는 별로 어울리지 않는 표정이다. 지오는 가만히 백도현을 바라봤다.

그대로 이어지는 몇 분의 침묵.

힘겹게 제 감정을 다스려 낸 백도현이 지오의 손을 고쳐 잡았다. 잔잔한 맥박 위로 그의 떨림이 고스란히 전해져 왔다.

"제가 조심하겠습니다."

"……."

"마음만큼 되진 않겠지만, 또 전처럼 어쩔 수 없이, 불가피하게 당신을 불편하게 하는 일이 생길 수도 있겠지만……."

조심할게요. 회귀자는 쉰 소리로 같은 말을 반복했고.

"그러니까, 제발 거리 두지 마세요."

외로운 얼굴로 슬피 웃었다.

"보고 싶었습니다."

"……."

"이름, 알려 주셨잖아요."

두 사람이 선 지하 계단은 충분히 어둑하고, 또 충분할 만큼 비좁았다. 서로의 얼굴만 보이고, 서로의 숨소리밖에 들리지 않았다.

그리고 견지오는 그 공간 안에서 선인의 그림자를 목격한다. 마치, 달의 뒷면 같은.

"아파."

"……아. 죄, 죄송합−"

"유부 초밥, 맛없었어."

"……."

"설탕이 진짜 너무 많다니까. 당뇨 걸리겠음."

무미건조한 투덜거림.

평소에 듣던 지오의 말투 그대로다. 백도현은 그제야 어깨를 떨며 웃었다.

"레시피 진짜 바꿔야겠네요."

"응. 내 취향 아님. 진짜루."

"……지오."

"왜."

"손. 계단 끝날 때까지만…… 잡고 있으면 안 되겠습니까?"

"……."

"여기 너무 어두워서, 넘어지실까 봐 그럽니다."

"내가?"

"저일 수도 있고요."

"……그러든가."

손목을 타고 내려와, 그대로 천천히 잡아 쥐는 손. 단단한 그의 손가락이 조심스럽게 안쪽으로 얽어 왔다.

"뜨거워."

"봐주세요."

담백한 남자인 줄 알았더니, 참 나. 보이는 게 다는 아니라 이거지.

두 사람은 다시 말없이 계단을 내려갔다.

길지도 않고, 짧지도 않은 길. 내려오는 동안 더 이어지는 말은 없었다.

공용 창고의 보안 시스템은 길드마다 제각기다.

가드를 세워 두는 경우도 있고, 마법, 진법 등등 지키는 방법은 가지각색 다양했다. 그중에서도 〈바빌론〉은 약간 아날로그에 가까운 편.

보안 매뉴얼은 내려오기 전에 이미 다 숙지했다. 지오는 거대한 문 위로 손바닥을 갖다 댔다.

미리 등록해 둔 정보를 시스템이 읽고 출력한다. 마력 스캔까지 거친 다음, 열쇠 삽입.

쿠구구구-!

육중한 소리와 함께 틈이 벌어지고…….

마치 드래곤 레어 같은 외관과 달리 내부는 현대의 잘 관리된 박물관처럼 산뜻한 공기가 돌았다. 지오는 휘휘 둘러봤다.

"밤비 녀석…… 재벌인데?"

"이게 다 리더의 사유 재산은 아닙니다."

웃음 섞어 대꾸하곤 한 방향으로 직진하는 백도현.

이 공간이 퍽 익숙해 보인다. 지오는 눈매를 좁혔다.

"와 본 거지, 여기?"

"……예, 뭐."

"원래 바빌론 멤버였던 거고."

흐으응. 지오가 길게 소리 낸다. 백도현은 쓴웃음으로 답을 대신했다.

"잘 알던 사람들과 처음부터 다시 친해지는 거, 어렵겠다. 아니. 괴롭겠네. 완전 리셋이잖아."

"어쩔 수 없는 일인걸요. 그 리셋을 원했고, 다 거기에 포함된 거니까."

"후회 같은 건 안 들려나?"

"예. 안 합니다, 후회는."

이전 세계에 다 버리고 왔으니까. 전부.

"단호하네. 그래서? 지금은 원하는 방향으로 가고 있음?"

"글쎄요. 그것까진…… 아직 모르겠습니다."

뜻해서 달라진 일도 있고, 뜻하지 않게 바뀐 일들도 있었다. 당장 지오의 알바만 해도 이전에는 없었던 일이니까.

하지만 이런 변화까지 다 어느 정도 예상한 바.

회귀자와 나비 효과는 불가분의 관계다.

그가 일으킨 나비의 날갯짓이 어떤 폭풍을 몰고 돌아올지 현재로선 알 수도 없고, 피할 수도 없는 노릇. 그러니까.

백도현은 망설임 없이 정면에 놓인 검을 집었다.

죽는 순간까지 함께였던, 그의 동반자. 자신의 애검을.

[이미 검증된 소유주입니다.]

[멸검滅劍 '칼키'의 봉인이 해제됩니다!]

"그러니 계속 해 봐야죠."

끝까지. 최후의 종장까지.

3

강원 설악산, 깊숙한 모처.

안개가 용구름처럼 능선에 드리우고, 올빼미 소리가 하나둘 들려오기 시작할 시각.

"⋯⋯로님! 대장로니이임!"

"아오⋯⋯ 애새끼 존나 개시끄러워."

"씨. 너무하세요."

"너무하긴 뭘 너무해? 어디서 화통을 주워다가 삶아 먹었나."

"⋯⋯욕에 쓰는 관용구는 정말 날로 느시네요. 기초 받아쓰기는 아직도 30점도 못 받는 분께서."

"뭐 이 자식아?"

"아, 몰라요! 좀 일어나 보세요! 전서구가 왔단 말이에요!"

까치발을 든 동자승이 고래고래 소리 지른다.

마치 벽 같은 거암巨巖. 그곳 위, 잡지책을 얼굴에 덮고 누운 인영을 향해서였다.

두 손 모은 외침이 골짜기 안으로 메아리처럼 울렸다.

그래도 산은 산이요, 물은 물이로다. 축 늘어져 시체처럼 꼼짝도 안 하는 그림자. 패션 잡지에 눌린 중얼거림이 이어지고.

"전서구고 뭐고, 몰라. 퍽킹 시발. 꺼져 다 좆까라 그래…… 개좆같은 흙수저 인생……."

"바빌론에서 왔다고요!"

"……뭐?"

잡지를 획 치워 내는 손. 코스모폴리탄 3월 호가 저 멀리 데굴데굴 떨어졌다.

"어디?"

"바아, 빌, 로온이요!"

"……이 양심 뒈진, 더럽고 추잡한 금수저, 아니, 씨발 마석수저 새끼들이 여기가 어느 안전이라고 감히!"

벌떡 일어난 최다윗이 요 며칠 새 습관이 된 사자후를 서울 방향으로 내질렀다.

"꼭! 그렇게 다 가져가야만 속이 후련했냐아아!"

"또 시작이시네……. 그만 내려오셔요! 종주께서 찾으신……!"

휘익! 탁.

"……다고요."

약 사백 미터 높이의 거암.

그곳을 무슨 화단 계단 내려오듯 착지한 괴물이 아드드 낡은 소리를 내며 허리를 두들겼다.

"백새대가리가 날 찾아?"

"예에."

"그럼 그거부터 말했어야지, 이 빡빡 밀빡아."

신경질적으로 머리를 긁적이는 손길. 최근 새로 탈색했다는 연보라색 머리가 덕분에 산발에서 개산발이 됐다.

'참 여러 의미로 자연인 같으신 분……'

승복을 저렇게 양아치처럼 소화해 내는 사람도 세상천지 이 여자뿐일 거다.

동자승의 그 괘씸한 생각을 읽기라도 한 듯, 발길이 툭 궁둥이를 걷어찼다.

"뭐 하냐? 속으로 또 내 뒷담 깠지?"

"아, 아니요."

후우, 후우-.

길게 우는 올빼미 울음소리에 낄낄 웃던 최다윗이 슥 뒤를 돌아봤다.

'올빼미 소리가 시끄러우면 꼭 재수 없는 일이 터지던데.'

"……가자. 흰새는 어딨어?"

"수련관에 계세요."

"얼씨구. 당연히 그렇겠지."

최다윗은 픽 웃고 바람 흐름에 몸을 실었다. 본관까지

가는 데는 그것으로 충분하므로.

"야. 야. 정신 차려."

"아으. 저는 그냥 두고 가시지……."

멀미로 동자승이 비틀거린다. 그 등을 팍 쳐 준 최다윗이 성큼성큼 먼저 걸어갔다.

폭포 소리와 안개가 절묘한 구름 속 영산.

일반인은 접근이 불가능한 금지禁地. 삼국 시대부터 이어져 온 결계와 진법으로 가려진 곳.

한반도 무맥의 계승.

길드 〈해타〉.

대장로를 본 문도들이 목례하며 길을 텄다.

"새대가리가 나 찾았다며?"

"대장로, 종주를 그리 부르시지 말라고 몇 번이나-"

"아아. 잔소리 스톱. 당사자는 가만있는데 왜 니들이 난리야?"

이 새끼들한테 말 붙인 내가 등신 쪼다지. 최다윗은 짜증 내며 직진했다. 그리고 문턱 몇 개를 넘고 넘자, 어느 순간 밀려오는 난초 향기.

최다윗의 미간이 녹듯이 누그러졌다.

"야아~ 백새대가리이. 백새야, 백새야."

원목 마루 중앙.

정좌로 묵상 중인 하얀새가 있다.

한 폭의 수묵화 같은 모습이다. 최다윗은 조용히 조금 떨어진 거리에 앉아 기다렸다.

몇 분 후, 차분한 목소리가 울렸다.

"다윗."

"어."

"마음 상한 건 다 풀렸나?"

은은한 외모와 상반되는 저음. 하지만 저 여자가 앉아 있는 그 무거운 자리와는 썩 어울려 보인다.

"우리와 연이 아닌 자였을 뿐이다. 사소한 인연에까지 네 마음 닳을 필요 없어."

"……알아."

"안다면 됐다."

〈해타〉의 주인, 하얀새가 고요히 눈꺼풀을 들어 올렸다.

"사슴 쪽에서 전서구가 왔더군. 회동 날짜를 변경하겠다고. 내일 13시로."

"흐응."

"무례한 통보긴 하나 크게 문제 되는 일정은 아니다. 너만 동의한다면, 함께 갈까 한다만."

"허, 참 나. 야 이 백새대가리야. 혹시 너 내가 걔네 꼴 보기 싫어서 안 간다고 할까 봐 방금 그렇게 달랜 거냐?"

"부정은 못 하겠군."

"얼씨구 씨발. 이 귀여운 년."

"말조심."

"알겠어, 알겠어."

두 다리를 쭉 뻗어 앉은 최다윗이 킬킬대며 끄덕였다. 고럼, 가야지. 가고말고.

"비늘 가는 데 실 안 가면 쓰나."

"비늘이 아니고 바늘이다."

"닥쳐."

길드 〈해타〉.

대회의 참석 확정.

··✦✳✦✳✦··

"안전 특구 내 자택 제공에, 성진 본사 경력직으로 채용 및 가족 보호 프로그램 지원…… 이, 이게 다 정말입니까?"

"계약서에 거짓을 적어 넣진 않지요."

"계약금 자체도 엄청난데……."

서울 강남 모 호텔, 스카이라운지.

미슐랭 세 개짜리 한정식부터 시작해 전형적으로 짠 코스였다. 한쪽에서 우아한 클래식 선율이 이어진다. 지금 흘러나오는 이 곡까지 모두 섬세하게 계산된 판이었다.

저 가족이 들여다보고 있는 계약서에 새겨질 서명 하나를 위하여.

정길가온은 부드럽게 말을 이었다.

"그만한 가치가 있는 인재니까요. 저도 결국 장사치라 이유 없는 투자는 안 합니다."

"저희 애가 그 정도인가요? 등급이 높다곤 하지만 이렇게나 평범한데⋯⋯. 저는 사실 돈이나 이런 것보다 애가 위험하지만 않으면 좋겠거든요. 전투계도 아니잖아요."

"엄마."

"가만있어 봐, 너는."

"그럼 더욱더 저희와 계약하셔야죠."

느긋한 미소. 성공한 유명인의 웃음에는 자연스러운 힘이 있다.

그리고 그것이 세계적으로 손꼽히는 강자라면 곱절은 더. 그들 가족이 홀린 듯이 정길가온을 바라봤다.

"아마추어 공략대나 상황에 따라 팀을 짜서 자기들끼리 임기응변, 공격적으로 굴러가는 여타 길드와 저희는 근본적으로 다릅니다. 간결하게 비유하면 D.I는 길드 같은 '회사'입니다, 어머님."

"⋯⋯."

"체계적인 협업. 그게 저희의 성격이죠."

"⋯⋯."

"그리고 따님은 아시겠지만 두 분께선 잘 모르시는 듯해 덧붙이자면, D.I.는 '디펜스 앤 이노베이션'의 약자입니다."

방어와 혁신.

"한국에서 저희보다 안전하고, 안정적인 길드는 없다고 감히 자부하여 말씀드릴 수 있겠네요."

띵-!

승강기 앞.

쫓아 나올 걸 알고 있었다.

정길가온은 손목의 시계로부터 느긋하게 시선을 뗐다.

"이사님, 제가 정말, 정말⋯⋯."

"듣고 있어요."

"⋯⋯제가 정말 그만한 가치가 있을까요? 등급이 왜 이 렇게 나온 건지 모르겠는데, 저는 진짜-"

"조연 씨."

정장 안에 셔츠보다 티를 즐겨 입는 남자.

헌터보다는 연예인이 어울리겠다는 말을 수도 없이 들 어 온, 현 대한민국의 랭킹 3위.

주머니에 손을 꽂은 채 정길가온이 나조연을 고개 숙 여 바라봤다.

"남들이 하는 개소리, 듣지 마요."

"⋯⋯."

"성인이면 팩트를 토대로 계산하고 판단해야지. 자기 자신에 관해선 특히나."

"……."

"나조연 씨에 관한 팩트, 모르겠으면 내가 말해 줍니까?"

하나. 한국에서 나타난 힐러의 역대 최고 등급은 AA급이다.

둘. 현역으로 뛰고 있는 AA급 힐러는 어제까지만 해도 없'었'다. 그러므로.

"셋. 나조연은 지금 현역 유일의 더블 A급 힐러다."

"아……."

"성녀, 신의, 허해 공주……. 세계적인 힐러들이 널렸는데 헌터 종주국이라는 이 땅에는 여태 네임드 힐러 한 명이 없습니다."

"……."

"이제 나올 때도 됐다고 생각하지 않습니까?"

나는 그런데.

피식 웃은 정길가온이 승강기 안으로 걸음을 옮겼다.

"곧 39층 공략이 시작될 겁니다. 경험을 쌓기엔 최상의 무대죠. 내일은 그를 위한 5대 길드 대회의가 열릴 예정인데……."

"……."

"내일, 자택 앞으로 모시러 가면 될까요?"

"……."

미미한 긍정이었으나 하이 랭커의 시력에는 또렷이 보였다. 그대로 승강기 문이 닫혔다.

내려온 호텔 로비에는 그의 유일한 비서가 정길가온을 기다리고 있었다. 정길가온은 삐뚜름히 눈썹을 들어 올렸다.

"성공했는지 안 물어봐? 상사를 혼자 올려 보내고 말이야."

"이사님이 어련히 잘하셨겠죠."

"대기업 이사씩이나 되어서 혼자 다니고 싶지 않아……."

"어머, 엄살은. 제가 낯가리는데 그럼 어떡해요? 다른 비서 구하시든가. 그리고 엄밀히 따지면 대기업이 아니라 대기업 계열사죠. 은근슬쩍 올려치기 하셔."

"비비안. 나와 대화할 땐 최소한 나를 보면서 말하지 그래?"

"쓸데없이 잘생겨서 부담스럽단 말이에요."

"10년 넘게 같이 일한 상사한테 아직도 낯가린다는 게 가당키나 하나? 그냥 채팅 중독인 거야, 당신은."

구박을 해 봐도 여전히 한쪽 손에는 휴대전화, 또 한쪽으로는 허공의 채팅창만 힐긋힐긋 하는 비서.

비비안 웨스트우드를 사랑하는 마틸다 헤어 커트의 비비안 킴(가명)이다. 현 한국 랭킹 21위. 바벨 닉네임은 낼공인인증서갱신.

"그나저나 당신 언제까지 랭커 채널에서 날 모른 척할

셈인데?"

"직장 상사와 채팅창에서까지 만난다고 상상 한번 해 보세요. 얼마나 끔찍해요? 알파 님은 그냥 알파 님으로 계셔 주세요."

"하아……."

밤공기를 들이마시며 정길가온은 한숨 쉬었다. 미끄러 지듯 세단이 그들 앞에 선다.

차 문을 열자 먼저 사뿐히 올라타는 비비안.

뒤이어 타며 정길가온이 가볍게 언질을 주었다.

"내일 이쪽 좌석은 세 개라고 연락해 둬."

"역시 잘하실 줄 알았다니까."

"말이나 못하면……."

길드 〈D.I.〉.

대회의 참석 확정.

·· ✦ ✳ ✦ ✦ ··

부산 모 해안가 인근.

우나샘은 탄식을 내뱉었다.

'올 때마다 적응 안 되는 대저택…….'

여기가 한국의 캘리포니아입니까? 무슨 엘에이냐고.

거대한 아메리카 대륙에나 있어야 납득할 만한 대저택이 좁디좁은 한반도 부산 바닥에 자리한 이 풍경. 언제 봐도 보고 있기 힘겨웠다. 지나가는 사람들이 졸부라고 삿대질해도 할 말 없을 수준.

하지만 그러기에는 저택의 주인들이 좀 지나치게 무섭다. 우나샘은 한숨 쉬며 제 옷매무새를 정리했다.

"어머. 샘이, 왔어?"

"기체후 일향만강하옵신지요, 대부인!"

"인사가 좀 과하다, 얘."

"송구합니다!"

파피용 강아지를 품에 안은 중년 미부인이 까르르 웃음을 터트렸다. 동화 속 소녀 같은 미소다.

'하지만 속아선 안 돼.'

저래 보여도 정통 깡패 가문의 금지옥엽으로 태어나 자신의 대에서 가세를 어마무시하게 확장한 리빙 레전드. 부산의 전설!

게다가 자기 잡겠다고 쫓아다니던 검사를 데릴사위로 데려와 앉히더니 자식에게 애비 성씨조차 물려주지 않은 여성이었다.

황 부인이 가련히 뺨을 감쌌다.

"근데 있잖아. 우리 막둥이가 아직도 상태가 영……좀 그래."

"그렇습니까?"

"응. 서울에서 무슨 일 있었니?"

"바깥일이 다 그렇지요. 게다가 요새 환절기라 날씨도 흐리고. 아시다시피 헤드께서 워낙 감수성이 예민하시지 않습니까?"

"하긴…… 내가 태교를 현대 미술로 해서 그런가. 우리 혼이가 좀 예술가적인, 그런 성향을 타고났어. 그치?"

"예……."

현대 미술, 너였냐?

어쩐지 성격이 초현실적으로 난해하더라.

우나샘은 찝찝한 얼굴로 걸음을 옮겼다.

외견은 미국식, 내부는 유럽식. 집도 하여튼 간에 겁나 현대 미술 같았다.

방문 앞까지 안내해 준 황 부인이 그럼 사내들끼리 얘기 나누라며 (다행히) 자리를 비켜 주었다.

"헤드. 저 샘입니다. 들어가겠습니다."

불 꺼진 침실 안.

돌아누운 등은 얼핏 잠든 듯 보이지만, 오랜 시간 그를 보필해 온 오른팔 우나샘은 속지 않았다.

'저 두부 멘탈 보스 놈…….'

"인스타에 눈물 셀카 올리신 거 보고 오는 길입니다. 일어나시죠."

(사진)

♡ domdomi 님 외에 여러 명이 좋아합니다.

king_twiight 모든 사람 앞에서 최고의 모습을 보인다는 건 너무나도 피곤하고 불가능한 일이다

#명언 #글귀스타그램 #이런못난나라도 #돌아와줄래 #단발머리그녀 #tears #감성 #눈물스타그램 #셀스타그램

댓글 ×××,×××개 모두 보기

20××년 3월

"……마 끄지라. 내 짐 대화할 기분 아이다."

"바빌론에 한 방 먹을 때마다 부산 내려오는 이 버릇, 고치시겠다고 저와 신년에 분명 약속하셨잖습니까."

"누가 한 방 먹었다 하는데!"

"그럼 백도현이 바빌론 도장 찍었다는 얘기 듣자마자 본가에 처박히신 건 왜 때문인데요!"

"아가리 안 다무나 진짜 확 때리 빠 뿔라."

험악한 사투리와 별개로 힘이 쭉 빠진 말. 우나샘은 침음했다.

'생각보다 상태가 안 좋은데.'

악재가 여럿 겹치긴 했다. 환절기에, 스카우트 실패에, 또…… 흠.

"설마 그것 때문에 그러십니까?"

움찔.

"······하아. 그건 형배 녀석이 잘못 알아 온 거라고 제가 설명드렸잖아요. 상식적으로 견지오, 견지록 둘 다 견씨인데 그렇고 그런 사이인 게 말이나 됩니까?"

'누가 봐도 친인척 사이지.'

물론 이것에 대해선 따로 보고할 게 또 있지만, 조금만 나중에. 일단 달랜 다음.

"그리고 지금 그런 일들로 심란해하고 계실 때가 아닙니다. 바빌론 측에서 공문이 왔단 말입니다."

"······뭔데?"

그제야 슥, 이쪽으로 돌아눕는 황혼.

실크 잠옷과 베개에 눌린 뽀얀 얼굴까지. 화려한 문신만 아니면 영락없는 도련님이다. 우나샘은 내심 혀를 차며 보고했다.

"39층 공략 관련 길드 대회의 말입니다. 원래는 다음 주 예정이었던. 내일로 날짜 변경한답니다."

"······허, 이 녹용 새끼 어데 아픈 거 아니가? 뭐 단디 잘못 처먹었나. 누구 맘대로 변경하고 지랄이고? 하 됐다 해라. 내 몬 간다. 안 간다."

"추신이 있는데······."

힐긋 황혼을 일별한 우나샘이 최대한 건조한 말투로 전해 읊었다.

"불참 시엔 두고 간다, 졸병 새끼들아."

"……!"

벌떡. 침대에서 일어나는 황혼.

놀라서는 아니었다. 굳이 묘사하자면, 음. 개빡쳐서 퓨즈가 나간 얼굴.

주먹과 팔다리를 허공으로 붕붕 방방 휘두르며 황혼이 침대 위에서 팡팡 뛰었다.

"와, 하. 뭐라꼬! 이 새끼가 처돌았나! 이 녹용 새끼 마 확 가서! 어! 파박! 확 이래이래, 어? 때리 빠 뿔라!"

열심히 그렇게 허공 주먹질, 섀도 니킥을 갈긴 황혼이 목의 근육을 팍팍 풀며 눈을 부라렸다.

"뭐 하고 서 있노? 당장 차 대기시키라! 이 노마 내 진짜 가만 안 둔다이. 이번에야말로 누가! 어! 누가 위인지! 파박!"

음. 기운이 좀 난 듯싶지……?

우나샘은 고민하다가 말문을 뗐다.

"그런데 헤드."

"엉?"

"마저 보고드릴 게 있습니다만."

"뭔데? 얼른 말해라."

"저번에 말씀하신 고양이분 있잖습니까?"

"으응. 나샘이 니가 뭐 확실해지면 얘기하겠다고 기다리라더니. 와? 확실해졌나?"

"······네."

"녹용이랑 그라고 그런 사이는 아니라제?"

"예. 확실히 아닙니다. 전혀 아니고."

황혼의 얼굴이 완전히 환해지기 전, 우나샘은 얼른 뒷말을 이었다.

"친남매랍니다."

"그럼 그렇······!"

······.

······에?

"견지오. 견지록. 같은 해 1월, 12월생. 열한 달 차이. 거의 쌍둥이처럼 자란 찐남매."

······랍니다. 보고 마친 우나샘이 열중쉬어 자세를 취했다.

콰가강. 어떤 효과음이 들려오는 것도 같다. 서 있던 자세 그대로 침대 위에 풀썩 고꾸라지는 황혼.

"어어 헤드!"

"······."

"헤, 헤드······?"

"······란다."

"네?"

"안 갈란다고. 안 가, 서울 안 간다고오오!"

그렇게 길드 〈여명〉.

대회의 불참 확정.

·· ✦ ✳ ✦ ✳ ✦ ··

치익, 탁.

어둠 속에서 불빛이 일었다가 사그라진다. 빈자리를 실낱같은 회색 연기가 메꿨다.

범은 담배 연기를 느리게 삼켰다가 뱉었다.

성소聖所에서 다소 불경한 짓일지도 모르나 내 종교는 아니니까. 그리고 이 시각이면 주님도 퇴근하셨겠지.

저벅, 저벅.

여유와 무게를 담은 걸음이 낮은 계단을 밟아 올랐다.

월광이 내려앉은 성당 실내.

노인. 혹은 노장. 혹은 사자獅子.

그렇게 불리는 등을 지닌 노년의 사내가 우두커니 암흑 속에 홀로 서 있었다. 눈앞의 국화를 내려다보면서.

"대표님."

여러 번 불러도 답이 돌아오지 않는다.

범은 깊숙이 연기를 들이마셨다가 뱉고, 느릿하게 다시 한번 불렀다.

"아버지."

"……삶이 무상하도다."

"……."

"젊어서는 전투에 죽고, 늙어서는 세월에 죽고. 국화꽃 향기가 멎질 않는구나."

"어울리지 않게 시적인 소리십니다."

"그러하냐?"

은석원은 정면을 올려다봤다.

달밤의 스테인드글라스. 햇빛이 화려한 낮만큼은 아니어도 제법 운치가 있었다.

"이렇게 한 명씩 떠나보낼 때마다 감상적이 되는 건 어쩔 수가 없어."

"……."

"아직도, 결국은 '사람'인 게지."

아스라한 아비의 웃음소리.

구둣발로 꽁초를 지그시 밟아 끈 범이 새로 한 개비를 꺼내 입에 물었다. 그렇겠죠.

"귀신은 아니시니까요."

"농담도 할 줄 아느냐?"

"뭐든 가볍게 말하려는 애를 끼고 살다 보니……."

입에 배더군요. 담뱃불을 붙인 범이 실소했다.

그에 은석원도 웃는다. 아까보다 한결 가벼워진 웃음으로.

"착한 아이지."

"무심해서 문제지만요."

"그런 시대인 거다. 마음을 주면 가벼워지는 게 아니라 무거워지는. 무게 때문에 주저앉게 되는."

"……."

"그런 세상이야."

"……."

"범아."

"예."

쓸쓸한 눈빛이 관 위를 쓸었다. 은석원은 세월처럼 무거운 눈꺼풀을 내리감았다.

"젊은 날 잠깐 은애하였던 여인이다."

"……."

"향을 올려 주겠느냐? 저승길 편히 간다면 이 마음 덜 소란스러울 듯싶구나."

귀주鬼主, 범은 말없이 허공에서 불을 피워 올렸다.

돌아서서 나오는 길.

오래 함께한 두 부자지간엔 긴 대화가 불필요했다.

띄엄띄엄 필요할 때만 이어지는 문장들. 석조 바닥을 울리는 구두 소리들이 대신 대화의 공백을 여몄다.

"……호오, 그래. 지록이네서 일을 한다고?"

"위기를 느낀 거겠죠. 눈치 하나는 기가 막히지 않습니까."

"좋은 일이야. 관계를 넓혀서 나쁠 거 없지. 지오는 지나치게 좁아 늘 걱정스러웠어."

"아직 어리니까요. 차차 나아질 겁니다."

"가끔 네가 나보다 지오한테 무르다는 사실 알고는 있는 게지?"

"가끔이 아니라 매 순간 그렇죠."

"하기야 너도 10년 넘게 지오 하나만 보고 살아왔겠구나."

"……."

"누가 좁게 사는 건지."

"……."

바람이 차다. 은석원은 사위에 드리운 밤을 감상했다. 먼 달을 올려다봤다.

"약점이 그리 커서 어쩌나."

"……."

"나 죽고 프라이드를 제대로 이끌 수나 있을지 걱정이야."

"반석은 이미 누가 잘 닦아 두셨으니 뭐든 어렵지 않을 겁니다."

"쯔쯔. 능구렁이가 되어 가."

가장 장성한 아들. 또, 가장 강한…….

"범아."

"예."

"형제들에게 너무 잔혹한 우두머리만 되지 말거라."

"아버지가 물려주신 저의 형제들입니다. 그럴 리가요."

"그럼 다행이지만."

범이란, 본디 사자보다 잔혹한 법이다. 은석원은 쓴웃음으로 뒷말을 대신했다.

"아. 밤비가 대회의 날짜를 내일 오후로 바꾸자더군요. 정오쯤에 모시러 가겠습니다."

"고 녀석도 성질 급하기는. 알겠다."

길드 〈은사자〉.

대회의 참석 확정.

··✦✳✦✳✦✦··

정상 회담 비슷한 고위급 회담.

이런 큰 모임이 예정되면 죽어나는 건 아랫사람들뿐이다.

거물급 인사들이 한자리에 모일 시 며칠씩 준비 기간을 두는 게 보통이지만, 이번에는 누군가의 성질머리로 인해 날짜까지 급변경된 참.

우리 측 대가리 결정이라 욕할 수도 없고…… 〈바빌론〉은 군소리할 핑계도 없이 분주하게 돌아가고 있었다.

"헉, 안 돼, 안 돼. 해타 대장로 복숭아 알레르기 있어! 그 괴물이 회의장 엎는 꼴 보고 싶은 거야? 당장 치워!"

"팀장님! 좌석 배치는 어떻게 할까요? 저번처럼 싸움 나면 안 되는데……."

"이번에 여명 쪽에서 불참한다니까 그럴 가능성은 낮아요. 어차피 우리가 여기 앉으십쇼 해도 자기들 마음대로 앉을 거고. 그래도 혹시 모르니까 해타랑 D.I.는 붙여 놓지 말고, 은사자 양옆으로."

"보안팀! 라스트로 회의실 한 번만 더 꼼꼼히 체크해 주세요. 저번에 여명에서 녹음기 나와서 걔네 얼마나 망신 당했는지 기억하시죠?"

'뭐냐……?'

이 불꽃 튀는 스파크들은.

지오는 멍하니 옆의 벽을 손가락으로 문질러 봤다. 원래도 깨끗하지만, 지금은 무서울 정도로 클- 린.

손님 오는 날은 집안 살림이 바뀐다더니. 길드도 딱히 다를 게 없었다. 아니, 5대 길드니 뭐니 서로 자존심이 있어 더한 것도 같다.

"지오 씨! 이것 좀 회의실에 갖다 놔 줄래?"

"녜에."

지오는 어슬렁어슬렁 걸어갔다.

현재 시각 정오.

〈바빌론〉의 준비는 슬슬 막바지에 이르고 있었다. 그리고 시곗바늘이 절반을 넘어가자 미묘하게 바뀌는 분위기.

적당한 긴장감이 장내에 감돈다.

"으, 이렇게 빨리 거물급들을 보게 될 줄은 몰랐어요……."

슬픔이가 다리를 달달 떨었다.

"유난은. 맨날 보는 게 킹왕짱 거물이잖음."

"예? 아, 길드장님이요? 아닌데…… 밤비 님도 맨날 보는 건 아닌데……."

흐음. 턱을 괸 지오가 유리 펜스에 기대어 로비를 내려다봤다. 다른 사무직 직원들도 삼삼오오 난간에 모여 구경꾼 포즈를 취하고 있다.

대회의는 철저한 비공개 진행. 따라서 길드 사람들이더라도 방문할 하이 랭커들을 볼 기회는 이렇게 먼발치에서, 그들이 회의장으로 이동할 때 보는 게 전부니까.

그리고…….

"왔다."

"와! 정길가온이다."

"맨날 커피 광고로만 봤는데, 나 실물 처음 봐. 와, 진짜 잘생겼다. 화면보다 훨씬 낫네."

런 웨이 걷듯 패션모델 포스로 지나간 〈D.I.〉를 필두로.

"어머. 야야, 최다윗 쟤 머리 색 봐 봐. 완전 아이돌이다, 아이돌!"

"오늘 하얀새 님도 오시는 거였어?"

흑백 정장을 세트로 맞춰 입은 〈해타〉의 두 여자.

"석원 님이셔. 석원 님!"

"옆에는 귀주······! 어, 잠깐. 여기 보는 것 같은······."

우뚝 멈춰 서는 발걸음.

옅푸른 빛이 도는 청동색 머리칼이 흔들린다. 고개 든 범이 정확히 지오가 서 있는 곳을 올려다봤다.

눈이 마주치자 보일 듯 말 듯 스미는 웃음.

'하여튼 감도 좋아.'

오늘은 존재감을 더 팍 죽이고 있는데도 말이다.

지오는 턱을 괸 자세 그대로, 손가락을 한 번 까딱해 주었다. 그렇게 〈은사자〉까지.

한 곳을 제외한 한국 5대 길드 전원 집합. 코리아 헌터 정상 회담의 시작이었다.

·· ✦ ✳ ✦ ✳ ✦ ··

"······그 말인즉슨, 저번 '9구간'보다 위험해질 수도 있다는 거군."

회의장 분위기는 모두가 예상했던 것보다 무거웠다.

오늘 모임의 개최자, 〈바빌론〉의 견지록이 방금 꺼낸 얘기 때문이다. 표정 없는 하얀새가 읊조렸다.

"디렉터라."

"······."

"정보의 출처는?"

"그건 말씀드리기 힘듭니다. 신뢰할 만하다, 정도로만 알고 계시죠."

"그렇군……. 하긴. 이런 정보를 대가 없이 알려 주는 것만으로도 그대는 할 만큼 한 거지. 고맙다, 바빌론 길드장."

별말씀을. 견지록이 어깨를 한 번 으쓱여 화답했다.

삐딱하게 앉아 있던 최다윗이 쾅! 탁자를 내려친다.

"염병 씨발. 쎄하긴 했어. 튜토리얼 위크에 게이트가 떼거지로 열리질 않나. 그때부터 존나게 쎄함을 느끼셨다고, 이 몸은."

"그런데 이거…… 생각보다 '무탑'의 무국적자들 수준이 제법인가 봅니다."

턱을 쓰다듬은 정길가온이 비죽 웃었다.

"아무리 탑마다 난이도가 다르다지만, 50층 돌파……. 흥미롭네요. 그 [인터림] 시련이라는 거, 대강 어떤 식인지 통과 기준에 대해선 모르는 거죠?"

그 말에 견지록 쪽을 확인한 범이 중얼거렸다.

"많은 걸 알진 못하고."

"아아아! 됐어! 알고 싶지도 않아! 복잡한 얘긴 다 때려치우고! 일단 뭣 빠지게 존나 달려야 한다, 뭐 그거 아냐? 이럴 게 아니라 당장 출발하지?"

"그렇게 무식한 막가파식으로 될 문제였다면 시간 내

서 모이지도 않았겠죠."

"뭐 인마? 무식?"

"아차차. 들렸어? 실례."

"이 드라마 오타쿠 새끼가!"

옆에서 소란스럽든 말든, 홀로 무언가를 골몰히 생각하던 하얀새가 견지록을 불렀다.

"바빌론 길드장."

"예."

"이번 39층은 그대의 주도로 가는 것이 기정사실인 듯한데. 생각하고 있는 공략 인원은 몇이지?"

"맥시멈 스물입니다."

"중간이군."

많지도, 적지도 않은 인원.

바벨탑 공략 시 웬만하면 10명 이상 들이지 않는 〈바빌론〉의 성격을 생각해 볼 때, 견지록 쪽도 상당히 신경을 쓰고 있다는 증거였다.

"구성은 각 길드의 최정예일 테고."

물론이다.

애초에 악명 높은 [마의 9구간].

극심한 그곳에서의 희생을 줄이고자 각 길드별 최정예 멤버를 차출해 연합 공략하자는 아이디어를 낸 것도 하얀새가 최초 아니었나?

당연한 얘길 곱씹는 모습에 견지록이 눈썹을 들어 올렸다. 의아하다는 기색으로.

"사실."

그 의문을 풀어 주듯 하얀새가 입을 뗐다.

"오늘은 미안하단 얘길 하러 왔었다."

심상치 않은 말에 찬물 끼얹듯 조용해지는 장내.

시선이 일동 그녀에게로 모여든다. 하얀새는 차분히 말을 이었다.

"우리 해타는, 현재 최정예 인원을 차출할 만한 여력이 되지 않는다."

"……야, 하얀새ㅡ!"

"내부 파벌 싸움의 결과로 핵심 전력들이 문파에서 이탈했거든."

"아, 시발 진짜……."

벌떡 일어났던 최다윗이 짜증스런 한숨과 함께 다시 주저앉았다.

"야 이 새끼들아. 너네 이거 밖에 나가서 떠들고 다니면 씨발 진짜 나 죽고 너 죽고 다 뒈지는 거야. 알겠어?"

"다윗이 우려하는 것처럼."

"……."

"한 집단의 수장으로서, 이런 민감한 얘기를 외부에 발설하는 것은 옳지 않을지도 모르지. 하나 단순 경쟁자가 아닌, 함께 전장을 거쳐 왔고, 또 거쳐 갈 전우들이기에 믿고 말하는 거다."

"……."

"내 결정의 이유를 알고, 그대들이 여기까지 헤아려 주길 바라는 마음으로."

……잠깐, 무슨 얘기지?

고개 숙여 듣던 최다윗의 시선이 들리고, 모두의 얼굴에 물음표가 떠오르는 찰나.

〈해타〉의 대종주, 하얀새가 선언했다.

"이번 바벨탑 39층 공략, 해타의 차출 인원은 한 명."

"……."

"나 하얀새가 참여하겠다."

동요가 완전히 퍼지기까지는 약간의 시간이 걸렸다.

"……이, 이 미친."

덜커덩!

최다윗이 의자를 박차고 일어났다.

"돌았어? 뭔 개소리야!"

탑의 해금된 층에 최초로 들어갈 때, 어떤 시나리오가 열릴지는 아무도 모른다. 공략에 소요될 시간조차도.

몇 시간이 걸릴 수도, 며칠이 걸릴 수도, 어쩌면 몇 개월이 소요될 수도 있는 문제.

도중에 공략을 접는다 해도 그 중도 포기 역시 어디

에, 어떤 식으로 존재할지 모르는 시나리오 내 [안전지대Safe Zone]까지 도달해야만 가능한 일이었다.

천상계 랭커들이 바벨탑에 잘 들어가지 않는 것도 그런 영향이 컸다. 오랜 시간 부재하면 안 되는 사람들이니까. 〈바빌론〉처럼 탑 공략에만 모든 무게를 둔 특수한 케이스가 아니라면, 길드장급 인물이 움직이는 건 극히 드문 일.

특히, 하얀새처럼 나라의 한 축을 받치고 있는 국가 대표 헌터라면 더욱 그랬다.

"원래라면, 사과와 함께 해타는 이번 공략에서 빠지겠다는 말을 하려고 했지."

명징한 시선이 정면의 견지록에게 가닿았다.

"그대가 해 준 얘기를 듣기 전에는 말이다."

"……."

나라를 흔들고 화를 일으키려는 악이 있다고 한다.

그녀가 마음을 바꿀 이유는 그것으로 충분했다.

해타海駝. 또 다른 이름은 해태.

재앙과 불길을 억누르며 민중을 수호하는 이 나라의 신수神獸.

"한낱 사소한 사정으로 대의에서 빠진다면 천 년간 한반도를 지켜 온 해타의 정신에 오욕이 되지 않겠나?"

하얀새가 고요히 웃었다.

"해타는 지난 천 년 동안 그래 왔던 대로 문파 최고 전력을 보내겠다."

"……."

"내가 없는 빈자리를 부탁한다, 전우들."

기이할 정도로 차분한 침묵이 감돈다.

그 정적을 깬 것은 은석원. 온화한 눈빛으로 한국 제일의 노장이 미소 지었다.

"걱정 말게나. 사자는 설악에서의 빚을 잊지 않았다네."

10여 년 전의 이맘때쯤.

꽃 피던 3월, 수많은 사자들을 그 산에 묻었다.

조각난 살점과 뼛조각을 모아, 그 자리에 거대한 비석을 세워 준 것은 설악 영산에 살던 해타들이었다.

"형제의 은인은 또 다른 형제지. 은사자는 언제나 그대들 해타의 옆에 서리다."

"은석원 님."

마주 보며 눈빛을 교환하는 두 한반도 대표 지킴이들.

드물게 훈풍이 부는 분위기였지만, 그럼에도 영 불만이 안 가시는 한쪽의 반항아가 있다.

'아오, 씨발. 디렉터고 공략이고 나발이고.'

좋아. 다 좋다고.

근데 왜 자꾸 지름길 놔두고 지뢰밭 굴러굴러 돌아가는 기분이 드는 건데? 최다윗이 조용한 혼잣말로 투덜거렸다.

"솔까 이거 다 죠 그 자식만 있었어도……."

짜증 섞인 그 중얼거림에 물을 마시던 견지록이 매운 기침을 터트렸다. 콜록!

4

위층에서 그렇게 대의니 나라 수호니, 진중한 토론이 이어질 무렵.

큰 행사 있으시다고 거의 5성 호텔 뷔페 수준이었던 아래층 구내식당.

로브스터 한 마리 홀라당 잡아 드시고, 배 통통 두드리며 햇살에 낮잠 솔솔 졸던 세계 최강 견지오는 뜬금 물류 창고행을 명 받았다.

「어, 지오 씨. 자기 안 바쁘면 동탄 창고에 좀 갔다 와 줘야겠다.」

「흐어어엄. 바쁜데.」

「……하하. 졸고 있지 않았나, 방금까지?」

「사색 중이었는데. 하아암.」

「……제발 갔다 와, 그냥.」

그렇게 떠밀려 반쯤 감긴 눈으로 터덜터덜 걸어가던 견

지오. 얼마 못 가 또다시 꾸벅꾸벅. 승강기 기다리다가 비틀거리는 그 등을 누군가 뒤에서 조심스럽게 받아 냈다.

「이러다가 다쳐요. 어제 잘 못 주무셨습니까?」
「으으음.」
「아아. 또 밤새 게임.」

끄덕이려다가 얼른 내젓는 고개.
귀엽다. 백도현이 웃음을 꾹 참았다.

「어디 가시는데요?」
「물류 창고⋯⋯. 동탄.」
「혼자서요? 차는 어떻게 가시려고? 마법은 너무 눈에 띌 텐데.」
「요거.」

손가락에 대롱 걸린 차 키. 백도현은 깜짝 놀라 외쳤다.

「면허 있으셨어요?」
「아니.」
「⋯⋯예? 그럼 이건?」
「몰라. 고릴라가 주던데.」

뭐지…… 이 대책 없음은……?

죠는 원래 이런 사람이니 그렇다 치고 그 팀도 못지않게 엉망진창인 것 같다. 백도현은 한숨 쉬며 키를 지오의 손가락에서 **빼냈다**.

「운전은 제가 하겠습니다. 마침 저도 거기 가는 길이기도 하고.」

아하. 그러고 보니 이 자식 나보다 다섯 살인가 연상이었지. 그제야 좀 잠에서 깬 눈으로 지오가 말똥말똥 백도현을 쳐다봤다.

그리고 그렇게 도착한, 경기도의 모 물류 창고.

"어이! 거기! 나와, 나와!"

"조심."

백도현이 지오의 어깨를 제 쪽으로 잡아끌었다. 육중한 운반 카트가 그들이 서 있던 자리를 지나간다.

"아이 씨, 귀 간지러."

"괜찮으세요?"

"어엉. 누가 또 내 뒷담 까나 본데. 뭐 일상이지. 하핫."

아무렇지 않은 표정으로 지오가 태연하게 코를 슥 훔쳤다.

'이 사람 얼마나 엉망으로 살았으면 뒷담 까이는 게 일상인 거야……?'

백도현이 자신을 어떤 눈빛으로 보든 말든, 지오는 안으로 먼저 척척 걸어갔다.

동탄 물류 센터는 특수 관리 창고였다.

일반 화물이 아닌, 마석과 각성자 관련 물품들만 따로 세분화해 취급하는 곳.

물품 특성상 엄청난 고가인 데다가 위험 또한 다른 곳과 비교 불가로 높은 탓에 경비가 삼엄한 것은 물론이요, 인력도 항상 턱없이 부족했다.

"누락이요? 그럴 리 없는데."

섹션 담당 관리자가 허리춤을 짚고 한숨 쉬었다. 피곤에 찌든 눈에는 핏발이 서 있었다.

"여긴 현장에서 아저씨들이 1차로 분류해도, 나중에 마력 스캔으로 한 번 더 점검해요. 어디서 오셨다고요?"

"바빌론."

"……거참. 미치겠네. 그럼, 음. 저기 미분류 라인 쪽 한 번 가 보세요. 저쪽 파란색 라인."

'진작 찍어 주지.'

지오는 심드렁히 종이를 받아 챙겼다.

다 훑기가 귀찮아서 그렇지. 범위만 좁혀 주면 누락된 물건 찾는 것 따위야 이쪽에겐 일도 아니다.

"해결된 겁니까?"

"뭐, 대충? 찾아봐야 알겠지만."

"그럼 일 보신 다음 불러 주세요. 저도 주변 좀 둘러보고 있겠습니다."

"백 집사는 뭐 찾는데?"

"글쎄요……. 저도 찾아봐야 알겠네요."

어깨를 으쓱하며 웃는 백도현. 하여튼 누가 회귀자 아니랄까 봐, 의뭉스럽기 짝이 없다. 지오는 쯔쯔 혀를 차며 걸음을 뗐다.

'자. 그럼 소화 좀 해 볼까?'

[성위 고유 스킬, '라이브러리화' 발동]

[영역을 지정합니다.]

['미분류 라인'의 문서화를 진행하시겠습니까?]

[문서화할 대상의 범위가 불확실합니다.]

/화살표를 움직여 세부 영역을 조정해 주세요./

허공에 생성되는 화살표.

견지오는 무감각한 시선으로 범위를 좁혀 선택했다.

그러자 드래그하듯 선택된 공간 표면에 그녀만이 볼 수 있는 색이 입혀지며 데이터가 출력된다.

차라라라락―

길기도 길다. 지오는 문서 상단의 검색 바를 눌러 입력했다.

[Search — 수취인 바빌론]

그것으로 끝났다.

"……저기! 바빌론에서 오신 분! 다시 보니 누락된 게 맞는 거 같…… 어? 벌써 찾으셨어요?"

높이 쌓인 상자들 위에 걸터앉은 견지오가 두 발을 대롱대롱 흔들었다.

"네엥."

"오, 와……! 눈썰미 엄청나시다. 이 구석에 있는 걸 어떻게 찾으셨대?"

"제가 좀 뛰어남요."

"하하하. 근데 직접 가져가시기엔 부피가 꽤 크다, 그쵸? 일단 두고 가시면 저희가 이따 바로 바빌론 사옥에 갖다 놓겠습니다."

"그럼 땡큐 감사."

바빌론의 이름값 탓인지 죄송하다며 여러 번 사과하는 관리자. 그를 뒤로하고 지오는 백도현을 찾아 나섰다.

그새 들어가기도 참 깊숙이 들어가셨다.

멀리 보이는 백도현은 저온 섹션 쪽에 있었다. 한쪽 무릎을 꿇은 채 무언가를 심각하게 들여다보고 있다.

"뭐 봐?"

"……아."

순간이었지만 분명히 흠칫한 백도현. 그런 주제에 아무렇지 않은 얼굴로 일어난다.

"아닙니다. 일은 다 보셨습니까?"

"응."

"생각보다 빨리 끝나셨네요. 해 떨어지기 전에 끝나서 다행입니다. 그럼 돌아갈까요?"

자연스럽게 말을 돌리며 지오 쪽으로 걸어왔지만, 정작 지오가 길을 안 비킨다. 그대로 서서 빤히 그를 올려다보는데…….

키 차이 때문에 턱을 들어서 그런가, 아님 저온 창고의 차가운 불빛 때문인가? 평소보다 새초롬하고, 샐쭉해 보인다.

'콧등이랑…… 입술이…….'

제 가슴팍 높이에 위치한 그 얼굴.

저도 모르게 멍하니 보던 백도현이 화들짝 정신 차리며 반걸음 물러났다.

"왜, 크흠, 왜 그러십니까?"

"음. 아냐!"

지오가 휙 돌아섰다. 모른 척해 주지 뭐.

일어나면서 뒷주머니에 뭘 쑤셔 넣는 걸 내 눈으로 똑

똑히 봤지만…….

'에이궁……. 저 나이에 도벽이라니.'

가여운 회귀자 녀석. 좀도둑의 원인은 애정 결핍이라던데. 그러게 마음을 채울 줄 알아야지, 마음을.

동정 어린 눈빛이 백도현을 힐긋 훑었다.

'……뭔가 찝찝한데.'

머쓱해진 백도현은 괜히 제 뺨을 한 번 쓸어 보았다.

아무튼 그렇게 물류 창고 바깥으로 나온 두 사람.

잠시만 여기서 기다려 달라는 말을 남기며 드라이버 백도현이 한쪽으로 뛰어간다. 혼자 남은 지오는 드넓은 물류 센터를 쭉 둘러봤다.

'흠, 진짜 해 떨어지기 전인데 어디서 커피나 한잔하고 들어갈까?'

근처에 괜찮은 카페가 있으려나. 백 집사한테 찾아보라 시켜야겠다, 대충 그런 생각을 할 즈음이었다.

띠링.

문자 한 번.

지이잉—

그리고 내용을 확인하기도 전에 곧바로 이어지는 전화.

'으음.'

저장되지 않은 연락처였다. 문자면 모를까, 원래 모르는 번호로 오는 전화는 받지 않는 주의지만.

'견지오는 몰라도 미생 견그래의 삶은 그럴 수 없지.'

알바 취뿌한 뒤부터 개나 소나 아는 번호가 된 지 오래다. 따분한 무표정으로 지오는 전화기를 들었다.

"네에~ 여보시요."

─…….

"바빌론 비서팀 우주 최강 겸둥이 막내 이 시대의 진정한 일꾼 그래그래 견그래 지오 폰입니다아."

─…….

"……."

스팸인가? 의문도 잠시.

─……줘.

가만히 귀 기울이자 들렸다.

수화기 건너 숨죽인 흐느낌이.

지오는 한쪽 눈썹을 살짝 치켜들었다. 이 목소리는…….

─도와줘. 도와주세요, 제발.

"……윤강재?"

까맣게 잊고 살았던 옛 짝꿍이었다.

"여기서 기다릴까요, 아님 같이 갈까요?"

"강 따라와. 혼자 차에서 뭐 함?"

탁.

지오는 차 문을 닫고 내려섰다.

골목, 또 골목. 여기까지 들어오는 것도 힘들었지만, 지금부턴 아예 차가 들어갈 수 없었다.

컹컹컹.

어둠 속에서 개들이 짖는다. 한쪽에는 재개발을 취소하라는 현수막, 다른 한쪽에는 나가라고 스프레이로 갈겨 쓴 붉은 글씨들.

[성위, '운명을 읽는 자' 님이 무슨 영화 세트장 같은 달동네라며 감상평을 남깁니다.]

'그러게. 존나 전형적이네.'

"히야. 풍경 봐라 진짜-"

"옛날 생각납니다. 저 어릴 때 살던 데가 딱 이랬는데."

"······운치 있다."

'시발 바로 옆에 현판 흙수저 주인공 놈이 있다는 걸 깜빡했자나.'

탈룰라킹 견지오가 헛둘 헛둘 길을 올랐다.

주변을 둘러보면서 백도현이 그 뒤로 따라붙는다.

"윤의서 씨라······. 제가 화성에 있는 사이 그렇게 많은 일이 있었는지 몰랐습니다. 칼잡이 발도제라니, 하하. 맞아요. 저도 들어 본 이름이에요."

"닥쳐. 찐으로 칼 쓰는 놈 데려왔으니 이번엔 칼바람 날리는 척 생쇼 따윈 안 해도 되겠지."

"검 쓸 일이 필요할까요, 이런 데서?"

"몰라. 근데 윤강재가 찾는 건 부캐 발도제일 테니까."

자기 형이 마술사왕인 줄 알고 있는 놈이 왜 고작 B급 짜리 헌터를 찾는지는 모르겠지만.

'또, 윤의서는 어딜 가고 개한테 준 번호로 윤강재가 전화했는지도 모르겠지만.'

아무튼 차차 알아보면 될 일이다.

긴 골목 끄트머리에 위치한 이층집을 향해 그들은 걸어 갔다. 대문은 잠금장치 없이 열려 있었다.

"여기 옥탑이라고 했던가요?"

"응. 가현이 말로는."

윤강재가 말하던 도중 끊는 바람에 서가현한테 전화까지 했다. 편의점에서 모르는 척하던 것치곤 기억을 잘하고 있어 천만다행이었다.

'확 별일 아니기만 해 봐라.'

"계십니까?"

먼저 계단을 오른 백도현이 문을 두드린다. 지오도 마저 올라서던 그때.

"……백도현. 나와."

"예?"

"나오라고."

덜그럭 자물쇠가 풀리고, 현관이 벌컥 열림과 동시에.

화아악!

백도현은 반사적으로 팔을 들어 막았다.

마력에 의한 바람이다. 그의 바로 옆에서 발산된 마력파가 옥탑과 그 주변을 강하게 훑고 사라졌다.

"이게, 무슨……?"

고개를 들자 반원 모양의 자국이 남은 바닥. 그리고 그 원 바깥에는 집중해야만 보일 만큼 미세한 가루들이 떨어져 있다.

얼떨떨해진 얼굴로 백도현이 옆을 돌아보았다.

아무렇지 않게 서 있는 마이 페이스 마법사, 견지오가 심드렁히 중얼거린다.

"마약 청소 끝."

·· ＋ ✳ ✦ ✳ ＋ ··

톡, 토옥.

심전도 기계 소리와 규칙적으로 떨어지는 수액 방울.

남들보다 예민한 감각의 각성자에겐 또렷이 들렸다. 지오는 밋밋한 병실 천장을 올려다봤다.

'병원은 딱 질색인데.'

물론 그렇다고 별 친하지도 않은 인연 앞에서 마법을 쓰는 건 더더욱 사양이다. 그냥 참고 말지.

그게 현재 견지오가 앰뷸런스를 따라 여기까지 와 있는 이유였다. 호흡기를 달고 누운 윤의서의 낯빛이 시체처럼 창백하다.

「약물 중독 같습니다만……. 일반적인 중독 증세는 안티 포이즌 포션 팩을 투여하면 호전되는데 이상하네요. 아무래도 상급 힐러 선생님께서 와 보셔야 알 것 같습니다.」

인턴은 망설이다가 그래도 아주 심각한 상태는 아닌 것 같다는 소견을 덧붙였다. 아무래도 환자보다 더 환자 같은 얼굴의 윤강재를 의식한 발언이지 싶었다.

병실 바깥.

쪼그려 앉은 윤강재는 말이 없다.

고작 며칠 만에 피골이 상접한 꼴.

종로 던전에서 벌레 진액 주머니에 갇혀 있을 때보다 상태가 더 안 좋아 보였다.

"얘도 침대에 누워야 하는 거 아님?"

"안 그래도 제가 말해 봤는데, 본인이 극구 됐다고……."

"야, 야. 헤이. 일어나. 그지야, 뭐야? 바닥에서 왜 이래?"

"자, 잠깐. 죠, 죠! 그래도 아픈 사람인데 발로 차는 건……!"

"……죠?"

윤강재가 무릎 사이에 파묻었던 고개를 들어 올렸다.

퀭한 얼굴로 그들을 올려다본다.

"그래……. 이게 다 죠 때문이야. 죠 때문이라고."

'뭐지, 이 갑분 머리채?'

무슨 간 때문이야 돌림노래 부르는 우×사 광고도 아니고. 가만있다가 머리채 잡힌 죠(본명: 견지오)가 백도현에게 나 억울하다는 눈빛을 쐈다.

백도현은 어색하게 웃었다.

"저기, 강재 군. 그게 무슨……."

"다 죠 그 새끼 때문이라고, 시팔!"

"엄멈머. 듣자 듣자 하니까, 야! 죠가 뭘 잘못했는데!"

"잠깐, 지오 씨. 진정하시고-"

"그 새끼만 아니었어도, 아니, 없었어도! 우리 형 저런 꼴 안 됐다고!"

"에엥. 허어얼. 세상 살기 힘들어지면 나라님 욕부터 갈기고 본다지만, 너무한 거 아니냐! 죠가 뭘 했다고!"

'저 마술사왕…… 본인을 자연스럽게 나라님이라고 말하고 있어…….'

무의식에 평소 생각 나온다더니……. 아무튼 대학 문턱도 못 밟아 본 애들 싸움이라 그런가 상당히 터프하다.

백도현한테 양팔을 붙잡힌 견지오가 허공으로 휙휙 앞발 킥을 날렸다.

"드루와, 드루와!"

"제발…… (체통 좀 지켜요…….)"

간신히 진정된 건 몇 분 뒤, 지나가던 간호사의 호된 꾸짖음이 내린 후.

냥아치한테 머리털 뜯긴 좀비 꼴로 윤강재가 흐느꼈다.

"끄흐윽…… 우리 형이 '그 사람'이 아니란 것쯤은…… 나도 느끼고 있었어. 그냥 모른 척 믿고 싶지 않았을 뿐이지……."

"……."

"언제라도, 흐윽, 어느 날이라도 정체를 밝히면서, 사실은 내가 죠였다고, 그동안 참았을 뿐이라고 다 엎어 주길 바랐으니까……."

"……."

"조금만 참으면, 내가 좀만 참고 있으면…… 형이 그동안 고생했다고, 형이 겁쟁이여서 미안하다고 이젠 안 참겠다고, 다 끝났다고 그래 줄 거라고. 끅, 그래 줬으면 좋겠어서……!"

누구나 내 인생의 '반전'을 바란다.

역전극을 꿈꾸며, 하루아침에 바뀌었으면 좋겠다고 간절히 소망하고 또 욕망한다.

다만 남들과 달리 윤강재의 욕망은 조금 더 구체적이고, 그 대상이 명확했을 뿐이었다.

무릎 사이로 고개를 파묻은 윤강재가 끅끅거렸다. 후회와 자기혐오로 뒤섞인 눈물이었다.

"그래서…… 끄흐윽, 그래서어…… 형이 힘들어하는 것도 못

본 척하고, 형이 하는 얘기도 안 듣고…… 진짜 등신처럼……!"

「형! 나 알고 있다. 형이 그 사람 맞지?」

「어? 무슨 소리야?」

「참 나, 사람을 무슨 바보로 아냐? 세상에서 '검은 용의 주인'은 한 명뿐인 거 누가 모른다고.」

「……윤강재 너, 길드 왔었어? 형이 절대 오지 말랬잖아!」

「아, 아니, 형, 나는 잠깐 형 찾으러 갔다가.」

「강재야. 형은 그 사람이 아니라……!」

「아 진짜! 알았어, 알았어~ 정체 안 밝힌다는 거. 그래, 형 성격에 사람들 앞에 어떻게 나서겠냐? 이해한다 동생이.」

「…….」

「그래도 진짜 멋있다, 윤의서. 형이 내 형인 게 자랑스러워.」

"내가 우리 형을 저렇게 만든 거야……."

지오는 물끄러미 윤강재를 내려다봤다.

눈물 콧물로 짓무른 십 대의 얼굴. 벌겋게 달아오른 얼굴이 꽤나 추하다. 그러나.

견지오가 윤강재라는 소년과 만난 이래 가장 진실한 모습이었다.

"……도, 와줘."

"……."

"우리 형 저렇게 만든······ 그 나쁜 새끼들한테 복수해 줘."

"······."

"6년이야. 우리 형 고등학생 때부터 무려 6년 동안 그 새끼들이 시키는 대로, 부리는 대로 노예처럼 살아왔어······."

꽈악.

지오의 바지 자락을 움켜쥐는 손.

어찌나 안간힘을 다해 잡는지 손끝이 핏기 하나 없이 새하얬다.

지오는 물었다.

"내가 누구인지 알고 도와 달라는 거야?"

"강한 사람."

"······."

"형이 그랬어. 혹시라도 자기한테 무슨 일 생기면 여기로 연락하라고."

「이게 제일 필요해 보이던데.」

「제가, 눈치챈 거 알고 계셨어요? 어떻게?」

「그렇게 보는데 누가 모르지?」

「드, 드래곤 냄새가 났어요. 그것도 불에 타오르는 냄새가. 그럼 한 분밖에······.」

"이게 누구냐고 물어보니까."

「⋯⋯그럼 저, 정말, 정말 도움이 필요할 때 연락해도!」

"우리가 기다리던 사람이라고. 간절히 기다리던⋯⋯."
반전反轉의 키.
역전逆轉의 주인공.
'죠'가 웃었다.
"윤의서⋯⋯ 이거."
헌터 맞네. 이 자식.

쪼로록.
팩 주스를 소리 내어 마시는 뺨이 동그랗다.
단발머리. 작은 키. 젖살 덜 빠진 얼굴.
미성년과 성년의 경계선에 걸쳐 있지만, 아직은 소녀 쪽에 훨씬 더 가까운 외견.
겉으로만 보면 누구도 예상하지 못할 것이다. 귀엽네, 어리네, 예민한 자라면 분위기가 독특하네 정도로만 생각하고 지나치겠지.
하지만 저 어린 여자가 바로, 세계에서 가장 강력한 마법사. 단 한 명의 호적수도 없는, 이 바벨 시대의 왕이었다.

백도현은 조용히 그 앞에 착석했다.

"……강재 군 입장에선 착각할 만도 했습니다. 다른 것도 아니고, 검은 용의 주인은 한 명뿐인 게 맞지 않습니까."

"응. 흑룡은 '쵸'의 상징이지."

세간에 모습을 드러낼 때 단 한 번도 함께가 아닌 적이 없었다.

먼 하늘에서 태양의 흑점처럼 나타나는 검은 용의 모습은 마술사왕의 시그니처나 마찬가지. 지오는 쪼로록, 빨대를 한 번 더 들이켰다.

"심지어는 나도 속았는데, 뭐."

"예?"

"용 비늘. 본 적 있거든. 윤강재가 학원에 가져와 갖고. 진짜 까맣던데. 울 별님이 말 안 해 줬음 고대로 깜빡 속을 뻔."

하마터면 종로 한복판에서 니드호그 꺼내 날갯죽지 들추고 확인해 볼 뻔했다.

심드렁한 그 말에 백도현이 잠깐 머뭇거린다. 입술 달싹이더니 어렵게 말을 이었다.

"사실은 저도…… 다른 '검은 용'을 본 적이 있습니다."

흐음. 지오가 뒤로 등을 기댔다.

"회귀 전?"

"예. 타임 라인을 따지면 지금 이 시점보다 훨씬 뒤의 일이긴 하지만……."

"그럼 걔가 개겠네. 무뜬금 두 마리씩이나 튀어나올 리 없으니깐."

"제 생각도 그렇습니다. 이유는 좀 다르지만요."

그대로 품을 뒤지더니 탁자 위에 꺼내 올려 두는 것은, 급히 뜯어낸 듯한 상표.

"우연인지 뭔지 타이밍이 공교로운데. 오늘 오후에 갔던 물류 창고에서 발견한 겁니다."

"……."

"이중 코팅한 걸로 봐서 아직 출범 전인 듯하지만, 나오자마자 무섭게 크는 제약 회사죠. 희대의 각성제를 내놓거든요."

〈마누미션Manumission〉. 통칭 '해방' 약물.

백도현의 목소리가 낮아졌다.

"말만 각성제지, 마약이에요."

"……."

"그리고 그 마누미션의 원재료가 바로 환상종 요정 용…… 제가 예전에 봤다는 다른 '검은 용'입니다."

어두운 표정으로 그가 지오를 마주 봤다.

"제 착각이 아니라면…… 아까 옥탑에서 날리셨던 그 가루들……."

"뭘 물어? 요정용의 날개 가루 맞음."

못 알아볼 수가 없다. 그런 특징적인 가루를 갖는 것은 세상천지 요정용 하나뿐이므로.

요정용의 날개 가루엔 고통과 현실을 잊게 하는 효과가 있다. 잠깐의 미량은 괜찮지만, 장시간 노출되거나 다량 직접 섭취하게 될 경우, 심신 미약 상태에 빠질 위험이 컸다.

예컨대 저기 윤씨 형제처럼.

그래서 지오도 치우면서 마약 청소라 했던 것이다.

'물론 그렇다고 진짜 용을 잡아다가 찐마약을 만들 줄은 몰랐지만.'

[성위, '운명을 읽는 자' 님이 인간들은 욕망과 만나면 나쁜 쪽으로 기발해지는 재주가 있다며 떨떠름해합니다.]

그러게. 사탄 요 녀석 오늘도 1패 적립이다. 분발혀.

"죠, 어떡하실 겁니까?"

"글쎄."

지오의 양발이 허공에서 리듬감 있게 까딱였다.

병원 휴게실. 한쪽 텔레비전에선 여러 속보가 뜨고 있다.

『방금 전 들어온 소식입니다. 하얀새 현 길드 〈해타〉의 길드장이 내일 출범하는 연합 공략대에 최종 합류했다는 소식입니다. 하얀새 헌터와 길드 〈해타〉 측에서는 아직 공식 입장을 발표하지 않고 있어 추측에……』

『연합 공략대 명단 발표』

『랭킹 4위 하얀새 헌터, 연합 공략대 전격 합류 "매우 이례적인 일"』

〖4개 길드 연합 공략대, 한국 바벨탑 39층 공략 내일 오전 10시 전격 착수〗

"백 씨는 저거 안 가?"

"아. 저는 지금 시점에선 바벨탑 밖에서 움직이는 쪽이 나아서요. 그나저나 해타 종주가 가는군요……."

생각이 많아지는 듯한 회귀자의 얼굴.

지오는 빤히 보다가 턱을 괬다. 병원 창가 유리 위로 제 얼굴이 비친다. 무료하고, 권태감에 찌든…….

「그럼 저, 정말, 정말 도움이 필요할 때 연락해도!」

「우리가 기다리던 사람이라고. 간절히 기다리던…….」

'아 증말. 친애하는 박 여사.'

그니까 입시 학원 따위는 왜 보내서 딸내미 귀찮게.

[당신의 성약성, '운명을 읽는 자' 님이 울 고영 요즘 움직이는 일이 많아졌다며 킬킬 웃습니다.]

'진짜 그러게나 말이오.'

세상이 어찌 되려고 이러는지.

죠는 일어났다.

그대로 터덜터덜 걸어가 아직도 바닥에 쭈그리고 앉은 달동네 형제 중 동생을 바라봤다.

"야."

"……."

"하나만 골라. 정확하게."

"……."

"너희가 원하는 게 '복수'야? 아니면……."

"……."

"'구원'이야?"

정면. 바로 앞에 다가와 있는 초월자의 눈동자.

꿈결 같다. 환상인가? 멍하니 고개 든 윤강재는 홀린 듯 그 눈을 바라보며 대답했다.

"구원……."

"……."

"……아니, 복수."

"……."

"복, 수."

백성의 답.

왕이 웃었다. 매우 만족스럽고, 산뜻한 미소로.

"그렇지. 구원은 셀프지."

도탄에 빠진 이들을 구하는 것이 성군이라면…….

모름지기 폭군이란, 눈물과 핏물의 처형장을 벌여 주는 것.

그것이야말로 폭군의 왕도王道 아니겠는가?

5

"빠트리지 않고 다 챙겼지? 약이라든가, 무기나 방패라든가……."

"응."

"협회에서 전에 무슨 심단인가, 공진단 같은 거 보냈던데 그것도 챙겨 가지. 갖다줄까? 귀한 거라고 하던데."

"아, 박 여사 유난이야 진짜. 쟤가 알아서 하겠지. 오빠가 뭐 애야?"

"걔네가 보낸 것보다 훨씬 더 좋은 것들로 챙겼어."

"저거 봐."

"그래……. 우리 아들이 어련히 잘했겠지. 그래도 응? 여건 되면 밥도 챙기고, 굶지 말고, 다치지 말고. 너무 위험하다 싶으면 그냥 하지 말고……."

"엄마."

"……."

전투화의 끈을 다 묶은 견지록이 일어났다. 그리고 저를 부여잡은 박순요를 물끄러미 바라보며 그 손등을 감싸 토닥인다.

"다녀올게요."

담백한 인사. 그것으로 다였다.

철컥, 차라랑-!

닫힌 현관문 위로 풍령이 울었다.

옛날 가족 여행으로 다녀온 관광지에서 사다가 달아 둔 싸구려 기념품이었다. 온 가족에게 행운을 가져다준 다는 말에 짠돌이 여사가 5만 원씩이나 주고 산.

오전 7시.

다시 잠에 들기도 애매한 시각이다. 내내 말없이 뒤에 서 있던 지오가 잠기운 가득한 눈을 비볐다.

'······꼭두새벽부터 분위기 한번.'

뭐 하루 이틀도 아니구만.

밤비가 탑에 들어갈 때마다 이 난리다. 거의 월례 행사급.

'무슨 죽을 곳 보내냐고. 월남 파병인 줄.'

위험도만 따지면 해외 파병과는 비교도 안 되게 생존율 이 낮지만, 현실 감각이 남들과 다른 마술사왕께서 그 점 을 고려할 리 없었다. 그저 이 우울한 집안 분위기와 어깨 축 처진 가족들의 모습이 마음에 들지 않을 뿐.

한숨만 푹푹 쉬는 박 여사와 툴툴거리면서도 현관을 못 떠나고 있는 막내. 뒤에서 그들을 지켜보던 지오가 양 팔 쭉 기지개를 켜며 하품했다. 흐아아암.

"근데 우리 아침밥 안 먹음?"

"······"

"아까 곰국 냄새 나던데. 박 여사 사골 고았어? 에엥. 나

허여멀건 국 별로라니까."

"……."

"소금이나 팍팍 쳐서 먹어야겠당. 쪽파 썰어 놨지? 박 여사 뭐 해? 빨리 밥 줘. 나 배고파."

얼마나 험하게 주무셨는지 까치집 내려앉은 단발머리와 누가 봐도 '나 멋진 숙면 했소' 알리는 두 뺨 위 베개 자국. 구겨진 잠옷 사이로 희고 말랑한 배 비치며 벅벅 긁는 삼수생.

'이 노답아…….'

화병 종합 선물 세트 같은 그 꼴에 견금희가 분위기 좀 읽어라 사인을 날리기도 전에.

"……가."

"응?"

"나가! 당장 나가 이 웬수야!"

"히, 히익!"

먼저 날아가는 구둣주걱.

질세라 그 뒤를 따르는 각종 잡동사니와 여사께서 번쩍 집어 드는 신발장 위 산수경석까지.

"어, 어엄마! 진정해! 그걸로 맞으면 언니 실려 가!"

"이거 놔! 어이구 내가 저걸 낳자고 용꿈까지 꿨다, 꿨 어! 고양이에 용까지 나왔다고 조상님들 감사하다 불공 올리고 잉어 고아다가 먹은 내가 등신이지!"

[당신의 성약성, '운명을 읽는 자' 님이 허걱! 태몽 얘기

나왔다고 일단 대피하라며 긴급 사이렌을 울립니다.]

'태, 태몽급이라니이!'

태몽 한탄은 박 여사 분노 게이지가 절정에 다다랐을 때 튀어나오는 잔소리 패턴이었다. 강원도 보현 스님 패턴이나 옆집 선영이 패턴과는 차원이 다른.

바벨탑 출현 전부터 샤머니즘이 뿌리 깊은 나라, 대한민국. 그런 나라에서 박 여사가 꾼 장녀의 태몽이란 여러모로 대단했기 때문이다.

「꿈에서 길을 걷는데, 까아만 고양이 한 마리가 와서 내 품에 안기는 거야. 아이구 귀여워라, 하면서 꼭 안았더니 나를 콱 깨물더라. 놀라서 놓으니까 순식간에 용으로 변해선 승천하는데, 그 하늘에는 또 별들이 어찌나 그렇게 많던지.」

「……」

「주지 스님한테 얘기했더니 천하를 호령하는 위인이 나오겠다고. 시대의 인물이 돼서 새 역사의 장을 여는 지도자가 될 아이라고……」

스님들과 주변 불자들의 축하는 물론이요, 어디서 소문이 돌았는지 그 태몽 나한테 파시라는 사람들까지 박 여사를 찾아왔다고 한다.

온갖 상서로운 것은 다 출동한, 그야말로 역대급 태몽.

그러다 보니 태몽을 운운하는 지경까지 갔다는 것은 즉, 매우 근본적인 빡침. 어떻게 '저런' 태몽에서 '이런' 것이 나왔냐는, 개빡침의 표출이었다.

'지, 지오 살료!'

걸음아 나 살려라. 견지오는 양손에 슬리퍼를 들고 후다닥 집 밖으로 토꼈다.

·· ✦ ✳ ✦ ✳ ✦ ··

바벨탑 [마의 9구간].

길드 연합 공략대 출정.

이런 빅 이벤트가 있을 때마다 나라별로 분위기가 달랐는데, 한국은 따지자면 고요한 편에 속했다.

공략 앞두고 한창 예민해져 있을 공략대를 존중하자는 분위기가 지배적인 탓. 그래서 오늘 바벨탑 앞에 진을 친 언론도 일정 거리 이상은 다가가지 않는 중이었다.

지오는 동네 슈퍼 안에 놓인 TV를 바라봤다.

드론 촬영 화면으로 보이는 바벨탑 전경.

비상 상황을 위한 대기용 임시 천막들도 이미 세워져 멀찌감치 보인다.

"이번에 들어가면 또 얼마나 걸리려나?"

"아들내미 기껏 다 키워 놨더니 품에 끼고 있을 시간도 없구먼. 지오 엄마 속도 말이 아니겠어."

"그러게. 지오야, 네가 옆에서 너희 엄마 잘 좀 챙겨 드려."

"어이구 퍽이나! 세도 엄마, 아서요~ 쟤는 그런 거 못 해. 애가 무뚝뚝해 가지고."

한동네에 오래 살다 보면 집안 사정은 어느 정도 서로서로 꿰게 된다. 웃으며 손사래 친 슈퍼 주인이 지오를 돌아봤다.

"그런데 지오 너, 요새 알바 다닌다더니 안 가? 벌써 잘렸어?"

"노노. 오늘은 쉬래서."

다들 현장에 나가 있을 거니까 오늘은 안 나와도 된다나. 지오는 입 안으로 박하사탕을 데구룩 굴렸다.

"이거랑 이거 달아 놔 주세요."

"어휴. 외상 다음에는 진짜 안 해 줄 거야."

"네엡."

대충 답하고 쏙 빠져나왔다. 출근 중인 거리의 사람들이 슈퍼의 TV를 힐끗대며 지나간다.

지오는 한 손으로 아까 도착한 카톡을 확인했다. 발신인은 밤비밤비.

[엄마네아들: 기일 전에는 돌아올게]

[엄마네아들: 가족들 잘 부탁한다]

'열흘 정도 남은 건가?'

어쩐지 날씨도 우중충하고, 박 여사도 요즘따라 더 예민하다 싶었더니…… 과연. 그 시기였군.

캘린더 앱으로 견태성의 기일을 체크하며 끄덕일 즈음이었다.

지이잉!

이젠 익숙한 이름. 지오는 심드렁하게 받았다.

"여보시요."

-오늘 출근 안 하셨죠? 뭐 하고 계세요?

"아침부터 박 여사 히스테리에 잠옷과 맨발 차림으로 쫓겨나서 외상으로 구입한 달달구리 물고 동네를 떠돌다가 전화받는 중."

-……아. 괘, 괜찮으신 거 맞죠?

"응. 근데 왜? 용건."

-어제 윤강재가 말한 장소, 찾은 거 같거든요.

"벌써?"

이 회귀자 녀석, 진짜 예상을 자주 뛰어넘는데.

백도현. 지오가 새삼스레 액정 화면에 뜬 이름을 다시 확인했다.

달동네 윤씨 형제 사건의 핵심이자 키Key인 용.

복수든 뭐든, 뭐라도 하려면 일단 또 다른 '검은 용'이라는 그 요정용부터 찾아야 했다.

하지만 어제 윤강재의 말에 의하면, 그가 예전에 용을 봤던 것은 순전한 우연. 형 윤의서를 찾으러 〈인바이브〉 길드에 방문했다가 무심코 쫓아 내려간 지하실에서였다고 한다.

분위기가 이상한 것 같아서 즉시 자릴 떴고.

그조차도 벌써 3년 전 일.

이후론 전혀 보지 못했고 말이다. 윤의서가 다신 길드에 오지 못하도록 신신당부했으므로.

「근데…… 얼마 전부터인가. 형이 서울 쪽 본사 말고 다른 데로 출근하는 거 같았어. 몇 달쯤 됐을 거야.」

테이머와 파트너 소환수는 떼려야 뗄 수 없는 관계다.

그러니 아마도 용 또한 서울에 없지 않겠냐며, 윤강재는 조심스러운 추측을 남겼다.

실마리라고는 그게 전부라서 꽤나 시간이 걸릴 줄 알았는데.

–어렵진 않았습니다. 아직은 법 테두리 안에 있는지 사업장 등록을 꽤 정직하게 했더라고요.

"어딘데? 서울에서 많이 멀어?"

할리우드 영화에서 보면 불법 동물 실험하고 위험 약물 만드는, 뒤가 구린 놈들은 무슨 철망 두른 군부대 같은 장소에 숨어서들 하던데.

그렇게 지오의 머릿속에 험준한 삼팔선 인근 접경 지역

들 따위가 떠오를 무렵.

　-분당이요.

　"……응?"

　-정확히는, 판교 테크노 밸리입니다.

　"에엥?"

　너무나 도시적인 이름의 등장에 지오가 입을 벌렸다.

　……아니, 이건 좀 아니지 않냐?

　마술사왕 견지오는 물끄러미 백도현을 바라봤다. 어딘가 시무룩한 기색이었다.

　"왜 그러세요?"

　"……멋이 없어."

　"예?"

　"간지가 안 나……."

　"그게 무슨?"

　"신분당선 막차 타고 악의 조직 소탕하러 오다니……."

　"……."

　저기요. 님 회귀자 아니세요? 현판소 주인공 아녀?

　스케일이 넘 초라하잖아, 지금. 다른 웹 소설 보면 막 딴 차원 세계도 오가고, 헬기 타고 미국도 가고 그렇던데…….

　"교통 카드로 2450원……."

　게다가 막차 놓칠까 봐 겁나 헐레벌떡 뛰어서 탔다.

귀찮은 건 딱 질색이지만, 가오에 죽고 가오에 살아가는 폼생폼사 킹지오가 실망한 얼굴로 백도현을 힐끔거렸다. 흡사 '자기야, 자기 이것밖에 안 되는 사람이었어?' 눈빛.

'뭐, 뭐지? 뭔가 남자로서의 자존심이 깨지는 듯한 이 기분……'

"아니, 저는 판교역이랑 위치가 가깝길래 이쪽이 효율적이겠다 싶어서."

"됐음."

우리 집 회귀자가 가성비충이라니. 맘마미아.

"……혹시 화나신 거예요?"

"아니. 얼른 끝내고 가자."

"그럼 삐지신-"

"아니라고."

"뭐 때문에 기분 상하신 건지 알려 주셔야 풀어 드리죠. 자, 잠깐 같이 가요, 죠!"

휙 먼저 돌아서가는 냥아치 뒤를 백 집사가 안절부절 쫓아 달려갔다.

·· ✦ ✳ ✦ ✳ ✦ ··

헌터 윤의서의 소속은 분명 길드 〈인바이브〉.

그러나 정작 〈인바이브〉의 흔적은 이곳에 없었다.

백도현이 찾아냈다는 사업장은 전혀 다른 이름, 그러나 들어 본 적 있는 이름으로 자리해 있었다.

[㈜ 마누미션 연구 센터]

한국어와 영어로 양각된 명판의 건물은 겉보기엔 평범 그 자체인 제약 회사다. 지오의 눈매가 가늘어졌다. 흐음.

"여기가 확실해?"

"오시기 전 주변 탐문도 끝냈습니다. 이 앞 카페 주인이 확실히 기억하고 있던데요. 윤의서 헌터, 근처에서 자주 봤다고."

백도현이 굳은 표정으로 긍정했다.

〈마누미션〉의 전신이 〈인바이브〉란 것은 그 또한 예상치 못했다. 회귀 전, 두 집단은 서로 아무런 연관도 없어 보였으니까.

아마 지오와 다니면서 또 다른 검은 용, '요정용'이라는 교집합을 발견 못 했더라면 계속 꼬리를 잡지 못했을지도.

"그럼 빼박 확실하네. 아니면 이런 데를 걔가 올 리 없으니까."

불이 환히 켜진 건물.

물끄러미 올려다보던 지오가 주변을 슥 둘러봤다.

새벽임에도 불빛들이 훤하다. 연구 센터뿐 아니라 근처의 빌딩 숲이 전부 비슷하게 그랬다.

"근데 이 동네는 왜 이렇게 다 밝아? 다들 퇴근 안 하나."

"아무래도 IT 기업들과 정보 길드들이 몰려 있는 곳이라 그럴 겁니다."

"으…… 일 커지면 시끄러워지겠네."

"그러니 되도록 조용히 들어갔다가 나와야죠. 오늘은 뭘 어떻게 하려고 온 게 아니라 조사차 온 거니까요."

말하면서 고개를 끄덕이는 백도현.

그런데 지오에게서 대꾸가 없다. 의아하게 돌아보자 그보다 더 의아한 기색의 얼굴.

"왜 그러십니까?"

"엥……."

"……?"

지오가 어리둥절 대답했다.

"오늘 다 끝내려고 온 거 아님……?"

"……예?"

인생이란 자고로 원 펀치. 먼치킨 견지오 선생이 심각하게 양미간을 좁혔다.

"싹 다 밀어 버리는 게 아냐? 그럼 여기를 또 와? 왜?"

"……정황 파악부터 제대로 해야 하니까요. 물론 요정용의 구조가 최우선이긴 하지만."

"뭐가 그렇게 복잡해?"

"복잡한 게 아니라……! 신중한 겁니다. 자칫 잘못하면 일을 그르칠 수 있으니까."

일단은 침착하게 대꾸하던 것도 잠시, 백도현이 의문을 참지 못하고 따졌다.

"아니, 그보다 계속 정체 감추실 거 아닙니까? 대체 어떻게 다 밀어 버리시겠다고?"

"님 있잖아."

"예에?"

"일단 패 버린 다음 백 집사가 했다고 하고, 나는 애당초 여기 없었던 것처럼 휙 사라지는 거지."

진심이다. 견지오의 목소리는 여느 때보다 진지했다.

"그 뭐냐…… 그런 거잖아? 찐영웅은 어둠 속으로 사라지고, 영광은 웬 평범하고 실속 없는 애가 가짜 영웅이 돼서 누리고. 배트맨 뭐시기. 다크 히어로? 뭐 그런 어쩌구."

"……."

넋 놓고 바라보던 백도현이 발끈했다. 아니 이 여자가 진짜.

"싫습니다! 전 디시 쪽은 취향 아닙니다! 마블 외길이라고요!"

"옴맘마, 허얼, 이 마블충 보소?"

"추, 추웅? 말씀이 심하신 거 아닙니까! 순수한 마블 제국의 팬이라 정정해 주시죠!"

"워딩 봐라? 어느 안전이라고 성공한 미국 자본주의 냄새를 풍겨 대, 지금! 디시 영화 폭망했다고 무시하는 거야, 뭐야! 우리 쁘띠빠띠 할리퀸 무시해?"

"뭐요? 그 여자가 어딜 봐서! 쁘띠빠띠가 뭔지 모릅니까? 쁘띠빠띠는 당신이죠!"

"뭐, 뭣. 이런 모욕이…… 난 쿨 앤 시크야! 당장 사과해!"

"사실을 말했는데 왜 사과를 합니까? 전 잘못 없습니다!"

[당신의 성약성, '운명을 읽는 자' 님이 하……. 진짜 뭐하고 자빠졌냐고 못마땅해합니다.]

[저 회귀자 자식, 아닌 척 은근슬쩍 잘도 치고 올라온다며 견제하기 시작합니다.]

삼천포로 빠지던 둘의 대화가 제자리를 찾은 것은 갑작스러운 인기척 덕분.

터벅, 터벅.

'쉿.'

민첩하게 지오를 제 품에 당겨 안은 백도현이 돌담 뒤 그늘로 몸을 숨겼다. 그런 그들을 발견 못 하고 한 무리의 가드가 지나간다.

멀어지는 그림자를 보다가 백도현은 고개를 숙였다.

빤히 그를 올려다보고 있는 눈.

……이 사람은 어떤 상황에서든 시선을 피하는 법이 없다. 얕게 한 번 웃은 백도현이 소리 죽여 속삭였다.

"진짜 저한테 다 맡기시겠다고요?"

"봐서. 왜, 자신 없어?"

"그건 아닙니다만……."

알 수 없는 얼굴로 조용히 지오를 응시하는 백도현.

몇 분의 간격을 두고 그는 다시 입을 뗐다.

"……그럼. 일이 잘 끝나면 제 부탁 하나만 들어주실 수 있습니까?"

"뭔데?"

"그때 가서 말씀드릴게요."

"들어준다고 안 했는데."

"압니다. 그때 듣고 결정하셔도 상관없어요. 어려운 일은 절대 아닐 겁니다."

회귀자는 부드럽게 웃었다.

·· + ✳ ✶ ✳ + ··

"흐, 읍!"

스르륵-!

불시에 가격당한 뒷목을 잡고 쓰러지는 가드.

이걸로 다섯 명째. 소리 없이 가드를 바닥에 내려 두며 백도현이 뒤를 돌아봤다. 어딘가 찜찜한 표정이다.

"이상하게…… 수월한데요."

지오도 동의했다.

말 그대로였다. 맥 빠질 정도로 경계가 허접하다. 일단 눈에 보이는 사람들 수부터가 현저히 적었다.

'유령 회사야, 뭐야.'

밤바다 오징어 배마냥 불빛들은 휜하더니. 바깥에서 봤을 때와는 전혀 다른 느낌이다.

"흠. 설마 진짜 칼퇴했나?"

"글쎄요."

백도현의 시선이 쓰러진 가드를 주의 깊게 살폈다. 귓바퀴 뒤에 새겨진 코브라 모양의 타투.

'데저트 바탈리온……'

다국적 민간 군사 기업이다. PMC 바닥에선 제일 악명 높은 곳. 돈만 주면 무엇이든 안 가리고 하는, 질 나쁜 용병들로 유명했다.

백도현이 낮게 뇌까렸다.

"비싼 돈 주고 블랙 용병까지 고용했으면서 자리를 비우진 않았을 겁니다. 일단, 계속 가 보죠."

그러면서 쓰러진 가드에게서 벗겨 건네주는 볼 캡.

까만 모자를 받아 푹 눌러쓰며 지오가 먼저 걸음을 뗐다.

팍, 파앗!

백도현이 대강 정리한 로비를 물 흐르듯 가로지른다. 가벼운 그 걸음에 맞춰 장내 CCTV의 불빛들이 하나둘 사그라졌다.

동네 마실 나온 것처럼 막힘없던 움직임이 멈춰 선 것은 엘리베이터 안. 버튼을 누르려던 지오의 눈이 동그래졌다.

"오잉."

"왜 그러십니까?"

뒤이어 올라타던 백도현이 묻는다. 지오는 모자챙을 슬쩍 들어 올렸다.

"없는데, 버튼이."

요거 보라며 가리키는 손가락.

승강기의 버튼 어디에서도 알파벳 B를 찾을 수 없었다. 지상층 것만 있다.

백도현은 말없이 내려 옆의 승강기들까지 쭉 확인했다.

"……그러게요. 전부 지하층이 없습니다. 아까 스캔하셨을 때 분명 지하까지 있다고 하셨죠?"

"응. 엄청 깊이."

연구 센터 안으로 들어오기 직전, 견지오는 마력을 퍼뜨려 건물 내부 구조를 미리 훑었다.

[마력 투시魔力透視].

마법사나 마력 컨트롤에 능한 특화계들이 주로 사용하는 능력이었다. 하지만 대개 장애물 탐색처럼, 앞에 뭐가 있는지 확인하는 정도에 그치는데…….

건물 전체를 단번에 읽어 낼 만큼이라니.

이게 가능한 일이냐고 옆에서 백도현이 새삼 경악했지만, 밸런스 파괴왕에게 그 정도 마력 사용이야 바다에서 물 한 컵 퍼내 쓰는 것과 별다르지 않았다.

아무튼 간에. 항마 결계라도 쳐 놨는지 어떤 지점부터 막히긴 했어도, 최소 지하 4층까지는 똑똑히 확인한 참인데.

어떡할 거냐 지오가 눈빛으로 묻는다.

그에 보이는 가장 아래층의 버튼을 누르며 백도현이 중얼거렸다. 일이 좀 번거로워졌긴 하지만…….

"적어도 한 가지는 확실해졌네요."

반드시 숨겨야만 하는 게, 지하에 있다는 것.

·· ✦ ✵ ✦ ✵ ✦ ··

서울 B 대학 병원 안.

띠, 띠- 띠!

의료진의 움직임이 급박했다. 분주한 발걸음과 함께 다급히 높아지는 목소리들.

"서, 선생님! 윤의서 환자 또 어레스트예요!"

"제기랄, 뭐 하고 있어요! 안티 포이즌 포션 팩부터 더블로 달고 에피, 아트로핀 투여, 제세동기도 준비해! 교수님은 아직 연락 없으셔?"

"지금 바로 오신다는데, 지방에서 올라오는 길이라 한 시간은 넘게 걸리신대요!"

"뭔 미친 소리야! 워프 게이트는 뒀다가 뭐 하고! 상급 힐러는 이머전시 이용 가능하잖아!"

"아산에서 3급 균열로 산사태가 터지는 바람에 원 웨이 운영밖에 안 되고 있답니다!"

"미치겠네. 환자분, 윤의서 헌터! 제 말 들립니까? 200J 차지!"

"200J 차지 완료!"

"물러서, 샷!"

'제발…… 제발……'

시체처럼 창백한 푸른빛 얼굴. 목 위로는 혈관이 거뭇거뭇하게 도드라진다. 문외한이 봐도 알 만큼 심상치 않은 상태.

샷! 소리와 함께 거세게 병상이 덜컹거리고.

어지러운 의료진들의 모습 사이로 정신 잃은 윤의서의 몸이 힘없이 흔들렸다.

'형……'

"제발, 흐윽, 제발, 혀어엉……"

가지 마. 아직 놓지 마.

지금 떠나 버리면 안 돼.

"도와줄 거야. 우리를 도와주겠다고 했단 말야……. 조금만, 제발 조금만 더 견뎌."

바들바들 떨리는 손. 간절하게 두 손을 모으며 윤강재가 바닥으로 주저앉았다.

단 한 번도 그들 형제의 부름에 응답해 준 적 없던 신의 이름 대신, 누군가의 이름을 속으로 부르짖으며.

·· ✦ ✳ ✦ ✳ ✦ ··

길드 〈인바이브〉.

한때 국내에서 손꼽히는 규모의 대형 길드였으나, 헌터의 의무를 저버리면서 쇠락의 길로 접어든 길드.

결정적인 계기는 10여 년 전, 전 국민의 악몽으로 남은 대규모 돌발 균열 사태, '악몽의 3월' 사건이었다.

당시 의정부에 거점을 뒀던 〈인바이브〉. 그들 길드의 담당 지역이었던 만큼, 서든 게이트 발발 시 누구보다 앞장서 싸웠어야 옳았지만⋯⋯.

의정부를 덮친 2급 돌발 균열, 그 앞에서 '홀로' 시민들을 지켜 냈던 것은 길드 〈해타〉.

그 어디에도 〈인바이브〉는 없었다.

모든 비극이 끝난 후, 책임론이 대두되면서 하나둘 시작된 검찰 조사에 의해 밝혀진 결과는 더욱 가관.

균열이 터지자마자 길드 중역들이 위장 신분으로 워프 게이트를 타고 날랐다는 정황이 드러나자 전 국민이 격분해 들고 일어났다.

저 헌터 놈들을 당장 시청 광장에 매달아라!

대국민 사과 기자 회견도 무용지물.

공개 처형제를 도입하라는 말까지 돌 정도로 국민 여론

이 들끓었고, 그에 따라 자연스럽게 길드는 쫄딱 패망.

더 갈 데 없는 밑바닥까지 데구르르 떨어져 탑과 던전 공략은커녕, 헌터들 뒤꽁무니 쫓아다니면서 부스러기 줍는 스캐빈저 짓거리나 하고 살겠거니 싶었는데…….

패망하고 덩치만 남은 그 양아치 길드를 주워 먹은 곳이 바로, 눈앞에 있는 건 일단 먹고 본다는 주의의 '야식킹'.

언더 월드의 지배자. 5대 길드, 〈여명〉이었다.

백도현은 생각했다.

'눈치만 보던 인바이브가 뭍 위로 다시 올라온 건, 여명 밑으로 들어가면서부터다.'

랭킹에 데뷔한 지 고작 5년.

국내 몇 안 되는 S급이라곤 하나 이렇게 짧은 기간 안에 황혼의 〈여명〉이 5대 길드의 한 축으로 자리 잡을 수 있었던 건, 전적으로 그 어마무시한 먹성 덕택이었다.

〈인바이브〉 입장에선 천운이라고 봐야 했다.

세력 확장으로 눈에 뵈는 게 없었던 어린 갱스터가 지하 제국을 통일하면서 덩달아 자연스럽게 흡수된 케이스였으니까.

'문제는…… 단순히 이름뿐인 산하인 건지, 아님 이 일에 여명까지 얽혀 있는 건지.'

〈인바이브〉 한 곳뿐이라면 상관없지만, 만에 하나 후자라면 생각보다 일이 어려워진다.

백도현의 얼굴이 어두워졌다.

'키도…… 넌 대체 어디까지 들어가 있는 거냐?'

〈마누미션Manumission〉의 직역은 '노예 해방'.

따라서 각성제 마누미션의 또 다른 이름은, 해방 약물解放藥物이다.

회귀자 백도현은 그 뒤틀린 마약의 배경에 '누가', 또 어떤 '집단'의 입김이 있는지 정확히 알고 있었다.

"맞네. 얘 맞는 거 같음."

상념을 깨는 평화로운 목소리.

백도현은 고개를 들었다.

특유의 시큰둥한 얼굴로 지오가 누군가의 앞에 쪼그려 앉아 있었다. 쓰러진 자의 뺨을 장난치듯 검지로 콕콕 찌른다.

다 맡기겠다더니…….

정말로 백도현이 길을 뚫는 내내 뒷짐만 지고 있던 분이셨다.

'한 입으로 두말 안 한다고 해야 할지, 고집스럽다고 해야 할지.'

초토화된 복도 위.

곳곳에 널브러진 사람들, 복도를 꽉 메운 그들에게선 아무 소리도 나지 않는다. 오직 두 명만 움직이는 복도는 정적에 가깝도록 고요했다.

휘익-!

피 묻은 검날을 털어 납검한 백도현이 평소와 다름없는

투로 반문했다.

"인바이브 소속 확실합니까?"

"엉. 정진철이 시다바리."

지오가 심드렁하게 답했다.

'그치?'

[성위, '운명을 읽는 자' 님이 종로 던전에서 엘리베이터 쪽으로 딜 날려서 울 애기 다칠 뻔하게 했던 그 망할 트롤러 놈 확실하다며 긍정합니다.]

"언니도 종로 던전에서 본 걔 빼박 맞대. 히야, 이놈들 진짜 인바이브였네."

"언니요?"

"내 별님."

"······성위를 언니, 라고 부르십니까?"

물론 성약성을 부르는 호칭은 화신마다 제각기다. 별과의 관계가 다 동일하진 않은 법이니까.

백도현 역시 성위와 가깝고 친근하게 지내는 화신들이 있다고 듣긴 했지만······. 지오가 고갤 갸웃거렸다.

"기분 따라 다르지만, 대체로. 왜?"

"아뇨. 성약성과 정말 가까우신가 보네요."

"그럼 넌 뭐라 부르는데?"

"······."

지오는 백도현이 왠지 심하게 당황한다고 생각했다.

마치 그런 건 생각조차 안 해 봤다는 듯 머뭇머뭇 망설이더니 우물쭈물 입을 뗀다. 그러니까……

"……보통, 안 부르죠……?"

"……."

[……]

[당신의 성약성, '운명을 읽는 자' 님이 애기야 오빠가 진짜 잘할게, 그동안 복에 겨운 줄 모르고 투덜거려서 미안했다악 외칩니다.]

'부, 불땅해.'

저 집 성약성 불쌍해.

웬일이니. 계약자 잘못 만나서 등골만 빼먹히고, 완죠니 차가운 비즈니스 관계 그 자체……

"……다, 다들 그런 거 아니었습니까?"

으이구 저래서 요즘 젊은 놈들은 안 된다고, 받을 거만 챙기고 입 싹 닦는다고 1호선 꼰대 빔을 장전하려던 찰나였다.

일어서던 지오가 그대로 멈칫한다.

"딱히 성약성과 사이가 안 좋다기보다, 그, 그냥 좀 어렵기도 하고, 약간 먼 존재 같-"

"다물어."

"……."

눈치 빠른 백도현이 즉각 입을 닫았다.

가만히 귀를 기울이던 지오의 시선이 아래쪽을 향한다.

복도 바닥에 흥건히 고인 핏물. 그리고 그 수면 위로 잘게 흔들리는 파문의 잔흔.

소리는 멎었지만, 여진은 아직 남아 있었다.

"……죠?"

"울음소리."

"무슨."

"용, 울음소리."

견지오는 서늘하게 굳은 표정으로 고개 들었다.

드래곤 피어가 아니다.

저보다 약한 종족들을 내려다보고, 위압하는 최상위 포식자의 우렁찬 포효가 아니었다.

이건 드래곤 크라이Dragon's Cry. 죽음을 앞둔 용이 생애 마지막으로, 동족을 부르는 구명의 단말마였다.

6

오래전 일이다.

용과의 질긴 인연 히스토리는 견지오가 어릴 때로 거슬러 올라가야 했다.

[키워드 '**묵시록의 붉은 용**'의 구현화에 실패하였습니다.]
[사서의 숙련도가 부족합니다.]

「씨…… 왜 안 되는데에!」

[기록]의 구현화具現化란, 사실상 창조에 가깝다.

하지만 무無에서 유有를 창조해 내는 것은 아니었다.

이 세상에 이미 존재해 있지만, 무형으로만 존재하던 것을 유형으로 구현해 내는 일.

즉, 떠도는 형이상학적 이미지에 형체를 부여하는 행위이니만큼 관련 데이터가 많으면 많을수록, 또 그 이미지가 구체적일수록 좋았다.

따라서 성서 속 '묵시록의 붉은 용' 정도로 사료가 넘치고, 이미지까지 확실한 것은 없으니까. 손쉽게 될 거라고 여겼는데…….

또 실패였다.

어린 지오가 발 구르며 성질부렸다.

「사기꾼!」

[당신의 성약성, '운명을 읽는 자' 님이 노답 꼬맹이 생떼에 어깨를 으쓱합니다.]

[사기꾼이라니? 이 오빠는 안 될 거라고 진작 설명했다고 귓등으로도 안 들은 건 너님이셨다며 일목요연 인텔리전트한 말투로 반박합니다.]

「얄미워!」

[성위, '운명을 읽는 자' 님이 아무리 데이터의 구현화라고 해도, 무기 만드는 일이랑 드래곤 만드는 일이 같겠냐며 너무 날로 잡수시려는 거 아니냐고 짐짓 혼내는 척 허리춤을 짚습니다.]

[안 되는 거 붙잡고 그만 떼쓰고 우리 애기고영 이럴 시간에 잘생긴 오빠랑 수련하러 바벨탑이나 가자고 꼬드깁니다.]

「안 가!」

옛 성현들 왈, 정석이 안 되면 편법으로 가라고 했다. (아님) 길이 없다면 개구멍을 찾아보라고도 했던 거 같다. (절대 아님)

어린 지오는 포기하지 않았다.

'용이란 자고로 먼치킨의 로망!'

님들 자가용 드래곤 한 마리 없는 먼치킨 본 적 있습니까? 드래곤 정도는 타고 다녀 줘야 아 쟤가 저 동네 킹 먹은 먼치킨이구나, 인정해 주는 법이다.

어린 지오는 호기로운 마음으로 도서관을 들락거리기 시작했다.

다행히 세상에는 아주 많은 용들이 있었다.

'아지 다하카 얜 진짜 찐으로 너무 나빠 보인다. 파프니르는 와, 얘 욕심쟁이네. 야마타 오로뭐시기? 얜 뭐야? 일제라서 패스.'

그 외 날개가 없어서 패스. 문헌 부족으로 패스 등등.

종류별로 온갖 패스가 다 튀어나올 무렵.

"⋯⋯[니드호그Níðhöggr]."

북유럽 노르웨이 신화 속 가장 끔찍한 용.

세계수 밑동에서 살아가는 적의의 학살자Malice Striker.

얘다.

너로 정했다.

견지오는 운명을 느꼈다.

'학살자 주제에 나무뿌리나 갉아 먹으면서 맨날 다람쥐나 새랑 싸워 대는 하찮음이 맘에 들어.'

그리고 이어진, 수많은 실패.

숙련도 부족 메시지에 노이로제가 올 지경이었다.

어린 지오는 눈을 낮췄다. 있는 힘껏 상상력을 동원했다.

신화 속 용 니드호그의 '값'을 줄이기 위해.

지금의 자신이 감당 가능한 크기로 세계로부터 꺼내 올

수 있도록 마인드 트레이닝을 지속했다.

너는 작아. 외로워.

사실은 그렇게 강하지도, 대단하지도 않아.

영원까진 필요 없어. 필요한 것은 너의 곁에 있어 줄 누군가.

그리하여,

그 끈질긴 혼잣말 속에서.

『키워드 '니드호그Níðhöggr'의

구현화를 진행하시겠습니까?』

[구현화具現化 진행 중……]

.

.

[적의의 학살자 '니드호그'가 탄생하였습니다!]

[경이로운 업적! 서버 최초로 생명 창조에 성공하셨습니다.]

[만류 천칭이 당신께 경의를!]

[퍼스트 타이틀, '마술사왕(신화)'이 최종 만개滿開합니다.]

먹구름이 낀 깊은 밤.

밤하늘을 열고 태어난…… 암흑 은하 빛깔을 띤 피막의 검은 용. 눈을 뜨는 마력 생명체에게선 타오르는 잿더미와 불, 그리고 별의 냄새가 났다.

어린 지오는 소리 내어 웃었다.

「야아. 그렇다고 이렇게 쪼끄맣게 태어나면 어떡하냐!」

아이의 상체만 한 크기의 작은 용. 기지개 켜듯 흑룡 『니드호그』가 날개를 펼쳤다.

마술사왕, 그 제1의 권속眷屬.

또 첫 번째 친구의 탄생이었다.

·· ✦ ✳ ✦ ✳ ✦ ··

그렇게 안 보여도 견지오는 자기 것이라고 생각하면 애착이 굉장히 강해지는 인간이었다. 특히 니드호그 같은 경우는 더욱 유난했다.

최초로 창조해 낸 생명체.

영혼과 뿌리가 연결되어 있는 것은 성약성과도 마찬가지지만, 카테고리가 달랐다.

성약聖約이 존재 대 존재 간의 계약이라면, 니드호그는 그녀의 혼에 똬리를 튼 [권속]이었으니까.

예컨대 작은 분신 같은 존재라고 할까?

그러니 애정과 그 의미가 매우 남다르다고 할 수 있다. 괜히 아끼는 게 아니었다.

더불어 [용마의 심장] 특성 탓인지, 그냥 개인 취향인지 뭔지, 용과 관련해선 어릴 적부터 집착이 꽤 강하기도 했고.

아무튼 결론은, 이쪽이 용을 아주아주 아낀다는 얘기.

종로 옵티무스 시절, 윤강재가 짝퉁 용 비늘 하나 내밀었다고 바로 눈깔이 돌았던 것만 봐도 답이 나왔다.

그래서 견지오는 현재 화가 좀 난 상태다.

'아니, 드래곤 정도면 완전 희귀 동물 아니냐? 당장 멸종 위기 국제 보호종으로 선정해도 모자랄 마당에, 어?'

"비켜."

파아악!

홱 휘두르는 손짓에 그대로 날아가 처박히는 장정들.

실금 간 벽에서 후두둑 부스러기가 떨어져 내렸다.

"치, 침입자다!"

"연구소 B5-가 구역 침입자 발생! 최소 AA급 이상 각성자로 추정! 즉각 지원 바란다!"

삐이이이- 위이이잉!

[침입자 발생, 침입자 발생!]

[보안 시스템을 가동합니다.]

비상 경고등과 함께 내려오는 차단벽.
"[영역 선포.]"

라이브러리, 편집 모드
『단축키 ― 선택 영역 삭제』

사아아악!

오려 내듯 눈앞의 공간이 지워진다.

인식적인 경계가 무너지는, 비현실적 광경이었다.

말끔히 소멸시킨 벽 사이를 견지오가 멈추지 않고 걸어갔다. 순식간에 지하 4층 돌파, 이제 5층이다.

그 작고 위대한 등을 따르며 백도현이 실소했다. 목 뒤의 소름이 가시질 않고 있었다.

'상상…… 그 이상!'

이게 고작 인간 한 명한테 허락된 힘이란 사실이 믿기지 않는다. 가까이서 보니 더욱 그랬다.

공간을 멋대로 조작하며, 거대한 마력은 고요하고 폭발적이다. 알고는 있었지만…… 경이롭다.

백도현은 조용히 그녀의 등을 좇았다.

막힘없이 걷던 그 발걸음이 멈춘 것은 지하 6층.

불빛 색이 바뀌었다.

연구소답게 백색 일색이었던 복도. 결벽적일 정도로 획일화되고 자로 재서 나눈 듯했던 그 구조가 온데간데없었다.

존재하는 것은 그저, 암흑 속에서 깜빡, 깜빡 점멸하는 푸른 불빛.

"흡."

'시, 시발.'

인상을 구기며 지오가 물러났다.

악취가 날카롭게 후각을 후벼팠다. 불쾌하다 못해 골이 울릴 정도다.

"……나 비위 약한데."

심하게 약해서 비린내 나는 건 입도 못 대신다. 음식물 쓰레기는 아예 쳐다도 못 보고.

파죽지세로 무쌍 찍던 여포 기세는 어딜 가고, 지오가 주춤주춤 물러났다. 어느새 백도현 등 뒤로 바짝 달라붙은 예민 고영.

"가, 가랏. 회귀자몽."

그새 옷자락으로 코를 틀어막았는지 코맹맹이 소리까지 난다. 백도현은 맥이 빠져 어깨를 늘어트렸다.

'정말, 종잡을 수 없는 분……'

암흑이 드리운 지하 6층 복도.

확실히, 위층과는 전혀 다른 분위기였다.

길은 비좁고, 아래 바닥은 포장하지 않은 도로처럼 울퉁불퉁하다. 백도현의 손이 신중하게 벽을 더듬었다.

'콘크리트가 아니다.'

다행히 밑으로 내려가는 철문이 비교적 가까운 위치에 있었다.

희미하게 깜빡이는 푸른 불빛의 출처도 그곳이다.

불빛이 문틈으로 새어 나오고 있었다.

물론 상위 등급 각성자에게 이 정도의 어둠이 시야에 방해될 리 만무했지만. 그래도 없는 것보다 있는 쪽이 나으니까.

"죠. 여긴 뭐가 더 없어 보이니 일단 저기로 가 보는 게 좋겠습니다."

"응."

"그니까, 앞을 좀 보시고……."

"으…… 냄시."

"……."

그의 등에 얼굴을 파묻고 비비적거리는 견지오.

백도현이 그 감각에서 신경 *끄기* 위해 무던한 노력을 기울이며 어색하게 걸음을 옮겼다.

그리고.

끼이이익……!

"……."

두근, 두근-

철문을 열자마자 정면 시야에 드러나는 대공동大空洞.

좁은 철제 계단 너머 광활한 굴이 자리해 있다. 지층을 깊고 넓게 뚫어 내어, 그대로 싹 밀어 버린 듯한 공간.

두근, 두근-

거대한 맥박이 공간 전체를 진동처럼 울린다.

근원은 벽과 바닥, 온 사방을 뒤덮은 전선 같은 흑선들. 그리고 그 선들이 연결된 중앙, 송신탑처럼 우뚝 선 그곳에…….

구우우우우우-!

[타이틀 특성, '**용마의 심장**'이 드래곤 크라이에 반응합니다!]

……용龍.

환상종의 전설.

죽어 가는 요정용Fairy Dragon이 있었다.

⋅⋅＋✵✸✵＋⋅⋅

[원격 네트워크 연결, 승인]

[바벨 네트워크 | 사용자 로그인]

[접속 권한 확인 중, Loading…]

[승인 완료 — 제한된 관리자 | 디렉터Director]

[디렉터 확인 — 키도Kiddo]

/소속: 어스 — 무주의 땅/

[경고. 해당 디렉터가 소속된 지역이 아닙니다. 일부 작업 권한이 승인 거부될 수 있습니다.]

[접속, 로컬 디렉터리(외부)]

[액세스 권한 승인]

[▷ 국가 — 대한민국]

[경고! 해당 디렉터가 담당하는 로컬 서버 디렉터리가 아닙니다. 작업 지속 시 상위 관리자에 의해 제재될 수 있습니다.]

"애쓰네, 한국 바벨."

[로컬 디렉터리(외부) | 채널 보안 설정]

[국가 — 대한민국, 하위 채널 '성남']

[▷ 게이트 방화벽 관리]

[하위 로컬 채널 '성남'의 보안 단계를 1단계(최우선 관리 국가)에서 5단계(하위 관리 국가)로 변경합니다.]

[이대로 적용하시겠습니까?]

/선택하신 설정은 권장하지 않습니다. 방화벽이 낮아질 시 외부 테라포밍의 위험이 있습니다./

[경고! 해당 작업은 심각한 위험을 초래할 수 있습니다. 악의적인 작업은 채널 보호를 위해 차단될 수 있습니다!]

[확인. 채널 '성남'의 보안 단계를 1단계(최우선 관리 국가)에서 5단계(하위 관리 국가)로 변경하였습니다.]

[해당 지역은 로컬 디렉터가 부재한 채널입니다.]

[상위 관리자의 기본 권리 보호 요청에 의해 단계가 임의로 조정됩니다.]

[채널 '성남'의 보안 단계가 5단계(하위 관리 국가)에서 3단계(일반 관리 국가)로 임의 조정됩니다.]

/현재 '제한된 관리자'로 로그인 중입니다. 일부 관리 작업만 수행 가능합니다./

[디렉터의 레벨이 낮습니다. 변경 설정이 영구 적용되지 않습니다.]

[변경 사항 초기화까지 남은 시간 계산 중······.]

[남은 시간 00:00:59:58]

'뭐······ 아직 권한이 적으니.'

이 정도로 만족해 볼까?

어차피 한 시간이면 엉망진창이 되기에 충분히 차고 넘치는 시간이다.

아직까진 고요한 도시의 밤. 잠들지 않은 대도시를 오케스트라 지휘자처럼 내려다보며 키도가 미소 지었다.

·· ＊ ✹ ✦ ✹ ＊ ··

지오는 천천히 걸어갔다.

전선 같다고 생각한 흑선들은 전부 혈관이었다. 용의 피가 흐르고 있는 혈관들.

그리고 그 혈관들의 근원, 요정용은 마치 하나의 거대한 암석처럼 보였다. 살아 숨 쉬는 생명체가 아닌, 그대로 죽어서 굳어 버린 암석.

본래 화려했을 것이 분명한 나비형 날개에는 빛이 없었고, 웅크린 거체는 까맣게 색이 죽어 있었다.

환상종의 전설. 환상계의 왕.

오색찬란한 자개와 같은 비늘을 자랑하는 요정용의 모습이라고는 감히 상상할 수 없는 비참한 꼴.

"……."

〖……〗

새액, 색.

당장에라도 끊길 듯 숨소리가 미약하다.

가까워지는 인기척에 요정용이 힘겹게 눈꺼풀을 들어 올렸다. 동공이 물이끼가 낀 것처럼 흐릿했다.

무의식적으로, 지오가 용에게 손을 뻗으려는 찰나.

"……잠시만요."

"……."

그 팔을 제재하는 백도현.

왜냐는 눈빛으로 돌아봤지만, 정작 그는 이쪽을 보고 있지 않다. 먼 곳에 시선을 고정한 채 백도현이 지오에게 속삭였다. 무섭도록 굳은 얼굴로.

"위를, 용의 위를 보십시오."

"……."

"제 눈이 잘못된 게 아니라면, 저건……."

거대한 공동을 적시고 있는, 불길한 푸른빛.

견지오는 그제야 이 푸른빛의 출처가 어디인지, 또 어째서 낯익은 기분이 들었는지 깨달았다.

비정상적으로 금이 간 허공.

그곳에서 조용한 소용돌이처럼 일렁이고 있는 푸른…….

"……게이트."

지오가 중얼거렸다.

지독하리만큼 현실감 없게도 그것은 분명히, 게이트.

균열이 거기 있었다.

'게이트가 왜 여기……?'

의문이 스쳤지만, 잠깐이었다.

바벨이 [하위 로컬 채널]을 통해 좌표를 알려 주는 경우가 아니어도 균열은 얼마든지 나타날 수 있다. 돌발 균열(서든 게이트)이 그 대표적 케이스.

그러나 그런 돌발 균열이 아니더라도 소리 없이 나타나 '때'를 기다리는 균열도 존재했다.

문을 열 만한 적절한 때를 기다리며, 숨죽이고 있는 게이트.

그것을 바로 [씨앗] 균열, 시드 게이트라고 불렀다.

"와, 법 없이 사는 놈들 많네."

전부 슬기로운 감빵생활 찍어야 할 자식들 같으니.

[씨앗]은 발견 즉시 신고하는 것이 국룰이다.

정신이 안드로메다로 가출한 자식들이 내가 이계와 소통해 보겠다는 둥 개소리를 지껄이며 감추는 경우가 종종 있는데 걸리면 얄짤 없이 철창행이었다.

보나마나 이것도 그림이 뻔했다.

웬 매드 사이언티스트 같은 놈들이 씨앗을 발견하자마

자 아주 신나서 연구 센터까지 세워 버린 것.

"희귀 동물 실험에 마약 연구…… 씨앗 은닉까지. 범죄 종합 선물 세트네, 이거. 무슨 크리스마스냐?"

1절, 2절도 모자라 뇌절 그 자체. 지오는 팍 썩은 표정으로 재수 없는 푸른 구멍을 쳐다봤다.

"씨앗은 미리 못 닫던가?"

"원칙적으로는 그렇습니다. 열려야 폐쇄도 하는 거니까요."

"그럼 빨리 얘부터 데리고 나가자. 저 씨앗이야 신고 때리면 센터 애들이 알아서 하겠지."

존버 타고 있는 [씨앗] 따위보다 비참한 꼴로 죽어 가고 있는 요정용 쪽이 우선이다.

지오는 손을 뻗었다. 인생 최대치의 상냥함을 담아 물었다.

"이봐, 반송장 요정용가리. 괜찮아?"

견지오 기준의 최대 상냥함이었다.

"그새 죽은 거 아니지? 씨앗 게이트 설명 타임이었어. 이런 거 안 짚고 넘어가면 개연성 부족 웅앵 소리 듣는다고."

'데드풀이냐. 제4의 벽 맘대로 넘지 마…….'

백도현이 당황하여 바라보든 말든, 아랑곳하지 않고 거체를 쿡쿡 찔러 대는 손가락.

"야, 헤이, 눈 떠 봐! 아까 그 죽은 동태 눈깔 같은 눈이라도 좀 떠 보라구!"

간절한(무례한) 그 외침이 닿은 걸까.

공기가 떨렸다.

이어서, 머릿속으로 웅웅 울려오는 목소리.

육성이 아닌, 의지로써 전달하는 용의 소통 방식이었다.

〖……동족의 냄새가 나는구나.〗

"……."

내내 가볍게 굴던 지오의 눈썹이 굳어졌다.

의지로 전해지는 원초적인 소통 방식. 오해의 여지가 일절 없다는 장점도 있지만, 단점도 존재했다.

상대의 감정과 뜻이 '매우' 직접적으로 전해진다는 것.

견지오는 여과 없는 용의 감정을 느꼈다.

참혹할 정도로, 슬펐다.

"……어. 나도 용이 있거든. 너 같은 용. 종류는 좀 달라도, 뿌리는 얼추 비슷하지."

〖그러한가? 그럼 내 착각이 아니었어, 다행이야……. 죽기 직전의 춘몽인가 하였거늘.〗

아스라한 울림.

지오는 물끄러미 그녀를 바라보았다.

"용가리, 너 이름이 뭐야."

〖암피트리치.〗

"암피트리치. 좋은 이름이네. 그리스 바다 용신의 이름인데."

요정용 암피트리치가 웃었다. 흩어지는 신음 같은 웃음

이었다.

〖영민하도다. 나 역시 그 바다에서 태어났다……. 따스한 태양 아래 흰 파도가 나를 빚었지…….〗

아마 그랬을 것이다.

학원에서의 그날, 확인차 햇빛에 비춰 보았던 비늘의 빛깔을 지오는 잊지 않았다.

지금에야 옻칠을 해 둔 듯 이리 까맣지만, 원래는 분명 눈이 부시도록 오색찬란했을 것이다.

마치 태양 아래 부서지는 지중해의 흰 파도처럼.

지오는 가만히 용의 거체에 손을 갖다 대었다. 용에게서 느껴지는 생명력이 한없이 미약했다.

"그래……. 암피트리치. 난 네 파트너의 부탁으로 왔다. 걔한테 데려다줄게. 그때까지 함 버텨 봐."

〖……의서가.〗

견지오는 윤의서를 언급한 것을 즉시 후회했다.

조금 전까지와는 비교도 안 될, 거대한 감정이었다. 그것들이 고스란히 지오를 덮쳤다.

슬픔, 걱정, 후회……. 고통스러운 비탄이었다.

요정용 암피트리치는 울지 않으면서 울었다.

〖내가 약하여…… 부족하여서, 나의 파트너를 이런 고통에 빠트렸다. 인간들이 원망스럽지만, 나 자신을 가장 용서할 수 없구나…….〗

"……네가 왜?"

인간의 욕심으로 지하에 갇힌 요정용.

대화하는 지금 이 순간에도, 끔찍한 인공 혈관들이 그녀에게서 피와 마력을 빼내 가고 있었다. 날개가 찢긴 채, 온몸에 관을 꽂은 채, 용은 그렇게 인간의 욕망 속에서 비참히 죽어 가고 있었다.

그럼에도 암피트리치는 자신을 그렇게 만든 자들보다 스스로를 탓했다.

자신이 이곳에 갇히게 된 계기였을, 제 파트너를 걱정했다.

'항상 이래.'

늘 이런 식.

이 세상이 그렇다.

선한 것들은 가장 약하다. 가장 일찍 사그라진다.

평생을 선하게만 살다가, 또 최후까지 자신보다 남들을 생각하던 한 남자 역시도 그렇게 죽어 갔다.

어린 딸을 남겨 두고 말이다.

거대한 요정용이 웅크려 있는 제물대 같은 단 위. 그 주변을 감싼 혈관과 용의 거체 바로 위에서 일렁이는 [씨앗] 균열.

가까이 올라가 그것들을 주의 깊게 살피던 백도현이 침음하며 지오를 불렀다.

"죠. 이 혈관들…… 그리고 씨앗까지, 전부 암피트리치와 깊게 연결되어 있는 것 같습니다."

"……"

"꼭 유기적으로 연결된, 하나의 생명처럼."

"……야, 그 말은……."

"예. 아무래도……."

무엇 하나 잘못 건드리면 암피트리치에게도 치명적인 영향이 미친다.

어쩌면, 죽을 수도 있다.

무거운 눈빛으로 백도현이 그렇게 말하고 있었다. 그 역시 지금 이 상황이 참담했다.

지오의 표정이 어둑해졌다.

〖……인간의 왕아. 그대 이름이 무엇이지?〗

"견지오."

〖지오. 그대의 분노가 나에게도 느껴진다. 마치 성난 파도와 같구나.〗

"……"

〖하나 그럴 필요 없다. 이미 나의 생이 종장에 다다랐음을 그대 역시 느끼고 있지 않은가……?〗

바람 앞 촛불처럼 위태한 생명. 그렇게 꺼져 가는 숨으로 의지를 이어 가던 요정용이 돌연 고개를 틀었다.

〖……그래도, 그대가 괜찮다면.〗

또렷해진 눈빛으로 지오를 응시한다.

해가 완전히 저물기 전, 아주 잠깐 밝아지는 하늘. 회광

반조처럼.

〖한 가지 청을 해 봐도 좋을까.〗

"뭔데."

〖테이머와 파트너의 생명은 연결되어 있다. 내 죽음이 의서의 죽음이 되지 않았으면 좋겠구나. 이것이 나 암피트리치의 유일한 바람이다.〗

"……개소리. 죽긴 왜 죽어?"

지오는 짜증스레 받아쳤다.

뭔 소리야. 강제로 계약이나 끊어 주자고 여기까지 온 줄 아나.

용의 감정에 휩쓸려 감상적으로 물들던 정신이 덕분에 좀 깨어난다.

〖하나, 왕이여.〗

"아, 닥쳐."

지오도 용의 주변을 신중하게 뜯어보기 시작했다.

확실히…… 육안으로 봐도 바로 알 수 있을 만큼 깊게 얽혀 있어 선뜻 손대기가 어렵다.

맥박이 우렁찬 인공 혈관들부터, 허공에 씨앗처럼 박혀서 주변으로 푸른 파장을 뿌려 대는 시드 게이트까지. 어디서부터 만져야 할지 도통 감이 안 왔다.

"백 씨. 님 칼 무지하게 잘 쓰잖아. 이런 거 어떻게 요령 있게 못 잘라 내? 그, 연어 해체 쇼 찍는 성질 드러운 셰프처럼."

그렇게 중얼거리며 백도현 쪽으로 막 발을 떼던 그때였다.

"⋯⋯! 지오, 조심!"

『성흔星痕, 강제 개문.』

『궁극 성위, '■■■■■' 님이 성계 성약에 의거 간섭력을
일부 행사합니다.』

【정신 안 차리느냐.】

단, 한 끗 차이였다.

"괜찮으십니까!"

달려와 어깨를 거세게 부여잡는 백도현의 팔.

지오는 가만히 손을 들어 제 뺨을 매만졌다. 붉은 실선
의 상처가 따끔했다. 급히 지오를 살핀 백도현이 얕은 안
도의 숨을 내뱉었다.

"위험했습니다. 다행히 특성이 활성화됐던 모양인데⋯⋯."

아니. 특성 따위가 아니다.

지오는 바닥 위 바스라진 화살 조각과 벗겨 떨어진 모
자를 응시했다.

왼쪽 뺨을 아슬아슬하게 스쳐 간 화살.

마력이 전혀 담기지 않아 몰랐다.

본능적으로 외부의 공격을 막아 주는 [절대 결계] 특성

은 마력에만 반응한다. 아무리 직업군 분류가 의미 없을 정도로 강하다 해도, 기본적으로 견지오는 마법사니까.

만약 '그'가 억지로 개입해 퉁겨 내지 않았다면 그대로 눈에 꽂혔을지도 몰랐다.

"……씨발. 지금 감히 누구를 궁예 만들 뻔."

비로소 상황을 이해한 지오의 얼굴이 천천히, 야차처럼 일그러지고.

쩌적, 쩌저저적!

"저것들 잡아! 죽여 버려!"

"죠-! 물러서요, 게이트가!"

눈먼 화살이 기점이었을까.

바로 등 뒤에서 사냥개 떼처럼 몰려오는, 어딘가 눈깔이 이상한 사람들. 그리고…….

허공에 연속적인 빗금을 그리며 마력을 빨아들이기 시작한, 태동의 [씨앗].

동시다발적으로 트리거가 당겨졌다.

마치 누군가 장난질이라도 친 듯, 찰나에 장내가 전장으로 변모하는 순간이었다.

'오늘이야……!'

오늘이 '약속'된 날이었다.

〈마누미션 연구 센터〉의 센터장은 허겁지겁 복도를 내달렸다.

격리실과 저온 창고, 사람이 없는 중앙 통제실까지 모두 지나 개인 연구실로 들어간다.

보안 시스템이 작동된 바깥에는 강렬한 비상 경고등이 울리고 있었다. 녹음된 기계음이 연속해서 침입자 경보를 알려 왔다.

센터장은 어깨를 떨며 웃었다.

이쯤이야 전부 상정했던 그림 안이다.

헌터 협회든, 국가의 개들이든. 냄새를 맡고 쫓아온 자들이야 얼마든지 있을 법했다. 물론 예상했던 것보다 다소 빠르긴 하지만…….

'늦었어.'

미친놈처럼 웃음이 샜다. 아니, 사실은 정말 미쳤을지도 모른다. 그는 키득거리며 금고를 열었다.

덜덜 떨리는 팔로 인해 떨어져 내리는 문서 더미. 센터장은 욕설과 함께 주저앉아 그것들을 쓸어 담았다.

지난 6년간의 연구 자료들.

그의 인생 전부가 담긴 보물들이었다.

'길었다. 참으로 오래도 걸렸지…….'

처음 시작은 보잘것없는, 길드마다 널리고 널린 보조 연구팀의 일개 연구원에 불과했으나 이젠 아니다.

오늘의 그는 혁명가였다.

이 지리멸렬한 세상에 혁신적인 바람, '해방解放'을 불러올 혁명가!

가장 낡은 문서철, 최초의 연구 일지를 주워 들던 센터장이 멈칫했다. 가만히 그 파일을 쓰다듬으며 중얼거린다.

"의서야, 윤의서. 우리 착한 의서."

'이 멍청한 새끼야, 고맙다!'

만약 고등학생 윤의서가 노예 계약으로 자진해 〈인바이브〉에 묶이지 않았더라면.

흔해 빠진 테이머 중 하나인 줄 알았던 녀석이 알아서 차근차근 성장해 요정용과 계약하지 않았더라면.

그래서 요정용의 피를 약물화할 수 있다는 단초를 한낱 연구원이었던 그가 발견하지 않았더라면.

그는 지금 이 자리에 없었을 것이다.

물론, 쉽지만은 않은 길이었다.

윤의서를 굴복시키는 것에서부터, 연구를 지속하기까지 쉬운 일 하나가 없었다. 약물 연구는 국가의 엄중한 관리하에 있었고, 길드 내부에서의 설득조차 어려웠으니…….

「제 얘기 좀 들어 보세요, 길드장님!」

「이보게. 시장에 널려 있는 게 각성제야. 던전에서 헌터들이 매일 들고 나오는 게 바벨제 각성 포션이라고. 그런데 공장제? 대체 어떤 정신 나간 놈이 찾겠냐 이 말일세. 메리트가 없어. 그만 접게.」

「그런 것들과는 차원이 다르죠! 이건 완벽하게 고통을 잊게 해 줍니다. 인간이란 종족의 한계가, 족쇄가 풀리는 일이라고요! 완성만 한다면 이건 시장의, 아니, 시대의 혁명이 될 겁니다!」

「미쳤군……. 허무맹랑한 얘기일뿐더러 설령 그게 진짜래도, 그럼 그건 마약이나 다름없잖나. 자네 제정신인가?」

이대로 허무하게 끝인가?

정말 이렇게 막히는 건가, 그가 좌절하려던 무렵.

반전의 계기는 뜻하지 않게 찾아왔다.

갑자기 하루아침에 국민 역적이 된 길드.

몰락의 길을 걷기 시작했던 것이 그에게는 오히려 전화위복의 기회로 작용했다.

허황된 얘기니, 제정신이 아니라느니 위선 떨면서 반대하던 윗선에서도 결국 그의 연구에 길드 사활이 걸렸음을 깨닫고 전폭적인 지원을 약속한 것이었다.

물론 그러다가 길드 〈여명〉, 거대 길드의 산하로 들어가게 되면서 눈치 본답시고 쉬쉬 물밑으로 몸을 수그리긴 했지만…….

그 무엇이든 연구의 진척이 없던 것보다 괴롭지는 않았다.

「제기랄, 대체 왜 안 되는 거야……?」
「힘들어 보이시네요. 무슨 고민이라도 있으신가요?」

자주 가던 술집의, 처음 보는 미남자였다.

마법에라도 홀린 기분이었다. 처음 만나는 사이임에도 일말의 경계심조차 들지 않았다.

오히려 아주 그리워했던 사람을 오랜만에 만난 것처럼…….

누구에게도 말한 적 없던 고민들이 술술 입에서 튀어나왔다. 그의 비밀스러운 연구와 관련한 것까지도.

남자가 웃었다. 아름다운 여우 웃음으로.

「그 고민. 내가 해결해 줄 수 있을 것 같은데.」

결국 요정용의 '고결함'이 문제라 했다.

순진한 환상종들에게 으레 걸려 있는 리미트나 다름없으니 그저 '망가트려서' 풀어 주면 그만 아니겠냐, 속삭이면서.

아름다운 남자는 테이머의 소환수가 역소환되지 않는 방법 또한 일러 주었다.

제 세계로 돌아가지 못하는 요정용을 지하에 묶어 두는 것은 매우 간단한 일이었다.

이후로도 고민이 생길 때마다 그를 찾았고, 그때마다 그는 아주 손쉽게 답을 내려 주었다.

그래. 마치 '신'처럼 말이다.

'나는 신을 만난 거야. 신의 사자를 만난 거라고!'

결국 이 모든 길이 신이 나에게 내린 사명.

나로 인해 더 이상 인류는 고통받지 않아도 된다. 이 의미 없고 한심한 투쟁에서 풀려날 것이다.

해방解放.

그렇다, 이것은 '해방'이다!

크흐흑. 센터장은 흐느끼듯 웃었다. 차오르는 전율을 참을 수가 없었다.

"새 시대다! 내가, 내가 해냈어! 내 손으로 인류에게 자유를 선물-!"

"병신 자슥. 뭐라노?"

파악, 촤르륵!

흩날리는 종잇조각들. 방금까지 센터장이 품 안에 넣고 있던 자료들이었다.

짐승의 발톱이 찢어발긴 것처럼 갈기갈기 찢겨 휘날린다. 그리고 순식간에 뒤집어지는 시야.

"아아악!"

바닥에 엎어진 센터장이 비명을 질렀다. 매끈한 구둣발이 그의 손등을 짓밟고 있었다.

싸늘한 목소리가 등으로 내려앉는다.

"다물어. 감히 누구 앞에서 목소릴 높여?"

"쓰읍. 살살 해라, 샘아."

"끄아아아악!"

"거 새끼. 귀청 떨어지겠다. 마, 조용히 해라. 조용히. 여기 회사 아니가, 회사."

툭, 툭. 센터장의 뺨을 차는 화려하다 못해 요란한 색깔의 운동화.

운동화 주인이 무릎을 굽혀 앉았다.

휘파람 부르며 바닥의 서류철을 집어 차르륵 훑어보는 손.

이게 무슨 상황이지? 센터장은 떨리는 눈으로 위를 올려다봤다.

"이야아~ 이 씹어 먹을 새끼들 봐라이. 잘도 이래 깜찍한 짓들을 하고 있었네."

"······화, 황!"

"어데 누구 허락 받고?"

가진 직업 특성상 매스컴 노출을 피하는 인물이지만, 못 알아볼 수가 없었다. 그도 그럴 것이, 그는.

"호, 황혼······!"

산하 길드들의 실질적인 주인.

〈여명〉의 길드장, 황혼이 씨익 웃었다.

"응. 누가 허락해 주더나? 이따위 장난질, 내 나와바리에서."

경악한 센터장에게선 대답이 없었다. 그저 사시나무처럼 부들부들 떨기만 한다.

뭐, 어차피 답을 묻고자 한 질문도 아니었다.

으차. 황혼은 허리를 펴고 일어났다.

주머니에서 분홍색 와우 껌을 꺼내 껍질 벗긴다. 되다, 당 떨어져 디지겠다, 어깰 쭉쭉 흔들며.

그의 수하들이 우나샘의 발아래에서 센터장을 우악스레 끄집어 일으켰다. 검은 정장을 툭툭 털어 낸 우나샘이 건조한 투로 알린다.

"동탄 창고 쪽 물건은 전부 회수해서 처리했답니다."

"맞나."

"그런데 창고로 간 애들 말로는 관리국 쪽에서도 비슷한 움직임이 있었다고……. 저희 말고도 알아챈 자가 있었나 봅니다. 신고가 들어간 모양이던데요."

"허……. 야 이, 우나샘이. 이 무신 망신살이고? 좀 글치 않나? 이쪽은 몇 년이나 끼고 살다가도 이제 안 거 아니가?"

"죄송합니다, 헤드."

황혼이 구겨진 눈살을 긁적였다.

티를 안 내도 그는 지금 적잖게 심기가 불편했다. 뭔가 쎄해서 39층 공략에도 일부러 인력 차출을 안 하긴 했다만…….

묘하게 나던 구린내가 진짜 구려서 나는 거였다니.

'마약이라.'

꼬리를 잡았다는 소식을 듣자마자 바로 부산에서 올라온 길이었다. 법과 불법의 경계를 아슬아슬하게 넘나들며 살아가는 그들이래도 나름의 룰은 있는 법.

뒷세계에서도 마약은 제1의 금기였다.

"대한민국, 마약 청정국 아니가? 잘 좀 단디 해라. 이라믄 내 블루 하우스 갈 때 뭔 낯짝으로 대통령이랑 마주 앉아가 밥을 묵겠노?"

"예……."

"내 쪽팔려가 제 명에 몬 산다, 진짜로."

"알겠습니다……."

투덜대기 시작하는 헤드를 우나샘이 또 시작이군, 하는 표정으로 쳐다보던 그때.

쿵! 구구구궁-!

우지끈한 굉음과 함께 파사삭 금이 가는 실내.

황혼과 우나샘이 동시에 서로를 마주 봤다.

건물 전체를 뒤흔드는 울림. 외부가 아니다.

이건 분명 그들 발밑 아래, 지하에서부터 올라온 진동이었다.

"크, 크흐흣……."

유일하게 당황하지 않은 자는 구석에 꿇린 센터장뿐.

우나샘이 다가가 그 뺨을 억세게 쥐었다.

"너. 뭔가 알고 있지? 말해."

"멍청한 새끼들…… 병신은 누가 병신이냐?"

드디어 '약속'의 때가 도래했다.

이미 동지들은 자유의 신약을 먹고, '문' 앞으로 달려간 지 오래. 그것도 모르고 시시덕거리고 있는 꼴들이라니.

깨진 안경 너머로 센터장의 눈이 번들거렸다. 도저히 웃지 않을 수가 없었다.

"늦었어, 너네도, 그 새끼들도……!"

뒤늦게 달려온 너희 어리석은 자들은 모두 '해방' 시대의 개막을 기리는 제물이 될 것이다!

·· + ✳ ✦ ✳ + ··

그리고…….

불이 꺼지지 않는다 하여, 한때 밤의 오징어 배라고도 불리던 도시. 판교 테크노 밸리.

그 빌딩 숲 한가운데 밤하늘로, 거대한 용울음이 솟구쳤다.

[하위 로컬 채널 알림]

[게이트 오픈GATE OPEN]

[성남 판교 | 추정 레벨: Checking…….]

[로컬 채널의 보안 단계가 낮습니다. 주의 바랍니다.]

[하위 로컬 채널 방화벽의 보안 단계가 낮습니다. 외부 바이러스 감염의 위험이 있습니다. 주의 바랍니다!]

[경고: 악성 바이러스 탐지]

[외부에서 테라포밍을 시도 중입니다.]

[Warning! Warning! Warning!]

[로컬 서버 ─ 국가 대한민국]

[성남 판교 | 추정 레벨: Error]

[위험! 악성 코드, 《마계화魔界化》가 진행됩니다.]

‥·✦·✸ ✴ ✸·✦·‥

로컬 채널 알림이 뜨기 10여 분 전,

마누미션 연구 센터 지하 6층 대공동.

"……."

일그러지던 지오의 표정이 삽시에 가라앉았다.

[씨앗]이 태동했다.

완전히 열리면 저것과 연결된 용이 어떻게 될지 아무도 장담할 수 없다.

흉측하게 짙어지는 푸른빛, 파도처럼 몰려오는 적들.

그 어지러운 파란 속에서 견지오는 백도현을 바라봤다.

고요한 두 쌍의 시선이 마주친다.

백도현은 그녀의 뜻을 읽었다. 그래서 그답게 깨끗한 미소로 응답했다.

"……예. 아직 시간은 있습니다."

문은, 게이트는 아직 열리는 과정에 있다. 용 역시도 아직 살아 있다.

모든 것이 아직 늦지 않았다. 백도현은 검을 쥐었다.

"당신이 하고 싶은 것을 하십시오."

"……."

"등은 제가 지키겠습니다."

그렇게 서로 다른 방향으로 돌아선 것은 동시였다.

견지오는 용에게로.

백도현은 적들에게로.

그의 정면. 눈에서 이지理智가 사라진 인간들.

달려오는 면면에는 검은 핏줄이 도드라져 있다. '해방약물', 〈마누미션〉에 중독된 자들의 공통적인 증세였다.

인간에게서 고통을 앗아 가면 어떻게 될 것 같은가?

과연, 행복해질까?

'아니.'

백도현은 '보았기에' 안다.

이들이 어떤 식으로 끝을 맞이하는지 봤으므로 알고 있었다.

고통 없는 인간은 슬픔이 없다.

고통 없는 인간에겐 기쁨 역시 없다.

무엇을 잃어버렸는지도 모르고, 그저 공허하게 잃어버린 삶을 찾아서 떠돌게 되겠지. 아무것도 느끼지 못한 채 끝없이 싸우고, 누군가를 다치게 하고, 또 스스로 다치면서.

유언 한마디 못 남기고, 사람 아닌 짐승으로, 짐승보다 못한 꼴로 죽어 갈 것이다.

그런 것은 사람의 삶이 아니다.

백도현 역시 그걸 알기에 이 억겁의 고통을 다시 시작했다.

선택했다.

'나의 그늘이 나를 결국 빛으로 다다르게 하고, 나의 고통이 끝내 나를 구원으로 이끌 것이다.'

[성위 고유 스킬, '대리자의 오더Order' 발동]

[대리자의 요청에 만물 질서의 심판대가 열립니다.]

[제1검, '--'가 집행에 동의하였습니다. 제2검, '--'가 집행을 거부하였습니다. 제3검, '--'가 침묵합니다. 제4검, '--'가……]

[제10검, '칼키'가 심판을 집행합니다.]

절반의 검들이 해방에 동의했다.

백도현은 웃었다.

그에게 허락된 검은 다섯 자루. 그의 일격은 이제 5의

배수다.

눈앞에는 적. 등 뒤에는 왕.

성계와 세계가 선택한 심판의 검.

'백의 기사' 백도현은 빛의 검을 빼어 들었다. 그리고 수백여 명의 적들에게로 망설임 없이 뛰어들었다.

〖어째서…… 어찌하여 이렇게까지 하는 것이지?〗

〖그대가 강하다는 것은 나 역시 느끼고 있다, 인간의 왕아. 그러나…… 이 보잘것없는 생은 이미 그대들의 손을 떠난 일이다.〗

"닥쳐."

무생물과 생물은 확실히 다르다.

숨 쉬듯이 마력과 호흡하고 마력 속에서 살아가는 견지오에게도 복잡한 생체 구조를 읽어 내는 것은 결코 쉽지 않은 일이었다.

용에게 마력을 주입하며 지오는 마르는 입술을 축였다.

요정용의 몸은 현재 시한폭탄.

그것도 전선이 개판으로 얽힌, 까다롭고 난해한 폭탄이나 다름없다.

연결관 하나라도 잘못 건드리면…… 그대로 터진다.

'이러다가 내 머리가 먼저 터지겠네.'

씨앗 게이트, 그 염병할 외계의 힘과 얽혀 있어서 난이도가 더 극악했다. 지오의 콧등으로 긴장한 땀이 맺힌다.

암피트리치가 침음했다.

〖작은 왕이여, 그대는 이미 할 만큼―〗

"씨발, 좀 닥치라고!"

제 뜻대로 풀리지 않는 상황은 견지오에게 낯설기 짝이 없다.

소리 지른 지오가 씨근덕거렸다. 닥쳐, 닥쳐, 닥쳐!

"누굴 개망신당하게 하려고? 약속했단 말이야. 복수해 주겠다고 약속했다고. 내 약속이 그렇게 가벼운 건 줄 알아?! 네가 뭘 알아!"

할 수 있다고 생각했다.

쉽다고 생각했기에 약속을 주었던 거다.

애초에 불가능하다고, 어려워 보이는 문제라 여겼다면 견지오는 처음부터 눈길도 주지 않았을 인간이다.

힘을 가졌다는 이유로, 무언가를 책임지는 일은 정말이지 끔찍하니까.

병적인 혐오였고, 몸만 큰 어린애의 오래된 트라우마였다.

죽어 가는 요정용, 암피트리치는 고요히 제 눈보다 작은 왕을 들여다보았다.

〖작은 인간아…….〗

〖가여운 아이로구나. 이것은 그대 잘못이 아니다.〗

"……."

〖이 일로 그대의 명예가 상하게 되는 일도 없을 터. 아

집을 부릴 이유가 없다. 그저 나의 청을 들어주어…… 나를 이만 보내 다오.》

용의 의지가 머릿속에서 울렸다. 강하게.

그에 지오는 무언가 울컥하는 것을 느꼈다.

"야, 나는."

《…….》

"난……."

미성년과 성년의 경계였다.

그 경계선에 서 있는 인간 견지오가 말했다. 나는, 분명히.

"선인이 아니지만."

《…….》

"악인도 아니야."

그저, 남들보다 변덕이 조금 더 심하고, 제멋대로인 '사람'일 뿐. 감정도, 정도 아무것도 느끼지 못하는 무도의 악인은 절대 아니었다.

"그러니까 아집이니 뭐니, 개소리 그만 집어치우고. 널 살리려고 애쓰고 있는 사람한테 죽여 달라는 그딴 개 같은 헛소리도 제발 좀 그만해."

명예 따위가 아니라.

"내 약속을 내가 책임지겠다는 것뿐이야."

전장은 이미 열렸다.

이미, 나 몰라라 도망칠 수도, 외면할 수도 없는 전장 한

가운데였다.

등 뒤에서는 핏물과 쇳소리가, 손아래에는 죽어 가는 생명이 박동하고 있다.

지금 상황이 정말이지 진저리가 나도록 짜증 나고 싫지만, 잘못한 약속이라도 약속은 약속.

선인은 아니지만, 악인도 아니기에.

책임지기 싫지만, 책임을 알기에.

스스로를 다잡듯 견지오는 말했다.

"넌 오늘 안 죽어. 네가 죽으면 윤의서의 복수는 성립되지 않으니까. 나한테 겨우 이깟 약속 하나 못 지켰다는 찝찝함을 떠안겨 줄 생각이야? 꿈도 꾸지 마."

누구 좋으라고. 그렇게는 안 될 일이다.

지오는 다시 집중하기 시작했다.

마력을 더욱 촘촘하게. 수술대에 선 집도의처럼 집착적으로 전신의 세포 하나하나를 일깨워 곤두세웠다.

자칫 씨앗이나 인공 혈관 쪽에 자신의 마력이 섞이면, 오히려 용을 죽이는 일이 될 테니까.

'하나.'

마법사가 집도를 시작했다.

메스 같은 마력이 첫 줄을 잘라 냈다.

둘. 성공적이었다.

셋, 넷. 연속이었다.

다섯. 감각이 칼날처럼 날카로워졌다.

열. 속도가 붙었다.

열일곱. 희망이 보였다.

스물. 암피트리치가 고개를 들었다.

스물다섯, 서른, 마흔……

죽어 가는 생명을 죽음에서부터 떼어 내는 작업이었다.

몰두한 귓가로 [초감각], [불세출의 천재] 등등의 특성들이 활성화했다는 알림음이 연속적으로 울렸다.

그래서 몰랐다.

어떤 메시지가 그 속에 섞여 있었는지.

쉰다섯, 쉰여섯 번째의 줄을 끊어 내며 지오가 용의 상태를 확인하려던 찰나였다.

파아악!

순식간에 휘청거리는 시야.

워낙 집중하고 있었던 탓에 상황을 곧장 인지하긴 쉽지 않았다. 가장 먼저, 후각부터 일깨워진다.

'피 냄새.'

지오는 눈앞의, 저를 감싼 옷자락을 쥐어 잡았다. 축축했다.

피가 배어 나오는 천의 느낌이 선명하다. 검은 옷이라 드러나지 않을 뿐, 그가 핏물을 흠뻑 뒤집어썼음을 짐작

할 수 있었다.

후욱, 훅.

뜨거운 숨과 요동치는 맥박도 천천히 감각으로 다가오고.

지오는 백도현의 품에서 고개 들었다.

"……뭐야? 무슨 짓이야?"

"시발……."

"무, 뭐? 님 지금 나한테 욕했……!"

– –––!

……비명?

포효? 절규?

아니. 그중 어떤 단어로도 표현할 수 없는 소리였다.

태어나 처음 들어 보는 종류의 울부짖음.

지오의 얼굴이 멍해졌다.

그리고 그제야 깨달았다.

백도현이 '단 한 번'의 움직임으로 자신을 용으로부터
얼마나 멀리 떼어 냈는지.

또한 미처 확인 못 한 메시지들의 존재까지도.

[게이트 오픈GATE OPEN]

[성남 판교 | 추정 레벨: Error]

[《마계화魔界化》가 진행됩니다.]

으득.

어금니를 사리물며 백도현이 지오의 눈가를 가렸다.

고통 어린 용의 비명이, 울음이, 그 모습이 그조차도 견디기 힘들 만큼 참혹했다.

"치워."

"……보지 않는 편이 낫습니다."

"치우라고."

"……."

천천히 내려가는 손, 그로 인해 드러나는 시야.

장내 공간이 빠르게 뒤바뀌고 있었다. 그들이 서 있는 발밑에서부터 눈에 닿는 모든 것들이.

색은 뒤엉키고, 건물의 형태는 무너진다.

벽과 바닥, 곳곳에 널브러진 사람들까지 하나의 생물이 된 듯 꿈틀거리며 잡탕으로 뒤섞이고 있었다.

지하와 지상의 경계도 사라졌다.

뒤엉킨 혈맥처럼 모조리 연결되어 한곳으로 닿고 있었다. 검푸르고, 시커먼 시작점으로.

그리고 바로 그 아래에.

견지오가 채 못 끊어 낸 혈관들이 용을 산 채로 잡아 삼키고 있었다. 잔혹하게, 또 고통스럽게.

「나를 이만 보내 다오.」

"……."

「그저 나의 청을 들어주어…… 나를 이만 보내 다오.」

"……지오?"

추상화처럼 녹아내리는 건물. 그 사이로 벌어지는 하늘.

푸른 균열에 어두운 유황색이 섞이기 시작하면서 마계의 마수들이 하나둘 모습을 드러낸다.

도시 한가운데였다.

민간의 피해를 막기 위해 당장 뛰쳐나가야 옳건만. 왜인지 백도현은 지오로부터 도저히 시선을 뗄 수 없었다. 본능이었고……

또 정확했다.

구우우우우우-!

'데자뷔.'

긴 공명 소리가 불러일으킨 어떤 날의 기시감.

저도 모르게 고개가 하늘 쪽을 향했던 백도현이 퍼뜩 지오를 다시 돌아봤다. 그리고 깨달았다.

저건…… '견지오'가 아니다.

"……[북마크 − 넘버 0. 적의의 학살자Malice Striker.]"

이어서 『넘버 4. 그림 리퍼Grim Reaper』.

그의 눈앞을 스친 단발머리, 바로 같은 색의 후드에 가려지고.

심상치 않은 바람이 불어온 자리에 그녀가 있었다.

'마술사……'

마술사, 왕.

'죠'의 참전이었다.

·· ✦ ✳ ✦ ✳ ✦ ··

스로틀− 요우, 피치.

"그래. 로올, 롤. 야, 새꺄, 좌측으로 롤! 부딪칠 뻔했잖아."

날카로운 목소리가 소리 높여 구박했다. 드론이 아슬아슬하게 나무를 비껴 날아간다.

"아, 아오, 새끼! 저게 얼마짜리인 줄 알고! 박살 나면 물어낼 거냐, 이 자식아?"

"음 쏘리, 쏘리~"

"이런 초짜 새끼 함 써먹어 보겠다고 이 시간에 드론 조종 가르치고 있는 내 인생이 존나 레전드다, 시발."

"그러게 꼭두새벽에 자던 사람은 왜 불러내서."

"당장 내일 방송인데 그럼 어떡해, 새꺄! 일당 두둑이 챙겨 준댔지. 카메라맨 새끼가 잠수 때리지만 않았어도 너 같은 거 줘도 안 써."

우튜버는 답답하게 한숨 쉬었다. 카메라맨 그 자식, 무섭다고 징징거릴 때부터 알아봤어야 했는데…….

'고작 하루 앞두고 잠수 탈 줄은.'

내일 예정된 던전 라이브 생중계.

빅 이벤트라며 몇 주 전부터 예고까지 거하게 때려 놓은 지 오래였다. 펑크는 절대 안 될 말. 특히나 그처럼 중견에서 막 대기업으로 올라가는 중인 우튜버에겐 타격이 더욱 클 터다. 구독자 수가 얼마나 빠져나갈지 상상만 해도 아찔했다.

하지만 그렇다고 또 던전까지 들어가 주는 카메라맨을 아무 데서나 구할 수 있는 것도 아니고.

그게, 이 새벽의 판교 바닥. 사람 드문 거리에서 그가 가나다라 가르치듯 친구에게 드론 조종법을 쑤셔 넣고 있는 이유였다.

"너보다 비싼 몸이시니까 살살 다루라고, 새꺄."

"알았다고. 존나 잔소리 진짜. ……어?"

"와 하, 이 새끼 진짜 사람 말 끝나자마자 박살 내려고, 스틱 똑바로 잡으라고 시발!"

"야, 야……."

드론 컨트롤러부터 서둘러 붙든 우튜버가 짜증스레 친구를 돌아봤다.

"왜!"

넋 나간 얼굴로 말없이 방향을 가리키는 손가락.

뭔데 그래? 그는 무심히 돌아봤지만, 이내 친구와 똑같은 표정이 되고 만다.

"……대박."

그리고 미처 정신을 차리기도 전에 곧바로 이어지는 [채널 알림]들. 근처 건물 안 사람들도 봤는지 비명이 연달아 치솟았다.

잠들었던 대도시가 그렇게 일시에 깨어난다.

두 사람은 멍하니 먼 하늘을 올려다봤다.

빌딩 위를 집어삼킨, 검푸른 소용돌이. 그 주변으로 휘몰아치듯 몰려드는 보랏빛과 어두운 유황색의 전운.

친구가 절망에 차 중얼거렸다.

"씨발…… 우리 좆 된 거 같은데."

"그러-"

우튜버 역시 동의하려는 순간이었다.

구우우우우우-!

그때. 소용돌이를 꿰뚫는 송곳처럼, 지저에서 지상으로, 바닥에서 창공으로 솟구치는 검은 그림자.

그가 '알고 있는' 그림자였다.

우튜버는 친구의 손에서 드론 컨트롤러를 빼앗아 들었다. 그리고 못 마쳤던 말을 이었다.

"아니."

번복했다.

"……우리, 시발, 개대박 났다."

웃는 그의 입매가 부들부들 경련했다. 경악, 흥분, 떨림. 머릿골이 삐죽 서고 있었다.

드론이 방향을 급선회한다.

위이잉!

소리 내며 빠르게 날아가는 방향은, 한국의 '왕'이 등장한 전장 쪽이었다.

·· ✦ ✦ ✦ ✦ ··

전장에서 '마법사'가 갖는 의미란?

말 그대로 계산이 불가하다. 그들은 정말로 사람이 지도 위의 숫자에 불과할수록 강해지는 인종이니까.

마법사란, 궁극적으로 공성전과 대규모 전투를 위한 최종 병기라는 말이 존재할 정도였으니 말이다. 단 한 명의 뛰어난 마법사가 존재하는 것만으로도 전장의 판도가 바뀐다 해도 절대 과언이 아니었다.

그렇다면 그 모든 마법사들의 정점頂點.

수많은 마법사들이 지닌 다양성과 개성을 모두 떠나, 세상의 어떤 기준을 내세워도 이의 없이 왕좌에 앉을 마법사라면…… 과연 그 위력은 어느 정도일까?

그 답을, 지금 마술사왕이 보여 주고 있었다.

'오케스트라……!'

백도현은 생각했다.

마치 오케스트라 같다.

강렬하고, 또 화려한 힘으로 몰아친다.

게이트 오픈의 충격파로 피사의 사탑마냥 중앙이 내리 뚫린 건물.

깨진 하늘에선 이계가 불길한 혈맥을 뻗으며, 쉼 없이 마수와 마인들을 뱉어 내고 있었다.

《마계화魔界化》

그 이름에 걸맞게 현세에 실현된 지옥.

전투 환경을 저들 맞춤대로 최적화하는 [게이트 테라포 밍]은 이계 마수들의 힘을 수십 배로 끌어 올리는 변형 필 드의 최종형이다. 잘못 걸리면 사막이 바다로, 바다가 사 막으로 바뀌는 경우도 허다했다. 그런 식으로 잡아먹힌 도시가 한두 곳이 아니었다.

개중에서도 '마계'라면 단연 최악 최흉의 경우지만…….

오늘 이곳은 달랐다.

도래한 수라도修羅道를 단 한 명의 인간이 단신으로 압 도하고 있었다.

적진의 페널티란 없었다.

"키에에에에!"

달려드는 마인들은 닿기도 전에 어김없이 찢겨 나가고, 제 주인의 명에 불려 나온 흑룡이 자유로이 비상하며 마수들의 찌꺼기를 씹어 삼켰다.

대인전, 다중 전투. 종류 무관.

샤아아악!

거대한 대낫이 허공을 갈랐다.

그 잔상이 채 가시기도 전에 전혀 다른 방향에서 나타나 또다시 휘둘러지는 죽음.

'순간이동, 중첩.'

하늘에서는 뇌성이 우짖는다. 다발로 내리꽂히는 우레가 균열에서 튀어나오는 마수들을 틀어막았다.

'동시 다중 무영창.'

콰가각!

가차 없이 적의 목을 찍어 낸 대낫이 마수 시체와 함께 날아가 벽에 박힌다.

찰나에 비는 손.

그대로 적에게 등을 내주나 생각한 순간, 이미 생성되어 있는 거대한 방패!

신화와 문명이 걸작처럼 새겨진 『보패寶貝』가 제 몫을 해내고 사라짐과 동시에, 그 자리에서 송곳처럼 검은 가시 다발이 적들을 뚫고 나왔다.

'살상계 초절 공격 마법.'

그렇게 인류 역사를 모조리 끌어오는 성위 고유 스킬부터 전투계 마법사 최고위 스킬까지.

'마력이……'

마력 특화계가 아닌 그에게조차 느껴졌다.

세계 마력. 그들이 스스로 몸을 바쳐 요동치고 있었다. 인간 한 명의 지휘 아래서.

백도현은 눈도 깜빡일 수 없었다.

·· ＊ ✳ ✳ ＊ ··

……40분? 1시간?

우나샘은 손목의 시계를 확인했다. 모두 아니었다.

10여 분. 겨우 그 정도의 시간이었다.

만약 그가 그의 헤드에게서 받은 이 스위스제 명품이 제 값어치도 못 하고 고장 난 게 아니라면 말이다.

우나샘이 숨죽여 중얼거렸다.

"괴물……"

오늘로 두 번째다. '실물'로 저자를 목격한 것은.

첫 번째는 튜토리얼 당일, 탑의 [모니터 룸]에서.

당시에도 천외천天外天, 그는 감히 닿을 수 없는 경지에 닿아 있는 강자라 느끼긴 했지만, 오늘은 그런 것과 차원이 달랐다.

테라포밍 게이트에서 조금 떨어진 옥상 위.

새벽바람이 차게 분다. 검은 정장 자락들이 펄럭였다.

그 가운데, 유일하게 정장을 갖춰 입지 않은 한 사람.

터벅, 탁—

황혼이 난간에 걸터앉았다.

"아니. 아이제, 우나샘이."

어두운 새벽. 그리고 마치 '여명'처럼 물든 곳의 하늘. 점점 흐려지고 있는 그 색을 그가 아스라이 바라본다.

소년, 마치 그 어린 시절의 얼굴로.

황혼은 웃었다.

괴물이 아니라…… 왕.

"저건, '왕'이라 한다."

좌아악!

핏물이 포물선을 그린다.

살짝 고개를 틀어 피한 지오가 눈을 찡그렸다. 동시에 띠링, 귓가를 울리는 알림음.

[여러 개의 북마크가 열려 있습니다. 수행 중인 프로세스가

너무 많습니다.]

　[숙련도가 부족합니다.]

　[불필요한 작업을 닫아 주세요.]

　[당신의 성약성, '운명을 읽는 자' 님이 어이고, 숙련도가 성질머리를 못 따라간다며 웃습니다.]

　'……시끄러워요.'

　[성위, '운명을 읽는 자' 님이 이제 화풀이는 다 끝난 거냐며 궁금해합니다.]

　브레이크가 때마침 적절하게 걸린 것은 사실이다.

　흐려졌던 시야가 비로소 제자리를 되찾았다.

　지오는 혀를 차며 [라이브러리]의 북마크 2번과 4번을 닫았다. 나직하게 부른다.

　"니드호그."

　쿠구구궁!

　주인의 호명에 육중한 소리와 함께 대지로 내려앉는 흑룡. 착지하는 용의 거대한 꼬리가 장내를 휘저었다.

　핏물과 시체, 검은 진액 등 온갖 것들이 그에 밀려 쓸려나간다.

　적막이 내려앉은 공간.

　일차 전력을 모두 소진한 이계 균열은 일시적 소강상태에 빠졌다.

보통 이럴 땐 그 즉시 게이트 폐쇄 절차가 진행되지만, 별도의 폐쇄 장치가 없는 지금 같은 상황에선 무식하게 힘으로 욱여 닫는 방법뿐이었다.

터벅, 터벅.

분위기에 어울리지 않는 발소리가 울린다.

까만 운동화 밑창이 피 웅덩이를 건넜다.

멈춰 선다. 견지오가 말했다.

"유언을 남겨."

살아 있는 모든 것이 말살된 장내에, 유일하게 남아 있는 생명.

한쪽 구석, 이젠 형체를 알아볼 수 없이 망가져 있는 것의 앞이었다.

신비의 상징인 나비 날개도, 일부나마 보이던 자개 비늘도 없다. 간신히 목숨만 부여잡고 있는, 용을 닮은 무언가.

암피트리치가 눈을 떴다.

〖……〗

미약한 숨으로 속삭인다.

〖……청을.〗

"……."

〖……마지막 청을 들어 다오.〗

눌러쓴 후드 아래서 지오가 눈을 내리깔았다. 그늘이 표정을 가려 주었다.

"그게 진짜 네가 원하는 거야?"

암피트리치가 웃었다. 그렇게 느껴졌다.

견지오는 발을 들어 바닥을 내리찍었다.

이 요정용이 다칠까 봐, 죽을까 봐 조심할 필요는 더 이상 없었으므로.

차라라라락-

시전자를 중심으로 퍼져 나가는 대마력.

허락된 자에게만 보이는 어떤 세계가 요동쳤다.

흩날리는 책장, 몇 겹으로 겹쳐진 다중 시계들 위 초침과 시침, 무수한 선들, 글자, 문서, 기록, 역사…….

[라이브러리Library]였다.

그리고 그곳의 주인으로부터 전권을 부여받은 유일한 대리자, 또 유일한 화신.

전지全知의 사서가 말했다.

"생명을 복구할 순 없어. 수백, 수천 번을 해 봤는데 안 되는 건 안 되더라."

[편집 - 수정]에는 명확한 한계가 있다.

시공간의 기승전결을 완벽하게 파악하고 있어야 하며, 중요도와 이해도에 따라 가능한 일의 범위와 권한이 제한되었다.

생명, 숙명, 운명…….

소위 '명命' 자가 붙은 것들은 권한 너머의 일이었다.

견지오는 손을 들었다.

정확히는, 펜을 쥐었다.

"그래도 몇 초. 몇 초 정도 원래 모습을 되찾아 줄 만큼은 되니까."

어느새 한 곳으로 좁혀진 사서의 [영역].

구체화된 생의 기록들이 암피트리치의 전신을 감싸고 있다. 지오는 망설임 없이 그것들을 치워 냈다.

한 꺼풀씩 삭제될 때마다 요정용의 생명력이 같이 떨어져 나갔다. 그러나 더 이상 그따위에 연연하지 않음을 서로 알고 있었다.

사아아아…….

오염된 얼룩이 지워져 갔다.

쌓였던 상처가 사라져 간다.

억지로 씌워 둔 옻칠 같던 굴레가 벗겨지며, 비로소 드러나는 흰 바다의 자개 빛깔.

휘이이- 까르르-

요정의 휘파람 소리, 웃음소리가 들려왔다.

파앗, 날개가 기지개 켠다. 찬란한 계절의 색. 태양 아래 부서지는 파도 위의 나비 같았다.

……예상대로, 존나 아름다웠다.

지오가 씩 웃었다. 마법사의 두 눈에서 황금색 마력 회로가 섬광처럼 반짝였다.

"마지막 소원을 말해, 바다의 용."

요정용 암피트리치가 고개를 수그렸다. 정중하고 우아하게.

『나, 지중해의 암피트리치.』

『성계와 영계의 인도에 따라 그대에게 나의 운명을 맡기고자 합니다.』

테이머와 파트너 소환수의 계약.

그 단단한 결속이 끊어지는 경우는 단 두 가지다.

한쪽이 죽거나, 혹은 고등 자아를 지닌 소환수가 그 스스로 다른 주인을 맞이하거나.

하지만 원칙이 그럴 뿐, 후자는 없는 경우라고 봐야 옳았다.

파트너 계약은 곧 반려 계약. 소환수의 충성심은 타의 추종을 불허하므로.

일생의 동반자나 다름없는 주인을 배신한다는 건 그들에게 상상도 할 수 없는 얘기였다. 그러나.

「한 가지 청을 해 봐도 좋을까.」

「뭔데.」

「테이머와 파트너의 생명은 연결되어 있다. 내 죽음이 의서의 죽음이 되지 않았으면 좋겠구나. 이것이 나, 암피트리치의 유일한 바람이다.」

소환수의 죽음은 테이머에게 치명적이다.

약해 빠진 윤의서는 절대 암피트리치의 죽음을 견딜 수 없을 것이다.

[소환수, 환상종 '요정용 암피트리치'가 '견지오' 님에게 파트너 계약을 제안합니다.]

[수락하시겠습니까?]

견지오는 요정용을 똑바로 바라봤다.

죽음 직전의 마지막 헌신.

용은, 그녀는 울고 있었다.

"수락한다."

〚……미안하구나.〛

그리고…….

고맙다.

아아아아– 아아아–

요정들이 구슬피 울었다. 바닥으로 눈물이 떨어진다. 암피트리치가 그대로 눈을 감았다.

빛이 흩날린다. 사체는 남지 않았다.

요정의 죽음이란 그런 것이었다.

[당신의 파트너 소환수, 환상종 '요정용 암피트리치'가……]

용의 사망을 알리는 메시지가 울렸다.

굳이 그럴 필요 없는데. 지오는 눈앞에서 직접 보았고, 이제 '느낄' 수도 있었다.

'이런 기분이구나.'

고통과 현실을 잊게 하는 요정용의 날개 가루가 바람에 실려 하늘로 날아간다.

그 바람이 떠나는 방향을 견지오는 잠시 서서 바라보았다. 이내 심드렁한 얼굴로 뇌까린다.

"거 드럽게 찝찝하네."

뒤돌아서자 걱정스러운 티를 팍팍 내며 지켜보고 있는 백도현이 있었다.

"괜…… 찮으십니까?"

"뭐, 안 괜찮을 건 또 뭐야. 남의 집 용가리지, 마이 용가리도 아닌데. 그치이잉, 니드호그으."

"계약까지 대신 해 주실 필요는 없었습니다. 소환수 사망 페널티는 만만치 않은 걸로 아는데요."

"오잉. 이 양반 보게. 착한 얼굴로 무서운 소릴. 님 빛도현 맞아? 걍 냅 뒀으면 윤의서 초고속 황천행임."

"그래도……."

"됐어. 그리고."

툭툭. 덩치와 안 어울리게 애교 부리는 니드호그의 목을 두들기며 지오가 말했다.

"아직 해야 할 일도 남았잖아."

백도현이 그 시선을 따라간다.

아직 채 닫히지 않은 이계의 문. 하늘은 아직 요요한 빛깔이었다.

거리감 먼 사이렌이 울렸다.

늦은 시각이었지만, 시야 한쪽에서 채팅창이 폭주하고 있는 걸로 보아 이미 '마술사왕'이 출현했다는 소식도 돈 것 같았다.

백도현은 쓰게 웃었다.

"반향이…… 제법이겠네요."

지오도 피식 웃었다.

"킹의 숙명이지."

마법사는 허공을 틀어쥐었다. 은밀한 밤이 감싸 오듯 마술적 그림자가 몸을 휘감았다.

후드를 더 깊이 눌러쓴다. 혼동 마법을 패시브로 장착한 이것은 어떤 상황에서든 착용자의 인상을 흐리게 해 줬다.

설사 그게 상승 비행의 창공이더라도.

"가자."

센터는 늦을 것이다.

모두가 잠들었어야 마땅한 시각이니까.

바쁜 그들이 무거운 폐쇄 장치를 낑낑 들고 올 때까지 기다리면 늦는다. 쬐끔 많이.

기껏 땀 뻘뻘 흘리면서 치워 놨는데 또 우르르 튀어나오는 꼴을 볼 순 없지.

신화로부터 창조된 흑룡이 목을 수그렸다.

견지오, '죠'는 충성스러운 권속의 뿔을 움켜쥐었다.

"다들 그만 퇴근하자고."

가만, 내 야근 수당은 누가 챙겨 주려나?

후우욱-!

용의 날개, 검은 피막이 돌풍을 일으킨다.

그리고 밤보다 더 깊은 밤.

심야보다 더 짙은 빛깔의 흑룡이 새벽하늘을 거꾸로 질주한 것은 매우 순식간이었다.

·· ✦ ✖ ✦ ✖ ✦ ··

『씨앗 은닉, 불법 실험 및 마약류 관리법 위반, 밀반입 혐의 등으로 기소된 길드 〈인바이브〉 대표 김 모 씨와 전·현직 임원 10명, 관계자 47명에게 법원이 법정 최고형을 선고했습니다. 서울중앙지방법원은……』

〖강한 유감을 표한 각성자 관리국 측은 이처럼 큰 인명 피해로 이어질 수 있는 사고의 재발을 막기 위해서 보다 엄격한 기준과 엄중한 처벌을 적용할 계획이라고 발표했습니다. 한편 이와 관련해 대한각성자협회에서는…….〗

"윤의서 환자 보호자분! 담당 선생님께서 드릴 말씀이 있다고 잠깐 보시재요."

"네, 알겠습니다! 형, 나 다녀올게. 혼자 있을 수 있지? 잠깐만 여기 있어."

"응, 강재야. 뛰지는 말고."

병원 야외. 평화로운 오후였다.

며칠 전만 해도 지옥 같은 삶을 살았다는 사실이 믿기지 않을 만큼.

윤의서는 눈을 찌르는 햇살에 손 그늘을 만들었다.

판교 사건은 전국적으로 보도되었다.

테라포밍 게이트가 출현하고 '그 사람'까지 등장했으니 당연한 일이다.

길드 〈인바이브〉는 그렇게 또다시 사람들 입에 오르내리게 됐다. 전보다 더 안 좋은 쪽으로.

자칫 도시 하나가 무너질 뻔했던 사건.

분노한 센터와 검찰은 작정하고 칼을 빼 들었다.

산하 길드 관리 실패의 책임을 지겠다며 길드 〈여명〉 측에서도 그들을 전폭적으로 지원했고. 그 결과, 우호적 희귀종의 불법 실험, 약물 제조법 위반, 씨앗 게이트 은닉, 헌터 노예 계약 등등 범죄의 전말이 낱낱이 밝혀진 건 시간문제였다.

신문 1면에선 〈인바이브〉와 〈마누미션〉, 두 이름의 잉크가 마를 날이 없었다.

아주 법 밖에서 할 수 있는 짓은 다 했구나. 사람들은 혀를 내두르며 경멸을 아끼지 않았다.

〈인바이브〉의 간판 격 랭커였던 윤의서 역시 스포트라이트를 피할 수 없었다. 착취당했던 그의 삶이 조명되자 동정론부터 책임론까지 의견은 분분했다.

하지만 윤의서로선 아무래도 좋은 일이었다.

"정말 이상해요. 이런 날이 오기만을 꿈꿔 왔는데…… 기쁘지만은 않다는 게."

휠체어가 느리게 굴러간다. 윤의서는 화단 앞에 멈춰 섰다.

3월의 봄.

나비가 날아들고 있었다.

"근데 꼭 팔다리라도 잘려 나간 것처럼 허전해서……."

"……."

"죄송해요. 구해 주신 분 앞에서 이런 얘기라니. 예의가 아닌데."

"……예의가 아닌 거 알면 안 하면 되잖음?"

화단 옆 벤치, 퍼진 자세로 늘어져 있던 휴먼 고양이.

견지오가 등을 더 쭈욱 미끄러트리며 중얼거렸다. 다리 한 짝을 양아치처럼 달달 떨면서.

"꼭 보면 예의개 얘넌데, 하는 애들이 할 말 다 해서 사람 기분 잡치게 하더라."

"하하. 화나셨어요?"

윤의서를 힐긋 보더니 입 안으로 사탕을 데굴 굴린다. 화한 냄새. 박하사탕이었다.

"병자한테 뭘."

"강재가 얘기해 줬어요. 병원 싫어하셔서 다신 안 온다고 하셨다고……."

"음, 그랬쥐."

"그래서 내심 섭섭했는데…… 이렇게 뵙게 돼서 너무 좋네요. 감사하다…… 는 인사 꼭 직접 드리고 싶었거든요."

"……."

"정말 감사합니다."

고개 숙이는 윤의서. 지오가 픽 실소했다.

"정말?"

"……."

"저어엉말? 진심으루?"

"……."

"내가 원망스럽진 않고? 그렇게 대단하다는 분이 왜 거기서 내 용은 못 구해 왔냐고, 진짜 원망 한 번도 안 했어?"

아무런 움직임이 없다.

거봐. 지오는 벤치에서 일어났다.

"뒤 구린 땡큐는 사절입니다요. 이 은혜도 모르는 놈아."

"……안 했어요."

"……."

"단 한 번도, 안 했어요."

짙은 눈물 냄새.

싸구려 박하사탕의 강한 냄새로도 막아지지 않았다. 떠나던 지오의 걸음이 멈칫한다.

윤의서가 중얼거렸다.

"얼마나 고통스러웠는지, 어떻게 갔는지 다 아니까……마지막까지 다, 다 느껴졌으니까."

"……."

"그리고 또…… 같이 느끼셨을 테니까요."

하아아. 깊은 한숨과 함께 지오가 어깨를 늘어트렸다.

'저 등신.'

"원망했다고 했어야지. 딱 그런 타이밍이잖아. 이 눈새 진짜."

그려. 이것도 네 복이다.

떨떠름한 얼굴로 터덜터덜 돌아선 지오가 배 속에서, 정확히는 후드 속에서 주섬주섬 무언가를 꺼내 내밀었다.

"자."

눈물범벅인 얼굴에 물음표가 떠오른다. 탐탁지 않은, 뚱한 얼굴로 견지오가 웅얼거렸다.

"⋯⋯응으."

"네?"

"으즈응으."

"네? 발음을 좀 제대로-"

"아! 용알! 용알! 요정용알!"

넋이 나간 듯 윤의서가 지오를 쳐다봤다.

그리고 천천히, 상황을 이해하면서 무너지는 얼굴.

제 무릎에 놓인 손바닥만 한 알을 부여잡고 등을 웅크린다. 신음처럼 터지는 오열에 행인들이 힐긋대며 지나갔다.

낮달이 눈부시다.

견지오는 잠자코 그 울음소리를 들었다.

완전히 잦아들 때까지.

그 자리에 서서.

"서프라이즈해 주신 거였네요. 전 그것도 모르고, 그쵸. 용도 이미 있으신데 다른 용을 욕심내실 리도 없고⋯⋯."

"⋯⋯응?"

"⋯⋯?"

"⋯⋯으, 으응. 응."

"⋯⋯."

"그, 그치! 다, 당연, 코, 콜록! 크에췩! 아 왤케 목이. 커험. 다다당연한 거 아니냐! 나님을 뭐, 뭘로 보고!"

윤의서는 안절부절 눈치 보는 월드 랭킹 1위를 멍하니 바라봤다. 아니, 이 인간. 정말 용먹튀 하려고 했……?

5장

세상은 좁고 할 일은 더럽게 많다

1

#독각라이브스튜디오

[독각특집Special] (★역대급★) 오늘은 전설이 될 것이다 (★안 보면 3대가 후회봇★)

현재 19,465명 시청 중 · 스트리밍 시작: 7분 전

: 실시간 채팅에 오신 것을 환영합니다. 개인 정보를 보호하고 커뮤니티 가이드를 준수하는 것을 잊지 마세요.

....

: 제목 어그로 실화인가ㅋㅋㅋㅋㅋㅋ

: 자본주의가 낳은 괴물 그 자체ㅋㅋㅋㅋㅋㅋㅋ

: 안 보면 후회 대물림까지 해줘야 하는 거?

: 아빠,,,, 내 이름은 왜 후회봇이야,,?

: 2만명이 낚였으니 실패는 아니네요ㅋ 이집 어그로 장사 잘하네

: 독각님이 엊그제부터 빌드업 넘 제대로 쌓아서ㅎㅎ 뭐 역사가 될 거라는둥 하도 그래서 궁금해서 와본 사람도 많을듯요

: 형이 의리로 하루만 더 봐주는 거다 독각아

: 오늘 별거 없으면 바로 손절 들어감 ㅅㄱ

: 진짜 대단한 거 아니면 ㄹㅇ조때죠 라이브 펑크 내놓고도 더 대단한 거 보여준다고 배짱 부린건데

: ㄹㅇㅋㅋ

: ㅜㅜ독각님 믿어요

: 어 시작한다

: ㄷㄷㄷㄷㄷㄷ 과연

: ??? 독각님 어디감 이거 뭐지

: 뭐임: 생방아닌데? 개꼼수——

: 잠깐 이거 판교 아닌가

: 판교 맞는데? 판교 테크노밸리

: 어?

: 헐

: ??????????

: 와 시발 잠깐만 네??

: 존나 미친 형아 독각형아 이거 뭐야 형

: ㅋㅋㅋㅋㅋㅋ3대 후회봇 인정 쌉인정ㅋㅋㅋ레전드 찢었닼ㅋㅋ

ㅋㅋㅋㅋㅋㅋ

: ☆죠★님☆등★장☆

: ㅍ페하!!!!!!!!!!!!!!!!!!

: 채팅창 속도ㄷㄷ 올라가는 속도 미쳤나

: ~동접 10만 명 돌파~

[베스트] 실시간 역대급 컨텐츠 갈긴 우튜버.link

추천 4701 반대 15 (+30341)

· ·

- 독각: 미안하다 이거 보여주려고 어그로 끌었다… 마술사왕 테라포밍 마계 싸움수준ㄹㅇ실화냐? 진짜 세계관 최강자들의 싸움이다..

- [속보] 독각 이거 끝나고 구독자수 오백만 찍음

  ㄴ ㅁㅊ인생 존나 한방이네

- 역시 죠의 나라 죠한민국…… 겨우 6분짜리 동영상으로 한 사람의 인생을 바꿔버리죠

  ㄴ 알못 무엇; 폐하는 내수용이 아니시다 외국인들까지 끼니까 오백만 찍은거임 저거 랭커들 아니면 저정도 구독수 절대 안 나와

  ㄴ 윗댓은 걍 신기해서 그런거 같은데 왤케 예민함ㅋㅋ

ㄴ 죠한민국이라자너—— "죠구"인데

ㄴ 설마,, 지구,, 죠구,,?

- ㅅㅂ 화질이랑 거리감 개구린데 실황으로 보니까;; ㄹㅇ말이 안나와; 저기요 사람이세요 진짜???

- 이것도 매드무비각ㅋㅋㅋㅋㅋㅋ

ㄴ 이미 판교무쌍이죠(링크) 올라옴^^77

- "죠"회수 몇십억뷰는 걍 찍겠네 발록따개죠 뷰수가 곧 80억 되지 않나

- 죠뽕 이런걸 다 떠나서 개소름이네 테라포밍 게이트를 자기 혼자 틀어막은거 아님?

- 솔직히 판교에서 동상 세워도 인정? 어 인정

ㄴ ㅆㅇㅈ

ㄴ 우리도 감사해야지 시발 테크노밸리에 있는 아이티기업이랑 정보길드가 몇갠데

ㄴ 이젠 국민들 사이버머니까지 구제해주는 갓죠 킹죠 빛죠....

- 판교 주민인데 혹시 죠 팬클럽 주소 아시는 분? 비공개 회원제로 운영되고 있다는데 도저히 못 찾겠어요ㅜㅜㅠ!!! 무슨 팬클럽 문턱이 이렇게 높은지

ㄴ 죠충들 워낙 구린 짓을 많이 하고 다녀서 그럼

ㄴ 학생 글 내려 이런데서 죠충 소환하는거 아니야 학생

ㄴ (신고로 블라인드된 댓글입니다.)

ㄴ (신고로 블라인드된 댓글입니다.)

- 하....... 마법사 무쌍 실화냐........ 존나 다시 태어나서 법사캐 찍고 싶다 게임이었으면 바로 본캐 버리고 법사 부캐로 갈아탐 렬루
- 옆자리 새끼 마협 회원인데 오늘 어깨에 힘 잔뜩 들어갔더라ㅅㅂ 파워숄더 장착한줄
  └ 마법사들도 진짜 웃긴 게 지들이 죠랑 뭔 인연이 있다고 대리뽕 먹냐고ㅋㅋㅋㅋㅋㅋㅋ
  └ 아무 인연 없이 같은 한국인이라서 대리뽕 퍼먹는 우리도 있잖아요
  └ (파사삭)
  └ 살살 때려....
- 애들아 이거 보는데 눈물 나는 거 정상이라고 해주라 국적 뽑기 개잘한거 같다 대한민국 국민인 내 자신이 너무나 사랑스럽다 (집에 태극기 게양한 사진)
  └ 펄~럭
- 근데 영상에서 얼굴 까진 남자 백도현이라는거 ㄹㅇ임?
  └ 걔가 누군데
  └ ???인터넷 개통 오늘했나ㅋㅋㅋㅋㅋ무슨 백도현을 몰라
  └ 현 랭킹 10위요;;; 바빌론 S급 슈퍼루키;;
  └ 100억의 초신성ㅎ
  └ 그거 루머야. 어떤 기자가 계약금 100억 받아간 루키 있다고 이니셜 기사 썼는데 그게 백도현이라고 커뮤에서 와전된 거ㅇㅇ.

└ ? 이번 시즌에 계약금 백억씩이나 받아갈 루키면 솔까 한명 밖에 없다는거 다들 알지 않나

└ 저기요 우리 조연누나 무시하세요??

- 죠 누구랑 같이 목격된 거 첨 아닌가?

- 10년만에 측근 최초 등장ㄷㄷ;; 쟤 캐내면 죠 정체도 딸려나오는거 아니냐

- 측근이라니,, 폐하,, 정녕 저희와 같은 HUMAN이셨던겁니까,,, 소인 황송스러워서,,

- 여러분. 죠 인간설이라뇨. 불경스러워서 도저히 같은 커뮤를 할 수가 없네요. 글 내려주시죠. 저 지금 궁서체입니다.

- ㅋㅋㅋ무슨 측근이 최초ㅋㅋㅋㅋㅋ 드러난 것만 봐서 그렇지 은사자만 해도 죠 관련 일 처리해온 세월이 얼만데 모르는 사이라는 게 말이 되나 걍 다 고급적 하는거지

- 아니 근데 진짜 우리 죠는 사람이 욕심이 없는듯 이번 판교건만 해도 나섰으면 대통령 표창 받고 기자회견 열고 브이로그 수백개는 찍었을텐데 맨날 구원튀하네

└ 그것이 "KING"이니까 (끄덕)

- 사람이 묵직한 거지. 원래 빈수레가 요란하다고 폐하정도의 위치면 나라도 물욕이니 뭐니 그런 자잘한 거에 연연 안 할 듯.

- 이 시대의 진정한 다크 히어로…… 벌레엔 세스코…… 고담엔 배트맨…… 한국에는 > ZIO <

- 묵직하고 겸손하고,, 킹,, 당신은,, 대체

·· ✦ ✳ ✦ ✳ ✦ ··

속이 쓰리다.

묵직하고 겸손한 킹, 견지오(현 월드 랭킹 1위)는 배를 움 켜잡았다. 통한의 눈물을 또르르 떨궜다.

'시발, 내 야근 수당······.'

조온나 아깝다. 아까워서 뒈지시겠다. 품에서 떠나간 용알의 온기에 온 마음이 시리도록 쓸쓸했다.

"두명 드래곤 할 수 있었는데······."

투명 드래곤은 아니어도 그 근처까진 갈 수 있다 생각 했는데······.

우右 니드호그, 좌左 베이비 요정용. 잠시나마 두(2)명 드래곤 실현을 꿈꿨던 노양심 견지오가 눈물을 훔쳤다.

아무것도 남기지 못하고 떠나나 싶었던 요정용.

그 알이 탄생한 건 타이밍의 마법이나 마찬가지였다.

때마침 윤씨 형제가 움켜잡은 동아줄이 마술사왕이었 고, 때마침 마음 약해진 죠가 파트너 계약까지 옮겨 주었 고, 또 때마침 강한 계약자를 만난 요정용이 계약자의 마 력을 빌려 유지를 남기고 간 것.

요정용 암피트리치와의 계약, 그리고 사망.

그것들이 지오에게 미친 영향은 분명 적다고 할 순 없

을 것이다. 작게는 불쾌한 찝찝함에서부터, 크게는 일시적인 마력 제한 페널티까지.

그러나 최후의 계약자였기에 견지오는 새로운 탄생을 알리는 메시지 또한 놓치지 않고 들을 수 있었다.

물론 아예 새롭게 다시 태어난 거니 전과 똑같은 자아, 똑같은 이름은 아니겠지만……

그래도 뭐, 찝찝함을 덜 정도는 되니까.

[당신의 성약성, '운명을 읽는 자' 님이 울 애기 편하고, 쿨하고, 섹시한 대처 그 자체였다며 칭찬 스탬프를 가져와 쾅쾅 찍습니다.]

'하핫, 넣어 둬, 넣어 둬~'

그렇게 꼭 1절만 하면 될 걸, 성약성과 2절, 3절 주접까지 떨어 대며 돌아가던 도중.

우뚝, 지오의 걸음이 멈춰 선다.

집까지 거의 도착한 길목이었다. 주택가 인근의 모 카페 안, 낯익은 인영들이 보였다.

'뭐, 뭣…… 저게 무슨!'

충격을 받아들일 틈도 없었다. 도란도란 대화를 나누며 카페에서 나오는 두 남녀.

지오는 후다닥 골목 한쪽으로 붙어 섰다.

지나가는 사람들이 이상하게 쳐다봤지만, 그저 나는 전봇대다, 벽돌이다 하는 마인드로 바짝 붙어 몸을 숨겼다.

"그럼 한국에 며칠 더 있는 건 맞지?"

"으응. 시간 내긴 힘들어지겠지만. 왜, 못 보더라도 내가 여기 있는 것만으로도 좋아?"

"……무슨. 그런 말 한 적 없거든요."

"부끄러워?"

"그런 적 없다고, 미친놈아."

시니컬하게 견금희가 쏘아붙였다. 아무튼 뭐 그럼 됐다며, 작별 인사도 없이 그대로 몸을 돌린다.

휙 돌아선 움직임에 따라 흔들리는 얇은 체인 목걸이. 남자는 눈이 보이지 않게 웃었다.

"잘 가."

그리고.

저벅.

"뭐 해?"

턱, 벽을 짚는 팔.

키 차이 덕분에 자연스럽게 내려다보는 구도가 된다. 머리 위로 드리운 그늘에 지오가 고개를 들었다.

그림자 속에서 빛을 발하는, 늑대의 회색 눈. 그러나 뒤집어쓴 것은 여우 가죽.

귀도 마라말디가 웃었다.

"숨바꼭질?"

"……."

"나 오늘은 자기 만나러 온 거 아닌데. 그래도…… 좋다, 보니까."

짐짓 친근한 양 상체를 숙인다. 그가 걸친 셔츠의 바스락거리는 촉감과 귀걸이에 박힌 보석이 무엇인지까지 확인되는 거리였다.

제 두 팔 안에 가둔 견지오.

마음에 든다.

귀도는 더 각도를 낮췄다. 지오가 순간 흠칫했다. 목덜미로 가까워진 숨이 느껴졌다.

얕게 숨을 들이켠 그가 중얼거렸다. 녹진한 목소리였다.

"병원 다녀왔어? 몸에서 아픈 냄새가 진동하네. ……딱 여기만 빼고."

여기서만 다른 냄새가 나.

그대로 미끄러지듯 기우는 턱. 찰나였다. 반응할 새 없이 입술이 스치듯 살에 닿았다가 멀어진다. 귀도가 속삭였다. 박하…….

"박하 냄새."

시선을 마주치며 웃는 여우 눈.

"……미친놈이."

"응. 미친놈 가라사대 다음부턴 이런 자세에서 가만있지 마."

부드럽게 감싼 턱을 그는 가만히 응시했다. 이대로 힘주면 산산이 부서질 것 같은데…….

'안 되지.'

그의 심장이 울고 있었다.

오랜만에 듣는 심장 소리다. 귀도는 지오의 귓바퀴를 장난처럼 건드렸다. 음, 앤 무슨 귓불도 예쁘네.

"안 놔?"

"날 보면 기분 이상한 거 알겠는데 다 떠나서…… 넌 여자고, 난 남자고, 우리는 이성 관계잖아. 안 그래?"

"십새한테 성별이 어딨어? 이 변태 십새야."

"성질부리지 마, 자기야. 어차피 당분간은 보기 힘들 테니까."

밀착했던 몸이 떨어진다. 발 돌리는 그의 등 뒤로 지오의 목소리가 울렸다. 야.

"네놈 금금이랑 무슨 사이야?"

귀도 마라말디는 돌아봤다.

입술, 귓불. 스킨십 섞은 온갖 플러팅을 때려 박았음에도 한 줌 동요 없이 쳐다보는 얼굴이 거기 있다.

그에게 궁금한 것은 오로지 그것뿐이라는 표정으로.

'너무하네.'

"……동병상련의 동지 사이?"

"뭔 개소리?"

글쎄. 의미 모를 말과 미소를 남기고 악당은 그렇게 사라졌다.

· · ＋ ✳ ✦ ✳ ＋ · ·

　병원에서 윤의서와 나눈 막간의 대화.
　떠나기 전 문득, 견지오는 물었다.

　「테이머가 타인의 감정을 멋대로 조종하기도 해?」
　「네? 그게 무슨······?」
　「왜, 다른 사람이 자기한테 느끼는 호감을 컨트롤한다든
가, 좋아하게 만든다거나. 너도 테이머라면서 몰라?」
　「어, 그, 그런 얘기는 처음 듣는데요······.」
　「뭐야, 그럼 내가 널 도와준 건 어떻게 설명할 건데?」
　「네?」
　「생각해 보면 처음부터 이상했어. 이상하게 네가 신경 쓰였
다구.」

　돌이켜 보면 그렇다.
　용이니 뭐니, 사건이 좀 커지긴 했지만, 시작점은 던전
이었다. 종로 던전 앞에서 윤의서를 본 지오가 '움직'였
고, 결국 여기까지 온 것이다.

「윤강재가 들쑤셔 놔서, 또 다른 용가리 주인이라서……. 물론 그런 이유들도 분명 있긴 있겠지. 근데 내가 너한테 번호까지 내준 건 고작 그런 것들만으론 설명이 안 돼.」

처음 본 순간부터 신경 쓰였던 놈.

계속 눈길이 갔다.

남한테 관심 보이는 일이 극히 드문 지오로서는 희한한 일이었다. 오죽하면 성약성조차 네가 웬일이냐 물었겠는가?

「너라서 이 내가 움직인 거야. 다른 놈이 아니라, 너라서. 윤의서.」

「아…….」

「저기 님아, 그렇다고 착각하진 말고요. 너 좋다는 얘기 절대 아니니까. 비실비실한 병자 놈이 꿈도 크네.」

「아, 안 했어요!」

「단지 이 킹지오께서 묘한, 아주 묘오한 친근감이 너한테 드셨다, 이 말씀이야. 모른 체 안 하고 도와줘 볼까, 하는 맘이 생길 만큼.」

지오는 떨떠름하게 발끝을 까딱였다. 그리고.

「너 하나만 그랬다면 그냥 살다 보니 이런 일도 있구나, 하고 잊어버리겠는데.」

최근, 비슷한 놈을 만났다.

이유나 맥락이라곤 전혀 없는 끌림.

심지어 그쪽은 윤의서보다 훨씬 경우가 안 좋다. 견지오
의 부동심을 움직이다 못해 뒤흔들었으니까.

착 가라앉는 지오의 표정.

덩달아 곰곰이 생각에 잠겼던 윤의서가 이내 낮은 탄성
과 함께 무릎을 두드렸다.

「아! 혹시 그거 아닐까요?」

「뭐.」

「타인, 다른 '사람'이라고 말씀하셔서 제가 감을 못 잡았는
데요. 일반적으로 소환수, 그러니까 동물들이 테이머에게 호
감을 느끼긴 하거든요. 본능적으로.」

테이머의 근본은 교감과 연결을 비롯한, 애정으로부터
기반하는 관계. 그를 본질로 타고난 각성이니만큼 당연하
기도 한 얘기였다.

그들은 상대의 '선線'을 보다 쉽게 넘는다.

설명을 듣던 지오의 눈썹이 와락 구겨졌다. 가만, 이거
듣자 하니.

「이, 이 비실이 자식이. 너 그럼 지금 내가 휴먼 아니고 애니멀이라는 거임?」

아무리 내가 전방위로 노답 고영 캐해를 당하고 있다지만, 짜식이 이렇게 사람 면전에 대놓고?

「아, 아니 딱히 그렇다는 말이 아니라!」

윤의서가 허겁지겁 손사래 쳤다.

「유난히! 유난히, 유독! 그런 부분에서 예민한 분들이 있다고 들은 거 같아서요. 그러니까 동물적인 감각을 타고난 분들. 예를 들면…… 'S급'이라든가.」

「호오……?」

뭐, 하긴…… 그러고 보니 황혼, 그 조폭두부 자식도 그때 윤의서한테 좀 약했던 거 같다.

일리 있네. 금세 납득한 지오가 끄덕였다. 그러나 윤의서는 도리어 의문이 남는 얼굴이다.

「하지만…… 그게 상대적으로 호감을 느끼기 쉽다는 거지,

반칙적인 영향을 끼칠 만큼은 절대 아닌데⋯⋯.」

「흠.」

「지오 님이 말씀하신 분 같은 경우라면, 아마 테이머 특성 말고도 그 사람 고유 특성, 뭐 성위라든가 그런 게 다 종합적으로 더해진 결과 아닐까요?」

윤의서가 중얼거렸다.

「자기 의지로 감정과 마음을 흔든다니.」

그럼 그 사람은 정말 무섭겠네요.

⋯ ✦ ✖ ✦ ✖ ✦ ⋯

앞으로 보기 힘들어질 것이다. 귀도 마라말디가 여기저기 그렇게 떠들고 다닌 이유가 있었다.

태평양 건너에서 날아온 놈들.

그놈들 모두의 스케줄을 쥐고 있는 결정권자가 드디어 움직였기 때문이었다.

미국, 존 F. 케네디 국제공항.

뉴욕발 인천 도착 항공편.

월가 애널리스트 스미스 씨는 현재 매우 심기가 불편했다. 델타 항공의 악명에 대해서야 밤새 말해도 부족할 수준이라지만, 이건 좀 심하지 않은가?

'정시 출발까진 바라지도 않아.'

그러나 딜레이만 벌써 두 시간째다. 심지어 강풍, 안개 등의 기상 악화로 출발이 지연되고 있는 상황도 아니었다.

'고작 탑승객 때문이라니!'

방송에선 계속 돌려 말하고 있었지만, 잘 들어 보면 결국 VVIP가 타지 않아 출발을 미루고 있다는 소리였다.

'젠장 할, 그렇게 비싼 몸이시면 전용기를 타든가! 뭐 하는 짓거리야!'

속이 부글부글 끓는다.

스미스 씨를 비롯한 일등석 승객들이 항의해 봐도 무용지물. 이쯤 되면 오기까지 생길 지경이었다.

'대체 얼마나 잘난 놈인지 똑똑히 보고 기억해 주마. 내리자마자 타임스에 제보해서 아주 박살을⋯⋯.'

결과적으로 그 제보는 반드시 해야만 했다.

스미스 씨가 생각했던 것과는 좀 다른 방향이었지만.

"여, 영광입니다, 써Sir! 옆자리라니."

'기다려야지, 씨발, 두 시간이건 세 시간이건 무조건 존나 기다려야지.'

표정 관리가 되지 않았다.

그야 당연하지 않은가?

눈앞의 미청년은 '신'이 내린 이 시대 제일의 방패였다. 전미의 자랑이자 전 세계에서 유일무이 두 명의 성위와 성약을 맺은!

길드 〈이지스〉의 길드장.

대천사들이 가호하는 '신의 아들', 티모시 릴리와이트가 머쓱하게 미소 지었다.

"그러지 말고 편하게 불러요. 나 때문에 늦었네요. 미안합니다. 길드에 급한 일이 있어서……."

"괘, 괜찮습니다. 아무렴요!"

'급한 일이 있기는.'

뒤편에 앉은 길드원들이 헛기침했다. 비웃음을 참기 위함이었다.

아무도 상상 못 할 터다. 저 멀쩡한 척, 점잔 떨고 있는 금발 청년이 방금까지 삐져서 호텔 침대에서 누워 버티고 있었다는 사실을.

"이번에 삐진 이유는 뭐였더라?"

"음. 지원팀장이 한국 같이 안 가 준다고. 티미는 내심 서울 관광 가이드로 그를 찜해 뒀던 모양이더라고."

"나 참. 지원팀장이 현명했네. 같이 갔어 봐. 얼마나 시달렸겠어? 아침마다 '죠' 유적지 가자고 징징징."

"티미 릴리 성격 아니까 도망간 거지."

"부럽다, 부러워."

'너희 내 욕 하지? 다 들린다.'

이크. 머릿속을 울리는 전음에 길드원들이 얼른 딴청 부렸다. 자유자재로 쏘는 [텔레파시]는 티모시의 수많은 능력 중 하나였다.

티모시는 뒤쪽을 째려보던 몸을 다시 틀었다. 저 자식들, 어쩐지 좌석 배치가 여기만 동떨어졌다 싶었더니.

칸막이 너머 옆 좌석도 모르는 사람, 복도 옆도 모르는 사람. 주변이 모르는 사람 천지다.

승무원이 이륙하기도 전에 갖다준 샴페인을 홀짝이며 티모시가 침울하게 눈을 내리깔았다.

'나 왕따야…….'

두고 봐라. 내리면 다 복수할…… 어?

"그, 그거!"

살짝 다급한 목소리에 복도 사이드 좌석, 스미스 씨가 무심코 고개 돌리다가 움찔했다.

미국의 영웅, 미 대륙의 연인, 아메리카 스윗하트가 그를 가리키며 삿대질하고 있었다.

정확히는, 그의 손에 든 만화책을.

"어…… 이 《킹 위자드》 말씀이십니까?"

"《킹 위자드: 검은 용을 찾아서 Vol.4》! 아, 아직 시중에 안 풀린 줄 알았는데."

"코믹스 쪽에 제 가족이 있어서요. 내일 오전에 풀린다는 걸 미리 받았습니다. 오랫동안 하늘에 갇혀 있을 예정이니, 하하……."

표지에 그려진, 대도시를 뒤로한 채 고독하게 서 있는 검은색 일색의 마법사 영웅.

요리 봐도 저리 봐도 누가 봐도 모티프가 확실했지만, 세상 모두가 모른 척 소비하고 있는 현 미국 최고 인기 코믹스였다.

스미스 씨는 조심스레 물었다.

"보시겠습니까……?"

"네!"

"혹시 '킹 죠'의 팬이신……?"

"네!"

레트리버다. 골든 레트리버가 여기 있다.

티모시의 뒤로 꼬리를 흔드는 개의 환영이 보이는 건 착각이 아니리라. 스미스 씨는 어색한 웃음으로 존경하는 미국의 영웅에게 만화책을 건넸다.

"제발…… 아닌 척이라도 할 수 없어?"

"뭘?"

약 7시간의 비행. 마석 기술로 인해 점점 비행시간이 단축되고 있다지만, 여전히 길긴 길었다. 티모시는 뻐근한 어깨를 휙휙 돌려 스트레칭했다.

따로 마련된 공항 내 대기실.

별도의 입국 심사를 마친 다음, 한국 측 관계자들을 기다리는 중이었다. 예전과 달리 '일단은' 미국 측 공식 사절로 온 참이니 함부로 움직일 수 없다.

"그놈의 팬심 말이야."

길드원이 푹 한숨 쉬었다.

"매드독은 없는 놈이라 치고, 그래도 네 랭킹 위에 있는 사람인데 라이벌 의식까진 바라지도 않으니 자존심이라도 챙겨 봐."

나름 진지한 얘기였건만, 상대도 그렇게 들었을지 의문이다. 티모시가 자못 진지하게 고개를 끄덕였다.

"그래……. 근데 죠는 왜 답장을 안 했을까? 내 카드 받았을 텐데."

제기랄. 저 자식 전혀 안 들었잖아. 좌절하는 길드원의 어깨를 옆에서 툭툭 다독였다.

그러거나 말거나. 티모시는 계속 심각했다.

백악관에서 극구 안 된다는 걸 이쪽이 우기고 설득해서 보낸 자필 카드였다. 이쪽의 호의 가득한 마음을 보여 주고 싶어서.

혹시나 몰라볼까 봐 사진까지 고심해서 제일 잘 나온 걸로 고르고 골라 보냈는데.

"조나단이 한글 코치까지 해 줬다고. 요즘 젊은 한국인들이 제일 즐겨 쓴다는 관용구로."

'바보야…… 넌 함정 카드에 걸린 거야.'

한국계 미국인 길드원 한 명이 애써 측은지심을 숨겼다.

조나단 박. 본명 박용규.

길드 〈이지스〉의 지원팀장, 전라도 출신 해병대 사나이의 악마 같은 웃음이 눈에 그려지는 듯했다.

똑, 똑.

편하게 늘어져 있던 길드원들의 자세가 순식간에 바뀐다.

노크 소리에 이어 열리는 문. 검은 정장을 입은 사람들, 한국 측 관계자들 등장이었다.

빈틈없는 경호와 함께 들어온 장년의 남자가 사람 좋은 미소를 그려 보였다.

"이거…… 먼 길 오시느라 수고 많으셨습니다. 한국 각성자 관리국 국장 장일현이라고 합니다."

"미스터 장!"

아는 이름이었다.

성큼성큼 걸어간 티모시가 장일현을 덥석 끌어안았다.

순간 모두가 당황하는 가운데, 홀로 그 이유를 알고 있는 장일현만이 어색한 웃음을 지었다. 하하하.

'망했다…….'

"죠는 언제 만나 볼 수 있습니까?"

너, 약속했잖아.

소리 내지 않아도 눈이 얘기하고 있었다. 티모시 릴리 와이트가 환하게 웃었다. 햇살처럼.

·· + ✳ ✦ ✳ + ··

그 시각.

햇살 같은 미소의 미국 대표와 슬픈 중년의 한국 대표가 동시에 한 사람을 떠올리고 있을 때. 그 주인공은…….

"보현 스님, 건강하셨지요?"

"오랜만입니다, 보살님."

'으음……'

강원도, 보현 스님의 앞이었다.

2

저기 님들, 좀 앉아 봐. 나 지금 매우 심각하시다.

'너무 열심히 살고 있어.'

현 랭킹 1위, 자칭 타칭 세계관 최강자 견지오는 생각했다.

'아직도 3월이 끝나지 않았다니?'

공포 체험이 따로 없었다. 마치 평생 자라지 않은 채로 영원한 시공간 속에 박제되어 버린 짱×나 코×이 된 기분이라고 할까.

'아니, 아니야.'

카테고리가 좀 다르다.

이건 꼭…… 만사 귀찮다며 꿀 빠는 인생을 살겠다 주장하지만, 사실은 그 누구보다 부지런하고 착실한 삶을 살아가는 웹 소설 속 K-폭군이 되어 버린 듯한 느낌.

그거다. 정확하다.

'회귀자 이 자식, 등장 즉시 내 삶에서 쫓아냈어야 했는데……!'

인생의 과오요, 뼈아픈 실책이었다.

크흑. 지오가 통한의 신음을 뱉어 냈다.

이대로 가면 이 인생의 엔딩 루트는 두 가지뿐이다.

한국형 주인공처럼 끝없는 열일의 굴레에 갇히거나, 회귀자 백도현의 먼치킨 조력자 1로 전락하거나.

'하, 절대 그럴 수는 없지.'

어떠한 핍박에도 굴하지 않고, 날로 먹으며 유유자적 갑질만 하고 살겠다는 초심, 그 초심을 되새겨 볼 타이밍이었다.

'그래. 견지오…… 너 이거 캐붕이야. 정신 차렷.'

노답 외길 힘숨방 견지오 선생이 냉정하게 마음을 다잡았다.

'파업 선언이시다.'

오늘부로 '죠'는 없다. 응.

그렇게 반성을 마치며 책상을 박차고 일어난 순간이었다.

똑똑, 벌컥—

"야, 언니. 엄마가 옷 챙기래."

"……왜죠?"

견금희가 심드렁히 대꾸했다.

"강원도 간대."

"……!"

소리 없이 이어지는 뭉크의 절규. 견지오는 다급하게 양
손을 저었다. 아, 안 돼애애. 방금 말 취소!

'아무나 당장 죠 시켜 줘어!'

·· ✦ ✳ ✦ ✳ ✦ ··

강원도 설악, 월계사月溪寺.

다행히 상상했던 일이 벌어지진 않았다.

'흠. 다행…… 은 아니려나?'

지오는 박 여사의 등에서 시선을 뗐다. 주변을 천천히
둘러본다.

크지 않은 법당 안. 수백 개의 위패가 작은 부처들과 함
께 모셔져 있다. 촛불이 그 사이사이로 일렁였다.

[당신의 성약성, '운명을 읽는 자' 님이 산골짜기 조그만

사찰에 뭔 위패가 이리 많으냐며 혀를 찹니다.]

'여기가 영험하다잖아. 쑥덕쑥덕 찾아올 만큼.'

뭐, 박 여사는 좀 다른 경우지만.

스스로 기억을 덮어 버렸던 옛날엔 뭣도 모르고 따라다녔으나 이젠 지오도 안다.

이 월계사는 부친 견태성이 자란 사찰이었다.

보육원 시절, 운영이 힘들어진 보육원 측에서 아이들을 내보낼 때 갈 곳 없어진 견태성을 이곳의 스님이 거두었다나.

청년이 될 때까지 여기서 자랐다며, 견태성은 명절마다 가족들을 설악산 사찰에 데려오곤 했다. 그러니 그의 위패를 이곳에 마련한 것도, 어쩌면 당연한 얘기다.

띠리링!

'아오.'

엄숙한 분위기에 참 눈치 없는 타이밍. 하필 진동도 아니었다. 지오가 눈치 보며 휴대전화를 꺼냈다.

[부재 중 전화 1건]

[마고릴라: 견지오 씨 무단결근이라니 아무리 지오 씨라도 이게 무슨 경우 없는]

다 읽기엔 주변 시선이 몹시 따갑다. 박 여사의 눈빛 레이저는 거의 설악산 만년설을 녹일 지경.

지오는 슬그머니 전원을 껐다.

그야말로 간발의 차. 바로 몇 분 뒤 인천에서 모 국장이 절망하게 되는 순간이었다.

"……나가자."

불공을 마친 박 여사가 딸들을 이끌었다.

3월 26일.

오늘은 견태성의 기일이다.

이 날짜 전에 돌아오겠다던 밤비는 여태 소식이 없었다. 속초행 버스에 올라타던 길, 견금희가 중얼거렸다.

「오빠 안 가는 건 처음인데.」

「……그래?」

「은근히 이런 데서 성실하잖아. 지가 꼴에 아들이라고.」

몰랐다. 그때서야 지오는 저를 제외한 가족들이 매년 이곳을 찾았단 걸 알 수 있었다.

'거 나도 모르는 사이 더럽게 배려받고 살았네.'

작년에는 기숙 학원, 재작년에는 수험생.

확실한 명분이 있는 두 시기를 제외하더라도 지오가 이곳에 온 적은 거의 없었다. 한 손으로 꼽을 정도?

딱히 다들 지오에게 가자는 말을 안 했기도 하고.

'올해는 무슨 변덕인지 모르겠지만.'

에휴, 우리 박 여사의 마음을 누가 알리오? 지오는 콧등을 긁적였다.

"아, 보현 스님! 그간 건강하셨지요?"

"오랜만입니다, 보살님."

'보, 보현 스님!'

최종 보스 등장.

본능 깊이 새겨진 그 이름에 지오가 저도 모르게 흠칫 어깨를 떨었다.

법당 바깥으로 나오는 계단이었다.

돌계단 아래서 딱 맞닥뜨린 승려. 이 사찰의 주지승, 보현이 박 여사의 정중한 인사에 마주 합장했다.

한 사찰을 도맡고 있는 승려라고는 믿기지 않을 만큼 젊은 청년의 외양.

그러나 실제 연령은 100여 세가 훌쩍 넘었음을 모르는 자 없다.

설악 월계사月溪寺의 보현.

대한민국 불교계 최고 어른 줄에 속하며, 당대의 명승으로 손꼽히는 인물이었다.

각 총림에서 그를 방장으로 모시려 애썼지만, 거절하고 이 강원도 조그만 사찰에서 지낸다는 얘기도 유명했다. 법당의 수많은 위패들도 결국 이 사람을 보고 온 거나 마찬가지.

어릴 적, 부친 견태성을 데려다가 키워 낸 승려 역시도 바로 눈앞의 이분이셨다.

박 여사가 지오의 등을 찰싹 후려갈겼다.

"뭐 해, 어서 인사 안 드리고!"

"……안냐세여."

"오랜만이에요, 지오 양도. 마지막으로 봤을 땐 교복 입고 있었던 것 같은데…… 그새 많이 자랐군요."

보현이 부드럽게 미소 지었다.

여러 사람이 그를 생불로 우러러보는 미소였지만, 왜 이렇게…….

'무, 무섭냐……?'

옛날엔 이 정도는 아니었던 것 같은데. 뭐지?

진심으로 쫄아든 지오가 엉거주춤 눈을 내리깔았다.

[성위, '운명을 읽는 자' 님이 애, 애긔야 왜 그러니 이 오빠 널 그렇게 약한 애로 키우지 않았다며 당황합니다.]

'몰라. 일단 닥쳐 봐요…….'

마치 부처 앞 손오공이 된 느낌. 천둥벌거숭이처럼 함부로 까불었다간 당장 이마에 금테 같은 거 두르고 오행산 밑으로 처박힐 각이다.

시선 피하는 지오를 보현이 유심히 바라봤다. 흐음.

"역시 추억은 갖고 있는 편이 낫지요?"

"……네?"

"좋은 일이네요. 아버지껜 인사 잘 드렸나요? 무척 오랜만이었을 텐데."

뭐, 뭐야, 이 사람? 뭐가 막 보이나 봐⋯⋯.

바벨 요놈 자식아 일해라. 왜 알림 안 띄워? 뭔가 읽혀
도 제대로 읽힌 거 같은데, 간파 스킬에 당했다는 둥 그런
알림이라도 띄워 보란 말이야.

'개무서워⋯⋯.'

잘못했습니다. 부처님, 열심히 살겠습니다.

불민한 중생 견지오가 울망울망 고개를 끄덕였다. 그리
고 슬쩍 발을 옮겨 금희의 등 뒤로 숨어들었다.

"어머, 애가 버릇없게! 스님 말씀하시는데."

"괜찮습니다. 그러고 보면 태성이도 낯가림이 심했는
데, 참 많이 닮았어요."

"⋯⋯지오가 제 아빠를 특히 많이 닮았긴 하죠."

저기, 혹시 이 대화 불편하신 분? 저요, 저요⋯⋯.

지오는 애써 먼 산을 바라봤다.

그 모습을 힐긋 본 보현이 웃음 짓는다. 법복 속으로 염
주 알을 매만지며 물었다.

"바로 돌아가시나요? 먼 길 오셨는데, 머물다가 가시지
왜요."

'안 돼.'

"아유, 어떻게 그래요~ 스님들 불편하시게."

'맞아.'

"요샌 그렇지도 않습니다. 장기적으로 머무는 분들도 계시고, 템플 스테이니 뭐니 아이들이 워낙 법석을 떨어서 얼마 전에 선월당 정리도 마쳤거든요."

"아……."

"참, 또 내일부터 때마침 주말이네요. 설악산 정기 받고 가시면 아주 좋겠습니다."

'……'

자네가 거절할 수 없는 제안을 하지.

후광이 떠오르는 부처의 미소.

순간 견지오는 제 앞날을 직감했다.

고명하신 명승의 출구 없는 제안이었다. 예상대로, 한낱 중생에 불과한 박 여사가 더듬더듬 답했다.

"그, 그럼 그럴까요……?"

·· ✦ ✳ ✦ ✳ ✦ ··

안개와 구름이 드리운 설악.

영검한 산의 정경을 바라보며 주지승 보현은 뒷짐을 지었다. 그 뒤를 따라 걷던 승려가 조심스럽게 운을 뗀다.

"빈방을 준비하라 밑에 일러두었습니다. 저녁 공양 전에는 정리될 것입니다."

"하하, 곤란하게 했네. 갑작스러웠을 테지."

"아닙니다. 그런 말씀은 접어 두시지요. 한데…… 선월당에는 이미 그 아이가 머무르고 있는데, 괜찮을까요?"

"비좁은 곳도 아닌데 뭐 어떤가?"

"……답지 않은 모습이셨습니다. 원치 않는 분들께 머무르길 강권하시다니. 무슨 연유라도 계신지요?"

"글쎄."

"……."

"'고르디우스의 매듭'이라고 들어 보았나."

고대 소아시아의 전설이다.

함부로 손대지 못할 만큼 얽히고설킨 매듭 하나가 있었다. 그 복잡함에 누구도 감히 엄두 내지 못하였으나 지나가던 왕이 듣고는 칼로 그 매듭을 끊어 풀어 버렸다고 전해진다.

보현은 웃었다.

"때로 답은 밖에서 오는 법."

적절한 시기에 왕이 이곳을 찾은 것도 다 인因이고, 연緣이겠지.

·· ✦ ✳ ✦ ✳ ✦ ··

뭐지…… 이게?

게으른 삼수생을 위한 대국민 깜짝 몰래카메라? 강원도 유배 감금 예행 체험?

다들 나를 강원도에 가두려고 빅 픽처를 그린 게 아닐까? 이것들 사실 다 한패 아녀?

견지오가 심각하게 미간을 좁혔다. 펄럭펄럭. 커다란 쥐색 승복에 갇힌 꼴이 동자승 그 자체였다.

"야, 가만히 좀 있어!"

'젠장.'

옆에서 급히 타박 주는 막내 금희의 속삭임.

지오는 억울했다. 다리가 너무 저렸다. 씨이. 이 무릎이 어떤 무릎인데, 어?

'지금 누구 무릎을 꿇려 놓은 건지 알면 아주 까암짝 놀라서 자빠질 거다, 요 스님분들아.'

딱!

"마하반야바라밀."

"마, 마하반야바라미일⋯⋯."

발우 공양 시간.

지오가 엉거주춤 그릇을 앞으로 들어 올렸다. 중앙의 보현이 죽비를 한 번 칠 때마다 일어나 배식하는 승려들.

그렇게 뭐가 오긴 오는데⋯⋯ 전혀 오는 거 같지가 않다. 나물, 오이, 연근 몇 조각. 게다가.

'설거지할 물이랑 밥을 왜 동시에 주냐구?'

단무지로 닦고, 물로 헹궈서 그것까지 마시라니. 저기요, 이보세요.

"지오 보살님. 그릇은 입 가까이 대고, 음식 씹는 모습을 보이지 않습니다."

"……네에."

'나 돌아갈래.'

[당신의 성약성, '운명을 읽는 자' 님이 야 이 땡중들아 우리 애 저러다 울겠다고 광광 분개합니다.]

지오가 세상에서 제일 서글픈 자의 얼굴로 연근을 우물거렸다.

고기반찬이 그립다. 속세에 찌들 대로 찌든 중생에게 수행의 길이란 몹시도 가혹했다.

'하…… 쉬버얼, 미쳐겠네.'

그리고 월계사와 견지오가 전혀 궁합이 맞지 않는다는 사실은 밤이 되자 거의 확인 사살 수준이었다.

쿠웅, 퍼드득, 쿠웅!

쉴 새 없이 시끄럽게 덜컹거리는 창호지 문.

강하게 부는 산바람 탓이다. 뜬눈으로 말똥말똥 천장을 보던 지오가 벌떡 일어났다.

바뀐 잠자리 때문인지 뭔지. 예민해진 잠귀 덕에 잠들기도 글렀겠다, 달구경이나 해 볼 심산이었다.

설악 월계사月溪寺.

달이 빠진 계곡의 사찰.

월계사가 있는 계곡은 설악산 내에서도 아주 깊은, 으슥한 곳에 자리했다. 험준하고 찾기도 어려워 작정한 자가 아니라면 못 찾고 길을 돌아가기 십상.

타닥, 탁!

그러나 이쪽과는 상관없는 얘기다.

승복이 펄럭였다. 산객들을 가로막는 거암 사이로, 지오가 가볍게 공중을 내디뎠다.

[특성, '캣 파쿠르'가 활성화됩니다.]

'경치 죽이고.'

안쪽으로 갈수록 더욱 그렇다.

인적이 드물어 그런지, 사람 손때 타지 않은 계곡에선 거의 빛이 났다.

수면 위로 비치는 달그림자도 그렇고, 주변 풍경도 화려한 것이 마치 조그만 은하수라도 옮겨 둔 것 같았다.

'꼭 별들 같네.'

[성위, '운명을 읽는 자' 님이 별의 무덤이니 틀린 말도 아니라며 중얼거립니다.]

'뭔 소리야?'

반문에 설명을 잇는 성약성의 메시지가 연속으로 떠올랐다. 그가 말했다.

성위星位가 되지 못한 영령, 이름을 인정받지 못해 별의 자리에서 탈락한 것들.

갈 곳 없어진 그들은 성계를 방황하다가 결국 자신이 태어난 땅으로 다시 내려앉는다.

천문에 오르지 못한 대신 하늘과 가까운 곳, 월광이 가장 깨끗하게 내리는 장소로 모여들어서…… 달이 뜨면 달그림자와 어울려 잠시나마 별이 되었다가, 달이 지면 다시 대지로 잠드는 것이었다.

그리하여 '별의 무덤'.

그들이 잠든 곳이 바로 이 월계月溪라고, 지오만의 별님이 속삭였다.

'흠…… 그래요…….'

뭔가 되게 거창하긴 한데…….

남들보다 감수성이 약간 떨어지는 삼수생은 그저 시큰둥했다. 짝다리 짚고서 중얼거린다.

"걍 별빛이 계곡물에 반사된 거 아닌감? 과학적으로 충분히 설명될 것 같은 현상에 의미 부여가 과한데."

[시간이 일러서 아직 다 일어난 게 아니라 그렇게 보일 수도 있겠지만, 아니 근데, 저기요, 너 마법사 맞으시냐고 '운명을 읽는 자' 님이 어이없어합니다.]

[이러니 미대도 계속 떨어지는 거 아니냐며 어떻게 젊은 애가 낭만이란 게 없냐고 성약성이 쯔쯔 혀를 찹니다.]

'무, 뭣!'

남의 아킬레스건을 쑤시다니, 이 똥별이!

지오가 막 발끈하려던 찰나였다. 귓가로 강제 성흔 개문을 알리는 소리가 울린다.

【직접 보면 알겠지.】

【특별 눈높이 서비스다.】

잘 보거라.

공명 같은 그의 목소리가 울렸고…….

샤아아아– 화아악!

무형의 위대한 손길이 대지를 툭 건드리는 듯했다.

"아……."

견지오는 탄성했다.

별들의 만개滿開.

그렇게밖에 표현할 수 없는 절경이 펼쳐진다.

가파른 계곡을 감싸듯 자리 잡은 이파리와 줄기들. 눈에 띄지 않게 봉오리만 맺혔던, 달맞이꽃을 닮은 그것들이 일순 동시에 피어났다.

탁! 터트리듯 피어난 그 속에서 떠오르는 별빛.

바람 불자 파도친다.

별의 파도였다.

"……이벤트 스케일 미쳤네."

중얼거린 지오가 조용히 그 별 무리 안으로 들어갔다.

걸음마다 부유하는 별빛이 그녀의 단발머리를 기분 좋게 스쳤다. 마치 꿈속을 거니는 기분이었다.

그때.

"어…… 아직 필 시간이 아닌데……?"

바스락.

어리둥절한 목소리. 산통을 깨기에 충분했다.

지오가 돌아봤다.

선객이 있는 걸 그제야 그쪽도 알아차린 듯했다. 온몸이 들썩일 정도로 당황하더니, 곧 빠르게 경계를 푼다.

"뭐야, 어린애네."

……?

'저 새끼 뭐지?'

초면 인간의 난데없는 나이 후려치기에 견지오(삼수생/특급 동안)의 어안이 벙벙해졌다. 아니, 지금 누가 누굴 보고?

"저기요, 누가 봐도 님이 더 어린데?"

"어, 그래? 너 몇 살인데?"

'허어. 뭔데 초면에 말을 막 까지이?'

이십 평생 전방위로 말을 까 왔던 반말 견지오 선생이 즉시 내로남불 장유유서 마인드를 장착했다. 건들건들 짝다리를 짚는다.

"여덟 살이시다. 어쩔래?"

"그렇구나. 보기보다 많이 어리네. 엄마는? 혼자 왔어?"

"……?"

뉴…… 뉴 타입인데.

1:1로 대면한 상황에서 이렇게까지 자신을 막 대하는 놈은 거의 처음이다. 지오는 빠르게 전의를 상실했다.

자신에게서 정말 '아무것도' 느끼지 못한다면 그만큼 평범한 사람이라는 뜻이었으니까.

'갓반인인가?'

그래도 보통 어느 정도는 본능적으로 쫄아드는데. 특이한 놈이로다.

지오가 관찰하는 와중에도 혼자 이리저리 부산스러운 엑스트라 녀석. 소매를 돌돌 걷더니 호미 같은 걸 들고 바위틈에 쪼그려 앉는다.

안경과 더벅머리에 가려 얼굴이 잘 안 보였다. 지오는 가까이 다가갔다.

"뭐 함?"

"어어. 위험하니까 오지 마, 꼬마야."

"……여덟 살인 거 개뻥이야, 이 자식아."

"아, 그래? 그래도 오면 안 돼. 이 성령초星靈草들은 엄청나게 예민하고 까다롭거든. 잘못 건드리면 그대로 잎을 닫아 버려."

이제 보니…… 호미부터 바구니까지. 저 별빛꽃이 목적

인 약초꾼인 듯했다.

저런 것도 약초가 되나 보네. 심드렁히 지오가 생각한 순간, 조심스럽게 꽃잎을 감싸는 손.

마력이 움직였다.

"······뭐야, 너 각성자야?"

"으응, 아, 놀라라!"

무심코 고개 든 소년이 깜짝 놀라 그대로 주저앉았다. 지오의 얼굴이 너무 가까웠다.

"근데 왜 그렇게 존나 개평범해?"

"그야······ E급이니까 그럴 만도······ 잠깐. 조, 존나 개평범하다니! 그 정도는 아니거든!"

"아니. 소설로 비유하면 등장인물들이 놀러 간 동네 축제 가판대에서 이것 좀 드셔 보세요, 외치는 동네 주민1 수준의 평범함."

"아, 아니라고오!"

"어허. 받아들여. 주인공이 있으면 엑스트라도 있어야 하는 게 세상 돌아가는 법칙이야."

에, 엑스트라. 울컥한 약초꾼이 외쳤다. 야!

"선월당의 귀빈이 나라고!"

"······."

지오의 얼굴이 심각해졌다.

그러자 상대는 그럴 줄 알았다는 표정이다.

뱉은 제 말을 후회하는 기색. 지오는 더욱 심각해졌다.

'아니. 그쪽이 아니야, 이 동네 주민1아.'

뭔가 대단한 정체를 밝힌 거 같은데 전혀 모르겠어. 진심 저언혀.

'진짜 하나도 모르겠음.'

견지오는 일단 턱을 짚었다. 끄덕 끄덕였다.

"선월다앙 귀비인……."

어어. 알지, 알지. 어어.

그에 더벅머리 약초꾼도 안경을 슥 들어 올린다. 아련한 숨을 푹 내쉬었다.

"그래. 보니까 월계사 사람 같은데 너도 소문 들었겠지. 내가 그 '홍고야' 님의 조카손자, 홍해야 맞아."

"에계……."

"……응?"

"허, 허업, 그 1세대의 전설! 톱 텐 랭커 홍고야아? 에그머니나!"

'뭔가 상당히 작위적인데…….'

기분 탓이겠지. 홍해야는 고개를 저었다.

"절 밖에선 절대 비밀이야. 너도 알지? 톱 텐 정도 되는 랭커의 가족들이 얼마나 비밀스럽게 살아가는지."

"음."

"가끔은 답답하긴 해도 어쩔 수 없는 일이거든. 높은

자리에 오를수록 적도 많아지는 법이잖아."

"음음."

"최근에 그 견지록 님마저도 자기 누나 보호한다고 관리국을 움직였다는 얘기 들어 봤지?"

"크흠, 어어."

소문엔 위장용 라이선스까지 받아 냈다더라. 중얼거리는 홍해야를 보며 지오가 서둘러 화제를 돌렸다.

"근데 이제 톱 텐은 아니지 않음? 천상계 순위 바뀌었잖아, 얼마 전에. 그분은 광탈한 걸로 아는데."

"……아까부터 느꼈는데, 너 진짜 남의 기분 생각 안 하고 말 막 하는구나?"

"……."

[당신의 성약성, '운명을 읽는 자' 님이 저 자식 뭔데 남들은 수년째 엄두도 못 내는 돌직구를 만난 지 한 시간도 안 돼서 때리고 있냐며 제 눈을 의심합니다.]

'시, 신선한데.'

돌직구 비판에 눈앞의 월드 랭킹 1위가 멍 때리든 말든, 홍해야는 아랑곳하지 않고 어깨를 으쓱였다.

"어쨌든 뭐, 랭킹이야 오르락내리락하는 거니까. 대고모님은 분해하셨지만, 잠깐이지. 그리고 올라갈 만한 사람이 올라간 거라서 나도 별생각 없어."

올라갈 만한 사람. 아는 이를 말하는 듯한 뉘앙스였다.

지오에게서 떠오른 호기심을 읽은 홍해야가 멋쩍게 코를 훔쳤다.

"어. 맞아. 나랑 친한 형이거든, 도현이 형."

…….

백도현…….

'또 너냐?'

가는 곳마다 쫓아오는 회귀자의 이름에 견지오가 먼 하늘을 향해 탄식했다.

·· ✦ ✳ ✦ ✳ ✦ ··

쿨럭!

"자네 괜찮은가?"

"아, 예. 죄송합니다. 잠시 사레가 들려서."

백도현은 입가를 훔치고 정중히 찻잔을 내려 두었다.

맞은편에서 호기심 어린 시선이 닿는다.

"자네 같은 굉장한 경지에 다다른 검사도 사레 같은 게 들리는군. 신기한데."

"좋게 봐 주시는 점은 감사합니다만, 저도 사람인걸요. 고야 님께선 아니십니까?"

홍고야가 웃었다. 아니.

"나도 그렇다네. 사람이지. 사레도 종종 들리는."

그 말에 백도현도 옅은 미소를 그려 보인다.

꼿꼿한 정좌, 한 점 흐트러짐 없는 눈빛. 그에게서 느껴지는 총기와 정기가 정결하기 이를 데 없었다.

간만에 만난 기분 좋은 청춘이라고, 홍고야가 내심 백도현을 총평했다.

"자네 얘기를 귀가 닳도록 듣긴 했어도 꼭 직접 보고 싶었네. 내 눈으로 확인해야 했거든. 오래 지키고 있었던 내 자리를 앗아 간 놈이 과연 어떤 녀석인지."

"그래서 보시니 어떻습니까?"

"通通."

호탕하게 무릎을 두드린 홍고야가 흡족한 마음으로 일어났다.

"무슨 목적으로 내 조카손녀를 보고자 하는지 모르겠지만…… 자네 정도의 인물이면 상관없겠지."

앞장서는 홍고야의 등을 백도현은 신중하게 뒤따랐다. 한 걸음도 놓치지 않도록 주의하면서.

전前 대한민국 랭킹 10위.

그리고 그의 순위 진입으로 11위가 된 한국 제일의 기문 진법가陣法家 홍고야.

그런 그녀의 집인 만큼 이곳엔 온갖 기문과 기관이 가득했다. 자칫 한 발 잘못 디디면 환영진 따위에 갇혀 온종일 고생할 수 있다.

조심스러운 백도현과 달리 호쾌하게 이어지는 발걸음.

사자 은석원과 동일한 1세대, 이젠 몇 명 남지 않은 은석원의 동년배 헌터였다. 나이와 어울리지 않게 놀랍도록 정정한 홍고야가 흘긋 뒤를 돌아봤다.

"그러고 보니 내가 고맙다는 말을 했던가?"

"아."

"확실히, 자네가 해야한테 일러 준 성령초는 어느 정도 효험이 있었어. 덕분에 해야는 계속 월계에 머물고 있지만."

"전해 들었습니다."

"오늘 여기까지 온 건 또 다른 방도가 있다는 걸로 생각해도 될까?"

"아뇨. 오늘은 정말 얼굴 보러 온 것뿐입니다. 함께 오려고 했던 분이 갑자기 자리를 비우시는 바람에."

백도현은 쓰게 웃었다. 대체 어디 갔는지 휴대전화도 내내 꺼져 있는 누군가를 떠올리면서.

그렇게 쭉 걷던 복도.

두 사람의 걸음이 멈춘다.

복잡한 구조의 한옥에서도 가장 깊이 자리한 심처였다.

탁, 탁, 타악-!

홍고야의 진력이 담긴 손짓에 일렬로 좌르르 열리는 문들. 안쪽으로 걸음을 옮기는 백도현의 등 뒤에서 홍고야가 뇌까렸다. 금세 무거워진 목소리로.

"그게 누군지는 몰라도, 소용없을 걸세."

"……."

"달야가 찾는 사람은 오로지 한 명뿐이거든."

서늘하다.

열자마자 훅 느껴지는 기운이 그랬다.

온도의 얘기가 아니다. 이건…….

'죽음'의 그림자가 주는 냉기였다.

시체처럼 창백한 낯빛. 마치 고목나무 가지처럼 말라 가고 있는 십 대의 여자아이.

홍해야의 쌍둥이, 홍달야가 희미하게 입술을 달싹였다.

"죠……."

3

사찰의 아침은 다른 곳보다 이르게 시작한다. 훨씬, 훨씬 더 이른 시각에.

새벽 4시 반.

사방이 아직 푸르른 시간이었다.

견금희는 신경질적으로 신을 구겨 신었다. 덜 마른 머리칼을 털며 안을 향해 외친다.

"아 견죠, 빨리 나와! 늦었어! 엄마는 이미 먼저 갔다고!"

"잠깐마안……."

잠기운이 흠뻑 묻어나는 목소리.

"어휴, 언니 진짜 잠 좀 깨! 대체 몇 시간을 자야 만족하는데? 너 어제 분명 저녁 8시에 잠들었잖아!"

"아니야앙. 못 잤어. 새벽에 들어왔는데."

회귀자, 해야, 어쩌고 하는 웅얼거림이 들려온다. 그래도 와중에 옷을 주섬주섬 껴입긴 하는지 부스럭대는 소리도 같이 들렸다.

하여간 저거, 느려 터져서.

한참 걸리겠다 싶어 견금희는 마루에 걸터앉아 밀린 휴대전화 메시지를 확인했다.

"그은데…… 금금. 우리 가서 뭐 하는 데에……?"

"못 들었어? 새벽 예불이라잖아. 뭐라더라. 108배? 아무튼 뭐 그 비슷한 거 하겠지."

턱을 괸 견금희가 대강 대꾸했다.

그런데 1분, 3분, 5분…….

돌아오는 대답이 없으시다. 인기척도…… 잠깐, 인기척?

'설마.'

예감이 구리다.

벌떡 일어난 견금희가 힘껏 방문을 열어젖혔다.

아직 온돌 기운이 뜨듯하게 남아 있는 방. 중앙에서부터 창가까지 주르륵 널린, 벌레 허물 벗듯 던져진 옷가지들.

그리고…… 머리카락 한 올 없으신 본체.

견금희의 몸이 부들부들 떨렸다. 이, 이……!

"염병할 노답 삼수생!"

108배 듣자마자 튀었어, 이 망할 언니가!

·· ✦ ✳ ✦ ✳ ✦ ··

헥, 헥. 꼬마 동자승이 엉금엉금 산을 기어올랐다.

매번 오르는 산길이지만, 아무리 올라도 도통 적응이
안 될 만큼 험준했다.

'에휴. 꼭 이렇게 제일 외진 곳을 찾으신다니까.'

동자승은 목을 꺾어 멀리 바라봤다.

거암 위에 드러누워 있는, 익숙한 그림자.

정말이지 한량이 따로 없다. 그는 절레절레 고개를 흔
들었다.

"대장로……!"

어, 근데 잠깐만.

그분이라기엔 뭔가…… 지나치게 작고, 또 짧지 않나?

동자승이 당황해 외쳤다.

"누, 누구세요?!"

그에 누워 있던 선객도 외친다.

"님은 누구셈!"

"……그러니까 요약하면, 월계사에서 템플 스테이 중인 일반인분이시라 이거죠?"

"그렇대도."

"그, 그럼 여긴 대체 어떻게 들어오신……?"

"걍 들어왔다니까. 몇 번을 말해야 해?"

"아니, 여기는 금지禁地인데……!"

"금지는 뭐가 금지야? 출입 금지? 허얼, 님이 여기 설악산 전세 내심? 설악산 주인? 에그머니나, 미천한 제가 감히 몰라뵙고."

"아뇨! 그게 아니라!"

동자승이 울상 지었다.

대화가 전혀 안 통하는 상대였다. 그렇다고 일반인한테 진법이니 결계니 뭐니 구구절절 설명해 줄 수도 없는 노릇.

'진짜 일반인은 맞긴 한 건가?'

설악의 심지인 이 영산靈山은 천 년 전, 삼국 시대부터 이어져 내려온 대결계로 가려진 곳이었다.

그것도 10년 주기로, 비기를 계승한 문파의 대호법이 손수 점검하고 관리하는 금지.

지리智異에서 백두白頭까지 쭉 이어지는 한반도의 정기, 백두대간 영맥의 심방을 보호하기 위한 결정으로

서…… 일반인이라면 근처에 왔다가도 갑자기 황급한 일이 떠오르거나, 꺼림칙한 기분이 들어 되돌아가야 옳았다.

저렇게 제집 안방처럼 드러누워서 일광욕을 하고 있을 게 아니라.

"뭔데, 그 불쾌한 눈빛? 너도 이 선량하고 순진한 킹지오한테 악랄하기 그지없는 108배 따위를 강요해서 정신 개조하고 싶은 거지, 이 스님아!"

"108배는 정신 개조가 아니라 심신 안정에 도움을 주는 정신 수양—"

"뭣! 이런 스님 같은 스님을 봤나."

"스, 스님은 욕이 아니에요."

'게다가 이 피해 의식 대단한…… 근본 없는 양아치 냄새. 영 낯설지가 않아.'

동자승은 슬금슬금 물러났다. 계속 상대 페이스에 말려 시간 낭비할 수 없다. 일단은 후퇴. 그런 생각으로 후다닥 돌아섰다.

'수상한 사람!'

"헉, 허억!"

다른 곳도 아니고 금지禁地에서 일어난 문제다. 한시라도 빨리 문파에 알려야 했다.

동자승은 정신없이 산길을 내달렸다.

때문에 위험한 경계선을 밟은 줄도 몰랐다.

깨달았을 땐, 이미 늦은 뒤로…….

삭, 사사삭!
끼기- 기기기기긱!

'겨, 경계선 바깥……!'
동자승은 파리하게 질려 뒷걸음쳤다.

아직, 해가 뜨지 않은 시간임을 간과했다. 그래서 금지의 경계 가까이를 걸을 땐 조심해야 된다는 사실 또한.

불길한 징조는 어느새 턱밑까지 와 있었다.

무언가를 긁어내는 쇠 마찰음이 돌연히 들린다. 연이어 뒤섞이는 온갖 짐승의 소리.

또, 주변을 죄듯 빠르게 맴도는 움직임.

"어억!"

발목을 스치는 감각에 동자승이 바닥으로 고꾸라졌다.

백색의 긴 털! 확실했다.

"자, 장산범!"

경악한 외침과 동시에 어둠 속에서 불빛 같은 안광이 나타났다. 흉측하게 일그러진 털 속의 귀면傀面이 기괴한 웃음소리를 낸다.

동자승은 서둘러 품속을 뒤졌다. 떨리는 손으로 바들바들 부적을 세워 내밀었다.

"오, 옴 약삼…… 나, 나나야 전…… 나라……!"

키키- 긱키키기-!

사바하, 까진 외칠 수도 없었다.

겁에 질린 승려의 진언이 무슨 효험이 있을까?

저가 완전히 압도했다는 것을 알아차린 영악한 짐승이 이를 드러냈다. 비웃음과 함께 무수한 송곳니가 동자승을 향해 쩍 입 벌렸다.

"사, 살려-"

"살려 주세요."

"……!"

"도와주세여. 구해 주세여."

외치려면 그렇게, 또박또박 외쳐야지.

"구조 시그널은 확실하게. 몰라?"

[특성, '심검'이 활성화됩니다.]

샤아악!

화악, 전방에서 이는 돌풍. 아니, 검풍劍風. 아니, 사실은 검풍과 같은 마력.

칼날처럼 벼려진 마력이 괴물을 반으로 갈라냈다.

동시에 명청한 얼굴을 한 동자승 앞으로 착지하는 작은 발. 펄럭이는 승복을 걸친 견지오가 평온히 소년을 내려다봤다.

"이런 스님 같은 스님아. 엉?"

"어, 어……."

바로 그때였다.

방금 전, 장산범과는 비교도 안 되는 쾌속快速!

바람결을 찢어발기는 속도, 연쇄하듯 일어난 폭발적 마력 충돌.

쩌정- 콰가가강!

지오는 저도 모르게 한발 물러섰다. [절대 결계] 특성이 인지하는 것보다 먼저 활성화되어 있었다.

'금이 갔어……?'

지오도 놀랐지만, 상대는 더욱 그랬다.

안면을 와작 일그러트리며 노려본다. 넘실거리는 진기가 사람보다는 외려 짐승 쪽에 가까웠다.

마치…… 야수. 그리고, 야만.

"너 이 씨발. 뭐야!"

얼기설기 연보라색 머리칼이 휘날린다.

거칠고, 사납다. 눈빛은 맹금같이 날카로웠다.

한국 랭킹 8위. 국내 두 번째 S급.

길드 〈해타〉의 수문장.

'야차夜叉' 최다윗이었다.

"남의 구역에서 뭐 하는 짓거리야! 뒈지고 싶어? 씨발, 간이 배 밖으로 처나왔나! 여기가 어딘 줄 알고! 아앙!"

도사견처럼 바짝 날 세우고 으르렁거리는 최다윗.

물어! 하면 바로 달려들 것 같던 그녀를 멈춰 세운 것은 동자승의 한마디였다. 어느새 최다윗의 손에 멱살 잡혀 대롱대롱 매달려 있던 동자승이 외쳤다.

"저, 호, 혹시! 발도제 님 아니세요?"

······.

똑, 딱, 똑, 딱.

'뭐지······ 저 투명함?'

열심히 굴러가는 두뇌 회전이 최다윗 얼굴 위로 그림 그리듯 나타나고 있었다. 모든 생각이 고스란히 드러나는······ 엄청난, 그야말로 깨끗한 백지 같은 투명함.

턱. 던져진 동자승이 바닥에 나동그라졌다.

"으억!"

전혀 아랑곳하지 않고 제 옷깃을 툭툭 털어 낸 최다윗이 뒤돌아 머리칼을 슥슥 가다듬는다. 목도 큼큼, 아아 가다듬으면서.

'아니. 아냐. 이미 늦었어.'

그리고 휘릭, 돌아서더니.

"괜찮아요? 많이 놀랐죠?"

"······."

"어디 다친 데는 없으시왈랑가요?"

'말투 꼬이고 있잖아, 멍청아.'

지오는 떨떠름히 쳐다봤다.

그 눈빛에 최다윗도 깨달았다.

'우라질, 조졌구나……'

하하하. 두 S급이 동시에 웃음을 터트렸다. 부자연스럽기 짝이 없는 웃음이었다.

··✦✳✦✳✦··

대한민국 두 번째 S급, 최다윗.

최초 S급 '죠'의 출현으로 로컬 대한민국이 [일반 관리 국가]에서 [최우선 관리 국가]로 격상되면서 국내 정세는 급격히 안정되었다.

죠가 가져온 수확은 비단 그뿐만이 아니었다.

로컬 가치가 높아지면서 한국 바벨탑의 [천문]에 빠르게 자리 잡기 시작한 고등 성위들.

강한 별에는 강한 힘이 따른다.

균열 막기에만 급급하던 헌터들의 시선이 탑으로 향하는 것은 자연한 수순이었다. 그에 따라 내내 저층에서만 머물고 있었던 탑 공략도 파죽지세.

쭉쭉 올라가던 바벨탑의 19층이 해금된 건 견지오가

랭킹에 데뷔한 지 3년쯤 되던 때였다.

초등학교 졸업을 앞두고 있던 지오는 어느 날 나팔 소리를 들었다.

《축하합니다, 한국!》
《국가 대한민국에 S급 각성자가 탄생합니다.》

두 번째 S급 탄생.

언론은 이 대어를 놓치지 않았다.

정부와 거대 길드가 합심해 가리고 있는 최초 S급 덕에 헛물은 맛볼 만큼 맛봤다. 그들은 이날만을 기다려 온 것처럼 작정하고 두 번째 S급에게 달려들었다.

하루도 안 돼서 새로운 S급의 신상이 퍼져 나갔다.

전국적으로.

심지어 두 번째 S급에겐 나라 전체가 들썩일 만큼의 캐릭터 히스토리까지 있었다.

출생 미신고자, 다국적 혼혈아, 일가족 살인 사건의 유일한 생존자이자 용의자, 괴악한 능력…….

언론에서 침 흘릴 만한 자극적인 소재란 소재는 전부 때려 박아 둔 것 같았다.

다들 그렇게 '최다윗'의 얘기를 하기 시작했다.

서커스 철창에 갇힌 돌연변이를 구경하듯, 밥상 위 스포

츠처럼 모두가 최다윗에 관해 열성적으로 씹고 떠들었다.

수만, 수십만 가지의 말들. 그 속엔 당연히 좋지 않은 말도, 곱지 않은 시선도 섞여 있었다.

언론은 매일같이 그녀를 앞에 앉혀 두고 카메라와 마이크를 들이밀었다.

어린 지오도 그걸 화면을 통해 지켜봤다.

텔레비전 화면 속에서 어린 최다윗이 하는 말을 들었다.

내내 묵묵부답으로 일관하던 두 번째 S급. 주홍색과 검정색으로 엉킨 머리칼을 한 소녀가 처음으로 입을 뗐다.

「죠.」

「죠. 너를 만나고 싶어.」

나는 너와 친구가 되고 싶다고.

국민의 환호와 혐오, 그 안에 갇혀 있던 어린 괴물은 순진하게도 그런 말을 했다.

그 후로 최다윗이 어떻게 살았는지 지오는 잘 모른다.

소문만은 무성했다.

도망갔다느니, 〈해타〉에서 데려갔다느니…….

아무튼 몇 년이 흐른 다음에야 불쑥 나타나 랭커 1번 채널을 시끄럽게 물들이기 시작했다. 길드 〈해타〉의 표정 없는 종주 곁에 찰싹 붙어서.

지오는 눈앞의 최다윗을 바라본다.

바위 계곡 근처.

멧돼지 통구이를 정성스럽게 돌려 굽고 있는 최다윗.

취식 금지 표지판 옆에서 지금 열심히 후추를 뿌리는 중이셨다.

"이게, 엉? 자연산이라 잡내가 훠우~ 쟝난 아니라구. 솔트 앤 페퍼를 야무지게 뿌려 줘야 해요."

'이 자식⋯⋯.'

"우리 도줴 언니, 한 바이트 잡숴 보시겠어?"

'⋯⋯맘에 들어.'

약 이틀 만의 고기 상봉.

냠. 견지오는 내밀어진 바비큐를 냉큼 받아먹었다.

굿 걸, 굿 걸. 흥이 난 최다윗이 한국 억양 적나라한 콩글리시를 외쳐 댔다.

"하⋯⋯ 탔잖아."

"리얼뤼? 내가 우리 도줴 암 걸리게 탄 걸 줬단 말이야? 언빌리버블이네, 진짜~! 가만있어 봐. 다른 쪽으로 줄게."

"안심 쪽으루."

"캬. 이 여자 먹을 줄 아네! 어? 장군감이다, 장군감!"

"노노. 킹."

"그, 그래. 킹!"

승복 걸쳐 입고 고기 파티를 벌이고 있는 둘.

남들이 볼까 두려운 광경이었다.

나무아미타불. 동자승은 두 손 모으고 자비로운 부처님께서 저 중생들을 용서치 마시길 빌었다.

"······기, 길드에 들어갈 생각이 없다고?"

"응."

"왜, 왜애?"

파르르 경련하는 입꼬리. 지오는 부들부들 떠는 최다윗의 주먹을 스윽 바라봤다.

흠칫한 최다윗이 얼른 등 뒤로 꽉 쥔 주먹을 감춘다.

"아! 이, 이건 내가 수족 냉증이 있어서. 가끔 이렇게 주먹 쥠쥠 운동을 해 줘야 해요. 허헛."

'진짜 투명하다. 투명 인간 그 자체.'

지오는 무시하고 사뭇 진지하게 답했다.

"그야 나는······ 세속적인 명성에만 매달리는 요즘 세상이 부끄러워서 알려지기보다 그늘 속에서 남들을 돕기를 택한 은둔 고수니까."

"······어디서 듣고 외운 거 같은데?"

"아님."

황 선배님 고맙다, 이 캐해 장인 놈아.

최다윗이 의심의 눈초리를 쏘았지만, 이쪽은 이미 [철면피] 특성까지 켜 둔 뒤다. 완벽한 포커페이스.

그 난공불락의 철옹성 같은 위용에 최다윗이 맥 빠진 한숨과 함께 털썩 뒤로 드러누웠다.

"아. 그럼 곤란한데!"

최다윗은 누운 채 하늘을 바라봤다.

'역시 불운의 최다윗. 그럼 그렇지. 웬일로 일이 술술 풀리나 했더니……'

파하, 깊게 터져 나오는 숨.

음…… 혹시 얘 진심인 건가? 지오는 다가가 물끄러미 최다윗을 내려다봤다. 그들의 시선이 거꾸로 얽힌다.

지오가 물었다.

"발도제가 왜 필요해? 해타잖아."

한반도 제일의 무도 문파. 검과 권의 총본산.

〈은사자〉가 한국의 방패라면, 〈해타〉는 한국의 검이었다. 이 바벨 시대가 도래하기 훨씬 전부터.

검의 끝은 결국 〈해타〉에서 피어난다는 말이 있을 정도로, 전통과 역사를 자랑하는 명문이다. 야매 검사 따위가 필요할 곳이 절대 아니었다.

〈해타〉의 이름이 지닌 의미를 너무나 잘 알기에 던진, 순수한 의문.

최다윗은 순간 말문이 턱 막혔다.

대답은 동자승에게서 대신 나왔다.

"안 그러면 대장로님이 종주 대행직에서 내려와야 하니

까요······.”

“야!”

최다윗이 벌떡 일어났다.

“제기랄, 이놈이고 저놈이고! 왜 이렇게 내부 일을 외부에 아무렇지 않게 떠벌리는 거야! 닥쳐, 새꺄!”

“하지만 대장로님······ 이미 그런 약속까지 원로원에 해 버리셨는데······.”

“됐어! 셔럽! 안에서 일어난 일은 안에서 해결한다, 알 겠냐! 죽든 살든, 망하든 패망하든 우리끼리 껴안고 죽는 거라고! 무도인답게!”

‘뭐야? 존나 신경 쓰이게.’

망하고, 죽는다는 단어가 대체 몇 번 나오는 거냐?

“대, 대장로니이임!”

“그래 인마, 동자승! 강해지자!”

서로를 애처롭게 부르짖으며 무협지 찍고 있는 두 사람을 지오가 떨떠름하게 바라봤다.

‘니들 멋대로 장르 바꾸지 마, 망할······.’

▷ 로컬 — 대한민국
▷ 국내 랭커 1번 채널

| 21 | 낼공인인증서갱신: 그러게요. 예상보다 늦어지는 거 같아서 걱정이긴 하네요. 아직 세이프 존을 못 찾은 걸까요?

| 21 | 낼공인인증서갱신: 이럴 때마다 왜 시나리오 안에서 랭커 채널을 허용 안 해주나 바벨이 좀 원망스럽고...

| 3 | 알파: 무소식이 희소식이라는 말도 있잖습니까^^ 차분히 기다려보죠.

| 9 | 규니규닉: 죠 님. 이거 확인하면 국장님 연락 좀 받으시죠. 사람 잡겠습니다.

'흠. 오늘도 조용하네.'

지오는 표정 없이 창을 접었다.

39층 연합 공략대가 탑에 들어간 이후, 랭커 1번 채널은 눈에 띄게 조용해졌다.

판교 사건 때 '죠'의 등장으로 잠깐 폭주하긴 했지만, 그때뿐.

아무래도 매일 시끄럽게 떠들던 다윗이 침묵 중인 영향이 제일 크지 않을까? 하얀새가 탑에 들어간 후부터 최다윗은 내리 두문불출하고 있었다.

"어, 오늘 밤도 있네?"

지오는 힐긋 돌아봤다.

바구니와 호미를 든 홍해야가 거기 있었다. 하루 만에

제법 친근해진 기색. 제 딴엔 비밀(홍고야 손주)도 털어놓고, 교집합(백도현)도 있다고 그러는 모양이다.

지오는 걸터앉은 바위 위에서 두 발을 흔들었다.

"여기 경치가 좋아서."

"월계가 밤에 보면 더 아름답긴 하지. 성령초도 그렇고."

장갑을 손에 끼며 홍해야가 말했다. 아, 참.

"어제 도현이 형한테 연락했는데 누나랑 진짜 아는 사이라더라. 엄청 놀라던데."

"누나?"

"……나보다 두 살인가 많다며? 왜 너라고 부르냐고 도현이 형한테 혼났잖아. 대체 둘이 무슨 사이야? 형 그렇게 정색하는 거 처음 봤어."

화성 훈련소에서 온갖 일 다 있었을 때도 목소리 한번 높이지 않았던 형인데. 깜짝 놀랐다며 홍해야가 투덜거렸다.

"백도현이 뭐라는데?"

"그냥 엄청 혼내고 또 혼내다가…… 아. 누나한테 내가 그 '판교의 부탁'이라고 전해 달라던가?"

판교의 부탁?

"뭔 개소리지?"

"……정작 내가 묻고 싶었는데. 무슨 뜻이냐고."

하지만 견지오는 전혀 영문을 모르는 얼굴이다. 그에 홍해야도 김샜다는 반응이었다.

"도현이 형이 가끔 이러더라고. 좀 뜬구름 잡는 얘기를 한다고나 할까."

"헐. 맞아. 걔 진짜 사람 찜찜하게 함."

"뭔가 사람이 아는 것도 많아 보이고, 비밀도 많아 보이고."

"옴마, 허얼. 너 진짜 사람 잘 보네."

"내가 '눈' 하나는 타고났거든."

"재수도 진짜 없고."

하하……. 이건 농담 아닌데. 웃으면서 홍해야가 제 두꺼운 안경테를 밀어 올렸다.

그대로 앉아 능숙한 포즈로 성령초를 호미질하며 지오에게 묻는다.

초반의 경계심은 완전히 사라진 모습이었다.

"이 월계곡月溪谷에 얽힌 전설 알아?"

"별의 무덤?"

"……어? 그건 뭐지? 다른 것도 있었나?"

[당신의 성약성, '운명을 읽는 자' 님이 얘기야 한낱 인간 따위가 별들의 얘기를 알 리 없지 않느냐며 팔짱 낍니다.]

아, 그런 거야? 지오는 태연하게 말을 바꿨다.

"다른 거랑 착각했어. 뭔데?"

"싱겁게……. 여기가 있잖아."

원래는 먼 옛날, 선인들이 내려와 세상을 들여다보는

곳이었대.

온 은하가 그대로 비치는 이 계곡물을 거울 삼아 들여다보면서 인간 세상 곳곳을 살핀 거지.

그래서 영기가 짙어지는 밤에 이곳을 찾으면, 잠시나마 그때의 그들처럼 '눈'이 열려서, 별들의 세계를 목격하게 되는 거라 하더라.

[인간들도 해석을 제법 그럴싸하게 해냈다며 성약성이 흥미로워합니다.]

"그렇군. 제 점수는요."

"어, 아직 안 끝났는데?"

얘기는 지금부터 시작이다.

홍해야는 물끄러미 성령초의 별빛들을 바라봤다. 보다시피, 이렇게나 아름다우니까.

"사람들은 자정과 새벽 사이 잠깐 보는 것만으로는 성에 차지 않았어. 그래서 이렇게 잠깐이 아니라…… 어쩌면 선인들처럼 영원히, 영원히 [세계를 보는 눈]을 가질 수도 있다는 소문이 어느 날부터 돌기 시작한 거야."

사람들이 속삭였어.

막 태어난 갓난아이의 눈을 빼서 계곡에 담가 보자.

영안靈眼이 닫히기 전이니, '세계를 보는 힘'을 기억할 수 있을지도 몰라.

"어린 영안을 [세계안世界眼]으로 만들자. 계곡은 마르지 않고, 달은 기울지 않으니 성공할 때까지 한번 해 보는 거야."

"……."

"성공했을까?"

인간의 욕심은 집요하다.

"수천 수만의 아이가 이 달의 계곡에서 죽었대. 마지막 아이가 성공할 때까지."

"……."

"그리고 그 아이가 바로, 최초의 '홍달야'였지."

"……홍달야라면."

홍해야, 홍달야.

연관성을 찾을 수밖에 없는 이름들이었다.

지오의 깨달음에 홍해야가 피식 웃었다.

"맞아. 이건 우리 가문에 내려오는 전설이야."

"……."

"그래서 홍씨들은 좋은 '눈'을 타고난다더라, 뭐 그런 거지. 대고모님도 그렇고, 내 동생도 그렇고……."

하지만 과연 그게 '좋은' 눈인지는 별로 모르겠다. 홍해야가 중얼거렸다.

"사실 내 쌍둥이 동생 달야가 이번 대 '홍달야'거든."

힘이 들어가는 손에 별빛이 흩어진다. 성령초는 예민하고 연약한 식물이었다.

홍해야는 다시 조심스러운 손길로 꽃잎을 감싸 쥐었다.

"걔가 뭘 보고 있는지까진 난 잘 모르겠어. 정말 가문 전설대로 세계를 보는지, 뭔지……. 근데 그 눈을 갖고 있는 것만으로도 되게 고통스러운가 봐."

태어난 후로 줄곧 병상에만 누워 지내는 동생.

제 쌍둥이를 떠올리는 홍해야의 얼굴이 씁쓸해졌다.

지오의 고요한 시선이 가닿는다. 그에 멋쩍어진 홍해야가 목소리에서 얼른 무게를 덜어 냈다. 뭐, 그래도!

"요즘은 좀 괜찮아. 도현이 형이 성령초를 알려 줘서…… 요샌 잠도 자거든."

"흐음. 그래."

"물론 '죠'를 만나면 제일 좋긴 하겠지만."

"흐, 크훌럭! 콜록!"

"……왜 그래?"

"아, 아니. 날이 좀 쌀쌀하네."

가, 감기 기운이 있나? 지오가 어깨를 움츠리며 비스듬히 고개 돌렸다.

"……조, 크흠, '죠'는 왜?"

"달야가 계속 그 사람만 찾거든. 근데 누나 진짜 괜찮아? 안색이 안 좋은데."

"어, 어어. 괜찮지, 그러엄."

백도현 너, 너어 이 자시이익!

섬광처럼 '판교의 부탁'이 뇌리를 스쳐 갔다.

「일이 잘 끝나면 제 부탁 하나만 들어주실 수 있습니까?」

「뭔데?」

「그때 가서 말씀드릴게요.」

「들어준다고 안 했는데.」

「압니다. 그때 듣고 결정하셔도 상관없어요. 어려운 일은 절대 아닐 겁니다.」

'죠밍아웃이 무슨 어려운 일이 아냐, 뻔뻔한 회귀자 놈아!'

안 되겠어. 아무래도 그동안 너무 오냐오냐했던 거 같다. 그 망할 빛도현 눈망울에 당해서…….

회귀자 놈 이대로 가만 내버려 두면 언젠가 세계도 한번 구해 보시라 눈앞에 들이밀 날이 머지않아 보였다.

견지오는 당분간 휴대전화 전원을 절대 켜지 않기로 굳게 결심했다.

「견죠. 언니 너 사실 절밥이 체질인 거 아니야?」

「그게 무슨 신박한 개소리니, 나의 사랑하는 동생아?」

「아니…… 얼굴빛이 더 좋아졌는데? 살도 포동포동 오른 거 같고…… 무슨 보양식이라도 따로 챙겨 먹은 사람처럼.」

「그, 그럴 리가.」

「아무튼 오늘이 마지막 밤이래. 으, 진짜 지겨웠다. 보현 스님이 직접 위령해 준다고만 안 했어도 진작 갔을 텐데.」

「그 부처 놈, 뭔가 알고 그러는 거라니까.」

「또 그 소리야? 암튼 마지막이라고 엄마가 너 오늘까지 예불 참석 안 하면 진짜…… 야, 야! 어디 가! 야! 견지오!」

주말 포함 무려 나흘이었다.

그동안 낮에는 최다윗, 밤에는 홍해야. 무슨 양다리 걸치는 사람마냥 지오는 번갈아 두 사람을 만났다.

평범하기 짝이 없는 홍해야는 생각보다 특이한 놈이었고, 특이하기 짝이 없는 최다윗은 생각보다 평범했다.

견지오는 최다윗 쪽을 응시했다.

설악, 그 가장 높은 곳 대청봉 근처.

눈부신 날씨에 드러난 산맥 정경이 훤했다. 바람은 낮게 불고 있다.

최다윗의 긴 머리카락이 잔잔히 흔들렸다.

뿌리 탈색할 때가 지났나 보다. 연보라색 머리칼 사이로 주색이 얼핏얼핏 보였다.

그 시선을 느꼈는지 돌아보지 않은 채로 최다윗이 지오를 불렀다. 나지막한 목소리였다.

"야, 도제야."

"왜, 최야차?"

"시건방진 년. 아무도 내 면상에 대놓고 그따위로 못 부르는 거 알고는 있냐?"

"건방진 건 너지. 진짜 내가 많이 봐주고 있다는 것만 알아 두셈."

최다윗이 깔깔 웃었다. 아 진짜.

"존나 이상하지. 이름도 안 알려 주는 네가 뭐 예쁘다고…… 뭔데 희한하게 친근하냐고?"

견지오도 마찬가지였다.

하지만 지오는 최다윗과 다르게 그 이유를 정확히 알고 있다.

처음 본 것은 거의 10여 년 전.

이후로도 수년간 국내 랭커 1번 채널에서 매일같이 최다윗을 봤고, 지오의 시야 한쪽에는 늘 '다윗'이 있었다.

이미 지오를 알고 있는 사람들, 가족과 〈은사자〉를 제외하면 최다윗은 채널 내에서 유일하게 죠를 부르고 찾아 대는 사람이었으며, 항상 잠수를 타는 죠도 종종 나타나 그 부름에 답하곤 했다.

'다윗'은 '죠'가 대화하는 유일한 랭커였다.

또, 견지오에게 최다윗은 처음으로 친구가 '될 뻔했던'

각성자였고.

「나랑 친구가 되고 싶다던데요. TV에서 봤어요.」

「아, 보셨군요…….」

「한 번쯤 만나 보는 것도 괜찮지 않나? 나도 다른 S급이 좀 궁금하기도 하고. 걔 한 명인데 설마 내 정체가 들키기라도 하겠어요? 걔가 다른 사람들한테 내 얘기 떠들고 다닐 것도 아니구.」

「하지만 지오 양. 아시다시피 지오 양 상태가…….」

「…….」

「꾸준히 훈련받고 계신 거 잘 압니다. 그래도 아직 완전히 안정적인 단계는 아니니까……. 게다가 그 친구는 지오 양보다 훨씬 상태가 불안정합니다.」

「…….」

「국내에 단둘뿐인 어린 S급끼리 만나서 사고라도 난다면…… 저는 감히 상상하고 싶지도 않군요. 나라의 근간이 흔들리는 일이 될 겁니다.」

지오는 심드렁하게 대꾸했다.

"밥 정이라도 들었나 봄. 님이 좀 멕였어야지."

멧돼지부터 시작해 대체 어디서 구해 오는 건지, 황금잉어, 오골계 등등. 동생 금희가 괜히 의심하는 게 아니었다. 지오는 그동안 몰래 보양식을 먹은 게 맞았다.

거들먹거리며 최다윗이 헛기침했다. 엣헴.

"내가 말보다 행동으로 보여 주는 게 편한 타입이라서. 그동안 너 먹은 거 다 우리 길드 영산에서 가져온 거다. 알간?"

"어쩐지. 내공이 느는 기분이더라."

이러다가 곧 우화등선하는 줄.

지오의 둘러말한 칭찬에 최다윗은 반가운 기색이 역력했다. 오, 그래?

"그으래~! 너 얼굴빛도 어, 아주 골드빛이 번쩍번쩍! 한게 우리 도쒜가 건강해졌다면 아주 다행이야. 이 프렌드는 무척 기뻐요! 우리 우정 앞으로도 계속, 계에속 이어졌으면 좋겠어!"

'속 보여……'

투명하기가 이루 말할 수 없다.

그래도 처먹은 양심이 있어 말 못 하는 지오 대신, 옆의 동자승이 시무룩한 얼굴로 뼈를 갈겼다.

"최후의 재산을 터신 거죠, 대장로님이. 귀인이 알아서 눈치껏 마음 바꿔 주시길 초조하게 기다리면서……."

그니까 최다윗의 뼈를.

내부 총질에 정곡을 찔린 최다윗이 버벅대며 소리 질렀다.

"이, 이 드래×볼 빡빡이 짝퉁처럼 생긴 게 마지막까지 산통 깨네! 조용히 안 해!"

"몰라요! 당장 내일이 약속한 회합 날인데 이제 어떡하실 거냐고요!"

또다시 투닥거리기 시작하는 두 사람. 지오는 지켜보다가 정말 궁금해져서 물었다.

"너…… 왜 아무 말도 안 함?"

지오의 눈이 빤히 최다윗을 바라봤다.

"이런 사정이 있다, 뭐 대강이라도 알려 주면 내가 듣고 마음이 바뀔 수도 있잖아."

"……어, 뭐."

"눈치로 보면 보통 급한 게 아닌 거 같은데."

첫 만남 이래 그 어떤 얘기도 먼저 꺼내지 않는 최다윗.

길드 가입을 권하는 것도 그랬다. 음식을 구해 온다거나 하는, 간접적이고 원초적인(무식한) 방식 말고는 전무했다.

솔직히 진짜 좀…… 바보 같았다.

'얜 세상을 진짜 어떻게 살아가려고 이래?'

보면서 답답하기도 했고.

견지오는 그동안 제게 부탁하는 사람들을 수없이 봐 왔다.

개중에는 백도현처럼 정면으로 부딪쳐 오는 선인도 있었고, 장일현처럼 옆에서 스며드는 정치인도 있었으며, 윤강재처럼 바지 자락부터 잡고 보는 약자도 있었다.

최다윗은 그 어느 쪽에도 속하지 않았다.

그들 못지않은, 간절하게 도움이 필요한 눈을 하고 있는 주제에.

멋쩍은 기색으로 최다윗이 대답했다.

"뭐야, 그…… 네가 그늘 속에 머물고 싶은 은둔 고수라며?"

순진하고.

"같은 무도인으로서 이해 안 되는 것도 아니라 존중해 주고 싶었는데, 상황이 내 마음처럼 안 되는 걸 어쩌냐?"

답답하고.

"그렇다고 고집 있는 놈 억지로 꺾기도 싫고. 그러니 그냥 기다리면서…… 내 나름의 방식대로 설득 중인 거지 뭐."

진솔하게.

높아진 산바람에 최다윗의 야수 같은 머리칼이 나부낀다. 최다윗이 씨익 웃었다.

"그리고, 시발 네가 그랬잖아. 해타에서 네가 왜 필요하냐고. 개쪽팔리게 그 말 듣고 어떻게 매달리냐, 이 나쁜 년아!"

사막에서, 거리에서, 지옥에서.

밑바닥 구르면서 아득바득 생을 연명해 온 최다윗에겐 자존심 같은 게 따로 없었다.

그녀에게 자존심이 생긴 것은 〈해타〉의 이름을 등에 업으면서부터. 천 년간 이어져 온 그 이름이 제 초라하고 볼품없는 이름 앞에 붙은, 바로 그 순간부터였다.

〈해타〉의 자존심이 곧, 최다윗의 자존심이다.

그래서 최다윗은 누구에게도, 어디에도 도와 달라는 말을 꺼낼 수 없었다.

"아 됐다, 됐어! 이런 얘기 계속해서 뭐 하냐? 분위기 개좆같이 조지기만 하지, 시발."

차악!

지오의 등을 갈기는 손길.

순간 휘청이는 지오를 최다윗이 아구구 하면서 다시 꽉 부여잡는다.

"미안, 미안. 힘 조절이 안 돼서."

"이런 무식한⋯⋯."

"미안하다니까. 야 도줴, 너 오늘 설악에서 마지막 날이지?"

"어떻게 알았음?"

"존나 딱 보면 알지. 꿀꿀한 승복 안 걸치고 있잖아. 가자! 보여 줄 곳 있어."

타고나길 이방인.

몸담은 문파 내에서조차 문제아 별종 취급인 탓에 최다윗에게도 친구란, 하얀새와 제 뒤를 졸졸 따라다니는 동자승밖에 없었다.

덕분에 마음 한편은 계속 복잡해도, 요 며칠이 즐거웠음을 부정할 수 없다.

손과 손이 얽힌다. 지오는 제 손과 전혀 다른, 거칠고 단단한 촉감을 느꼈다.

최다윗이 속삭였다. 웃음을 잔뜩 실어서.

"꽉 잡아, 시스터."

휘익!

"이야아호!"

지오와 동자승을 제 쪽으로 꽉 끌어당긴 최다윗이 그대로 등 돌려 구름 위로 몸을 던졌다.

낙하.

뒤로 떨어진다.

스치는 바람과 구름 사이, 최다윗의 웃음소리가 시원하게 울렸다.

"제, 제발. 다음부턴 혼자 좀 가시라고요!"

"……시바 내 말이."

빡빡이, 너 말 완죤 잘했다.

창백해진 지오가 입을 틀어막았다. 우읍.

[당신의 성약성, '운명을 읽는 자' 님이 저 망아지 같은 망나니가 지금 누구네 애기 고영을 데려다가 강제 스카이다이빙 시키고 난리냐 미친 거 아니냐고 분개합니다.]

[울 아기 괜찮아요? 많이 놀랐죠? 안절부절못하며 '운명을 읽는 자' 님이 손수건을 안타까이 흔듭니다.]

"아, 쏘리! 존나 신나서 그만!"

'주, 죽여 버려…….'

"에이~ 그래도 빨리 오니까 좋지 뭐, 안 그래? 엄살 그만 떨고 주변을 보라고."

누가 엄살이냐고, 빡쳐서 한마디 외치려던 지오가 멈칫했다. 가렸던 입을 떼 내자마자 훅, 진하게 끼쳐 오는 꽃 내음.

"……."

솨아아아-

활짝 기지개 켠 최다윗이 들뜬 어조로 중얼거렸다.

"백록담 못지않지?"

산등성이 한가운데, 구름 속의 호수.

그리고 그를 감싼 안개꽃밭.

바람이 날릴 때마다 희뿌연 꽃잎들이 반짝이는 수면 위를 스쳤다.

"내가 설악에서 제일 좋아하는 곳이야. 참 아이러니하지……. 그 끔찍했던 악몽의 3월이 이런 절경을 남겼다는 게."

"……악몽의 3월?"

"어."

최다윗은 손가락을 들어 호수 건너편을 가리켰다.

안개꽃밭 중앙, 새하얀 비석이 자리해 있었다. 거대했다.

"예전 악몽의 3월 때 열렸던 설악산 1급 게이트. 그 장소가 바로 여기거든."

"……."

"사자의 절반이 여기 묻혔대. 우리 해타에서 남은 시신들을 수습하고, 그 호국 영령을 기려서 세운 비석이 저거."

참혹했던 전장의 흔적은 더 이상 아무 데도 없었다.

깊이 파였던 대지의 상처엔 눈이 내리고 비가 고여 호수가 되었으며, 피로 젖었던 땅에는 수백만 송이의 꽃들이 피어났다.

지오는 비석을 향해 천천히 걸어갔다. 가까이 보니 흰색이 아니었다.

"은색이네."

"뭐어, '은사자'니까."

추모비 아래엔 색색의 헌화들이 놓여 있었다. 푸르고 새하얀 안개꽃밭 한가운데서 지독하게 튀는 색들이었다.

"흠. 벌써 몇 명 다녀갔나……?"

최다윗이 중얼거렸다.

"매년 4월 1일 즈음에 다들 조문 오거든. 딱 사람들이 설악산을 찾을 시기긴 하지."

"나도 그래서 왔어."

"어?"

"아빠. 우리 아빠도 그 3월에 죽었거든."

"……아."

지오는 물끄러미 비석을 올려다보며 중얼거렸다.

"월계사에 위령패가 있어서. 그래서 이 산에 온 거야."

빽빽이 새겨진 이름들. 그리움과 비통의 글자들 맨 아래에는 그들의 동료 헌터들이 마력으로 새긴 문구가 짙게 남아 있었다.

지오는 거기서 익숙한 글씨와 마력을 발견했다.

[生榮死哀(생영사애)]

살아서는 영광되고, 죽어서는 애도되리다.

[평안하길]

은석원과 범의 글씨였다.

둘 다 자기 성격다운 문구다.

비통해하는 노장과 그 뒤에서 담배를 태우는 사내의 모습이 눈에 보이듯 그려진다.

그들 또한 매년 이곳을 찾았구나…….

견지오는 느리게 깨달았다.

어린 지오는 견태성의 사망 이후 거의 은석원의 저택에서 자랐다. 유년기 대부분을 그곳에서 보냈으니 매년 3월, 4월 역시 마찬가지였다.

그 대저택의 구성원들은 전부 〈은사자〉들.

범을 포함해 그들 모두가 은석원과 오랜 시간을 함께 지내온, 사자의 최측근들이었다. 지금은 현역에서 물러난…….

그러니 그들 역시 이 악몽의 3월을 거쳤을 것이다.

또 어린아이 앞에서 단 한 번도 티 내지 않고 이곳을 매년 찾았을 터.

사자들이나 지오의 가족들이나, 모두들 그렇게.

견지오가 무심하게 버린 시간 속, 수많은 슬픔이 아이

를 향한 배려와 함께 가려져 있었다.

생각이 많아졌다. 아주 약간.

호숫가에 걸터앉은 지오.

그 등 뒤, 조금 떨어진 곳에서 〈해타〉의 두 명이 소리 죽여 소곤소곤 떠들었다.

"……아 그니까, 뜬금없이 무슨 무덤에 데리고 와서 이 사달을 내세요!"

"아니 씨발……. 내가 이 시점에서 '우리 아빠도', 라는 대사가 튀어나올 줄 상상이나 했겠냐, 새꺄? 나름 대가리 굴려서 제일 눈호강 쩌는 장소로 데려온 건데, 씨바."

'야…… 다 들린다. 분위기 잡을 틈을 안 주네, 저것들은.'

"몰라요! 대장로님 정말 제대로 하는 일 하나도 없으시고! 이러니까 눈 뜨고 코 베기나 당하는 거죠!"

"뭐 인마?"

"솔직히요, 전부터 진짜! 3장로님이 대장로님 싫어하는 거 문파 내에 모르는 사람이 없는데, 몇 년을 그렇게 당하셨으면서 그쪽에서 고작 며칠 친한 척 좀 해 줬다고 헬렐레해서는! 권한이고 뭐고 싹 다 넘겨줘 버리고!"

"헤, 헬렐레라니! 새꺄! 그 백여시가 그땐 진짜 착했다고!"

'등신…….'

"아니 그럼, 장로원이랑 원로원에서 따지고 들 때 대장로님이 한 게 아니라고 해명이나 하시든가! 말도 못 하고 하지도 않은 짓 얼떨결에 다 인정해 버리시고!"

"허, 촤, 아무튼! 권한 준 게 내가 준 건 맞으니까, 뭐! 그, 그런 거지!"

'정치질에 당한 호구 그 자체……'

"다들 화내니까 꼴에 다혈질이라고 또 같이 욱하셔서! 해결하면 될 거 아니냐며 말도 안 되는 조건까지 모조리 수락해 버리시고!"

"얌마 그건……!"

"그것도 종주 대행직 퇴임까지 걸고! 종주 대행이 무슨 장난이에요?"

"……."

'그래, 할 말 없겠지. 없어야지. 좀 심함 너는.'

"가뜩이나 파벌 싸움 때문에 문파도 다 쪼개졌는데! 대행 직까지 빼앗기시면 내부 배신자들은 신나서 길드 기밀이고, 스킬이고 뭐고 전부 좋다고 희희낙락 외부로 빼돌릴 텐데!"

"……."

'염병……. 근데 들으면 들을수록 스케일이 왜 이렇-'

"그럼 종주님 돌아오시기도 전에 해타는 정말 무너져 버린다고요!"

"……."

'……'

……네?

대머리 크×링 닮은 동자승의 팩트 폭주.

면전에서 따발총 침 튀김을 당하던 최다윗도, 센티한 척 떨어져 몰래 엿듣던 견지오도, 모두가 순간 멍해졌다.

견지오는 생각했다.

'쟤 지금 해타 말한 거 맞음?'

와르르 맨션도 아니고 〈해타〉가요? 여기서요?

아니, 하얀새가 탑에 들어간 지 얼마나 됐다고? 뭐 1, 2년 된 것도 아닌데 고작 몇 주만에 멀쩡하던 길드가 무너져……?

'최다윗…… 무서워……!'

걸어 다니는 파괴왕이 따로 없으시다.

동자승이 단 몇 분 새에 털어놓은 요약정리만 훑어봐도, 이간질을 포함한 정치질부터 안 당한 작업이 없다. 화투판에 한번 앉으면 지네 집문서뿐만 아니라 사돈의 팔촌의 집문서까지 팔아 치울 엄청난 호구력!

지오는 다시 생각했다.

'쟤랑 절대 친하게 지내지 말아야겠다…….'

근처에도 안 가야지. 응.

그렇게 굳은 다짐을 새기던 도중이었다.

급격히 침울해진 목소리로 최다윗이 중얼거렸다.

"이럴 때 홍고야 대호법만 있었어도……."

"휴, 그러게요. 홍 대호법님이 회합 때 오셔서 대장로님

편만 들어 주시면 퇴임 건이고 뭐고 다 엎어질 텐데……."

최다윗보다 더욱 울적한 목소리로 동자승이 중얼거렸다.

"근데 가문 일로 진작 문파에서 떠나신 분을 어떤 명분으로 모셔 오겠어요……? 듣기로 손녀분 병세가 심각하다던데……."

"내 장기라도 갖다 줄까……?"

"제발 헛소리 그만하시고 발도제 님 꼬셔 볼 생각이나 하세요……. 퇴임 무효 조건 중 하나였잖아요."

"돌아가신 아빠 대사까지 나왔는데 내가 어떻게 그러냐……?"

"정말 입으로 망하고 또 패망하실 분 같으니……."

쟤네가 이러쿵저러쿵 계속 떠들었지만, 더 이상 지오의 귓가에 들리지 않았다.

달의 계곡에서 사찰로 돌아가던 길의 어떤 새벽.

홍해야와 나눴던 대화가 회상처럼 머릿속을 스쳤다.

「아무튼 월계사에서 나에 관해 잘 알고 있는 이유도 그거야. 월계랑 우리 가문은 떼려야 뗄 수 없는 사이니까. 해타랑도 그렇고…….」

「해타?」

「응. 해타가 이 설악에서 보호하는 영맥이 있는데, 거기 진법이랑 결계 관리하는 당대 대호법이 우리 대고모님이거든.」

「호옹.」

「뭐, 지금은 달야 치료 때문에 계속 울산에 계시지만. 휴…… 정말 '죠'만 찾을 수 있다면…….」

「어어, 날이 차다. 빨리 들가자! 헛둘, 헛둘.」

한 귀로 듣고, 한 귀로 흘렸던 말.

흠, 요즘 뭔가 해타 관련해서 유난히 자주 듣는 거 같네. 뭐…… 전부 설악에 모여 있으니까 당연한가?

……하면서 넘겼지만, 이제는 안다.

산바람이 분다. 지오의 단발이 흩날렸다.

로댕의 생각하는 사람 자세로 앉은 견지오가 아련하게 능선 너머를 바라봤다.

'호구는…… 나였다……!'

최다윗이 아니다…….

이 거대한 작업판에 당한 것은 바로 킹지오였다.

그간 있었던 모든 일들이 파노라마처럼 스쳐 지나간다.

월계사 선월당 배정부터, 유난히도 얇았던 창호지 문.

달밤 산책 중에 만난 홍해야, 108배를 피해 튀었다가 만난 동자승, 절밥의 채식 학대로 오랜만의 바비큐에 홀라당 넘어갔던 일, 갑작스런 위령제로 인해 막판 연장된 템플 스테이 등등…….

모든 일들을 거슬러 가 보면 태초에 '그 스님'이 있었다.

「바로 돌아가시나요? 먼 길 오셨는데, 머물다가 가시지 왜요.」

'보현……'

보현 스님…….

당신은 대체, 어디까지 내다보고 이 판을 짠 것인가……?

생불의 부드러운 미소가 환영처럼 중생 견지오를 내려다보는 듯했다.

[성위, '운명을 읽는 자' 님이 에이 설마 다 의도하고 그랬겠냐며 우연이 작용한 부분도 분명 있을 거라고 애써 정신 승리합니다.]

지오는 자리에서 일어났다.

"어, 헉, 야, 쟤 일어났다. 빨리 일어나. 어어! 도쮀 친구! 이제 가려고?"

후다닥 이쪽으로 달려오는 〈해타〉의 두 바보 멍청이들.

동자승이 눈치 보며 지오를 살폈다. 원래도 짠한 인상이지만, 사정을 알고 보니 더욱 애잔했다.

"가시려고요? 마음 정리는 다 끝나셨어요?"

'끝났지.'

여러 의미로.

견지오는 드넓은 산등성이를 쭉 둘러봤다.

안개꽃밭도, 호수도 여전히 아름답다. 저 한가운데 은

색으로 서 있는 추모비 또한.

바람결에 밀려 이쪽으로 가닥가닥 흩날리는, 거친 연보라색 머리카락조차도.

'참…… 긴 3월이었다.'

모두에게 마음을 내줄 이유는 없지만, 또 너무 무심할 필요도 없는 듯하다.

그게 지오가 내린 결론이었다.

견지오는 물끄러미 설악을 보며 뇌까렸다.

"다윗."

"……엉?"

"난 네가 순진하고 멍청해서 좋아."

그러니까 웬만하면 앞으로도 변하지 마, 내 최애.

돌아본 최다윗은 화내야 할지, 웃어야 할지 모르겠다는 얼굴이다.

그래서 지오는 웃었다.

"내 이름은."

"…….."

"견지오야. 지오. 친한 사람들은 죠, 라고 줄여서 불러."

"……아."

"최다윗. 나랑 친구 할래?"

쏴아아아-

안개꽃이 너울거렸다.

예부터 눈이 많고, 신의 기운이 강하다 하여 그 이름 붙여 설악雪嶽.

설악산 눈보라처럼 나부끼는 꽃잎 속에서 최다윗이 고개를 끄덕였다. 응. 할래…….

그 위로 어린 시절, TV 속에서 보았던 그 얼굴이 겹쳐진다. 지오는 실소하며 뒤돌았다.

"회합은 걱정하지 마."

친구의 친구는 또 다른 친구.

너도, 해타도 '친구'의 덕을 볼 차례니까.

4

자정이 가까운 시각.

월계에서 성령초가 피어나기 시작한다. 달그림자가 완전히 차오름과 동시에 만개하는 성휘星輝.

이 순간은 언제 봐도 도통 익숙해지지 않는다.

홍해야는 멍하니 팔을 뻗어 공중의 별빛을 건드려 보았다.

화성 예비 각성자 훈련소에서의 일주일. 그곳에서 보냈던 짧은 시간은 지금까지의 홍해야 인생 전체를 바꿔 놓았다.

기대했던 각성 등급은 고작 E급이 나왔고, 조금도 기대

하지 않았던 인연은 의외의 답을 주었으니까.

백도현이 알려 준 성령초는 내내 불안정하게 살던 소년 홍해야를 일시나마 안정시킨 일등 공신이었다.

홍달야는 발작이 줄었고, 그로 인해 홍해야는 여유를 되찾았으므로.

집착적으로 쫓던 '죠'의 행방을 잠시 놓은 것만으로도 세상을 보는 시야가 달라졌다. 주변도 돌아보게 됐고, 내심 마음속에 품었던 목표 없는 원망도 옅어졌다.

'천천히 가면 돼.'

백도현은 믿으라 했다.

그저 믿고, 때를 기다리라고.

'방향을 잃지만 않는다면, 길이란, 목적지에 도달하게 끔 되어 있다.'

들었던 말을 곱씹어 보는 홍해야. 두꺼운 안경테 너머로 황금안이 빛났다. 그리고…….

어쩌면 백도현이 말한 '때'라는 것이 그가 생각한 것보다 훨씬 가까이에 와 있었을지도.

타닥!

바위로 내딛는 가벼운 발걸음.

며칠 사이 익숙해진 리듬이다. 홍해야는 반갑게 고개 들었다. 동시에 깨달았다.

「홍해야, 입조심해.」

「……형?」

「넌 대체 네가 어떤 시대, 어떤 세상에서 살아간다고 생각하지?」

이 미친 세상에는 네가 감히 상상도 못 할 경지의 강자들이 존재해.

「그들 중 누가, 언제 네 곁에 있을지도 모른다는 걸 항상 명심하면서 살아.」

「……」

「그분한테는 제대로 사과드리도록 하고.」

백도현이 그렇게, 차갑게 말했던 이유.

회색빛 거암 위에서 작은 여자가 몸을 구부렸다. 앉은 자세 그대로 가만히 그를 내려다본다.

"뭐야."

"……"

"말하기도 전에 눈치 까 버렸네."

"……"

"와, 너 눈치 빠르다. 확실히 얘가 눈이 좋긴 좋은가 봐."

견지오, 바벨 시대의 최강자가 턱을 괬다.

"응. 내가 '죠'야."

가벼운 목소리와 달리 그림자는 몸집이 점점 무거워진다. 존재감이, '격'이 부풀어 오르듯 확장했다.

어느새 계곡 전체를 뒤덮은 그림자.

세상 모두가 익히 아는 흑룡의 그림자였다.

월드 랭킹 1위, 국내 랭킹 1위.

현시대와 세계의 이름, '마술사왕' 죠가 웃었다.

"백도현의 부탁만으로 움직이기엔 내 몸값 수지가 좀 안 맞아서. 이쪽 조건도 들어줬으면, 아니…… '들었으면' 하는데."

당연히, 할 거지?

··✦✳✦✳✦··

설악에서 떠나던 아침.

월계의 주지승, 보현이 물었다.

"어땠나요, 설악에서 나흘은?"

"그냥…… 사람들이 생각보다 많다는 것 정도."

"원래 세상이란 게 멀리서 보면 땅이 보이지만, 가까이서 보면 사람이 보이는 법이지요."

"스님께선 뭐가 보였는데요?"

여래와 닮은, 그러나 사람의 얼굴로 명승은 부드럽게 미소 지었다.

"인, 그리고 연이 보였습니다."

"……."

"어쩌면 왕까지도."

"참 나, 왕은 무슨. 호구겠죠."

별, 달, 안개, 그리고 눈꽃의 산.

견지오는 물끄러미 설악의 전경을 바라보다가 돌아섰다. 다신 돌아보지 않는 걸음으로 제 길을 걸어간다.

긴 3월의 끝.

4월의 시작이었다.

· ⁺ ✳ ✱ ✳ ⁺ ·

설악에서 견지오가 떠나기 전날의 오후, 서울.

타악, 탁-.

"장군이요."

"아이고, 그러니까 아까 청靑이 포包를 먹었어야지. 내 그럴 줄 알았다."

"거 사람 성격 참. 옆에서 훈수는 누가 못 두나? 말은……."

담배 연기가 짙게 드리운 유리온실.

원목 장기판 하나에 삼삼오오 머리를 맞댄 앞이었다. 못마땅하게 장기 알을 퉁겨 낸 한 명이 곰방대를 툭툭 털었다.

"거기, 부대표께선 참전 안 하시는가?"

"저는 장기, 보다는 마작 쪽이 취향입니다. 종목을 바꾸신다면 고려해 보죠."

한쪽 소파. 느긋하게 앉아 있던 범이 신문 한 장을 넘기며 답했다.

서울, 길드 〈은사자〉 로사전老獅殿.

전장에서 물러난 늙은 사자들의 쉼터.

더 이상 현역으로 뛰진 않으나 예나 지금이나 〈은사자〉의 한 축, 가장 무겁고 단단한 축을 받치고 있는 사자들이 모인 곳이었다.

한쪽 팔이 없는 노장이 끌끌 혀를 찼다.

"아해야. 그거 중국 놀이 아니냐? 그럼 못써. 토종을 사랑해야지, 토종을."

"장기도 기원을 따지자면 원산지 중국입니다. 들어와서 변형됐을 뿐이지."

"뭐시라!"

"쯔쯔, 그놈의 토종 타령. 자네가 허구한 날 옆에서 그러니까 우리 아기씨도 신토불이다, 흥선 대원군이다 하면서 외국 것을 멀리하는 거 아니겠나? 영어 점수도 그렇게 나오고, 이 글로벌 시대에."

'아기씨……'

범이 검지로 턱을 쓸었다. 그가 난감함을 느낄 때 나오는 버릇이었다.

"어허, 무슨 소리! 조선 사람이 영어 좀 못하는 게 어디 흠인가! 우리 귀염둥이는 아무 잘못이 없어요!"

'귀염둥이……'

"아 그래도 애 대학은 보내야 할 거 아닌가! 저리 고졸로 둘 거야? 요즘 시대가 그렇지가 않다고. 계급주의니 뭐니 보이지 않는 차별이 얼마나 심한데 우리 강아지풀이 나중에 사회 나갔다가 마음이라도 다치면 어쩌려고, 거참. 떼잉."

'강아지풀……'

어디까지 가는 거지? 범이 커피를 한 모금 들이켰다. 썼다.

"이놈의 영감탱이가……! 누가 대학을 안 보낸댔나! 옛날 같았으면 하다못해 영의정을 해도 대여섯 번은 했을 나라의 보배한테 못 지껄이는 말이 없구먼!"

'……'

"잠깐, 영의정이라니. 아기씨가 어디가 모자라서 한낱 관료나 하고 앉아 있단 말인가? 듣고 있자니 그 얘기는 나 심히 불쾌해."

멀쩡한 척 앉아 있다가 난입하는 사람 한 명 더 추가.

달아오른 토론판은 조금 전의 장기판보다 더 뜨거워지고 있었다.

영의정이다, 대장군감이다, 아니다 왕이 될 관상이다 가열찬 논쟁이 이어지던 것도 잠시.

다시 그 한 팔 없는 노장이 장기판을 쿵, 내려쳤다.

"요점은! 일의 순서가 바뀌었다, 이 말일세. 말마따나 요즘이 어떤 시대인데 외국 꼬부랑말을 배우고 있냐, 이거야. 그놈들이 조선말을 배워야지. 한국이 어디 옛날 한국인가?"

"흠. 우리 아기씨가 바뀌는 게 아니라, 세상이 먼저 바뀌어야 한다라……. 듣고 보니 충분히 일리가 있는 얘기야. 설득력 있어……."

"말이 나온 김에. 부대표! 거 교육부 장관이랑 약속 좀 잡아 보시게나. 지금 앉아 있는 놈이 유가 녀석이었던가?"

"유가 놈은 작년엔가 죽었고, 권가네가 들어앉았을걸."

"젊은 놈이 벌써 죽긴 왜 죽어?"

"젊기는. 천수 누리고 노환으로 죽었다네. 세상에 어디 우리 같은 노괴들만 사는 줄 아는가?"

"에잉……. 유가 놈이 유들유들하니 말 잘 듣고 좋았는데. 새로 온 놈은 어디 일 좀 하던가?"

"이제 지켜봐야지."

"이번에도 외국어니 뭐니 떠들면서 우리 아기 대학 떨어트려 봐라, 내 이놈들. 가만두나 봐."

탑골 공원이다.

권력 가진 국수주의 팔불출 노인들이 모인 탑골 공원이 여기 현실화해 있었다.

이런 사람들이 모여 옆에서 떠받들고 살았으니 애 성격이 그리되는 것도 무리는 아니다. 범은 신문을 내려 두었다.

"교육 쪽은 웬만하면 내버려 두시죠."

"응? 어째서?"

"한 명 편의 봐 주자고 체제를 뜯어 바꿀 순 없는 노릇입니다. 본래 예술가란, 공교육과 잘 맞지 않는 법인데. 반 고흐나 단원 김홍도가 대학 잘 나와서 인정받은 건 아니지 않습니까?"

보면 이 새끼가 제일 가관이었다.

멀쩡한 얼굴로 단원 김홍도가 무덤 박차고 튀어나올 개소리를 지껄이고 있는 그에게 비서가 조심스레 다가갔다.

"부대표님 앞으로 연락이 와 있습니다만."

"⋯⋯연락?"

"예. 그런데 그게⋯⋯."

몸을 더 낮춰 소곤거리는 비서. 무표정으로 살짝 고개를 기울여 듣던 범의 눈가로 부드러운 기운이 스민다.

안 보는 척 다 보는 노사자들이 저들끼리 중얼거렸다. 아기씨 소식인가 보군.

"⋯⋯어디를 가셨나 했더니."

가져오라 범은 까딱 손짓했다.

은쟁반 위에 곱게 놓인, 유리빛 카나리아. 기초 메신저 마법이었다. 기초라 말하기엔 지나치게 고급스러운 운용이었지만.

범의 검지 위로 카나리아가 내려앉는다.

유리새가 부리를 벌려 지저귀었다. 지정한 수신자에게만 들리는 목소리가 퍼진다.

전달이 끝나자 즉시 빛으로 화해 사라지는 카나리아.

물끄러미, 그는 제 손안으로 내려앉는 빛 가루를 바라본다. 미소가 퍼졌다. 진한 애정의 깊이가 비쳤다가 다시 감춰진다.

범은 자리에서 일어났다.

"대체 무슨 짓을 하고 다니는지."

판교에서 떴다가, 설악에서 떴다가. 동에 번쩍, 서에 번쩍. 홍길동도 아니고.

참 바쁘기도 하셔라. 매일 집구석에만 있던 애가 무슨 일인지 모르겠다.

"그만 일어나 보겠습니다."

"좋은 소식인가? 얼굴이 좋아졌구먼."

"뭐 좋든 나쁘든, 늘 기다리는 소식이니까요."

"그건 소식이 아니라 사람이잖은가."

범은 의자에 걸쳐 둔 정장 재킷을 집어 들었다.

"대표님께는 말씀 잘 좀 해 주시죠. 제가 충분히 말벗해 드리고 다녀갔다고."

"쯔쯔, 그러게 떼쓰기 전에 미리미리 찾아오라 이걸세. 안 바쁘면 아기씨도 좀 모시고 오고."

말년에 사는 낙이 없다며 노사자들이 투덜거렸다. 가볍

게 말하긴 해도, 가벼운 말은 아닐 것이다.

실소와 함께 범이 로사전을 나섰다. 감히 들어오지 못해 바깥에서 대기하던 수행원들이 그 뒤로 따라붙는다.

유리 바닥을 지나는 구두 소리가 여러 겹으로 울려 퍼졌다.

"보고 순위가 낮아 아까 말씀드리지 못했습니다만, 센터 측에서도 전갈이 와 있습니다."

"그건 나중에."

치익, 허공에서 불이 피어오른다.

마술사용 각련. 짙은 연기를 뱉어 낸 범이 뒤로 시선을 던졌다.

"안치산 지금 뭐 하고 있지? 내가 좀 보잔다고 전해."

·· ✦ ✳ ✦ ✳ ✦ ··

설악, 회합 당일.

최다윗은 복식을 갖췄다.

연보랏빛으로 탈색한 긴 머리는 바짝 올려 묶고, 허리에 끈을 둘렀다. 어떤 무늬도, 색깔도 없는 백의白衣 한복. 〈해타〉의 정복이었다.

어쩌면 입는 일이 오늘로 마지막일지도 모르는.

"대장로님……."

문을 나서기 직전, 동자승이 젖은 목소리로 불렀다. 아이의 애처로운 얼굴에 최다윗은 피식 웃었다.

"그간 고생 많았다, 삼맥아."

〈해타〉 총 회합이 열리는 본관으로 향하는 길.

본산의 장소 하나하나를 지날 때마다 이곳에서의 기억들이 스쳐 지나갔다.

폭설이 내리 퍼붓던 날의 첫 만남에서부터, 마루에 나란히 앉아 정원을 바라봤던 최근의 마지막 기억까지.

타악.

복도를 지나 앞에 서자 문이 양쪽으로 열린다.

신수神獸 해태의 거대한 조각이 천장에 자리한 장내.

정중앙의 상석은 비어 있다. 그 바로 옆의 우측, 자신의 자리에 최다윗은 좌정했다.

"대장로……."

"미안하게 됐어, 5장로."

"그 말씀은?"

"어. 빈손이야."

5장로가 질끈 눈을 감았다.

최다윗을 제외하면 종주의 가장 가까운 측근이니 당연한 반응이었다.

그리고 그들이 앉은 지 얼마 지나지 않아 차례로 입장하는 장로들과 원로들.

짜 맞추기라도 한 듯 같이 들어오는 모습에 오늘 회합

의 결과가 뻔히 예상되었다.

이쪽과 눈이 마주치자 3장로가 싱긋 웃으며 손을 든다.

'저 백여시가⋯⋯.'

분하지만, 이제 와서 따져 봤자 어쩌겠는가? 다 부질없는 얘기다. 최다윗은 눈을 돌렸다.

타악, 탁. 대앵-!

죽비 소리와 함께 종이 울렸다.

회합 시작을 알리는 소리다. 이어 형식적인 절차들, 무의미한 얘기들이 지난하게 이어졌다.

그리고.

"⋯⋯그럼 대장로께서 약속하신 조건 중 어떤 것도 이행하지 않으신 관계로, 종주 대행직 해임 건에 관련한 가부 표결로 넘어가겠습니다."

장내로 대나무 쟁반이 들어왔다. 회합장의 손짓에 어린 문도들이 일사불란하게 조르르, 청주를 따른다.

소리 없이 술잔이 돌았다.

지금 맑은 술이 찬 저 잔이 그대로라면, 가ㅁ. 빈 잔이면 부ㅁ였다.

누군가의 헛기침 소리가 울렸다. 작은 그 소리가 우렁차게 느껴질 만큼 장내는 고요했다.

"확인하겠습니다."

차분한 목소리가 울리고.

"가미. ……가미."

눈대중으로 봐도 빈 잔은 거의 없다.

천장의 해태를 바라보다가 최다윗은 천천히 눈을 감았다. 기억 속 마지막, 하얀새의 목소리…….

「네가 나만큼 이곳에 마음 붙이지 못하고 있다는 사실, 알고 있다.」

너에게 해타란, 집단이 아닌 한 사람의 이름이겠지.

「그럼에도…… 다윗. 이곳은.」

이 이름은, 나와 '너'의 해타다.

「해타를 부탁한다.」

'그래. 씨발, 아직은.'

최다윗은 다시 고개를 들었다.

"잠깐 기다려."

그렇게 입을 떼는 순간이었다.

"그래. 기다리도록. 나의 잔이 없지 않은가?"

듣기에 거칠 정도로 날카롭게 쉰 소리. 그러나 여기 있는 자라면 누구나 그렇게 된 이유를 아는, 영광의 훈장이었다.

'악몽의 3월' 당시 의정부를 휘감았던 화염 균열.

그 태산 같던 불길 앞을 막아 선 해타인들 중 가장 앞에 서서 싸웠으며, 그에 분노한 화마가 영구히 목에 상처를 남긴 1세대 헌터.

〈해타〉의 대호법大護法, 홍고야가 거친 소리로 웃었다.

"다들 아는 얼굴이구먼. 노인네가 간만의 귀향길인지라 오랜 친구와 동행했다네."

그 목소리를 따라 일렬의 발소리가 이어진다.

해타인들과는 전혀 결이 다른 걸음걸이가.

낯선 정장을 차려입은 자들, 그러나 그들 가슴팍의 휘장만큼은 선명하리만치 낯익은 것이었다.

모두가 모인 앞에서 '사자' 은석원의 왼팔, 안치산이 정중하게 목례했다.

"은사자에서 왔습니다. 오랜 은혜, 그리고 오랜 형제에게 신의의 빛을 갚으러."

「형제의 은인은 또 다른 형제지. 은사자는 언제나 그대들 해타의 옆에 서리다.」

침묵에 빠진 장내. 홍고야가 중앙을 가로질렀다. 성큼성큼 걸어가 잔을 들었다.

보란 듯이 그대로 비운다.

최다윗은 멍하니 그 장면을 바라봤다.

「회합은 걱정하지 마. 친구의 친구는 또 다른 친구. 너도, 해타도 '친구'의 덕을 볼 차례니까.」

목소리가 들리는 것 같았다.

'친구⋯⋯.'

최다윗은 소리 내어 웃었다. 이상하게도, 찔끔 눈물이 나왔다.

6장

돌다리도 두드려 보고 건너지 마라

1

▷ 로컬 ― 대한민국

▷ 국내 랭커 1번 채널

| 8 | 다윗: 그래서 ㅋ ㅑ..... 거기서 고야언냐가 원샷을ㄹㄹ
촤촤 갈기시다가 많아도 넘 많다 싶으셧는지 야마가
도셔가꼬 사자후를 지르심서 바닥에 아주 콸~콸~콸~

| 8 | 다윗: 창피한주 아ㄹ라고 버럭! 하시니까 애새끼들
이ㅋㅋ 다 쫄아갖고 후덜덜 후덜덜ㅋㅋㅋ

| 8 | 다윗: 븅신들ㅋㅋㅋㅋㅋ사시나무인줄ㅋㅋㅋㅋㅋ

| 8 | 다윗: 한쪽에선 우리 치산씨랄ㅇ 사자애들이 딱 버티고 앉아갓고 먼 문서가튼거 검토하면서

| 8 | 다윗: "외부인이 아니라 길드장 대 길드장의 약속으로 온 검미다"

| 8 | 다윗: 크하

| 8 | 다윗: 캬 크으으~!!!bbbbb

| 17 | 안치산: 검미다가 아니라 겁니다……. 대표님, 저 저렇게 말 안 했습니다. 정말입니다.

| 8 | 다윗: 새꺄—— 멋잇엇다고 말하는거자너 쫄따그들은 왜 칭찬해주면 곶이곳대로 받아들이질 못하냐

| 8 | 다윗: 암튼 뭐 그랫다고

| 8 | 다윗: 보고 있냐?

| 8 | 다윗: 너맞지?

| 8 | 다윗: 내가 쫌 스마트한 겉면과 달리 띨빡이라 그때 니가 몬말하는지 제대로 이해못햇는데

| 8 | 다윗: 맞지? 너 아님 누가 은사ㅏ자랑 고야님을 동시에 불러오겟어

| 8 | 다윗: 고맙다고

| 8 | 다윗: ㅎㅎㅎ

| 8 | 다윗: 땡큐죠

| 18 | 청희도: 아까부터 혼자 무슨 말입니까 대체

| 8 | 다윗: 넌몰라도 되 새꺄 콱씨 꺼져

'얘는 진짜……'

후기 쓰는 솜씨가 아주 죽여준다. 인터넷 쇼핑몰이었으면 바로 적립금 빵빵하게 쏴 줬을 수준.

'바로 살아난 것 좀 봐. 투명하다, 투명해.'

서울로 돌아가는 고속버스 안.

픽 웃은 지오가 창가에 기대 턱을 괬다. 뭐, 잘 해결됐으면 된 거다 생각하면서.

·· ✦ ✳ ✦ ✳ ✦ ··

비바Viva, 문명! 반갑다, 속세야!

우중충한 하늘, 흉측하게 시커먼 탑, 코끝을 찌르는 매연 냄새.

'이 당장에라도 단명할 것 같은 느낌……. 세포 끝에서부터 올라오는 건강 적신호.'

너와 나의 수도, 서울이다.

짐을 내려놓자마자 뛰어들었던 침대 다이빙도 잠시, 견지오는 삼선 슬리퍼를 꿰차고 후다닥 튀어 나갔다.

"어디 가?"

"당 충전!"

랄랄라. 지오는 콧노래를 흥얼거리며 편의점 냉장고를 열었다. 내 하겐다즈, 하겐다…… 엥?

"저기여, 알바생님. 하겐다즈 다 나갔어요?"

"아 그거요. 네. 아까 어떤 분이 다 쓸어 가셔서. 얼마 안 됐는데…… 죄송합니다."

"아니에요……."

좀 맥 빠지긴 해도 딴 데 가서 사면 되니까. 편의점이 여기만 있는 것도 아니고.

분명 지오는 그렇게 생각했었다.

"다 나갔어요?"

"죄송합니다, 손님."

여기도.

"하나도 없다구? 단 한 개도?"

"진짜 방금 다 나가서……."

저기도.

인근 편의점 다섯 곳 모두 초토화. 동네에서 좀 떨어진 곳까지 찾아왔는데도 전멸이다.

견지오는 생각했다.

'이건…… 음모다.'

틀림없다. 순진한 먼치킨을 노리는 흑막 짓이 분명했다.

'누구지? 누구냐?'

후보가 존나 너무 많다. 그 귀도 자식인가? 혹시 회귀자 놈? 아니면 내게서 군것질을 완전히 끊어 내기 위한 쌀밥 광공의 빅 픽처?

'벰, 이 광공 자식……'

카페 쪽으로 걸음을 돌리며 지오가 휴대전화를 막 꺼내 들던 순간이었다.

"휴대전화…… 안 잃어버리셨네요."

귓가를 파고드는 음침한 웅얼거림.

뭐, 뭐야? 지오가 흠칫 주변을 돌아봤다. 바로 옆 골목, 전봇대 뒤였다.

신문지로 얼굴을 가린 남자가 다시 한번 중얼거렸다.

"휴대전화가 있는데 왜 받질 못하니……"

'헉.'

저 친근하다 못해 푸근한 몸매. 지오의 말초 신경계가 기억하고 있는 실루엣이다. 그리고 동시에 팍! 내려가는 신문지.

"왜, 왜…… 도대체 왜애!"

"헐."

"대체 왜 휴대전화를 꺼 두신 겁니까!"

안 본 사이 폭삭 늙어 버린 인상, 매우 초췌해진 안색의 곰돌이 푸 국장…….

한국 각성자 관리국의 국장 장일현이 눈물 그렁그렁한 얼굴로 소리 질렀다.

"오래 집을 비우셨고, 서울에 안 계셨고…… 지오 양의 행동 패턴을 분석한 결과입니다. 특정 아이스크림 브랜드에 대한 집착이 강하신 편이니 인근 편의점들을 싹 도신 다음, 그래도 없다면 높은 확률로 이 카페로 들어가실 거라 예상했습니다. 자주 오시는 카페니까요."

장일현은 뿌듯한 얼굴로 잔을 홀짝였다. 단것 좋아하는 중년 아재들 취향답게 아포카토였다.

"그니까 나는 즉, 하겐다즈로 유인당해서, 장일현이라는 매복에 걸려 버린 거네."

모 드라마 대사 같은 말을 뱉으며 지오가 끄덕였다.

"빅 데이터의 승리죠."

"칭찬 아닌데 이 배불뚝이 아재야. 지금 사람 한번 만나겠다고 동네 하겐다즈 상권을 조져 버린 거잖아. 디질래?"

"그럼 어떡합니까? 연락도 안 되시지, 어머님께 들킬까 봐 집 근처에는 갈 수도 없고."

장일현이 푸념했다.

눈앞에 계신 랭킹 1위와의 만남은 보통 까다로운 게 아니었다. 일단 제1법칙부터가 '모친에게 반드시 비밀로 할 것'이었으니…….

한국 센터를 대표하는 인물인 만큼 장일현은 대외적으로 널리 얼굴이 알려져 있다.

지오가 어릴 때야 트라우마 치료 지원이니 뭐니 하면서 종종 만났다지만, 각성자도 아닌 일반인을 그가 자주 만날 일이 대체 뭐가 있겠는가?

그걸 잘 아는 지오는 장일현이 만나자고만 하면 아주 질색을 했다. 들키고 싶어 환장했냐면서.

당사자가 그렇게 철벽이니 직접 연락은 글렀고, 한번 만나려면 반드시 주변의 다리 하나를 거쳐야만 했다. 예컨대 〈은사자〉의 범이라거나, 친동생 견지록 같은…….

하지만 이번에는 그 견지록도 없고, 범은 무작정 기다리라, 잠깐 있어 보라는 식.

결국 몸이 달아 집 근처에 내내 죽치고 있었던 거였다.

"전화기 꺼 두셔서 얼마나 초조했는지 아십니까? 안 쓰셔도 좋으니 전원은 끄지 마시라니까……. 저희의 유일한 빛과 희망 아닙니까."

"스토킹 짓 못 했다고 따지러 온 거임? 폰 한강물에 확 던져 버리는 수가 있어."

"제, 제발 그것만은……!"

상대가 다른 것도 아니고 세계 제일의 '마법사'인지라 추적 마법도 불가능, 레이더 감시도 불가능.

센터 소속 엘리트 요원들이 직업 스킬로 시도해 보기도 했었지만, 어김없이 실패했다.

전에 한번은 마음 굳게 먹고 은밀한 직업군 중 국내에

서 가장 유명한 자를 데려다가 시켜 보기도 했으나…….

「안 된다는데요…….」

「대체 왜!」

「상대와 격의 차이가 너무 크답니다……. 현타 제대로 오는데, 저 꼬맹이 대체 누굽니까?」

「……혹시 평소에 이직하고 싶은 생각 없으셨습니까?」

기밀 보안 유지를 위해 그자는 현재 국가 직에서 복무 중이다. 아무튼 간에.

상황이 이렇다 보니 뒤에서 몰래 하는 짓은 절대 불가능.

그렇다고 국가가 최고 등급 요주의 인물에서 아예 손 떼고 있을 수도 없는 노릇이지 않은가?

「견지오 헌터. 단도직입적으로 말씀드리겠습니다.」

「뭔데?」

「추적기 하나만 달겠습니다.」

「불가.」

「제발! 하나만! 딱 하나만! 감시, 도청 이런 거 싹 빼고 담백하게 위치 추적 기능만 넣겠습니다. 네?」

「안 돼. 받아 줄 생각 없어. 돌아가.」

설득이라 쓰고 매달림이라고 읽는 구애 끝에 간신히 하나 욱여넣기 성공.

바로 그게 견지오의 휴대전화였다.

그래도 요즘 애들답게 휴대전화는 끼고 사니 얼마나 다행이야, 하면서 그들끼리 나름 하하 호호 자축도 했는데.

'박순요 여사님……! 데이터 끊으셔서 방구석 공기계로 전락했을 때, 그날 센터 시크릿 팀과 국정원, 청와대가 다 함께 울었습니다!'

한반도의 머리를 울린 여인, 박순요…….

지오가 와이파이 찾아다니고 버리지 않는 모습을 보면서 얼마나 감사하던지.

장일현은 아련하게 회상을 접었다.

"신호가 끊기면 온갖 망상이 다 듭니다. 어디 납치라도 당하셨나, 다른 나라에서 채 갔나, 결국 우리를 버리시는 건가……?"

"아재 오바 그만 떨고."

을의 신세 한탄 푸념은 들어 주다 보면 끝이 없다. 지오는 슈퍼 갑답게 단호히 잘라 냈다.

"왜 찾았는데, 그래서?"

"……정말 모르십니까?"

"허어? 질문에 질문으로 답하네."

올, 마이 컸다. 장일현.

지금 그 국장 자리 앉혀 준 게 누군지 잊었나?

오랜만에 갑질 제대로 장착한 킹지오가 다리를 시건방지게 꼬려던 무렵, 장일현은 그럼에도 그저 황당하다는 눈치였다.

"어디 강원도 산골에 가 계셨다는 걸 은사자 부대표에게 듣긴 했지만……."

"이 아저씨 대체 이번엔 뭘 부탁하려고 이렇게 빌드 업을 정성스럽게 들어와?"

"아니……."

카페 안. 장일현은 지오의 등 뒤 창가를 가리켰다.

"저게 정말 안 보이십니까?"

그 손가락을 따라 몸을 돌렸다. 그대로 쭉 따라가자…….

"……미친."

저게 뭐야?

번화가 방향에 있는 대형 광고판.

꽃을 든 금발 서양 미남이 광범위 공개 프러포즈를 시전하고 있었다.

〚ZIO, 놓치지 않을 거예요!〛

'무슨 CF냐, 시발.'

당장 세금 조사 들어가 봐, 저 외국인.

·· ✦ ✳ ✦ ✳ ✦ ··

견지오는 진지한 얼굴로 헌터 인트라넷에 접속했다.

[헌터 인트라넷].

바벨 네트워크가 제공하는 서비스 중 하나로 각성자라면 누구나 접근 가능한 글로벌 정보 포럼이었다. 기본 설정은 허공의 팝업창 상태지만, 일반 기계에서도 접속 가능하다. 컴퓨터라든가, 아이패드, 휴대전화 등등.

인간 문화 어디서 잘 보고 잘 베껴 오는 바벨 메이드답게 철저한 익명 보장은 당연했고, 이용하기도 상당히 편했다.

일반인들도 있는 국내 최대 규모 커뮤니티 〈바벨 코리아〉에 비하면 화력이 덜한 편이나, 헌터 관련 정보 면에선 이쪽이 단연 베스트.

지오는 한국 채널 검색창에 키보드를 두들겼다. 티이모오시이.

[일반] 나 오늘 미용실 가는데 티모시 머리

[일반] 티모시 vs 매드독 vs 죠

[일반] 티모시 성위 둘이라는거 ㄹㅇ? 대국민 사기극 아닌가

[후기] 티모시 보러 공항 다녀온 후기(feat.장국장)

[일반] 티모시는 죠를 왜 이렇게 좋아함?

역시 의지의 한국인.

궁금한 건 참지 않고 여기저기 물어봐야 성에 차는 게 한국 사람 종특 아니겠나? 분명 있을 줄 알았다.

지오는 경쾌하게 클릭했다.

[일반] 티모시는 죠를 왜 이렇게 좋아함?

추천 12 반대 1 (+45)

···

아니 미친 너네 이거 봤냐고

(지하철 광고 사진)

뭔; 아이돌이야? 요즘 강남역 전광판부터 가는 곳마다 티모시 얼굴 도배돼있는데 죄다 죠를 향한 프러포즈임;;

우리가 폐하 찬양하는 거야 한국인이니까 국뽕 취해서 비틀비틀거리는거 ㅈㄴ 당연해

근데 얜 천조국 놈이 대체 왜 이러는 건데?

죠한테 무슨 천년의 빚이라도 졌나?

···

- ㄹㅇ 솔직히 쟤 여권색깔 검색해봐야 된다고 본다 폐하 빠는 게 무슨 태극기부대 죠충 수준이야

- 국뽕 맥스로 빤 상태에서 외국인한테 웬만하면 안 밀리는데 티모시는 ㅇㅈ... 진짜진심 >찐< 같음

- 지하철 탈 때마다 보이는데 맨처음엔 화장품 광고인줄 알고 봤다가 개식겁함ㅋㅋㅋㅋㅋㅋ뭐냐 진짜
- 난 솔까 쫌 깨더라,, 과묵한 콩인줄 알았더니,,주접떠는 콩이었음
  └ 나도ㅋㅋ 티모시 캐해 실패
  └ 나 티모시 6년차 팬인데 티미릴리 성격 원래 저래. 자기 지위가 워낙 높다보니 기자회견이나 중요한 자리에선 톤앤매너 맞추는 거지. 원래 성격 자체는 한없이 밝은 댕댕이임. 좋아하는 거나 관심 있는 거에 맹목적인 편이고.
- 천조국에서 요즘 킹위자드 인기 개쩐다는데 혹시 그거때문 아니냐ㅎ
  └ 뭐래 무슨 어린애냐ㅋㅋㅋㅋㅋㄱㅋ
- 직접 본인한테 물어보지 않는 이상 아무도 모를 듯ㅇㅇ 킹한테 물어보든가
  └ 폐하도 모를 듯

맞다. 너 정답.

"지인짜 모르겠음."

"나도……."

"……."

"나도 당신을 진짜 모르겠어."

지오가 천천히 고개 들었다. 머리 위로 드리운, 성난 고

릴라의 그림자.

"방금 내가 자기 몇 번을 불렀는지 알아?"

"……모, 모름."

"무단지각, 무단결근으로 모자라 일주일 만에 나타나서 오자마자 한다는 게…… 인터넷……?"

길드장 직속 낙하산이고 뭐고 너를 가만두면 내가 제명대로 못 산다. 마 사감이 단단히 작정하고 잔소리를 장전하는 찰나.

"마 사감님! 여기 좀요!"

"……이따 얘기합시다."

인상만 팍 쓰고 서둘러 뛰어가는 마고릴라.

뭔가 돌아가는 분위기가 굉장히 분주해 보였다. 지오는 빙글, 의자를 굴려 옆자리로 미끄러졌다.

"어이, 슬픔이. 길드 분위기 왜 이럼?"

"왜요……?"

"다들 뭔가 우중충한 게 꼭 너 같아."

"그쵸……. 저는 늘 우중충하고 어딜 가도 분위기나 울적하고 흐리게 만들고…… 역시 태어나지 말았어야 했는데……."

"뇌절 그만하고 설명이나 해 봐."

이젠 슬픔이의 블루 패턴 따위에 당하지 않는다. 4월이 되어 레벨 업한 킹지오는 꿋꿋했다.

"그니까요……. 쓸모도 없는 뇌 같은 건 왜 달고 태어나서……이렇게 뇌절이나 해 대고 흑, 역시 죽어 버리는 게……!"

"미안해."

쇤네가 잘못하였소…….

돌아온 미생 견그래가 무릎 꿇었다.

슬픔이(본명: 최선해)는 내 망한 인생 우울가 4절까지 부르고 나서야 원 대화로 돌아왔다.

"아무래도, 어, 길드장님 복귀가 예상보다 딜레이되고 있으니까요……."

"장사 하루 이틀 해? 누가 보면 밤비가 탑에 처음 들어간 줄 알겠네. 걔 몇 달씩 안 오기도 했는데."

"그치만…… 지오 씨."

주변을 확인한 슬픔이가 불안하게 목소리를 낮췄다.

"이번에는 우리나라 바벨탑 공략 사상 최고 전력이잖아요……. 마의 9구간이긴 해도 저희 바빌론부터…… 해타까지, 5대 길드의 길드장이 두 명이나 탑에 들어갔는데……."

"별…… 웃기고들 있다."

"음, 지오 씨는 그럼…… 동생분인데 걱정 안 되세요?"

머뭇거리는 목소리. 태연하다 못해 태평한 지오가 이상하다는 기색이었다. 지오는 끄덕였다.

"응. 안 됨. 저언혀."

그 견지록이다. 다른 사람도 아니고, 그 밤비.

현재 대한민국…… 아니, 어쩌면 전 세계를 통틀어 '일대일 전투'에서 견지록을 꺾을 수 있는 사람은 거의 없다고 보면 됐다.

그 정도로 강한 놈이었다.

대인전의 왕. 전투의 천재.

무슨 상황이든 간에 제 한 몸 빠져나오는 데는 아무런 지장 없을 것이다.

지오는 남동생이 얼마나 싸움에 타고난 천재인지, 또 견지록의 성약성이 얼마나 제 사슴을 집착적으로 아끼는지 잘 알고 있었다.

견지오와 견지록은 비밀이 없으므로.

지오가 '죠'라는 사실은 견금희 또한 알고 있지만, 그것과는 좀 달랐다.

타인에게 절대 발설하지 않는다는 성약성에 대해서도 당연하다시피 서로 공유했으며, 성위 스킬 및 특성 하나하나까지 모르는 게 없었다.

견지록은 강하다. 또······.

지오는 목에 걸린 [삼계명]을 만졌다. 그녀 눈에만 보이는 창이 뜬다.

[거룩한 이와의 삼계명]

[— Second User: 견지록]

[위치: 바벨탑/한국 | 상태: 약간 피로]

'멀쩡하네, 뭐.'

오늘도 이상 무. 안전장치는 멀쩡하게 돌아가고 있다. 지오의 의자가 다시 빙글, 돌아갔다.

·· ✦ ✳ ✦ ✦ ✦ ··

[인생의뼈아픈실책: 시간 나실 때 연락 한번 주세요. 기다리 겠습니다.]

[인생의뼈아픈실책: 아 참고로 '판교의 부탁' 건입니다:)]

하, 요즘 대체 왜 이렇게 찾는 데가 많아?

'조선의 삼수생이 이렇게 바빠도 돼? 내가 수험생이라 는 자각이 다들 있긴 한 건가? 언제부터 대한민국이 이렇 게 수험생한테 관대한 나라였지, 엉?'

[당신의 성약성, '운명을 읽는 자' 님이 그렇다고 딱히 공부 하고 있는 것도 아니지 않느냐고 썼다가 황급히 지웁니다.]

[성위, '운명을 읽는 자' 님이 바벨 이 자식 미친 거 아니 냐고 허공에 애꿎은 화풀이를 해 댑니다.]

'다 봤다······.'

저기요. 이보시요, 별 아저씨.

"누구와 그렇게 연락하시나?"

"……엥. 아저씨 찾았더니 찐 아저씨가 왔네."

"뭐?"

한쪽 눈썹을 살짝 찡그린 범이 오른팔을 뻗었다. 바닥에 앉아 있던 지오를 안듯이 일으킨다.

"길바닥에 앉지 말라니까."

훅, 끼치는 샤워 코롱 냄새.

지오가 빤히 범을 응시했다. 타이 없는 셔츠에 짙은 감색 정장. 평소와 그대로인데……

무슨 할 말이라도 있냐는 듯 범이 돌아본다. 지오는 고개를 휘휘 저었다. 아냐.

"그럼 뭐, 올 때까지 서 있기라도 하라는 거? 무슨 벌서는 것도 아니고."

"근처 카페 들어가 있어, 너 좋아하는."

"돈 아까비."

"적어도 엊그제 청담에서 수십억씩 쓰던 분께서 하실 말씀은 아니지. 그만하고 타."

손가락이 콧등을 툭 건드린다. 어릴 적부터 이어져 온 범의 습관이었다.

'이것 좀 하지 말라니까.'

지오가 투덜거리며 각진 오프로더 G바겐에 올라탔다. 범의 취향답게 오늘 역시도 검정색이었다.

그렇게 도로를 내달리던 차가 신호등에 멈춰 선다.

손가락으로 운전대를 툭툭 건드리던 범이 특유의 느긋한 투로 운을 뗐다.

"해타는, 종주가 돌아올 때까지만 우리 측에서 보조하기로 얘기했다."

궁금할까 봐. 범이 느리게 덧붙였다.

"보니까 종주 대행이 운영 면에서 많이 서툰 것 같던데."

"엉, 마저. 걘 남의 손이 진짜 좀 필요하긴 함. 손대는 것마다 조져서."

"친해진 모양이지."

턱을 괸 지오가 생각했다. 친해졌다기보다…….

"이제, '친구'야."

범의 시선이 힐긋 지오 쪽으로 닿았다.

오래 살고 볼 일이다. 그 견지오 입에서 '세 시리즈'들 말고 친구 소리가 나오는 걸 다 보고.

"너도 자라긴 하는군."

"사람인데 그럼 안 자라겠음? 은근 취급이 심해, 이 아저씨."

자기가 안 늙는다고 다른 사람도 안 늙을 줄 아나. 투덜거리는 말에 범이 실소했다.

"그래서. 그럼 그 '친구'의 연장선?"

"뭐가."

"월계 홍씨. 홍고야 님과 만나기로 했다면서."

아. 지오가 콧등을 긁적였다. 으응 뭐, 만나기로 했지. 비록 100% 자의는 아니지만, 이래저래 얽히고설켜서.

"일종의 기브 앤 테이크였다고 할까. 어떤 사람임? 홍고야 할매. 자주 봤을 거 아냐."

범은 짧게 생각한 다음 대답했다.

"놀부."

"……으응?"

"놀부 장군, 정도려나."

……오, 갑자기 존나 만나기 싫어지는데.

"그냥 취소할까? 갑자기 감기 몸살 걸렸다든가, 집에 우환이 생겼다든가……."

"'죠'가 감기 걸렸다면 퍽이나 믿어 주겠어. 감상평이야 각자 다른 법이니 직접 한번 만나 봐. 나쁜 분은 아니니."

단어 하나로 선입견 박아 줘 놓고 뭐래?

그런 생각을 할 즈음, 운전석 쪽 차창이 슥 내려간다. 창턱에 한쪽 팔을 걸친 범의 머리칼이 흔들렸다. 지오는 딴 데를 보며 물었다.

"향수 썼어?"

"음? 그럴 리가. 헌터가 무슨."

"금금은 쓰던데."

"걘 아직 애니까. 왜?"

"아니. 냄새가 좀 달라서."

담배 냄새도 안 나고……. 원래도 예민한 편이긴 했지만, 요즘 유난히 후각이 더 예민해진 기분이다.

'다 그 자식 때문이지, 흑막 여우 놈.'

"아."

범이 손끝으로 제 앞머리를 매만졌다. 물기는 없지만, 평소보다 정리되지 않은 머리칼.

"샤워를 다른 데서 하고 왔더니."

"호오, 으른의 사정인가요? 애이인?"

"있으면 어쩌게?"

"엥. 없을 거 아니까 물어보죠. 바본가."

심드렁하게 지오가 중얼거렸다. 어차피 님 내 꺼잖음.

돌아오는 부정은 따로 없었다.

도착지가 가까워졌다.

부드럽게 코너를 돌아 차를 멈춰 세우며 범이 묻는다.

"모셔다 달래서 기사 노릇까지 했으니, 뭐 하러 가는지 정도는 이제 좀 말해 줘야지."

그 말에 벨트를 풀어내던 지오가 멈칫했다. 잠시 생각한다. 음, 그러니까…….

"투 잡 뛰러?"

"뭐?"

그런 게 있다.

견지오는 팔짝 뛰어내렸다. 호텔 앞으로.

'신의 아들'.

티모시 릴리와이트. 애칭: 티미 릴리.

세계적 길드 〈이지스〉의 길드장.

수년째 월드 랭킹 2위를 지킴으로써 만년 콩 라인…… 이었으나 '죠'의 왕좌 탈환으로 드디어 탈출해 3위가 된 미대륙의 연인.

그런 그는 현재 4월, 서울의 모 호텔에서 엎드려 우는 중이었다.

"시키는 대로 했는데, 왜! 왜!"

심지어 발까지 구르면서.

"어째서, 어째서 연락이 오지 않는 건데! 조나단, 대체 어떻게 된 거야!"

'어떻게 되긴, 강제로 휴가 빼앗긴 한국인의 뜨거운 복수다. K-복수, 조선의 한恨 맛이 어떠냐, 역사 짧은 아메리칸 놈아.'

일찍이 누구보다 빠르게 티모시와의 동반 여행에서 발을 뺐던 조나단 박(본명: 박용규/이지스 지원팀장/전라도 출신 해병대 사나이).

돌연히 걸린 길드 1급 비상에 휴가 반납하고 부랴부랴 한국으로 날아왔건만, 그를 기다리던 것은 정작⋯⋯.

「갑자기 뭔 일이대요? 설마 한국 측 애들이랑 무슨 충돌이라도 생겼－」

「조나단! 죠가 사라졌대. 나를 만나기 싫은가 봐. 어떡하지?」

「⋯⋯.」

「어떻게 하면 마음을 돌릴 수 있을까? 응? 같은 한국인이니까 조나단은 알 수 있을 거야.」

「⋯⋯.」

‘한국인이 5천만 넘는다. 같은 한국인이라고 심리 알면 5천만 명이 한 몸이게?’

시커먼 속내와 달리 조나단은 가증스러운 낯짝을 꾸며 냈다. 짐짓 걱정스러운 척 미간을 좁히며.

“왐마, 어쩐대요? 어지간히 비싸게 튕겨 브네. 보통 이라믄 다 먹히는디. 희한타. 걔 보통내기가 아닌가 븐디요.”

“조니, 당연하잖아! 그 ‘죠’인데!”

“음⋯⋯ 그럼 있냐, 어디 방송국 공개 홀이나 콘서트장 빌려서 노래 한 곡 뽑아 볼까요? 돌아오라고? 한국 애들 그런 거 껌뻑 죽어 븐디.”

'악마다, 악마가 여기 있다.'

"저, 정말? 나 노래는 잘 못하는데……."

'노래를 잘하든 못하든 그런 거 해 버리면 사회적으로 자살이라고……'

한국계 재미 교포 길드원이 경악한 얼굴로 조나단을 쳐다봤다. 그 시선을 느낀 조나단이 천천히 엄지로 목을 그어 보인다.

'눈치껏 아가리 싸물어라.'

해병대 출신 전라도 사나이의 터프함에 모두가 말문이 턱 막혀 버린 그 순간.

"그만 괴롭혀라, 용규. 그쯤 하면 됐어."

툭.

루카스 말론이 조나단의 어깨를 짚어 만류했다. 대장의 사회적 자살 위기를 저지한 뒤 침대 쪽으로 걸어간다.

"그러게 조나단은 부르지 말랬잖아. 티미 넌 아직도 한국인들이 얼마나 휴가에 예민한 종족인지 모르는군."

그들의 휴가에 대한 집착은 상상을 초월한다. 외국에서 살고 있다 해도 예외는 없었다.

루카스가 진지하게 말했다.

"누구든 작은 한국인을 건드리면 안 돼. 좆 된다고. 내가 어쩌다가 한국어를 마스터했는지 벌써 잊었나?"

미국 내 가장 보수적이라고 알려진 유타주 출신의 루카

스. 덕분에 저 전라도 출신 한국인이랑 빈번히 충돌하면서 당한 일들만 생각하면, 요즘에도 잠이 안 온다.

한국인들은 악마다. 루카스는 내심 그걸 절대 명제로 상정하며 살아가고 있었다.

"하지만 루크……."

"하지만이 아니야. [이제 냉정하게 생각해야 할 타이밍이다.]"

영어로 바꿔 이어지는 말에 베개 사이에 파묻혔던 고개가 들린다. 단단한 어깨와 안 어울리게 얼룩덜룩 소년의 억울함으로 가득한 티모시의 얼굴.

'……어린애Child.'

그의 또 다른 별명을 떠올리며 루카스가 한숨을 삼켰다.

"[기약 없는 기다림을 계속할 순 없어. 서울에서 머무르기로 한 날짜는 그제까지였지. 한국 측도 통제 불가능한 상대라고 말해 오지 않았나?]"

"……."

"[국장한테 직접 사과도 받은 걸로 아는데.]"

난감해하던 중년인의 얼굴.

정치에 능한 타입 같았지만, 티모시는 그가 진심이란 걸 충분히 알아볼 수 있었다.

「죄송합니다.」

「예. 저희도 내심, 잠깐 정돈 가능하리라 여겼던 게 사실입니다만...... 랭킹 변동 이후로 갑자기 이슈가 좀 많다 싶었더니 이렇게 갑자기 사라지실 줄은. 솔직히, 현재로선 전혀 연락이 닿지 않습니다.」

「글쎄요. 방도라고 해 봤자 딱히...... 원래도 원체 어디로 튈지 알 수 없는 분이셔서. 부끄럽지만, 저희도 행적을 따라가기에만 급급합니다. 계속 여러 방면으로 노력은 해 보겠습니다만, 지금으로선...... 그저, 기다리는 것밖에요.」

"[4월이다. 조국을 계속 비워 둘 셈인가, 티모시 릴리와이트?]"

"......"

"[슬슬 돌아가야지. 위스키 호텔에서도 언제쯤 돌아올 거냐고 묻더군. '일'은 그르쳐도 상관없으니 되도록 빨리 복귀하라고.]"

위스키 호텔Whiskey Hotel. 백악관(WH)의 코드 네임이었다.

미합중국 제1의 랭커가 자리를 비우고 있으니 애가 탈 만도 했다.

상위 랭커는 곧 국력.

그 어떤 나라도 국가 핵심 전력을 국외로 내보내는 것을 반기지 않는다. 이번 한국행은 전적으로 티모시가 우겨서 진행된 일이었다.

'하지만……'

하지만. 그에겐 꼭 '전해야 할 것'이 있다.

누구보다 중요한 이유가 있었다.

티모시는 한숨 쉬면서 일어났다.

"[하루만. 하루만 더.]"

"……"

"[딱 하루만 더 기다려 볼게.]"

루카스가 고개를 끄덕였다. 이 정도면 됐다.

아무리 애 같은 면이 강하더라도, 그런 면만 있었다면 그들이 믿고 따를 리 없다. 티모시 릴리와이트는 어떤 상황에서도 제 의무를 잊지 않는 헌터였다.

"[그래. 그럼 내일 날짜로 돌아가는 걸로 알고 있겠다.]"

다들 들었겠지? 짐들은 미리 싸 두라며 루카스가 길드원들을 돌아보았다.

〈이지스〉 공식 정리벽의 따가운 눈초리에 늘어져 있던 길드원들이 하나둘 일어나 주변을 정리하기 시작한다.

그렇게 그들이 이거 치워라, 저거 치워라 떠드는 와중에도 저쪽 한구석에 찌그러져 시무룩해 있는 티모시.

그 꼴을 보자니 여간 신경 쓰이는 게 아니어서.

크흠, 루카스가 헛기침했다.

"이봐, 티미. 거기 그러고 있지 말고. 밖에도 나가 보고 그래라. 내내 방에만 있지 않았나? 서울까지 왔으니 나가서 구경도 하고, 가이드 필요하면 조나단…… 이라도……."

'뭐 이 새끼야?'

뜨겁게 쏘아지는 해병대 사나이의 눈빛.

"……방금 말은 취소다."

루카스가 깨갱 찌그러졌다.

……어휴, 어쩔 수 없다. 조나단이 혀를 차며 자리에서 일어났다.

"됐어야. 글찮아도 나도 이쯤 괴롭힐라 했다. 슬슬 데리고 나가 바람이나 쐐 볼까 하고. 긍께 니는 애들 그만 잡고 가 봐. 대장은 내가 알아서 챙길랑께."

"진심인가?"

"어."

"솔직히 말해도 되나? 의심스럽다(네 악마적인 전적 때문에)."

"니 진짜 죽고 잡냐? 이 유타 촌놈아."

"솔직히 유타에 비해 전라도가 배는 더 시골 아닌가?"

"그 솔직히, 솔직히 소리 한 번만 더 하면 니 진짜 디져 본다. 이 유타 새끼는 솔직히, 솔직히 없으면 말을 못 하나?"

꺼지라고 엉덩이를 걷어차는 조나단의 발.

그래서 루카스는 길드원들이 열어 준 문으로 벨 보이

한 명이 들어오고, 그와 스쳐 지나갔음에도 전혀 알아차리지 못했다.

드르륵.

카트를 밀고 들어오는 모습에 조나단이 손짓했다.

"저쪽 테이블에 내비 둬 주세요. 아, 근디 잠깐만요. 정리부터 해야겄네."

"녜에."

"[와우. 룸서비스 시켰어, 조나단?]"

"어어. 출출한디 본격적으로 뷔페까지 가기엔 좀 글잖냐. 대장! 뭐 한대요, 안 오고? 아까 아무것도 안 먹는 거 봤응께 빨랑 와 앉으쇼."

"나는 됐어……."

"아따 저 양반 진짜 왜 저래 싼대!"

"치울까요? 식으면 맛없는뎅."

"아뇨, 아니요. 우리 벨 보이님 뭐 이래 성질이 급하시대?"

손이 워낙 큰 탓에 시킨 음식들의 양이 상당했다. 서둘러 테이블을 치우던 조나단의 눈길이 신경질적으로 확 벨보이를 향했다가 금세 누그러졌다.

'뭐여, 애잖여.'

제 딴에는 나이 들어 보이고 싶었는지 콧수염을 붙이고 있었지만, 헌터의 예민한 눈에는 가짜인 게 확 티 났다.

'귀여워 브네. 나름 그래도 정교한디 어디서 났대?'

"어이, 야~ 니 몇 살인데 이런 데서 알바하냐? 요즘 한국에선 청소년이 호텔 알바도 한다냐?"

"크흠. 먹을 만큼 먹었는데요."

"하, 짜식 웃겨 브네. 목소리 깔지 말고 똑바로 해라잉. 변성기도 안 왔구만. 꼴에 머시마라 이거대? 니 해병대 관심 있냐?"

가장 작은 사이즈인 것 같은데도 몸에 비해 커 보이는 제복. 그리고 장난감 같은 빨간 모자 아래 뽀얀 피부.

'새끼, 꼭 장난감 병정 같네.'

조나단은 픽 웃고는 티모시를 데리러 갔다.

침대가에 앉아 무언가 생각 중이던 티모시가 인기척을 느끼고 슥 쳐다본다.

"밥이라도 좀 들고 하쇼, 대장. 한국말에는 '대심'이라는 게 있는디 배가 비면 아무것도 안 된다 그 말이여. 얼렁."

"조나단."

"어."

"귀도는 오늘도 나갔어?"

갑자기 걔는 왜? 조나단이 뒷목을 긁적였다.

"어엉, 그치. 요새 뭘 하는지 계속 바쁘잖여. 서포터 애들 말로는 한국인 여친 생긴 거 같다던디. 또 걔 만나러 갔는갑제."

"그래……"

"부대장은 왜요? 호출이라도 해 줘?"

"아니, 됐어. 그냥……. 귀도가 '죠'에 대해 뭔가 알지도 모르니까."

말끝을 흐리는 티모시. 본인이 말을 하면서도 영 확신 없어 보인다.

조나단은 피식 웃었다.

"뭔 소리여? 부대장이 한국에 뭔 연고가 있다고. 남부 시칠리아 마피아 출신 귀도 마라말디 말하는 거 맞어?"

"그렇지. 아냐, 잊어버려."

티모시는 대강 얼버무렸다.

흐으음. 그 모습을 유심히 보다가 조나단은 관두고 혀를 찼다.

"싱겁기는. 와서 밥이나 먹어. 다 식겠네."

"아, 괜찮다니까."

됐다고 계속 거절하는 걸 억지로 질질 끌고 나오는데.

드르륵.

카트를 밀고 떠나는 벨 보이.

"어어, 너 벌써 가냐!"

티모시를 대충 앉혀 두고, 조나단은 황급히 벨 보이를 쫓아 문 앞으로 갔다.

"야야, 가면 간다고 말을 하지, 짜식이!"

농담은 다 해 놓고 정작 팁도 안 챙겨 준 게 좀 민망했다. 조나단이 웃으며 그 등을 퍽! 내려친 그때.

'어……?'

조나단 박은 순간 생각했다.

방금…… 접시가 허공에서 멈춘 것 같았는데……?

벨 보이의 손에 들려 있던 접시들.

그가 세게 등을 치는 바람에 와르르 떨어질 것 같아서. 아차, 잡아야겠다. 분명 그렇게 잡아 주려고 했는데.

'뭐지……?'

"엥. 떨어질 뻔. 왜 때려요?"

"……어? 어어. 미안."

"가 보겠습니다아."

그, 그래. 조나단이 찜찜하고 어색하게 몸을 물리는 그때였다.

"[잠깐만!]"

한국어가 아니라 영어였다. 급해서 저도 모르게 튀어나온.

콱.

팔목을 움켜잡는 남자의 손.

벨 보이, 위장 취업 중이던 견지오가 뒤를 돌아본다.

티모시가 거기 있었다.

그녀의 팔을 부여잡은 채 다시 말한다.

"잠깐만……."

"……."

"잠깐만요, 기다려."

붙잡힌 팔을 따라 천천히 지오의 시선이 올라갔다.

창밖 하늘이 그대로 담겨 있는 외국인의 눈.

신께서 몹시 사랑하여 지상에 내렸다는 아들, 티모시 릴리와이트. 그가 다급하게 속삭였다. 기다려 달라며.

'……흠, 눈치 깠나?'

방금 실수로 마력을 살짝 운용하긴 했다. 놀라는 바람에 순간적으로 흘린 마력이었다.

하지만 눈치채기엔 어엄청 극소량이었는데.

티모시는 지오의 팔을 붙잡고서 말이 없다. 그저 바라볼 뿐. 몇 초가 그렇게 침묵으로 지나갔다. 이때다 싶어 지오도 그를 찬찬히 뜯어봤다.

'진짜 신기하게 생긴 눈깔이네.'

듣자 하니 하늘의 상태가 그대로 담긴다나? 먹구름 끼면 먹구름이, 날이 밝으면 밝은 대로. 얘 눈을 들여다보면 그날의 하늘이 보인다고 들었다.

그 명성에 걸맞은 신비함이다.

아무튼, 감상도 끝.

그를 마주 본 채 지오가 붙잡힌 팔을 흔들었다. 저기.

"할 말이라도?"

"……아니, 아닙니다."

스륵. 티모시가 팔을 놓았다.

그러나 여전히 지오를 뚫어져라 바라보면서 말한다.

"잠깐, 아는 분인 줄 알았네요. ……가 보셔도 됩니다."

"그럼 이만."

짜식 한국말 개잘하네. 지오는 벨 보이 모자를 눌러쓰며 총총 스위트룸을 빠져나갔다.

·· ✦ ✹ ✦ ✦ ··

지피지기 백전백승知彼知己 百戰百勝.

티모시 릴리와이트를 만나기 전, 랭킹 1위 마술사왕 견지오는 생각했다.

'지긋지긋혀.'

세상은 요지경. 사방이 적진, 지뢰밭이다.

더 이상 이대로 아무것도 모른 채로 당할 수는 없었다.

회귀자, 여우 흑막, '그 스님' 등등.

이 빽빽한 리스트 좀 보소. 믿을 놈 하나 없으시다.

세상천지 어디든 이 불쌍하고 순진한 먼치킨을 등쳐 먹으려는 노양심 새끼들뿐 아닌가?

킹지오의 부하, 장일현 국장이 애걸복걸하는 통에 어쩔 수 없이 티모시를 만나 준다고 치자. 이번에도 폭탄이면?

그거 누가 책임질 거야? 이번에도 막 마술사왕 도와줘, 해결해 줘 이러면 어떡할 거냐구!

'인간은 스스로 강해져야 하는 법. 언제까지 이 킹지오가 세상을 돌볼 순 없으요.'

행성 대표? 막말로 행성이 나한테 해 준 게 뭐 있어! 바벨 너 인마 양심 챙겨라! 지구 너도 똑같아!

아무리 먼치킨이라지만, 어? 세계관 최강자라지만 어? 하나부터 열까지 책임져 줄 순 없는 노릇이야. 응. 그렇게 살 순 없음이다.

'이번에는 내가 선수 친다.'

내 쪽에서 먼저 정보를 빼내 주마.

철저히 검열하고, 확인해서 만나도 되는 종자인가 파악해 주겠어. 인생의 뼈아픈 실책은 더는 없어야 한다.

그게 삼수생 견지오가 뜬금없이 투 잡을 뛰게 된 배경이었다.

지오는 먼저 국장 장일현에게 연락했다.

「게임을 시작하지.」

「……예?」

「자아, 선수 입장! 레디, 액션!」

「……예? 대체 무슨?」

「에엥. 뭐임? 영화 보면 이런 삼류 대사 외치면 알아서 판 깔고 다 준비해 주던데.」

「…….」

저기요, 견지오 양. 죄송한데 님의 인생은 영화가 아니다, 제발 철 좀 들어라 돌려 말하는 (욕 같은) 구박도 좀 얻어듣고서.

비로소 판이 깔렸다.

「그러니까. 결론은 어떤 사람인지 직접 보시고서 '죠'인 걸 밝힐지 말지 결정하시겠다, 이 말씀이시죠?」

「응!」

「결국 관찰이 필요한 거라 가까이 접근해야 하는데, 그 과정에서 정체가 드러나거나 의심받는 일은 절대 없어야 하는 거고요.」

「응!」

「장난하냐! 네가 해 봐!」

「나 그냥 안 만날래.」

「거기, 너 말이야! 그래, 거기 지나가는 너! 당신! 아차차 죄송합니다, 견지오 헌터. 혹시 지오 양한테 하는 말씀으로 착각하신 건 아니시죠?」

「연기 개못해.」

「……아니 제 말은, 그 '티모시'지 않습니까. 미국 랭킹 1위. 신의 아들! 이미 검증이 될 만큼 된 사람인데! 저기 바티칸에 있는 교황보다도 신망이 높다는 사람이에요. 궁금하신 거 있으시면 제가 얼마든지 대신 다 답변해 드리겠습니다. '국가급 요주의 인물'에 대해서는 저희 정보력도 만만치 않습니다.」

「가 볼게요. 아디오스.」

「잠까아아안!」

「…….」

「…….」

졌다. 너 꼴리는 대로 해라.

털썩, 국가가 무릎 꿇었다.

"에계. 이게 뭐임?"

선진국 중 게이트 사망률이 가장 낮은 나라.

근 10년간 SPI 조사 '도시 안전성 부문' 매해 1위.

제일 살기 좋은 나라는 아닐지언정 적어도 전 세계에서 제일 안전한 국가, 대한민국.

인구수 대비 랭커가 많고, 수준도 뛰어나 지구의 랭커 맛집이라고 소문난 곳답게 바벨 시대가 열린 뒤, 외국 자본은 물밀듯이 한국으로 쏟아져 들어왔다.

서울 소재의 호텔, 〈샤파시 서울〉 또한 그 대표적인 예였다.

본인이 한국에서 지낼 목적으로 아랍 왕자가 직접 세웠다는 이곳은 아랍 스케일답게 서울 내 유일한 7성급 호텔이었다.

그 웅장한 화려함에 영화 배경으로도 자주 쓰이는 만

큼, 장 국장이 지오를 이곳으로 불러냈을 때에는…….

"어느 정도 기대하는 게 당연하지 않음?"

"뭐가 말입니까?"

"스파이물 보면 있잖아. 멋지게 슈트 한 벌 쫙! 빼입고, 귀에 그 줄 같은 거 딱! 꽂고."

근데 이게 뭐야?

바빌론에서 6시 땡 치자마자 칼퇴 찍고, 데려다준 범한테도 비밀로 하면서 두근두근 올라왔더니.

"주방 그릇닦이?"

지오가 시무룩한 얼굴로 고무장갑 낀 양팔을 파닥거렸다. 무언의 격렬한 시위였다.

"씨, 앞치마는 뭐가 또 이렇게 길어?"

'네가 작은 거야…….'

그 모습을 떨떠름하게 바라본 장일현이 한숨 쉬며 정정했다. 그릇닦이가 아니라.

"주방 보조입니다. 그릇도 옮기고, 연회장 정리도 하는 21세기 멀티 잡이죠."

"흐음."

"저희 정보에 의하면 현재 방에서 두문불출 중인 티모시 릴리와이트가 식사하러 이곳까진 내려온다니까, 아마 자연스럽게 보실 수 있을 겁니다."

"아니 그래도 이건 좀……. 약간 더 폼 나는 거 없었을까?"

일 처리에 실망했음을 내색하지 않기는커녕 노골적으로 호소하는 눈빛. 장일현이 울컥해서 외쳤다.

"눈에 띄지 않길 원하셨잖습니까!"

"어휴. 알겠음, 오키요. 장 아재 요즘 집에 우환 있어? 까칠하네, 증말. 그나저나 그, 뭐시기 코드 네임? 내 스파이 네임은 뭐죠?"

'……챙길 건 아주 싹 다 챙겨 가는구나.'

"뭐로 불리고 싶으신데요?"

그래. 어디 한번 다 해 봐라.

마음속의 모든 것을 내려놓으며 장일현이 물었다. 그에 뭘 묻느냐는 표정으로 지오가 대꾸한다.

"딱히 뭐라 불리고 싶다기보다야…… 나야 뭐 늘 하나지."

─킹 캣, 킹 캣 움직입니다.

"……뒤에 캣은 묵음 처리하라니까. 들키면 어쩌려고? 킹 성질머리 몰라서 그러나?"

─아차, 죄송합니다. 주의하겠습니다.

인적 드문 지하 보일러실에 마련된 임시 모니터 룸.

한국 센터의 국장이 앉아 있기에는 다소 초라한 장소였지만, 어쩔 수 없다.

'국빈급 인사를 감시했다는 걸 들켰다간 미국 측에 뭔 꼬투리를 잡힐지…….'

암만 최우방 동맹국이라도 얄짤 없을 터. 역지사지로 놓고 봐도 그랬다. 만에 하나 미국에서 '죠'를 따라다니며 감시했다면 이쪽도 가만있지 않을 테니.

호텔 주방으로 총총 들어가는 코드 네임 '킹 캣'의 모습.

흐음. 모니터를 집중해 바라보다가 장일현이 몸을 일으켰다.

"잠시 화장실 다녀올 테니까 계속 체크해."

그리고…….

정말 잠깐 화장실을 다녀왔을 뿐이었다.

장일현은 손에 물기도 못 닦아 낸 채 물었다. 존나 당황스러웠다. 아니 왜?

"왜 다시 오셨습니까?"

모니터 앞에 쪼그려 앉아 있는 코드 네임 킹 캣 대신 요원이 참담한 표정으로 대답했다.

"쫓겨나셨습니다."

"……."

"7분 28초 만에……."

먼 산을 바라보는 지오.

'아니, 그니까 그릇을 거기 왜 쌓아 두냐구!'

억울했다.

이쪽은 그저 길이 있기에 걸었건만, 지들이 우르르 무너진 걸 나보고 어쩌라고.

[당신의 성약성, '운명을 읽는 자' 님이 암요암요, 우리 킹 캣은 절대 잘못 없다고, 가자마자 헛발 디뎌서 테이블보 잘못 잡고 그릇들 와장창 와르르 깨 먹은 것 정도야 인생 살아가는 데 아무런 흠도 안 된다며 자신감을 북돋아 줍니다.]

'……'

그 후로도 주방 보조부터 룸 메이드, 청소부 등등. 테마파크 직업 체험이라도 하듯 각종 호텔 업종을 전전하다가 간신히 정착한 것이 바로, 벨 보이.

가짜 콧수염을 매만지면서 지오는 생각했다. 이거 생각보다…….

'쏠쏠한데?'

팁이 기대 이상이다.

가방 몇 개 들어 주고, 카트 몇 번 밀어 줬다고 벌써 주머니 속 지폐의 단위가 바뀌었다.

'완죠니 저노동 고수익 아니냐!'

물론 실상은 조그만 애가 낑낑 옮기니까 귀엽다, 고생한다며 동정 어린 팁의 비가 쏟아져 내린 거였지만.

하하 버스에 올라탄 지오는 열심히 착각계를 달리기 바빴다.

'확 이 기회에 전업 함 해? 확 해 버려?'

드디어 딱 맞는 적성을 만난 것 같다. 마술사왕 견지오가 심각하게 이직을 고민할 무렵.

　-킹, 연회장으로 '실드' 이동 중.

　"……라저."

　잔뜩 내리간 대답. 진지한 목소리로 응답한 지오가 내심 뿌듯하게 어깨를 세웠다.

　'이 대사 쳐 보고 싶었음……!'

　'실드Shield'란 방패, 즉 〈이지스Aegis〉. 그곳의 길드장 티모시를 일컬었다.

　지오는 자연스럽게 냅킨을 들고 연회장으로 이동했다.

　내일로 출국이 최종 결정됐다던가?

　덕분에 빗발치는 한국 정재계 인사들의 요청으로 인해 일종의 이브닝 파티 같은 걸 하는 모양이었다.

　연회장이면 넓고 사람도 많으니 관찰하기엔 더할 나위 없이 적절했다. 잘된 일이다.

　음, 분명…… 그렇게 여겼었다.

　"니, 어째 쪼까 수상한디야."

　이 해병대 출신 전라도 사나이가 얼굴을 들이밀기 전까지는.

　'시발…….'

　견지오는 생각했다.

　외국 놈들 사이에 있으면 동포가 제일 무섭다더니.

　옛말 틀린 거 하나 없다.

아까 걔 아니냐며, 피할 새도 없이 붙잡힌 어깨.

연회장 안. 조금 전 스위트룸에서와 달리 정장을 빼입은 조나단 박이 지오 쪽으로 얼굴을 들이밀었다.

아직 티모시는 주변에 안 보인다. 지오는 짐짓 태연하게 철면피 특성을 활성화했다.

"뭐가요?"

"……아니, 희한하네. 보면 볼수록 어디서 본 것도 같고. 이상하게 낯도 익은디."

"엥. 그럴 리가. 저는 지구 바닥에 아는 사람이라곤 1도 없는 길바닥 천애 고아 거지 왕따예요."

가, 가족들아 미안하다아악.

거짓말 못하는 천성과 [철면피] 특성이 합해져 기이하게 빚어낸 불협화음.

잠깐 자괴감이 들었지만, 지오는 이왕 조진 신세, 끝까지 뻔뻔하게 나가기로 결심했다.

"무심코 던진 돌에 개구리 피 터진다더니. 허 참, 와, 대박이네. 잘나가는 길드 랭커면 단가? ……크흠."

몹시 불쌍한 나는 지금 엄청나게 상처받았다.

급조한 설정과 혼연일체 되어 열연하는 가짜 벨 보이의

피해자 코스프레에 조나단이 당황해 주위를 두리번거렸다. 사회적 지위를 지닌 자들이 실수했을 때 으레 보이는 반응 패턴이었다.

"쉬, 쉿! 미, 미안해야. 내가 니한테 그런 아픈 과거가 있는 줄 알았대? 몰랐으야. 미안허다."

"됐음요. 흥."

"아따 미치겠네, 그럼 뭐지 그건……?"

그럼에도 일말의 미심쩍음을 지워 내지 못하는 조나단 박.

취업 초반, 그릇 더미 와르르 개박살의 트라우마로 지오가 스위트룸에서 그릇 좀 잡아 보겠다고 마력을 움직였던 장면을 코앞에서 목격한 덕분이었다.

'분명, 마력이었는디……'

"계속 길막할 거예요? 저 일하러 가야 해요. 오늘 일당을 벌지 못하면 길바닥의 동생들이 쫄쫄 굶는다고요."

"아, 아니."

무슨 레미제라블이냐?

눈덩이처럼 무섭게 불어나는 막장력에 당황한 조나단이 서둘러 비켜서려던 찰나.

"[여기서 뭐 해, 조니?]"

견지오는 흠칫했다. 이 목소리는…….

사근사근한 억양, 바람 냄새.

[당신의 성약성, '운명을 읽는 자' 님이 재수 없는 새끼

또 등장했다며 미간을 구깁니다.]

그래. 〈이지스〉에는 이 남자도 있었다.

"루카스가 자기 찾던데……. 여기서 귀여운 애랑 노닥거리고 있었네, 혼자만."

조나단의 어깨를 짚었던 팔을 내리며, 슥 손 뻗어 지오의 콧수염을 건드린다.

"재미있게."

귀도 마라말디가 웃었다.

"……."

지오는 조용히 그를 바라봤다.

카페에서 한 번, 골목에서 한 번, 그리고 지금.

세 번째로 만나는 귀도는 얇은 셔츠 차림이었던 그 전과 달리 옅은 톤의 견장 코트를 걸치고 있었다.

얼굴 생김새도 그렇고 장신구들까지.

마치 공작새처럼 화려한 남자다. 야생에선 화려한 것들이 대개 독을 품는 법인데.

"조니. 아는 애야? 한국 친구?"

귀도가 눈꼬리를 휘었다. 정확히 지오를 보면서.

"……아, 아니요. 그건 아니고. 언제 오셨대요? 아까 대장이 부대장 필요한 거 같아 보였는디."

"티미 릴리는 언제나 내가 필요하지. 뭘 새삼."

"하하, 뭐, 그렇긴 하죠……."

"아는 애면 소개해 달라 하려고 했더니. 실망이네."

"……."

"[얼른 가 봐, 조니. 루카스가 자기 찾는다고 했잖아.]"

"아, 네."

조나단이 어정쩡하게 돌아섰다. 제 옆의 사내가 어딘지 불편하고, 어려운 눈치로.

어쨌든 그렇게 둘만 남겨진다. 귀도가 짓궂게 물었다.

"보이Boy, 이름 좀 알려 줘. 명찰이 없네. 호텔 '직원'이."

지오는 시큰둥하게 대답했다.

"죠."

"와. 거창한 이름을 갖고 있는걸."

"노잼임. 모르는 척 그만해."

어차피 다 알면서.

'죠'의 정체를 알고, 기이한 호감을 갖게 하며, 막내의 주변에서 얼쩡대고. 무슨 소설 속 흑막처럼 수상하기 짝이 없는 놈.

그러나 간파 스킬이 먹히지 않아 정작 지오가 알아낸 사실이라곤 그것밖에 없는 남자.

몰래 숨어든 것은 티모시뿐만 아니라 이 남자에 대한 정보가 필요한 탓도 있었다.

'이렇게 불시에 맞닥트릴 줄은 몰랐지만.'

내내 보이지 않아서 경계가 느슨해졌나 보다. 삐딱하게

선 지오 쪽으로 귀도가 다가섰다.

부드러운 미소를 지으며 장갑 낀 손으로 천천히 지오의 가짜 콧수염을 떼어 낸다.

"왕답지 못하게 이 비루먹은 꼴은 뭐야. 옷차림도 그렇고…… 꼭 길거리에서 동냥하는 거지 소년 같잖아."

"……뭐지, 이 상냥한 척 팩폭 갈기는 시정잡배는?"

귀도는 정말 궁금하다는 듯 물었다.

"자기야. 자기 좀 괴롭히고 싶은 타입이라는 거 알아?"

"넌 네가 변태 또라이 같다는 거 아냐?"

"응."

"……."

씨바 할 말을 잃었슴다.

멍해진 지오 앞에서 귀도가 몸을 숙였다.

입술. 지오는 본능적으로 한 발 물러섰다. 저번 골목에서의 기억 때문이었다.

귀도가 눈을 동그랗게 떴다.

"와…… 몸은 기억하는구나. 정말 아무렇지 않았던 줄 알고 상처받았잖아."

"개소……!"

짜증 내는 턱을 그대로 감싸는 손.

강하지 않은 악력이었다. 모자 아래 지오의 귀밑머리를 스치며 귀도가 영어로 중얼거렸다.

"[울리고 싶어.]"

웃음기 없는 눈을 내리깔았다.

"[울려 보고 싶어.]"

세상사 관심 없다는 얼굴로 오만하게 내려다보면서, 별의 거대한 편애 속에 연약해 빠진 인간의 몸으로 파묻혀 있는 이 사람을⋯⋯.

『성흔星痕, 강제 개문.』

【감히.】

뚜욱. 뚝-

"⋯⋯."

"⋯⋯."

피 냄새.

지오는 비스듬히 시선을 내렸다.

제 뺨을 훑던 귀도의 손에서 붉은 피가 흐르고 있었다. 날 선 무언가에 베인 듯이.

얕지 않게 베였는지 출혈량이 상당했다.

흘러내린 피가 바닥으로 뚝뚝 떨어진다.

훅 퍼지는 피 냄새에 금방 이목이 모여들었다. 웅성거리는 소리가 빠르게 높아졌다.

그럼에도 귀도는 그저 고요히 피가 흐르는 제 손만 바라보고 있다. 물끄러미, 표정 없는 얼굴로 중얼거렸다.

"······아야. 아픈데."

"어, 미안. 내 별님이 성질이 좀 고약해."

견지오는 픽 웃었다.

"나한테만 빼고."

"······."

귀도의 얼굴에서 슬며시 웃음이 퍼졌다. 눈꼬리를 휘는 웃음. 가짜 웃음이었다.

"원칙적으로 성위는 인간들 일에 간섭할 수 없는 걸로 아는데······ 참 대단한 성위를 데리고 있네."

"야."

"······."

견지오가 한 발 다가간다. 낮게 속삭였다.

"너 내가 '죠'인 걸 안다면서."

그런 주제에.

"'왕'인 내가, 어떤 별을 데리고 있을지 한 번도 생각 안 해 본 거야?"

짙게 뒤덮고 있던 바람 냄새가 옅어졌다.

피 냄새에 가려져서.

덕분에 그녀는 눈앞의 이 낯선 남자를, 충분히 낯설게 바라볼 수 있었다. 그동안의 이상하고 그리운 감정과 다르게.

"잘 들어, 외국인."

"……."

"이 '참 대단한 성위'와 내가 맺은 성약의 계약 조건 중 하나는, 전능全能이야."

부와 권력. 승리와 영광. 전지와 전능.

원한다면 세계를 발밑에. 바란다면 죽음 또한 나를 삼키지 못하니.

"그러니까…… 네가 뭘 원해서 알짱대는지 모르겠지만."

"……."

"내 눈치 '잘' 보면서, 적당히 까불어."

밤처럼 아득한 검은 눈 위로 일견 비치는 광채, 은하수.

우주를 품은 이와 마주 보며 키도는 생각했다. 성위星位. 그리고……

'성좌聖座.'

탁, 타다닥!

"[……부대장!]"

"[서Sir! 마라말디 님! 괜찮으세요?]"

몰려오는 사람들, 커지는 소란.

지오는 한 발 비켜섰다.

어느새 표정은 다시 평소와 같이 심드렁했다. 웅성거리는 인파 사이로 파묻히는 귀도 쪽을 보며 슥 콧등을 훔친다. 흥.

'그니까 누가 까불래?'

누구든 작은 먼치킨을 건드리면 조때는 거예요. 아주 좆 되는 거-

-킹 캣! 아니, 킹! 이게 무슨 난리입니까? 설마 또 사고 치신 건 아니겠죠! 킹 캣! 응답하라, 킹! 킹 캣!

"……."

……쟤 괘, 괜찮나?

많이 안 다쳤겠지……? 지오는 슬그머니 이어폰을 빼냈다. 장 국장의 비명이 아스라해지는 그때.

"[무슨 일이야?]"

"[대장!]"

"[티미, 그게. 부대장이 부상을!]"

'시바. 조때따.'

제일 까불다가 정작 자신이 제대로 뭣 되게 생긴 먼치킨. 견지오가 슬금슬금 뒷걸음질 쳤다. 근처의 냅킨을 집어서 얼른 팔 위에 걸쳤다.

지금부터 나는 민간인이다. 열심히 일하고 있었을 뿐인 선량한 호텔 벨 보이다. 암요, 암요.

어느새 다가온 티모시가 귀도의 상처를 확인하더니 주변을 휙 둘러봤다. 무언가를 찾는 것처럼.

'헉?'

드, 들켰나?

"……힐러! 어디 있어! 바로 데려와, 아니다, 부대장 데리고 올라가서 제대로 치료해!"

"[티미, 나 괜찮-]"

"무슨 소리야! 갑자기 그랬다면서! 잠깐 봐도 상처가 깊은데, 저주에라도 당한 거면 어떡하려고. 제대로 알아봐야지. 지원팀! 뭐 하고 있어! 움직이라고, 어서!"

'흠, 아니네.'

길드장의 명령이 떨어졌다.

머뭇거리던 움직임들이 일사불란해진다.

우르르 왔다가, 또다시 우르르 떠나는 자들을 피해 지오는 뒤돌아 벽에 바짝 붙어 섰다.

시끄럽게 지오의 앞을 스쳐 지나가는 사람들. 귀도의 시선이 힐긋 이쪽을 향하는 듯했지만, 지오가 돌아서 있자 곧 사라진다.

괜찮다니까, 하면서 멀어지는 목소리.

그리고 그때.

저벅.

제 바로 등 뒤에서, 지오는 멈춰 서는 발걸음을 듣는다.

"……귀도는 새벽 3시쯤 잠들어."

'그러니 4시 정도면 내 방에서 아무도 모르게 만날 수 있을 거야.'

"기다릴게."

'죠.'

목소리와 동시에 머릿속을 울리는 전음.

견지오는 천천히 돌아섰다.

조금 떨어진 곳, 멀어져 가는 티모시의 등이 보였다.

티모시였다.

3

미국, 아이다호주.

양 떼 대목장에서 일하던 목동 소년 티모시 릴리와이트는 어느 날 '소리'를 들었다.

【왜 쫓지 않니?】

산기슭 너머, 늑대가 양을 잡아가고 있었다.

티모시에게도 충분히 보이는 거리였다. 하지만 목동 소년은 일어나지 않았다.

소리가 다시 한번 묻는다. 이번에는 다른 목소리였다.

【어째서 쫓지 않느냐 물었다.】

목동 소년 티모시는 대답했다.

"피터는 거의 한 달을 굶었어요."

【늑대에게 이름이 있습니까?】

또 다른 목소리였다.

"피터 말고도 더 있어요. 몇 달 전에 아이들을 낳았거든요. 메리, 아이비, 로이……."

【그래서 늑대를 내버려 두는 건가요?】

모두 합해, 네 개의 목소리.

목동 티모시는 끄덕였다.

"엊그제 재스퍼가 죽었어요. 오늘도 굶으면 다음엔 피터가 죽고, 피터가 죽으면 나머지 아이들도 죽을 거예요."

【양이 가엾지는 않나?】

"어차피 양은 죽잖아요. 불쌍하지만, 죽기로 정해져 있어요. 늑대는 아니에요."

【하지만 그러면 너는?】

"……."

【주인은 당신에게 양을 지키지 못한 책임을 물을 것입니다.】

"그건 어쩔 수 없는 일이에요."

별이 뜨면 밤이 되고, 해가 뜨면 낮이 되는 것처럼 자연한 순리일 뿐이다.

양치기 소년 티모시는 대답했다.

【거짓말.】

목소리가 부정했다.

【겁에 질려 있구나.】

【매 맞는 일이 두렵거든 네가 해야 할 일을 하면 될 일이다.】

"……죽진 않으니까."

뺨을 맞고, 매를 맞아도 죽지는 않는다.

하지만 계속 굶으면 피터는 죽을 것이다.

수도 워싱턴에 검은 탑이 나타난 다음, 하늘에는 계속 불온한 구멍이 뚫리고 있었다. 대지는 날마다 불탔고, 길목은 시신과 핏물로 막혔다.

줄어드는 먹을 것에 사람들의 울타리는 높아져만 갔다.

목동 티모시는 저 멀리 뛰어가는 '늑대', 피터 아저씨를 바라보며 중얼거렸다.

"사람은 그래도 살아가야 하니까."

네 개의 목소리가 말했다.

【위선자.】

【착한 아이로구나.】

【저는 싫습니다.】

【나쁘지 않아.】

두 개의 목소리는 떠났고, 두 개의 목소리가 남았다.

목소리가 일러 주는 방향을 따라 티모시는 산을 올랐다. 동굴로 들어갔다. 그렇게 30일이 지났다.

계시啓示, 그리고 30일간의 시련.

동굴 밖으로 소년이 나와 일어서자 나팔 소리가 울었다. 온 세상으로.

《바벨 네트워크, 월드 알림》

《축하합니다, 미국!》
《국가 미합중국에 최초로 S급 각성자가 탄생합니다.》

[퍼스트 타이틀, '성사星使(신화)'가 개화합니다.]

별들의 목소리를 전하는 자, '신의 아들'.
티모시 앙겔로스 릴리와이트.
대 바벨 시대의 개막 이후 전 세계에서 두 번째, S급 각성자의 탄생이었다.

·· ✦ ✳ ✦ ✦ ··

새벽 4시.
약속한 시간이었다.
티모시는 방 안을 계속 서성거렸다. 목소리가 들려왔다. 예의 그들이다.

[티미, 보기 어지러우니 좀 앉으렴. 누누이 말하지만, 넌 모든 일에 반응을 과하게 하는 경향이 있어. /상냥]
[잘도 포장해서 말해 주는군. 그냥 꼴사납다고 말해. 저 천하의 등신 같은 놈. /못마땅]
[어머, 애한테 왜 그래요! /깜짝]

[보기 답답해서 그런다! /화남]

"혼자 일방적으로 한 약속이니까 그렇지. 나 좀 그냥 내 버려 둬요!"

[우, 우리 티미가……. /울먹]
[저 자식은 사춘기가 대체 언제까지 지속되는 거냐! 목 장에서 다 죽어 가던 거 주워 오는 게 아니었는데! /버럭]

성사星使, 별들의 목소리를 전하는 자.
'듣고 전하는 자'라는 퍼스트 타이틀에 걸맞게 티모시 는 바벨을 통한 간접 메시지 말고 성약성과 직접적인 대화 가 가능했다.
물론 타이틀 특성에 의한 것이므로, [성흔]을 개문해 듣는 그들의 육성肉聲은 아니었지만. 일종의 인공적인 기 계음 같다고나 할까…….
감정 표현도 성약성 쪽에서 선택해서 누르는 이모티콘 이라 처음엔 솔직히 좀 보고 있기 고역스러웠다. 이젠 익 숙해졌지만.
"안 오면 어쩌지……?"

[네놈의 우유부단하고 한심한 일처리가 하루 이틀도

아니고 어차피 기대도 안 했⋯⋯! /밀쳐짐]

[인내심을 갖고 기다려 봐. 필요한 물건이 필요한 자에게 가는 일이니 이것이 옳은 순리라면 마땅히 그리 흘러갈 테지. /차분]

왼쪽 별의 위로에 끄덕이며 앉으려던 그때.

ㅡ똑, 똑.

티모시는 달려가 문을 벌컥 열었다.

긴장감 없는 눈빛과 처음 봤을 때부터 인상적이었던 눈매. 그 아래, 별처럼 박힌 눈물점 두 개까지.

헐렁한 호텔 제복은 벗었지만, 여전히 품이 넓은 후드티를 걸친 채로 그의 우상이 비스듬히 고개를 기울였다.

"얘 웃기네."

"⋯⋯."

"누구인지 안 물어봐? 이 야심한 시각에."

이 이름을 '직접' 부르는 날이 오다니.

쿵, 쿵. 믿기지 않아 심장이 쿵쾅거렸다. 티모시는 떨리는 목소리로 불렀다.

"⋯⋯죠."

마치 그 심장 소리가 들리는 것처럼 '죠'가 실소했다. 그래.

"안뇽. 콩모시."

새벽의 스위트룸은 고요했다.

오후에는 그렇게 시끌벅적하더니, 밤부터는 여기를 혼자 쓰는 모양이다.

지오는 암 체어에 풀썩 주저앉았다. 꼭 제집 안방 같은 모양새였다.

"언제부터 눈치 깐 거?"

"그때, 문 앞에서."

"졸라 초장부터네."

그 말에 움찔하더니, 티모시는 잠시 머뭇거리다가 입을 뗐다.

"내 성약성들이 힌트를 줘서."

관련해 자세히 얘기하지는 않았으면 하는 눈치였다.

어차피 별로 궁금하지도 않다.

서로의 성약성에 대해 묻지 않는 것은 헌터계 불문율이었다. 지오가 대강 손짓했다.

"알았으니까 그만 낑낑거려."

지오는 턱을 괬다. 사실 약간 김이 새기도 했다.

한국 대 미국.

비공식이어도 국가 대표 만남이다.

단단히 기선 제압해 두겠다고 이쪽은 나름 마음먹고

왔건만, 상대 쪽은 웬걸, 이미 온몸으로 백기를 휘두르고 있지 않은가?

'그래도 서양 놈이라고 또 눈은 안 피하네.'

지오는 유심히 보다가 물었다.

"너, 진명이 뭐야?"

그리고 그는 이번엔 아무런 망설임도 없이 대답했다.

차라라라락–

/ 위치: Archive > 사용자: 견지오 > 라이브러리
　　　　> 일반(인물 일람)

· 이름: 티모시 A. 릴리와이트

· 나이: 27세

· 등급: S급

· 랭킹: World 3위 | Local 1위

· 성향: 성심의 우유부단한 인솔자

· 소속: 어스 — 미합중국

· 하위 소속: 이지스

· 성위: ■■■■ / ■■■■

· 퍼스트 타이틀: 성사星使

· 고유 타이틀: 목동, 듣고 전하는 자, 이인자, 세계의 선,
　　　　　　메시아, 위선자, 내숭쟁이, 왕자님, 어린애

누가 네임드 아니랄까 봐 이쪽도 타이틀 한번 어마무시하게 화려하시다.

지오는 말없이 기다리고 있는 티모시를 쳐다봤다. 나름 점잔 빼고 있지만, 이쪽은 이미 내숭쟁이라는 타이틀까지 확인한 뒤다.

"마법사가 의미심장하게 질문할 땐, 함부로 답하면 안 된다는 거 못 배웠나 봐."

"아. 나에 대해 뭘 확인하려 한다는 것 정도는 알아차렸어. 뭘 해도 상관없다 생각했을 뿐이지."

"뭘 해도 꿀릴 게 없다?"

"죠를 향한 내 순수한 진심에는 단 한 점 불순한 것이 없으니까."

티모시가 다정하게 답했다.

견지오는 눈을 끔뻑였다. 순수한 진심?

빤히 쳐다보자 뭔가 오해했는지 티모시가 황급하게 덧붙였다.

"무, 물론 상상했던 것보다 작, 아니, 아담하, 그니까 약간 조그맣, 아니아니, 체격이 덜 건강하긴 했지만!"

'……걍 작다고 말해.'

"그래서 약간, 아주 약간. 놀라긴 했지만 어쨌든 내 마음은 조금도 변함없어."

어떻게든 진의를 전달해 보려 애쓰는 외국인의 발버둥.

물끄러미 보던 지오가 자세를 바꿨다. 눈썹을 늘어트리며 심각하게 손을 든다. 저기.

"미안한데 난 국제 연애는 노관심임."

"뭐? 그런 거 아니야!"

티모시가 꽥 소리 지르며 일어났다.

"그냥 동경, 존경, 롤 모델 이런 쪽이지, 절대, 절대 아니거든! 노! 네버!"

"엥…… 아니면 아닌 거지 뭘 그렇게 또 존나 정성스럽게 부정해? 빈정 상하게, 어?"

진짜 아니다 믿어 달라, 알았다 그만해라 죽고 싶냐, 그렇게 언쟁이 오가던 것도 잠시.

티모시가 퍼뜩 다른 쪽으로 고개를 돌린다.

무언가를 듣는 듯한 모습이었다.

지오는 그 모습에 [듣고 전하는 자]라는 그의 타이틀을 떠올린다.

"……이러고 있을 때가 아니긴 하죠."

그리고 다시 고개를 들었을 때, 티모시는 눈빛이 바뀌어 있었다.

오랜 우상 앞에서 설렘을 못 숨기는 '티미 릴리'가 아닌 세계 랭킹 3위, 미국 제1의 랭커 티모시 릴리와이트의 모습으로.

"그다지 여유가 있는 게 아니라서. 미안하지만, 본론으로 들어가 봐도 될까?"

"해."

"우선…… 미국 측 공식 대리인으로서 백악관의 메시지를 전하겠습니다. 죠, 지금부터 드리는 얘기는 오프 더 레코드이나 전미全美의 뜻이라고 보시면 됩니다."

미의 얼굴, 티모시가 곧게 허리를 세웠다.

"단도직입적으로, 미합중국은 당신을 원합니다. 절실하고, 또 열렬하게."

"……"

"한국이 훌륭한 나라임은 동맹국으로서 잘 알고 있습니다. 그러나 '죠', 미국은 최선最善입니다."

영웅의 나라. 또 영웅을 위한 나라.

정의와 종교, 그 위에 세워진 국가.

"우리는 영웅을 대함에 어떤 조건과 제한도 두지 않습니다. 한 사람에게 드릴 수 있는 모든 특권과 명예를 약속하겠습니다."

"……"

"부디 미국으로 오십시오, 킹."

……

"……여기까지가."

"……"

"미국의 메시지. 내가 한국을 방문한 '공식적인' 이유고."

해야 할 일은 다 했다며 티모시가 어깨에서 힘을 뺐다. 다시 눈빛의 온도를 바꿔서 웃는다.

지오는 시큰둥하게 물었다.

"대답은 필요 없어?"

"듣지 않아도 아니까."

"나 그렇게 애국자 아닌데."

"그것과는 상관없어. 단지, '죠'는 영웅이 될 생각이 없잖아."

드러눕듯 의자에 앉아 까딱까딱 흔들고 있던 견지오의 다리가 뚝, 멈춘다.

지오는 미국의 영웅을 돌아봤다.

지금, 처음으로 얘한테 진지한 관심이 생겼다.

"아는 척 지리는데."

"……."

"그게 또 맞아. 뭐지?"

"계속 봐 왔거든. 처음부터, 지금까지."

처음에는 호기심이었다.

등장하자마자 세계의 순위를 바꿨으니까. 죠가 데뷔할 당시, 월드 랭킹 1위는 티모시였다.

그러나 제 자리를 차지한 자에 대한 호기심에서 관심으로, 관심에서 동경심으로 옮겨 가는 데까진 그리 오랜 시간이 걸리지 않았다.

"너는 나와 극極이야, 죠. 극과 극."

사람이란 본능적으로 제 아래보다는 위를 바라볼 수밖에 없는 동물이다. 티모시의 위에는 오랜 시간 동안 한 사람만이 있었고, 그 사람이 잠깐 자리에서 내려왔을 때도 그건 변치 않았다.

"자유롭고, 변칙적이고, 원초적인⋯⋯."

무법자無法者.

그림자 속에 있다가 모두가 간절히 원할 때 나타나는.

처음에는 목동이었으며, 이후에는 최초의 성사, 현재는 모두의 이상적인 영웅으로 살아가야 하는 티모시로선 매료당하지 않기가 힘들었다.

지오는 그를 빤히 보다가 생각했다. 어휴.

'그 [왕자님]이 성에 갇힌 왕자님이셨구만.'

그것도 자기가 스스로 쌓아 올린 성에 갇힌.

"⋯⋯님 꼴리는 대로 막 살아서 존나 부럽다는 얘길 거창하게도 하네. 누가 감성 풍부하신 서양인 아니랄까 봐."

삭막한 한국인은 떨떠름한 표정을 지어 보였다.

티모시가 턱을 괬다. 아까보다 편해진 표정으로.

"내가 왜 '그런 감정'이 아니라고 했는지, 이제 알겠지?"

"알겠다구. 그만해라."

"그럼 지금부터는⋯⋯ 내 비공식적인 용건."

티모시의 목소리가 다시 진지해졌다.

조금 전이 대외적인, 또 사무적인 쪽이었다면 지금은 또 전혀 달랐다.

허공이 소리 없이 열린다.

각성자의 가장 개인적이고 은밀한 무형 공간, [인벤토리] 오픈이었다.

"너에게 '이걸' 전해 주려고 서울에 왔어."

작은 박스 같은 궤짝이다.

겉모습은 볼품없이 초라하나, 닫혀 있는 상태임에도 지오는 거기서 전해지는 은은한 성휘聖輝를 느낄 수 있었다.

오직 신화급 성유물에서만 발현된다는…….

그리고 천천히 열린다.

한 손에 잡힐 만한 크기의 유리공, 그 안에 들어 있는 조그만 심장처럼 생긴 홍색 결정 조각.

궤짝 안에 든 그것을 망설임 없이 지오에게 건네며 티모시가 말했다.

"지금은 내 소유지만, 권한을 넘길게. 확인해 봐."

▶ 어린양의 성정聖精(신화)

▷ 분류: 시나리오 아이템

▷ 사용 제한: 1회 사용 가능(소모성)

— 어린양의 거룩한 희생으로부터 탄생한 성유물. 마지막 순간까지 수렁에 빠진 자들을 굽어살피던 무한한 애심이 담겨 있다.

> ▷ 주요 효과: 사망(두 시간 이내)으로부터 부활
>
> 사용 시 성정의 가호로 100%의 생명력 및 마력 회복 /
>
> 100% 해로운 효과 제거(분해 불가)

……

'……아니 시발.'

너무 고맙긴 한데, 진짜 너무 고마워서 도리어 의심스러운 상황이었다.

이게 대체 뭐지?

지오가 애써 침착하게 물었다.

"이걱, 크, 크흠, 이걸 나한테 왜, 왜 주지?"

'혀, 혀 깨물었어어!'

겁나 아파! 포커페이스를 유지 중인 견지오의 눈가가 촉촉해졌다. 난리 칠 수도 없게끔 분위기랑 물건이 지나치게 과하다.

'부활이라잖아. 부활!'

미친 거 아냐? 부활 템 처음 본다, 진짜로.

바벨의 운영이 기존 현대 사회의 게임 시스템을 빼다 박아 놓은지라 초기엔 그런 말이 돌기도 했었다.

혹시 부활 주문이나 부활 아이템도 존재하는 거 아니냐고.

그러나 시간이 흘러 탑과 던전에서 온갖 아이템이 쏟아

져 나오는 동안, 부활과 관련된 건 역사상 단 한 개도 나오지 않았다.

유명한 월드급 힐러들 또한 죽은 이의 부활은 불가능하다 딱 잘라 말하고 있었고, 그래서 다들 무의식중에 부활은 금지된 영역이라 여기고 있었는데. 그런데······.

'여기 계셨네. 여기 계셨어.'

"나도 이유는 몰라."

마음속 호들갑이 뚝 끊긴다.

지오는 정면을 바라봤다.

그의 말마따나 어떤 불순한 의도도 없는 눈이 보였다. 지금 거기서 비치는 것은······ 순수한 우려.

"죠, 나는 '듣고 전하는' 사람이야."

별들이 그에게 말해 주었다.

그래서 들었기에 티모시는 이번에도 전할 뿐이다.

"[필요할 때가 올 것이다.]"

"······."

"사용자는 너겠지만, 너뿐만이 아니라······ 우리 모두를 위해서."

필요할 때가 올 것이니, 그러므로 반드시 그 전에 전해 줘야만 한다고.

"내가 아는 건 여기까지야. 원래 별들은 모든 것을 들려주진 않거든."

티모시가 아스라이 웃었다.

세계의 선善.

생각해 보면 새삼 어마어마한 고유 타이틀이었다. 그의 별들은 분명 선 성향을 지닌 최고위급 성위들일 것이다.

선악의 기준이란 모두가 각기 다른 법이라지만, 적어도 성계와 바벨의 시점에서라면 절대적이라고 봐도 좋았다.

과연 그들은 무엇을 본 걸까?

어느새 창밖으로 첫새벽이 찾아오고 있었다.

굳이 시계와 바깥을 확인하지 않아도, 눈앞의 성자만 바라봐도 충분히 그 흐름을 알 수 있었다.

눈 안의 하늘, 새벽 어스름이 티모시에게로 스미고 있었으니.

견지오는 말했다.

"······이게 필요한 상황이 안 와야겠지만."

"······."

"만약 쓰게 된다면 오늘 네 선의는 잊지 않을게."

"······."

"이건 '죠'가 아니라 '견지오'로 약속하는 거야. 마술사왕이 아닌, 누군가의 호의를 받은 한 명의 사람으로서."

신의 아들은 웃었다.

"그걸로 충분해, 지오."

그들이 타는 비행기는 오늘 아침 비행기라고 했다.

일어나려던 지오가 다시 그를 돌아봤다. 아 참.

"야, 금발. 아까 하던 걸로 봐선 너도 대충 아는 거 같긴 한데. 너네 부길드장 그 새끼 존나 수상한 거 알지?"

귀도 마라말디.

물끄러미, 티모시가 지오를 바라봤다.

"응. 알아."

"근데 왜 걍 냅둠?"

티모시는 대답했다.

"친구야."

그의 귓속에서 늘 별들이 경고했다.

언제나 그렇듯 이유는 알려 주지 않았다. 단지 위험한 자라고, 멀리하라고만 속삭였다.

하지만 그럼에도……

성심의 우유부단한 인솔자가 말했다.

"내 친구야."

씁쓸하고, 어딘가는 외로운 얼굴로.

뺨 맞고, 매 맞을 것이 두려우면서도 사람을 위하여 끝내 감내하였던 어떤 날의 어린 목동처럼 그가 그렇게 말했다.

지오는 잠시 그 얼굴을 바라봤다. 그리고 그에게서 돌아서며 중얼거렸다.

"멍청이."

착한 멍청이.

어째서 착한 것들은 항상 저렇게 멍청한지.

견지오는 그렇게 '티모시 릴리와이트'란 사내를 기억했다. 잊어버리는 일은 앞으로 없을 것이었다.

··✦✳✦✳✦··

첫새벽.

호텔 밖으로 빠져나오자 장일현 국장이 기다리고 있었다. 약간은 후련하고, 약간은 초조한 기색이다. 전자는 드디어 끝났다는 해방감, 후자는 혹시 그새 사고는 안 쳤겠지 하는 불안감 정도.

"견지오 헌터! 늦게까지 정말 수고 많으셨습니다. 고맙습니다. 이로서 저희도 미국에 면 좀 서겠습니다. 하하."

"장 아재."

"네?"

"쟤가 나보고 천조국 오래."

"……."

"역시 천조국. 스케일 와우더라. 넘 감명 깊어서 쟤 이름까지 외워 버림. 티모시 릴리와이트."

"……."

"물론 거절은 했는데, 휴……. 이 킹지오 님이 언제까지 애국심 하나만으로 헬조선에 재능 기부해 줘야 할지……. 에휴. 그치?"

툭, 툭.

장 국장의 어깨를 두드린 지오가 절레절레 한숨과 함께 걸어간다.

하얗게 흩날리는 영혼을 간신히 부여잡은 장일현이 허겁지겁 그 뒤를 쫓았다. 겨, 견지오 헌터!

"지오 양! 자, 잠시만요!"

"왜? 나 졸려. 잘 시간 한참 지나쓰."

"어, 어떻게 걸어가십니까! 어떻게 이 작고 귀한 발을 하찮은 땅에 닿게 하실 수가 있으십니까! 이 장일현, 눈물이 나서! 당장 업히십시오!"

"에바야. 1절만 하셈."

"죄송합니다. 그래도 저희가 준비한 하찮은 리무진이라도 타고 가시죠."

"어이, 장 국장. 내가 우리 집 근처에 검은 차 세우지 말라고 알아듣게 말해 주지 않았나? 아 나, 쏘 타이어드하네."

"타, 타이어드. 지금 영어 쓰신 겁니까! 어떻게 오랑캐 말을!"

"웁스. 쏘리. 마이 마인드가 벌써 귀화 레디 들어갔나 봄. 쏴리, 응? 쏴아리."

"지오 님!"

"왜?"

"……아닙니다."

미합중국 가만 안 둬…….

인동 장씨 40대 종손 장일현의 마음속에 굳건한 척화비가 세워지는 순간이었다.

·· + ✳ ✶ ✳ + ··

티미! 티미 릴리! 티모시!

"티모시! 오랜만의 한국 방문이었는데요! 소감이 어땠는지 한 말씀 부탁드립니다!"

"인상적이었어요."

"이후에 활동 계획은 어떻게 되시죠? 다시 내한할 예정이 또 있으신가요?"

"현재로선 아직 없습니다."

"내한 기간 내내 '죠'를 향한 꾸준한 구애로 화제가 되셨는데요. 만나지 못한 것에 대해 아쉬움은 없으신가요?"

끝없는 환호성. 쏟아지는 플래시 세례. 수백 대의 카메라.

티모시 릴리와이트는 질문한 기자를 돌아보았다. 웃었다.

"만났습니다."

단 한 마디.

그리고 다시 터지는 플래시는 보다 폭발적이었다.

4

사건의 발단은 이랬다.

「월계 홍가에서 길드 쪽으로 연락이 왔다. 조건은 모두 이행하였으니 빠른 시일 내에 약속된 대가를 받았으면 한다고 '죠'에게 전해 달라 하던데.」

「뭐, 약속한 건 사실이니까.」

지켜야지. 그것이 '킹'의 약속이니까. 음!

티모시와의 만남 이후 침대에서 뒹굴면서 지내던 며칠.

〈은사자〉 쪽으로 돌려 전해진 독촉에 슬슬 움직여 볼까 마음이 들 무렵이었다.

홍고야, 홍해야, 그리고 백도현.

설악 해타에서의 일이 있기 전부터 백도현이 빌드 업 넣어 둔 부탁 아니겠나?

당연히 같이 움직이겠거니 은연중에 생각했고, 백도현 또한 마찬가지일 거라 여겼는데…….

[인생의뼈아픈실책: 혼자 가셔도 될 것 같습니다.]

[인생의뼈아픈실책: 생각해 보면 제가 죠에 대해 배려나 이해가 많이 부족햇ㅅ던 거 같기도 하고.]

[인생의뼈아픈실책: 부족했던]

[인생의뼈아픈실책: 이제 저는 당신의 삶에서 한발 빠져 주는 편이 낫지 않나 싶기도 하고요. 돌이켜 보면 쭉 폐만 끼쳤던 것 같고, 이래저래 부족함을 실감했습니다.]

물론 요목조목 팩트긴 하지만, 이 회귀자 갑자기 왜 이럼? 혹시 이름 이따위로 저장해 둔 거 들켰나? 뜬금없이 뭐래?

[나: ?]

[인생의뼈아픈실책: 아, 걱정 안 하셔도 됩니다. 스스로 반성의 시간을 좀 갖게 됐을 뿐이니까요.]

[인생의뼈아픈실책: 당신과 어울리기엔 제가 아직 많이 부족한 걸 어쩌겠습니까. 세계 정상에 계신 분 곁에 서려면 바쁘게 정진해야죠.]

'세계 정상……?'

엊그제 한국을 떠들썩하게 흔들었던 인스타그램 업데이트가 떠오르는 건 동시였다.

(사진)

♡ domdomi 님 외에 여러 명이 좋아합니다.

Timlily 새벽의 밀회.

극과 극은 통한다:〉

#역사적만남 #비공식정상회담 #국경을넘은우정
#서로의진실한이해자 #WorldClass #No1andNo1
#TopandTop #BestFriendship

댓글 ×××,×××개 모두 보기

20××년 4월

[인생의뼈아픈실책: 한참 이해가 부족하니까.]

[나: ㅇㅅㅇ]

[나: 혹시인스타]

[인생의뼈아픈실책: 네?]

[인생의뼈아픈실책: 제가 그런 인생의 낭비나 다름없는 SNS 를 왜 보겠습니까ㅓ]

[인생의뼈아픈실책: 없는 말도 막 지어내고 사소한 만남을 밀 회로 부풀리고 그런 과장적이고 해로운 소셜 어플 저는 전혀 조금도 관심 없습니다.]

[나: ;;]

이 보더콜리 자식…… 삐졌네.

·· ✦ ✳ ✦ ✦ ··

'죠'에 관한 소문은 무성하다.

한 국가의 정상, 더 나아가 세계 정상에 있는 톱 랭커가 신비주의를 고수하고 있기에 당연한 얘기였다.

넓게는 성별 및 연령과 관련한 추측부터, 온갖 흉흉한 괴설 또한 무수했다. 해괴한 저주에 걸렸다느니, 봐 주기 힘들 정도로 추한 외모일 것이라는 등등.

사람들 앞에 모습을 드러내지 않는 데에는 그럴 만한 이유가 있지 않겠냐는 추측들이 팽배했다.

물론 죠의 활약이 쌓이고, 단순한 국가 영웅 수준을 벗어나 폭발적이고 충성스러운 팬층을 거느리게 되면서 잦아든 의견이긴 했지만…….

여전히 한쪽에선 마술사왕의 흉측함을 주장하는 자들이 존재하는 게 사실이었다.

홍해야는 문득 그런 그들에게 묻고 싶어졌다.

'대체 어딜 봐서……?'

단발의 어린 여자.

눈빛이 유난히 시려서 뇌리에 콱 박히긴 하지만, 첫인상은 딱 그 정도였다.

더군다나 지금처럼 일상적이고 평범한 모습을 보고 있으면 더욱더, 영락없이 거리에서 볼 법한 흔한 청춘으로 느껴졌다.

"울산행 버스는 저쪽이네요."

"에엥, 또 대중교통이야? 이 변치 않는 서민적인 소박함 진짜 대다나다. 놀랍다."

"……능력이 부족한 걸 어떡합니까? 그러니까 혼자 가시라고 했잖아요."

"어어, 요거 봐라. 기껏 달래 놨더니 또 삐지네. 님 계속 뒤끝 부릴 거? 내 넘버 원 집사는 아직 백 씨라고 말했어, 안 했어?"

"누구는 진실한 이해자, 누구는 집사 백 씨……."

"그거 걔 혼자 그런 거라고. 난 암것도 안 했다니까. 킹지 오께서 눈길만 휙 줬을 뿐인데 지 혼자 애기 영어 유치원 보내는 망상까지 하고 있는 걸 나보고 어쩌라는 거임? 이 래서 촌놈한테는 시선도 주면 안 된다구. 아휴, 피곤행."

"제가 그러니까! 눈빛 간수 잘하라고 말씀드렸는데……! 당신은 마성의 눈을 갖고 있다고 누누이 말했죠! 조금만 보고 있어도 풍덩 빠진다니까요!"

"알았어, 알았어~ 세상살이 힘들다 증말. 그 선글라스라도 내놔 보든가. 심 봉사 느낌으로 함 다녀 볼게."

"이건 안 됩니다. 저도 가려야 해서."

"옴마, 모지이? 이 셀럽인 척? 이제 보니 마스크까지 꼈네? 허얼."

"알아보는 사람들이 많아졌단 말입니다. 이쪽도 나름 톱 텐이라고요. 국내 한정이라 '세계'에서 노는 분에겐 같잖겠지만."

"저기요, 백 오빠 자꾸 뒤끝 부릴래?"

"……방금 뭐라고."

"뭐가."

"방금, 그, 하셨잖습니까."

"뭔 솔? 에혀, 타기 전에 뭐라도 사서 가야겠다."

"잠깐, 같이 가요, 지오 씨! ……견지오!"

고속버스 터미널 안.

서로 얘기하거나 각자 할 일 하면서 북적거리는 시민들 틈에 아무런 위화감도 없이 녹아들어 있는 그들.

허둥지둥 쫓아 일어나는 청년과 그런 그를 보며 피식 웃는 여자.

랭커, 헌터, S급. 그 모든 걸 떠나서 별다르지 않아 보이는, 같은 세상 사람이었다.

홍해야의 인기척을 느낀 지오가 돌아본다.

"오이, 왔냐. 동네 주민1."

"사람을 그렇게 부르지 마시라니까. 해야, 어서 와. 아침부터 내려오느라 피곤하겠다."

"이름 붙여 준 걸 감사히 여겨야지. 평범남한테 캐릭터 부여하기가 얼마나 어려운지나 앎?"

"하하…… 잘들 지내셨어요?"

홍해야는 기분이 이상했다.

옥신각신하는 두 사람의 모습을 보고 있으니, 며칠 전의 월계곡이 꿈만 같이 느껴졌다.

「눈이 좋긴 좋은가 봐. 응. 내가 '죠'야.」

그때 느낀 두려움은 절대 거짓이 아니었는데.

한 치 다름없이 똑같은 얼굴로 그녀는 전혀 다른 사람 같았다.

'착각이었나……?'

혹시, 이름값이 준 실체 없는 공포였을까?

워낙 오랜 시간 세상을 지배해 온 유명한 이름, 그 자체만으로도 '강력한' 이름이니까. 혹 그래서 그랬던 것은 아닐까?

잠시…… 그런 생각이 들기도 했다.

울산 별가에 도착하기 전까지는.

까악! 까아악-!

푸드드득, 까마귀 떼가 횃치며 지붕으로 내려앉았다.

날카로운 경계의 울음소리다.

삼족오三足烏와 달을 가문 상징으로 하는 홍가.

까마귀는 월계 홍가를 수호하는 영물이었다. 그런 그들

이 한 사람의 등장으로 일제히 깃을 세워 우짖고 있었다.

무거워진 공기, 옥죄여 오는 압박.

홍해야는 마른침을 삼키며 생각했다.

'착각…… 이었을 리가.'

발이 움직여지지 않았다.

그래서 문지기들이 앞을 막아서는 걸 저지하지 못했다.

두루마기 차림의 문지기들이 떨리는 팔로 가로막는다. 알지 못해도 느낄 수 있다. 그들 얼굴에 숨겨지지 않는 두려움이 가득했다.

"……절차입니다. 방문 목적과 성명을 밝히고 가주의 확인이 떨어질 때까지 기다려 주십시오."

방문자가 느긋하게 답했다. 글쎄.

"함부로 밝힐 수 없는 이름이라."

그대로 문을 지나간다.

투둑, 금禁줄이 끊어졌다.

딛는 걸음 하나하나마다 진법의 위였다.

정확하고 치밀하게 상대를 옭아매는 올가미.

환영진, 미로진, 흡성진 등. 허락되지 않은 침입자에 반응한 결계진들이 연쇄적으로 발동하고, 또 그와 동시에 부서지고 파훼당했다.

방문자는 주저 없이 직진했다.

누구에게도 허락받을 필요 없었으며, 누구의 걸음도 뒤

따라갈 필요 없었다.

그렇게 권위의 상징인 솟을대문을 지나, 은폐와 보호의 중문을 넘어…….

탁-!

"얘기는 들었다만."

대청마루.

이 고택의 주인이 자리한 곳, 바로 그 앞에 다다른다.

"난폭하기 짝이 없는 폭군이군."

홍고야가 잔을 놓고 일어났다.

"어서 오시게. 그렇잖아도 오늘 아침 점괘에 하늘 천 자가 보인다 싶었지."

하늘의 자리에 선 위엄.

천위天威는 예부터 하늘 아래 이 땅의 주인 된 자를 가리켜 온 말이었다.

한반도의 왕, 견지오가 집주인을 향해 삐딱하게 웃어 보였다.

·· ✦ ✳ ✦ ✳ ✦ ··

'장군.'

홍고야는 풍채가 대단한 노인네였다.

지오는 그렇다 쳐도, 백도현이나 주위 가문 사람들이나

다들 절대 작은 편이 아닌데 이 중에서 눈에 띄게 제일 컸다. 그리고…….

'……놀부.'

"왜, 차가 입에 안 맞나? 그럴 리 없을 텐데."

"……."

"아주 어렵게 구한 차거든. 입맛에 안 맞아도 주인의 성의가 있으니 더 마셔 봐."

심술궂은 표정으로 홍고야가 재차 권했다.

옆자리 백도현은 아무렇지 않게 홀짝대는 걸로 봐서 지오의 차에만 장난질을 해 놓은 게 분명.

'이게 설탕이야, 차야?'

지오는 떨떠름하게 잔을 내려놨다.

범의 인물평은 언제나 정확하다. 뒤끝 고약한 할매가 혀를 끌끌 찼다.

"하기야 어린애 입맛은 아니긴 하지."

"애 아닌데."

"호오, 몇 살인고? 참고로 이 몸은 여든이 가까우시다."

"……흠."

시동 걸던 지오의 눈썹이 일시적 안정을 되찾았다. 손톱만큼 존재하는 유교 혼이 사력을 다해 뜯어말린 결과였다.

백도현이 어색하게 웃었다.

"고야 님. 저번에 뵀을 때와는 좀 다르십니다."

"흥! 대접받은 만큼 대접해 줄 뿐이다. 그 진들이 어떤 진들인데."

"엥. 그럼 사람 오기 전에 문을 활짝 열어 두든가. 이름을 밝히라는 게 가당키나 함?"

"못 밝힐 것은 또 무엇인지. 쯔쯔, 비싸게 굴기는."

"앗, 죄, 죄송. 할모니는 순위 광탈해서 모르시겠지만, 톱 랭커들한테는 그런 게 있어서. 백 씨, 님은 알지 알쥐?"

"지, 지오 씨."

"뭣이, 지금 뭐라 한 게냐!"

"이여얼, 광탈이라는 단어도 아심? 저승 문턱 가까이 사시는 것치곤 되게 영 하게 사신다."

"죠……."

"놔, 놔 봐! 내 저걸! 너 이 요망한 것, 당장 너희 부모 데려와!"

"고정하세요, 대고모님!"

견지오 고유 스킬, 지옥의 탈유교 주둥아리 개문.

한옥 저 멀리로 유교의 혼이 날아가고 있었다.

"아무튼 뭐, 해타 일은 잘 들었어."

지오가 검지로 턱을 긁적였다.

몸값 흥정이었긴 해도 생전 모르는 사람한테 아쉬운 소리 해 보긴 처음이었다.

백도현이 이미 판교에서 딜을 해 둔 관계로 어차피 이곳에 올 가능성이 높았단 걸 생각하면 더욱 좀 그랬다.

'왠지 이중 거래한 중고나라 사기꾼 된 기분이라고나 할까.'

노인의 시선이 유심히 그런 지오를 향했다.

'고맙다는 말을 저렇게 하는 건가?'

"됐다. 싸게 친 게지."

홍고야는 시원스럽게 코웃음 쳤다.

"해타가 그 꼴 난 걸 알았으면 네 말이 아니었어도 가 보았을 터다. 사문이 망가지는 건 나 역시 바라지 않는 일이니."

타악. 쪼르르-

찻잔이 다시 찬다. 거친 생김새, 목소리와 달리 노인의 손길은 섬세하고 우아했다.

"왜, 신기한가?"

"언밸런스하긴 하네. 누가 봐도 술독에서 나고 자란 분 같은데, 안 어울리게 다도라니."

"죠, 제발……."

"젊을 때는 애주가였다."

홍고야가 픽 웃었다. 화마가 그녀에게 남긴 상처, 쇠 긁는 쉰 소리로.

"술 없이는 단 하루도 못 살았지. 저 괴상한 검은 탑이 나타난 이후론 더욱 그랬어."

도무지 닫히지 않는 하늘의 구멍.

하루가 멀다 하고 수없이 열리는 장례식. 코밑을 떠나지 않는 피비린내와 국화꽃 향기.

어제 알았던 이가 오늘, 그리고 내일 죽어 가는 하루들.

손과 얼굴에 가득한 흉터들이 쓰라리다. 흉터 어린 노장의 눈가가 애상으로 단단해졌다.

"노후를 대비할 나이에 참으로 치열히도 살았다. 내 인생 어느 때보다 열정적이었으며, 삶과 가장 가깝고, 또 삶과 가장 먼 날들이었지."

"……."

"그런 날에는 나 역시 너에 대해 궁금한 게 많았다, 마술사왕."

참 오만하기도 한 이름이었다. 왕이라니?

하지만 그보다 적절한 이름도 없었다.

1세대 헌터 홍고야는 하루아침에 변하는 세상을 누구보다 선명히 체감한 목격자였다.

빛을 잃었던 도시가 어떻게 색깔을 되찾아 가는지, 희망을 찾은 사람들이 어떻게 다시 일어나는지.

누구보다 확실하게 목격한 산증인이었다.

"수백, 수만 번 생각했다. 하루아침에 이 산지옥을 닫아 버린 녀석이, 그러고선 꽁꽁 숨어 버린 녀석이 과연 어떤 놈일까?"

머릿속에서 지워 낼 수 없었다.

그 강함에 경탄하기도, 그 강함에 원망하기도 했으니까.

모두가 간절할 때 돌연히 나타나, 모두가 열광할 때 사라져 버리는 마술의 왕.

내게 저런 힘이 있었다면 저러지 않았을 텐데, 로 시작한 의문은 어떤 자일까, 하는 의구심으로 귀결되곤 했다.

"은사자 그놈이랑 센터가 작정하고 감춰 대는 통에 도저히 알 순 없었지만."

홍고야는 지오를 응시했다.

수많은 세월과 감정이 담긴 눈이었다.

"이 긴 시간이 흐르고 나서야, 이제야 비로소…… 그대를 이렇게 내 눈앞에서 보는군."

표정 없는 얼굴로 그녀를 마주 보고 있는 견지오.

10여 년 만에 만난 '그자'는 생각했던 것보다 훨씬 작고, 어렸다. 뺨에는 풋풋하다 못해 앳된 티가 가득했고, 걸음에는 무게가 없었다.

모습을 보자마자 의심했으나, 눈을 보자마자 다시 확신할 수 있었다.

너로구나. 너였다.

"예전이었다면 온갖 것을 캐물었겠지. 어떻게 이리 어린지, 이렇게 어리면서 어떻게 그리 강한지."

"……."

"이젠 됐어. 그대가 어떤 사람인지는 더 이상 궁금하지 않네."

이렇게 만난 것만으로 만족한다. 그러니.

"그대와 나의 약속, 남은 우리의 약속만 잘 이행해 주게."

탁. 건네 오는 잔.

지오는 찻잔을 받았다. 이번 차는 전혀 달지 않았다.

홍고야가 주름진 눈매를 접어 웃었다.

"내 조카손녀, 홍달야를 만나 주겠나. 왕?"

·· + ✳ ✸ ✳ + ··

"아까처럼 막무가내로 깨부술 생각 말게. 그것들과는 결이 다르니까."

접부채를 손에 쥔 홍고야가 앞장섰다.

촥, 촤르륵!

겉으로 보기엔 아무런 변화가 없는 공간이었지만, 지오는 부채 소리가 반복될 때마다 뭐가 열리고 또 닫히고 있음을 고스란히 느낄 수 있었다.

'미궁이 따로 없네.'

거의 그 뭐더라, 그리스 신화에 나오던 소 머리 괴물 가둔 미궁급.

이 정도로 철저할 필요가 있나 싶었지만, 사정을 들어 보니 또 한편으론 납득도 갔다.

월계 홍가의 아이들.

홍고야의 말에 의하면 아이들 모두가 좋은 눈을 갖고 태어나는 건 아니란다. 또 그중에서도 '홍달야'라는 이름을 갖게 되는 아이는 극소수.

탄생 조건부터가 매우 까다로웠다.

같은 날 태어난 형제가 반드시 셋 이상이어야 하며, 그 중 한 명은 태어나자마자 필히 죽어야만 한다나?

「[세계를 보는 눈]에 딸려 오는 모든 부정한 것들을 떠안고 죽는, 일종의 제물이나 마찬가지라네.」

「헐, 존나 야만 그 자체.」

「어쩌겠나? 인간에게 허락되지 않은 힘을 탐낸 부작용이라 생각해야지.」

홍고야는 쓰게 웃었다.

그리고 그렇게 핏덩이 형제 '홍별야'가 죽으면…… 남은 아이들 중 한 명에게서 비로소 [세계를 보는 눈]이 개안開眼한다.

그럼 그가 '홍달야'.

다른 형제는 자연히 '홍해야'라는 이름을 갖게 되는 것이었다. 해와 달은 세트니까.

「하지만 이번 대에는 달랐네.」

홍고야가 고개 떨군 홍해야 쪽을 돌아보며 중얼거렸다.

「단둘뿐인 쌍둥이에게서 '홍달야'가 나타났거든.」

홍가의 모두가 경악했다.

모든 업을 떠안고 반드시 죽어야만 하는 '별야' 없이 발현한 홍달야.

전례 없는 일이었다.

가문 역사상 가장 강력한, 동시에 가장 위험한 '달야'의 탄생.

당장 아이를 죽여야 한다, 모든 '홍달야'들은 단명하는데 굳이 지금 죽여야 할 이유가 있느냐, 가문 내에서도 치열한 갑론을박이 이어졌다.

결과적으로 내려진 명은, 은폐隱蔽.

그러니까 이곳 울산 별가는 홍달야를 세상으로부터 숨기기 위한, 미궁이 맞았다.

아이를 지키기 위한 것이 아니라.

「내가, 나 홍고야가 아이를 맡겠노라 했지. 어차피 달야들은 오래 살아 봤자 20년이 아닌가? 그때까지만 내가 달야를 책임지고 돌보겠다고.」

이리 정을 붙일 생각까진 없었으나 사람 마음이란 게 뜻대로 풀리진 않는 법이라며, 홍고야는 씁쓸히 웃었다.

쭉 듣던 지오가 물었다.

「그래서 걔가 정확히 뭘 보는 건데?」

왜 위험하고, 또 내가 왜 필요한데?

그 질문에 홍고야는 주변 모두를 물렸다. 견지오와 그녀, 단둘이 남은 곳에서 대답했다.

「삼세계三世界.」

「그게 무슨 말─」

「과거, 현재, 그리고 미래.」

「……」

「달은 삼세계의 종말을 들여다보지.」

그리고 해에 대해선 아직 미지수이나, 별은 사멸을 부른다.

별야가 살아 개안하면 인세에 멸망이 도래한다고, 가문의 비록에는 그렇게 기록되어 있었다. 이번 대 달야는 바로 그 '별의 눈'까지 품고 태어난 것이다.

해서, 현재 그 눈을 절대 뜨지 않기 위해 자신의 온 생명력을 불태우는 중이었다.

「홍달야는 현존하는 유일한 '진짜' 종말의 예지자이며, 또 필사적으로 죽어 가고 있다네.」

「……。」

「그리고 그런 그 애가 어느 날부터 그대만 찾아.」

나와 해야…… 우리는 단지, 불쌍한 그 애의 말을 들어주고 싶을 뿐이야.

조모의 얼굴로 홍고야는 그렇게 이야기를 마쳤다.

탁, 탁, 타악-!

여러 겹의 장지문들이 일렬로 열린다.

훅 끼쳐 오는 죽음의 냄새가 불쾌하다. 안으로 발을 들이자마자 지오는 미간을 찌푸렸다.

그와 동시에 일어나는, 짧은 바람.

홍고야를 비롯한 이들이 놀라 지오 쪽을 돌아봤다. 백도현이 얼떨떨하게 물었다.

"뭘…… 하신 겁니까? 갑자기 숨 쉬기가 편해진 것 같은데……."

"걍 치웠음."

"아니, 그니까 그걸 어떻게, 마력으로 그런 것도 가능합니까?"

"엥. 당연히 안 되지."

"예? 그럼 대체 어떻게……?"

"마력으로 안 되니까 진眞 마력으로 하는 거지."

무슨 그런 기본적인 걸 묻느냐는 먼치킨의 얼굴. 한심해하는 표정이 얄밉기 그지없었다.

'이게 무슨밥 없으면 빵 먹으면 된다는 식의 발언이야……?'

마력보다 훨씬 근원적인 마력, '진기'를 끌어다 쓴다는 말을 아무렇지 않게 하고 있었다.

새치름하게 답한 마법사 끝판왕이 장지문 사이를 걸어간다.

종말이니, 사멸이니, 죽음이니…….

이래저래 어두컴컴하고 찜찜한 얘기들이었다. 게다가 그런 심해어 같은 애가 자신을 찾는다니.

지오는 알 수 있었다. 이거 딱 봐도.

'데드 플래그 각.'

계산기 두드려 보면 답이 딱 나왔다.

지금도 바로 옆에 있는 저 회귀자 놈, 최근 들어 계속 - 본의 아니게-저 자식의 먼치킨 조력자 포지션을 취하다 보니 배드 엔딩 각이 제대로 잡힌 거다.

'설마 회귀자 놈의 성장을 위한 거름으로 뿌려지는 건가? 나 죽고 각성하는 거야, 빛도현 이 개자식아?'

홍고야 얘기를 들으면서 그 생각에 울컥했던 것도 잠시.

지오는 곧 마음이 강처럼 평화로워졌다.

'이래서 사람은 지갑이 든든해야 어? 마음도 든든하고.'

인벤토리 한 칸에 곱게 놓인 [어린양의 성정].

그 따스한 성휘를 보고 있으면 어떤 고난도 뚫고 나갈 수 있을 듯한 자신감이 솟구쳤다.

'킹지오 라이프 두 개시라 이거야. 그지 깽깽이들아.'

다 덤벼.

부활 템을 백으로 둔 걸음이 위풍당당했다.

지오는 그렇게 고택의 가장 깊은 곳, 휘장 아래 침상 앞에 도착했다. 우두커니 서 내려다본다.

희게 튼 입술, 파리한 안색. 메마른 고목나무 가지 같은 여자애가 있었다. 숨 쉴 때마다 죽어 가고 있는.

홍달야가 천천히 눈을 떴다.

얕은 숨. 갈라진 입술을 달싹인다.

"……죠."

"어. 죠 님 등장이시다."

마지막 잎새 찍는 중인 그대를 위해 애타게 찾으신 갓죠 빛죠 킹죠 배달이요. 딸랑딸랑.

일요일 두부 장수처럼 견지오가 심드렁히 중얼거렸다.

'종말의 예지자', 홍달야.

지오는 우두커니 그녀를 내려다봤다.

미리 들은 스케일 어마어마한 얘기와 달리 홍달야의 눈은 그저 평범했다.

검은자위의 두 눈. 그냥 거리에서 흔히 보는 인간의 눈이었다.

"나를 찾았다면서."

"……네."

신음하면서 누운 몸을 억지로 일으키는 홍달야.

초조하게 지켜보던 홍해야가 깜짝 놀라 그녀를 부축했다.

"달야! 일어나지 마!"

'맞아. 걍 가만있어라. 툭 치면 당장 죽을 거 같아, 너.'

쌍둥이들의 눈물겨운 우애를 강 건너 불구경하듯 보고 있는데, 그럴 때가 아니었다.

몸을 일으킨 홍달야가 한 짓은…….

"뭐야. 왜 이래?"

지오의 옷자락을 꽉 부여잡는 일이었다.

물에 빠진 사람처럼.

태어난 이래 평생을 병상에만 누워 지냈다고 들었다. 잠들지 못할 정도로 고통이 심해서, 최근에야 성령초 덕분에 겨우 잠든다고.

'그런 애가 힘이 왜 이래?'

아픈 애를 떼어 낼 수도, 밀칠 수도 없어 어정쩡하게 서서 바라보는데 홍달야가 속삭인다.

"제 이름은, 홍달야예요."

"……."

"홍달야."

멈칫. 지오는 물끄러미 홍달야를 내려다봤다.

식은땀에 젖은 얼굴. 옷자락을 부여잡은 손.

당신이 해야 할 일을 하라, 마치 그런 눈빛으로 지오에게 호소하고 있었다.

'조건을 어떻게 아는지 모르겠지만…….'

뭐, 하라니까 해야지.

['라이브러리화' 발동]

[유일 진眞 화신 ― 견지오 권한 확인 완료]

[영역을 지정합니다.]

['홍달야'의 문서화를 진행하시겠습니까?]

[암호화된 영역이 많아 문서화 작업이 일시 중단됩니다.]

[다른 형식 열기로 임시 대체합니다.]

차라라라락―

그리고 그렇게 잠깐, 시야가 멀어졌다.

·· ✦ ✳ ✦ ✳ ✦ ··

프레임 적고, 오래된 흑백 영상들이 책장 위에서 차르
르 재생되는 느낌이었다.

거리감이 아득하다. 지오는 관객처럼 감상했다.

「안 돼─!」

「……」

「아, 안 돼. 아아, 제발, 이러지 마. 안 돼. 일어나. 일어나! 제
발……」

아아악!

비통한 울부짖음.

덕분에 잠깐 알아보지 못했다. 단 한 번도 저래 본 적이
없었으니까.

그런데 분명 견지오, 자신이었다.

깨져 널브러진 돌 조각들. 군데군데 피어오르는 연
기. 뿌옇게 바람 이는 폐허 속에서 핏물이 강처럼 흘렀다.

그 처참한 전경 가운데서, 그녀는 누군가를 부여잡고
흐느끼고 있었다.

「……제발. 왜 못 해, 왜! 다 하면서 이건 왜 안 되냐고! 또 나를 기만하지, 다시 나를 속이지, 개새끼야!」

주변에는 아무도 없고, 쓰러진 사람 쪽은 돌 더미에 가려 모습이 보이지 않았다.

상체를 웅크려 수그린 견지오가 중얼거렸다. 고통에 겨운 신음처럼 속삭였다. 사랑해.

「그러니까 가지 마, 제발……. 너 없이 내가 어떻게 살아…….」

무너지고 있는 뒷모습. 한 사람의 절망이 선연하게 보였다. 제 모습인데도 사무치도록 낯설었다.

「난 못 해. 단 하루도 안 돼. 돌아와…… 부탁이야, 나한테 돌아와. 응?」

머리카락이 길다. 즐겨 하는 단발이 아니라, 어깨를 넘어가 있었다.

지금보다 시간이 흐른 후일까?

거기까지 보고 지오는 다음 장면으로 넘겨졌다.

시야에 가득한 수증기, 한밤의 수영장이다.

얕게 찰박거리는 물소리가 들렸다. 이번에도 컷은 '견지오' 중심.

탁! 걸어가는 견지오의 어깨를 누군가 잡아챘다.

상대는 비스듬한 각도로 가려져 소리만 들린다. 지오가 전혀 모르는 목소리였다.

「어디 가. 매드독이 재미있는 걸 준비했던데.」

「관심 없어.」

「진짜 갈 거야? 어디 가는데?」

「너 따위한테 내 행선지도 말해 줘야 해? 많이 건방져졌네.」

「……키도가 난리 칠 거야.」

「우와, 정말? 꺼져. 그 미친놈이 난리 치든 말든.」

「그쪽 애인이잖아!」

「지랄하네. 키도한테 전하기나 해. 내가 박살 내 주는 건 뉴욕이 마지막이라고.」

대화를 나누던 그늘에서 견지오가 빠져나왔다.

입고 있는 것은 늘 걸치던 후드 티가 아니다. 지오는 흑색 코트를 걸친 자신의 모습을 낯설게 바라봤다.

그리고 다음은, 설원雪原.

눈보라가 휘날린다.

흑백이라 마치 한 폭의 장엄한 수묵화처럼 보였다. 온통 희고, 백지 같은 그곳에 자리한 단 하나의 흑점.

견지오다.

입술이 달싹이자 눈보라가 잦아들었다.

그러나 바람만은 계속 멎지 않고 있다. 견지오가 어깨를 떨며 웃는다. 뇌까렸다.

「놓지 못할 거였으면…… 갖지도 말지.」

공허하고, 망연하고, 위태위태한 얼굴.

지오는 순간 생각했다.

아.

죽는구나.

저 여자 저기서 죽는구나.

그와 동시에 화면이 빠르게 돌아갔다.

정신없는 전환과 컷들의 뒤엉킴.

어지럽다, 그렇게 생각한 순간에는 이미 다시 현실이었다.

[문서화가 완료되었습니다.]

```
/ 종류: 인물(자동)
/ 생성일: ××년 05월 01일
/ 위치: Archive > 사용자: 견지오 > 라이브러리
          > 일반(인물 일람)


· 이름: 홍달야
· 나이: 18세
· 등급: 미정
· 랭킹: 권외
· 성향: 위태롭게 용감한 몽상가
· 소속: 어스 — 대한민국
· 하위 소속: 월계 홍가
· 성위: ■■■■■
· 퍼스트 타이틀: 삼세계의 달
· 고유 타이틀: 관찰자, 종말의 예지자, 때를 준비하는 자,
          고집불통
```

완료 알림과 함께 문서 정보가 떠올라 있었지만, 확인할 정신이 없었다. 지오는 눈을 깜빡였다.

"······지오, 죠."

"······응?"

"괜찮으십니까?"

걱정스레 들여다보고 있는 백도현. 얼굴이 가깝다. 지오는 그가 제 등을 받치고 있음을 깨달았다.

"넘어지실 뻔했어요. 놀랐습니다."

그리고 빤히 바라보더니, 지오 쪽으로 고개를 낮춰 속삭인다.

"저번에 저와 처음 만났을 때 했던, 그거 하신 거 맞죠. 뭘 보셨습니까?"

"……나 혹시 기절 같은 거 했어?"

"아뇨. 잠깐 비틀대긴 하셨는데 그러지는……. 정말 뭐 이상한 거라도 보신 겁니까?"

……어어. 봤지, 봤어.

뭘 봐도 아주 제대로 봤는데…….

'이건 너무 봐서 문제다.'

대체 뭐지, 이 마라 맛 급전개는?

누가 죽고 흑화하고, 애인 만들고, 때려 부수러 다니고, 자살까지 하고, 무슨 난리가 나셨는데.

키도는 누구고, 매드도옥?

내가 아는 그 미친개 맞나? 그 랭킹 2위 국제 테러범?

서, 설마 이게 내 미래는 아니겠지. 저기요. 여보세요. 이거 좀 아니잖아?

'회귀자의 먼치킨 조력자인 줄 알았더니 흑화해서 배드 엔딩 찍는 악당이었습니다, 전개라니.'

이게 진짜일 리 없어.

단 몇 분 만에 최종 보스 후보로 등극한 킹지오가 당황해 원인 제공자를 찾았다.

그런데 잠깐, 저쪽 상태가······.

'아니, 쟤는 또 왜 저래?'

뭘 본 건 제 쪽인데 왜 님이 드러누워 계세요?

지오는 굳은 얼굴로 다가가 홍달야를 내려다봤다. 아까와는 비교도 안 되게 창백해진 낯빛이었다.

[당신의 성약성, '운명을 읽는 자' 님이 남은 수명이 못해도 절반은 깎였을 테니 오래는 못 살겠다며 한심해합니다.]

이 울산 홍가에 들어선 이후, 처음으로 울린 성위 메시지였다.

'왜?'

[성위, '운명을 읽는 자' 님이 건방지게 세계율을 위배했으니 당연한 결과지 않겠냐며 혀를 찹니다.]

[세계율]의 페널티. 성약성이 일러 준 답은 그랬다.

그리고 이어지는 메시지는 더 없다. 지오의 별님은 다시 침묵에 들어갔다. 하지만 견지오는 여전히 궁금한 게 남아 있었다.

"······어이, 홍달야 씨. 이보시오. 정신 차려 보세요."

"죠, 안 되겠네. 오늘은 이만하지. 달야 상태가 좋지 않은 듯하니."

지오의 눈썹이 와락 구겨졌다. 문제를 던져 주고, 정작 풀이는 조금도 안 해 주면 어쩌자는 건데?

그러나 그녀를 만류하는 팔들이 완강하다. 지오도 어쩔 수 없이 돌아서려던 찰나였다.

"……미래, 면서…… 과거예요. 그러니까 오지 않을 수도, 올 수도 있어요."

"……."

"그게 궁금하신 거죠……?"

헐떡이는 숨. 꺼져가는 목소리.

식은땀에 젖은 얼굴로 홍달야가 웃었다. 바스라질 듯 희미하게.

"……."

어리고 어리석다.

지오는 물끄러미 보다가 홍달야 쪽으로 가까이 고개 숙였다.

"야. 달야달야 홍달야."

"……."

"아까는 내 별님이 말해 준 거였는데, 나도 이제는 알겠어. 너, 계속 말하면 금방 죽을 거야. 확실히 느껴져."

"……."

"뭘 전하고 싶은지 잘 모르겠는데, 그냥 관둬. 솔직히 그렇게까지 알고 싶지는 않으니까."

지오는 상체를 물렸다. 이 정도면 알아들었겠지 싶어서.

하지만 아니었다.

홍달야, 위태롭게 용감한 몽상가는 마른 가지 같은 팔을 뻗어 다시 한번 지오의 옷자락을 부여잡았다.

시선이 마주친다.

그리고 견지오는 그 안에서 불꽃을 목격한다.

완전히 끝날 때까지 타오르는.

"탑으로 가세요."

홍달야가 열이 깃든 눈을 치떴다. 결코 평범하지 않은 눈이었다.

"바벨탑, 탑으로 가세요. 가서야 해요."

"뭔……."

"동생분이 위험, 해요."

마지막 말이었다.

까무룩, 그대로 홍달야가 넘어간다.

달야! 외치며 붙드는 주변 모습들에 넋 놓고 있던 지오가 흠칫 물러났다.

'뭐래…….'

진심 뭔 소리신지.

목에 건 [삼계명]은 여전히 조용하다. 그럴 리 없다.

이번에 밤비 복귀가 늦어서 이쪽도 나름 꼬박꼬박 확인하는 중이었다. 여기 오기 전에도 분명히 체크했는데.

지오는 찡그리며 목걸이를 쥐었다.

[거룩한 이와의 삼계명]

[— Second User: 견지록]

[위치: 바벨탑/한국 | 상태: 피로]

'아 씨, 놀라라.'

괜히 놀랐잖아.

'사람 깜짝 놀라게 하고 말야. 환자면 다야? 콱 씨.'

[당신의 성약성, '운명을 읽는 자' 님이 저기요 울 애기분, 이 오빠가 웬만하면 빠져 있으려 했는데 제품을 샀으면 설명서를 잘 읽어 봐야 하지 않겠냐며 성심껏 조언합니다.]

……네?

쎄하다. 미친 듯이 쎄했다.

지오는 왠지 모르게 떨리는 마음으로 후다닥 아이템 정보를 켰다.

설명이 유난히도 길었던 [거룩한 이와의 삼계명].

스크롤을 올리는 손가락이 점점 빨라졌다. 그리고…….

부가 옵션 그 아래로 쭉, 쭉 내리자 끄트머리 하단에 보이는 작고 옅은 글씨의 한 문장.

※ 사용자가 탑 안에 있을 시 상태 반영에 일정 시간이 소요될

······.

'주, 주의 사항 표시 사기!'

야 이······ 바벨 사기꾼들아.

누가 이런 거까지 자본주의화하래애애!

상술 피해자 견지오가 절망했다.

5

Q. 사장님! 탑 나들이를 즐기는 동생한테 선물하려고 샀는데 알고 보니 이 제품이 탑에선 먹통이라고 하더라고요. 제가 잠깐 착각한 거 같은데 혹시 환불 가능할까요? 아, 참고로 포장 벗기고 착용까지 마쳤습니다.

A. 안 돼. 돌아가.

Q. 개자식아.

'소비자 고발센터 전번 어떻게 됨?'

당장 내놔. 지오는 바들바들 떨었다.

물론 남들이 보기엔 지극히 평범한 목걸이라서 거의 공

짜로 득템한 것이기는 했다. 청담에서 수십억 지를 때 그 냥 가져가시라고 얹어 준 거였으니까.

그런데도 이토록 치미는 배신감은…….

'너무 이것만 믿고 있었어.'

패착이다. 지오가 한 손으로 턱을 감싸 쥐었다.

"현자도 나무에서 떨어질 수가 있다더니, 현자 그 자체 인 킹지오가 이런 대실수를……."

"그럴 리가. 39층은 디렉팅이 불가능할 텐데……."

옆에서 지오가 뱉는─평소와 같은─개소리를 가볍게 무 시하며 백도현이 중얼거렸다. 중고나라 사기당한 수준과 는 결이 다른 진지함이었다.

그에 정신 차린 견지오가 반문했다.

"디렉팅?"

"……외부에서 탑에 악의적으로 간섭하는 경우가 종 종 있습니다."

어물쩍 대답해 넘긴 백도현이 잇는 말에 다시 힘을 줬다.

"하지만 마의 9구간은 달라요. 9구간은 바벨의 영향력 이 막대한 층입니다. 해당 층대의 라스트 스테이지 같은 거니까요. 9구간에서는 성위의 힘조차 제한됩니다."

"그니까 님 말은."

"예. 적어도 제가 아는 '시간대'에서 지록이가 위험에 처 한 적은 없습니다. 물론 지오 씨도 아시다시피……."

소리 낮춰 말하던 백도현이 뒷말을 생략했다. 여기엔 그들 말고도 다른 사람들이 있으니까. 지오가 끄덕였다.

'이미 많은 게 바뀌었겠지.'

회귀자의 나비 효과.

지금 시간대에는 '회귀자'가 존재한다.

여기저기 혼자서 빨빨 돌아다니는 백도현이지만, 지오와 함께 바꾼 것만 해도 벌써 꽤 됐다.

원래라면 센터의 권계나를 비롯해 수많은 사람들이 죽었을 거라던 선릉역 사건부터, 마약팔이 마누미션 놈들까지.

"지오 씨. 어떡하실 겁니까. 홍달야의 말대로 움직이실 겁니까?"

"글쎄. 님도 나한테 뭘 알려 주려고 쟤 만나게 한 거 아냐?"

"아뇨. 아닙니다. 제가 부탁했던 건 다른 쪽이에요."

백도현의 시선이 방 한쪽을 향했다.

쓰러진 홍달야 옆에서 어쩔 줄 모르는 그녀의 쌍둥이. 그가 이 먼 울산까지 왕을 데려온 이유는, 바로 저 소년.

'황금률 홍해야……'

한국의 [디렉터]가 될 저 소년 때문이었다.

예지자 홍달야는 일찍 죽는다. 그게 정해진 숙명.

어떻게든 들이닥칠 그 죽음의 원인에 '죠'가 있어서는 안 되니 틀어지기 전에 바로잡아 둘 생각이었다. 하지만…….

백도현의 얼굴이 일견 서늘해졌다.

'키도…… 라고 했다. 분명히.'

비틀거리던 지오를 부축하려 등을 받쳤을 때, 순간적으로 그 입에서 샌 이름.

'무언가를 본 거야. 대체 뭘 봤을까.'

죠의 능력에 대해선 알 도리 없으나, 그녀가 상대에게서 무엇을 읽어 낸다는 것쯤은 충분히 짐작 가능한 사실이다.

또한 홍달야는 세상에 얼마 없는 진짜배기 예지자.

분명 백도현과 비슷하게, 혹은 그보다도 '아는 게' 많을 사람이었다. 백도현은 불안해졌다.

'죠가 키도를 만나선 안 돼.'

이번에도 빼앗길 순 없다.

꽉 쥔 그의 손등 위로 핏줄이 곤두섰다. 지오가 쳐다본다. 백도현은 다시 웃었다.

"……그리고 홍달야가 보는 게 다 진짜라는 법도 없으니까요."

"음."

"솔직히…… 예언가라는 자들이 얼마나 허황되고 실속 없는 빈껍데기인지 당신도 잘 알지 않습니까."

"헉. 쉬, 쉿. 좀 조용히 말하셈. 쟤네 듣겠다! 이분 왜 이래?"

"아. 죄송."

이 남자 가끔 보면 나보다 인성질 심하다니까. 투덜거린 지오가 양손을 주머니에 꽂았다.

"뭐 어차피……"

물끄러미 홍달야 쪽을 바라보며.

"나도 들을 생각 딱히 없었어."

종말의 예지자.

거창하신 그 타이틀을 떼어 놓고 보면, 그저, 생명의 불꽃까지 태워 가며 뭔가를 간절히 전하고자 했던 아이.

보여 준 영상들과 마지막 말, 또 그 의지는 분명히 인상적이었지만.

지오는 삐딱하게 고갤 틀었다.

'이건 내 인생이야.'

시간은 쉼 없이 흘러가고, 인간은 그 위를 변칙적으로 질주한다. 그리고 그 변주 가운데 가장 어디로 튈지 모르고, 존재감이 큰 불협화음.

'죠'는 바로 그 불협화음이었다.

"겨우 한 사람 뜻에 킹이 휘둘린다는 게 뭐 말이나 되나. 안 그래?"

발아래 우리 한반도가 꺼이꺼이 우시겠다.

난 나보다 약한 녀석의 말 따위 듣지 않는다. 견지오는 쿨내 풀풀 풍기며 울산을 돌아 나섰다.

-부대표님, 로비에 방문객이 와 계십니다.

"예정된 미팅은 없는데. 누구지?"

-바빌론에서 긴히 드릴 얘기가 있어 찾아오셨다고 합니다. 저희가 보기에도 화급한 용무인 듯해서요. 그래도 정식으로 시간 잡고 방문하시라 안내할까요?

'바빌론이라.'

"올려 보내."

길드 프런트에서 내린 판단은 믿을 만하다. 아무나 앉혀 두는 자리도 아니고.

아무나 쉽게 만날 수 있는 위치가 아닌 만큼, 신분 확인을 비롯해 저들 딴에도 보고할 만하다 싶은 일만 추려 내는 프로들이었다.

범은 의자의 등을 젖히며 단추를 하나 채웠다. 누군지 모르겠지만, 귀찮은 일은 아니었으면 좋겠다 생각하면서.

그리고…….

"……."

실로 오랜만에 할 말을 잃었다.

말문이 막힌 채 범은 눈앞의 방문객을 쳐다봤다. 입이 떼어지는 건 한참 뒤였다.

"대체……."

"……."

"대체 꼴이 그게 뭐지……?"

이마까지 푹 눌러쓴 후드, 다크서클이 짙게 내려와 거 뭇한 눈매, 가뭄처럼 바짝 메마른 입술.

며칠 새에 쾡해진 몰골로 킹지오가 손톱을 까득까득 물어뜯었다. 쉼 없이 중얼댄다.

"주, 주그면 어떠카줘……?"

"……"

"무무무슨 일이라도 생기면. 쉬바아알."

"그만해. 흑마술 쓰는 것 같다."

"고 눈에서 불꽃 튀던 마지막 잎새가 한 말이 진짜며언, 어? 진짜머어언. 우리 바, 바, 밤비…… 마이 부라더 따흐흑."

"……제발 알아듣게 말해."

프런트에서 왜 굳이 보고했는지 알겠다.

안 올려 보내면 큰일이 나도 단단히 난다 싶었겠지. 이 건 누가 봐도 주변에 심각한 우환이 생긴 애였다.

지오가 쾡해진 눈을 부라렸다.

"잠이 안 와."

"그래 보여."

"머, 머리도 못 감았어. 눈 감고 머리에 거품 내다가 뒤 돌아보면 밤비의 혼령이 날 쳐다보고 있을 거 같아서. 누 나아…… 누나아아……."

"슬슬 무서워지려고 하니 관둬."

허공으로 양팔을 뻗던 지오가 따흑, 소리 내며 얼굴을

두 손에 파묻었다.

울산에서 풀풀 풍겼던 쿨내는 반나절을 채 못 갔다.

[당신의 성약성, '운명을 읽는 자' 님이 그놈의 목걸이 좀 그만 만지라고 그러다가 닳겠다고 내가 하다못해 이제 목걸이 따위한테도 질투해야 하냐며 투덜댑니다.]

"닥쳐."

"뭐?"

"님한테 한 말 아님."

잠을 못 잤더니 제정신이 아니다.

성약성이랑 하는 대화도 계속 육성으로 튀어나와서 오는 길에 모세의 기적을 맛본 참이다. 수군거리던 사람들의 시선이 뜨거웠다.

「어어, 자기야. 나 1호선인데 진짜 1호선에 무서운 사람 너무 많은 거 같아.」

「쯔쯔, 어린애가 어쩌다가…….」

하지만 지오의 귓가엔 아무것도 안 들렸다. 그따위 수군거림에 연연할 상황이 아니었다.

울산에서 귀가한 날 저녁, 굳게 닫힌 밤비의 방문을 보자마자 벼락같은 깨달음이 지오를 강렬하게 스쳤다.

'쿨한 척은 존나 개뿔……!'

음침, 음울 그 자체인 마술사왕의 흑마술 쇼.

쭉 지켜보던 범이 검지로 미간을 문질렀다. 몹시 피곤했다.

"혹시 너, 이러는 게 밤비 때문이면 걔 들어간 지 아직 한 달도 안 지났다."

"구출팀."

"……뭐?"

"구출팀을 만들어야겠어."

핼쑥해진 견지오가 다시 안광을 쏘았다. 그 모습에 범은 몇 년 전 게이트에서 보았던 리치 킹을 떠올렸다.

'구출이 아니라 구마를 해야겠는데…….'

저러다가 누구 하나 잡겠다.

쯧. 범이 짧게 혀를 찼다.

"견지오, 브라콤도 적당해야. 팀? 다른 것도 아니고 견지록 구출팀이라…… 사람이 잘도 모이겠어."

"엥. 이미 모았음."

몇 분 뒤.

범은 지끈거리는 이마를 짚었다. 쟤가 왜…….

"……대체 바빌론의 초신성이 여기 왜 있는 거냐."

하, 하하. 백도현이 어색하게 웃어 보였다.

주인 쫓아 사지까지 따라가는 존잘 보더콜리의 환영이 그 위로 겹쳐 보인다.

자자. 손뼉을 쳐 그들의 주목을 끈 지오가 짐짓 다정한 얼굴을 꾸며 냈다.

"어디 보자아. 대장 견지오, 졸개 백도현, 보급 범. 그럼 구출팀 전원 모였으니 본격적으로 회의를 시작해 볼까?"

"……견지오, 누구 마음대로 은근슬쩍 껴 넣는 거지."

"쓰읍, 잡담은 금지. 엉? 진지하게 들으라구. 사안이 보기보다 심각해 지금!"

쾅!

박력 있게 마호가니 원목을 내려친 킹지오가 양미간을 일그러트렸다. 존나 카리스마 있었다.

"우리 밤비 구하기 팀 앞에 펼쳐진 시련은 만만치가 않아요. 초장부터 장애물이 떡하니 있다고. 대체, 응? 이미 시나리오 진행 중인 저 탑에 우리 셋이서 어떻게 들어갈 것이……!"

《견지오 님의 성약성, '운명을 읽는 자' 님이 성위 고유 권한으로 **바벨탑 입장 티켓(다인용)**을 발권합니다. 임의로 발급된 전용 티켓은 타인에게 양도할 수 없습니다.》

"……인가아."

…….

……어, 얼레.

[성위, '운명을 읽는 자' 님이 울 애기 필요한 게 이거였냐고, 하, 참 나 얘길 하지 그랬어 하하 웃습니다.]

[깜찍한 울 자기 내 능력 너무 무시하는 거 아니야? 이 오빠 그 정도 능력은 충분히 되는 남자야 외치며 가슴을 탕탕 칩니다.]

"……였는데."

그, 그건 지금 해결된 거 같아.

지오가 뻘쭘히 손을 내렸다. 괜히 손만 아팠네. 아야…….

"다인용 입장 티켓?"

허. 범이 입에 담배를 물었다.

살짝 질린 표정이다. 구를 대로 굴러 봤다는 회귀자 역시 당혹스럽긴 매한가지였다.

"그런 게…… 가능합니까? 성위가 영향력을 미치는 범위는 자기 화신에만 한정된 걸로 아는데요. 그게 바벨의 정해진 룰이고요."

바벨은 별과 인간을 잇는 중간 다리인 동시에 거름망이다. 예컨대 세상이라는 서버가 우르르 몰리는 힘에 다운되지 않도록 적당히 걸러 주는 관제탑.

별들은 그런 바벨이 공증한 [성약]을 통해서만 제 격을 행사할 수 있었다. 아무리 위대한 별이라도 예외 없었다.

하지만…… 빛이 있는 곳에 그림자도 있으니.

아무리 백날 선생님 여기서 이러시면 곤란하다 울상 지어도, 세상에는 내 알 바 아니라며 귀 후비는 밸런스 파괴

범 또한 존재하는 법.

[당신의 성약성, '운명을 읽는 자' 님이 세상의 룰 따위 이 몸의 초월적이고 위대한 사랑 앞에선 하찮은 먼지 쪼가리에 불과하다며 코웃음 칩니다.]

[울 애기 자기 보고 있나? 당신의 별빛 같은 눈동자에 치어스, 성약성이 그윽하게 위스키 잔을 들어 올립니다.]

'이 언니 한 건 했다고 신났네.'

"된대."

"어떤 원리로……."

"걍 된대."

"……."

들어라. 킹 가라사대 내가 걷는 곳이 곧 길이고, 제국이시다.

뭘 봐? 별수저는 당당했다.

세계관의 원리 원칙을 죄 무시하는 먼치킨(깽판) 작태.

봐도 봐도 적응 안 되는 막가파의 위용에 백도현이 순간 멍해졌다. 그 뒤로 범이 담배 연기를 뱉는다.

"그러려니 해. 진상 이해하려 해 봤자 상식인 머리만 아프다."

베이비시터 10년이면 노답을 방치한다. 만렙의 연륜이 묻어나는 조언이었다.

백도현은 약간 새삼스러운 기분으로 범을 돌아봤다.

마술사용 각련, 그 옅푸른 연기 속에서 미간을 문지르는 사내. 답답한지 담배 든 손끝으로 셔츠 단추 하나를 풀어내고 있다.

'범, 귀주鬼主……'

회귀한 이후로 처음 본다.

백도현이 기억하는 바에 의하면 끝의 끝까지 미스터리한 남자였다.

사자 은석원이 사망한 뒤, 모두가 예상한 대로 〈은사자〉는 범이 물려받았다.

준비된 계승자였던 만큼 〈은사자〉는 어떤 잡음도 없이, 아니, 젊고 노련한 새 수장의 지휘 아래 더욱 공고하게 자리 잡는 듯했다.

'그 우두머리가 사라지기 전까지는……'

최후는 알 수 없다.

살았는지, 죽었는지 아무도 몰랐다.

어느 날 돌연히 사라져 어디에서도 찾을 수 없었고, 수장을 잃은 길드는 결국 와해하였다……까지가 세간에 알려진 사실.

백도현이 마지막으로 범을 봤던 곳은 은석원의 장례식에서.

대대적인 국가장國家葬이었다.

모인 군중은 구름과 같았고, 영웅의 이름을 기억하는 모두가 광장 그 자리에 있었다.

'쵸, 얼굴을 드러낼 수 없는 한 사람만 빼고.'

백도현은 그날, 가장 앞줄에 우두커니 서 있던 저 남자의 등을 기억한다.

양옆에는 의전 서열에 따른 요직의 정치인들 및 유명 길드장들을 세워 둔 채, 그들 사이에 우뚝 선 사내는 왠지 모르게 섬 같아 보였다.

동떨어져 홀로 존재하는 섬.

"뭘 그렇게 보나."

"……아닙니다."

'낯설어.'

포마드로 대충 넘긴 머리칼이나 석상처럼 단단한 체격.

어디 유서 깊은 마피아 가문 출신처럼 위압적인 외견은 그대로인데……

저기요 님 방금 진상이라 하셨냐, 건들거리는 지오에게 그럼 아니냐, 툭툭 농담 뱉는 모습. 그리고 순간순간 비치는 눈빛 속 애정을 목격할 때마다 생경하기 그지없는 거다.

어딘가 기분이 좀 이상한 것 같기도 하고.

'무슨 사이일까……'

저도 모르게 백도현은 제 입가를 매만졌다. 굳어 있었다.

"아무튼 견지오. 생떼 그만 부려. 너라도 안 되는 건 안 돼."

"하…… 어떻게 사랑이 변하지?"

"말이 보급이지, 낯선 곳 가니까 시중 삼아 데려가려는 네 속 모를 줄 알아? 그리고."

범이 고개 숙여 지오의 콧등을 툭 쳤다. 낮게 속삭이는 목소리.

"입조심. '손님' 계신다."

'……손님.'

두 사람 원 밖으로 완전히 그어진 선.

백도현은 미미하게 웃었다.

이 기분이 뭔지 이제야 알겠다.

그는 저 남자가 미치도록 거슬리고, 또 싫었다.

··•✦✳✦✳✦•··

「제가 판단하기에도 저희 둘만 가는 편이 낫겠습니다. 길드 장급 인물이 또 움직이면 시끄러워질 거고, 뭣보다 목적이 목적인만큼 빠른 기동력이 중요하니까요.」

「음?」

「아. 악의는 없습니다. 아무래도 필드에서 뛰신 지 오래되셨으니까…….」

「생각 없이 멋대로 날뛸 수 없는 건 사실이지. 루키처럼.」

「딸린 식구가 많으면 무슨 일이든 망설임도 많아지는 법이고요.」

「책임감, 을 잘못 말한 듯싶은데.」

「하나만 올곧게 바라보는 게 책임감 아니겠습니까?」

「배짱보다 시야가 좁군. 올곧을수록 부러지기도 쉽지……
아. 이미 그런 지경이신가.」

표정이 굳는 백도현.

그를 일별한 범이 짧게 혀를 찼다. 어린애랑 유치하게
뭐 하는 짓인가, 하는 표정이었다.

지오도 자주 봐서 알고 있는.

쟤들 어디까지 하나 보자, 구경하고 있던 지오 쪽으로 고
개를 돌린 범이 픽 웃었다. 이번에는 살짝 멋쩍은 기색으로.

이어 말하길.

「걱정 마. 탑에서 시간이 걸리더라도 문제없게 해 두지. 전
부 핑계고, 결국은 그걸 말하러 온 거지 않나.」

음, 정답이었다.

이른 아침 견지오는 일어났다.

국 냄새가 온 집 안에 진동했다. 북엇국. 대한민국 대표
해장국이다.

'쯔쯔, 박 여사. 어젯밤에 소주를 무슨 태평양 향유고래
처럼 들이켜더니.'

역대급 연합 공략대가 탑으로 들어간 지도 어언 2주가
넘었다.

최단 기록을 세우는 게 아니냐 입 털어 대던 언론은 발빠르게 위기설과 실패 가능성을 들이밀기 시작했다.

어제 박 여사가 밤늦게까지 보던 프로그램은 《100분 토론》. 주제는 양대 길드장 미복귀 시 한국 헌터계에 미칠 여파였다.

말만 미복귀지, 사망설을 떠드는 거나 다름없었다.

지오는 습관처럼 목걸이를 쥐었다.

[거룩한 이와의 삼계명]

[— Second User: 견지록]

[위치: 바벨탑/한국 | 상태: 허기]

'배고픈 거 빼고 말짱하네.'

별님을 탈탈 털어서 사망이나 위급한 상황은 딜레이 없이 즉시 표시된다는 사실을 알아냈다. 그러므로 아직은 시간이 있다.

"흠, 국이 어마무시하게 짠데. 박 여사의 눈물 맛인가?"

"어휴. 엄마 피곤하니까 대충 좀 먹어."

"잘 먹었습니다아."

"왜, 한 그릇 더 먹지. 그거 갖고 돼? 애가 대체 누굴 닮아서 입이 이렇게 짧은지."

"나 좀 늦음. 연락받으셨지?"

"으응. 길드 특별 워크숍인가? H대 교수님도 온다며. 지오 너 잘 보여야 한다, 또 버릇없게 굴면 안 돼. 알았지?"

"네에."

운동화 뒤축을 툭툭 털어 신은 지오가 가볍게 현관을 나섰다. 그리고.

철컥, 차라랑-

등 뒤에서 다시 한번 풍령 소리가 울린다.

"어디 가, 언니?"

잠옷 차림에 슬리퍼도 채 못 신은 맨발.

막내 금희였다. 현관문을 조용히 닫으며 묻는다.

"워크숍 개뻥이잖아. 어디 가는데."

지오는 마당을 쭉 둘러봤다.

오래 지낸 곳인 만큼 삼 남매의 흔적이 곳곳에 묻어 있는 주택.

어릴 적부터 견지록은 승부욕이 참 대단한 놈이었다.

숨바꼭질하다 보면 저 혼자 뭘 폐가에 들어가 있질 않나, 나무 꼭대기에 올라가 늦게까지 돌아오지 않는 일이 부지기수.

그래서 그때마다 견지오는 가족들에게 말하곤 했다. 현관을 나서며, 지금처럼 돌아보며.

"우리 사슴 데려올게."

이 밤비 자식 또 밥도 안 먹고 놀고 있더라.

·· ✦ ✹ ✦ ✦ ··

[입장 자격을 확인 중입니다. Loading……]

[승인 완료 ― 각성자(S)]
[랭커 확인 ― 1위 '마술사왕' 죠]

[만류 천칭의 탑, 성지星地 바벨에 입장하셨습니다.]

《환영합니다, 견지오 님!》
《견지오 님이 전용 티켓(다인용)의 사용을 요청합니다.》
《올바른 권한 소유자. 견지오 님 외 1인, 승인 완료되었습니다.》
《원하시는 층수를 말씀하세요.》

"39층."

《39th 플로어. 메인 시나리오 ― 〈제4장 소금다리의 연인들〉》
《진행 중인 시나리오입니다. 중도 입장하시겠습니까?》
《확인. 견지오 님 외 1인의 예외 입장을 허가합니다.》

《성위 ― '운명을 읽는 자' 님의 권능이 일부 해방됩니다.》

《변동값 조정 실패. 메인 시나리오가 진행되는 특수 스테이지입니다. 성위의 권한이 일부 제한됩니다.》

【목소리 정도는 풀어 줘야지.】

《바벨 네트워크, 요청을 확인합니다.》
《승인. 수용합니다.》

【착하군.】

허공을 딛는 부유감과 멀어지는 소리.
그리고 다시 눈을 떴을 땐…… 백색의 대설원.
설국雪國이었다.

6

휘이이이이—
'뭔가 잘못됐다.'
백도현(인생 2회 차/25세/남/개천에서 난 용/전생 F급/유력한 집사 후보)은 생각했다.

탑의 변덕이 심한 건 사실이다.

같은 층, 같은 시나리오인데도 구조가 달라져 있거나 공략법이 바뀌는 경우가 더러 있었다.

하지만 그건 다른 층들의 얘기.

여기는 [마의 9구간], 탑의 척추인 '메인 시나리오' 스테이지였다. 외부 간섭이 막히는 것은 물론이요, 돌발적인 변화도 불가능. 그런데······.

휘이이잉-!

눈보라 속에서 백도현은 옷깃을 여몄다.

'······저번 39층의 미션 필드는 분명 학교였어.'

들어가진 않았지만, 똑똑히 기억한다. 당시 탑에서 나온 헌터들이 모두 교복 차림이라 장안의 화제가 됐으니까.

교복 입은 견지록이 신경질적으로 카메라를 밀어 치우는 장면도 유명했다. 몇 날 며칠 포털 메인을 도배했던지라 잊히지도 않는다.

〚······록 헌터! 견지록 헌터! 39층 공략 진심으로 축하드립니다! 호, 혹시 이 교복은! 애타게 기다리던 국민들을 위한 깜짝 이벤트인가요!〛

〚뭐라는 거야, 씨발. 저리 안 꺼져?〛

'그런데 이건 뭐지.'

백도현은 멍하니 눈앞 설산을 바라봤다.

무섭도록 아득한 백색. 설상가상 휘몰아치는 눈보라까지.

'……춥다. 그것도 엄청!'

이, 일단은 움직이자.

'죠부터 빨리 찾아야 해.'

시나리오 입장은 개별이다. 아무리 같이 들어와도 시간도, 장소도 각자 다르게 떨어졌다.

지오 또한 39층 필드가 학교라는 백도현의 이야기를 들어서 상당히 당황한 상태일 터.

어서 찾아야 한다! 백도현이 서둘러 발을 뗐다.

푹, 푸욱.

'……'

발은 뗐다.

속도가 나지 않아서 그렇지.

걸을 때마다 무릎까지 푹푹 박히는 깊이. 백도현은 굴하지 않고 헤엄치듯 눈길을 뚫었다. 오로지 지오를 빨리 찾겠다는 일념 하나로.

그렇게 한…… 30여 분.

쿠어어어어!

눈보라, 험한 설산…… 그야말로 클리셰. 뻔한 전개다.

'필드 몬스터, 곰이구나……!'

나올 때가 됐다. 턱까지 차오른 숨을 몰아쉬며 백도현은 인벤토리에서 검을 소환했다.

거리감이 가깝다.

눈보라로 시야 방해가 심해서 그렇지, 이 정도면 아마 3m, 바로 지척……!

"……."

"쿠어어어!"

'모, 모글리?'

"……거, 거기서 뭐 하십니까!"

휘이이이잉-.

"엥, 뭐야! 방금 백 집사 목소리 아녀! 야! 세워 봐!"

"그어억! 쿠오오!"

"아니, 하…… 안 위험하다고! 그럼 팔만 풀어 봐, 이 멍청한 곰돌아!"

일반 불곰보다 덩치가 수십 배는 더 되어 보이는 동물형 괴수. 자이언트 회색 곰의 품속에 소중하게 안겨 있던 생명체가 빼꼼 고개를 내밀었다. 진짜, 빼꼼이었다.

기웃기웃 이쪽을 확인하더니, 감격에 겨운 눈망울로 외친다. 마치 오랜 시간 야생에 갇혀 살다가 처음으로 동족을 만난 정글 소녀처럼…….

"사, 사람! 아니, 배, 백 집사아!"

"지오 씨……."

어째서 곰에게까지 안겨 다니시는 겁니까…….

·· ✦ ✳ ✴ ✳ ✦ ··

"사흘이요?"

지오가 고개를 크게 끄덕였다. 양 뺨에 서러움과 억울함이 가득했다.

어떤 배경, 어떤 종류인지에 따라 갈리지만, 시나리오의 입장은 대개 랜덤으로 이루어진다. 장소, 시간 모든 게 달랐다. 룰루랄라 손잡고 같이 들어가도 눈떠 보면 난 북쪽, 쟤는 남쪽에 떨어져 있는 웃지 못할 상황이 태반.

시간 쪽은 더욱 심했다. 운 좋으면 동시에도 들어가나 적게는 몇 초에서, 길게는 몇 개월까지 차이 나는 경우도 흔했다.

시나리오 안에서의 시간 흐름이 탑 바깥과 다르기에 가능한 일이었다.

듣기로는 일행과 만나는 데만 몇 년이 걸린 사람도 있다던가? 바벨도 양심은 있어서 노화처럼 탑 안의 특수성에 의한 것들은 나중에 싹 리셋된다지만, 그것도 탑을 나왔을 때나 가능한 얘기.

만나지 못해서, 기다리다가 늙어서 죽었다는 괴담 같은 게 아예 없는 일은 아니었다.

"님은 지금 오셨나 봐요(개자식아)……."

"아, 예……."

"좋겠다(좋냐, 시발)……."

'……뒷말이 전혀 생략되지 않고 그대로 들리고 있는데.'

눈보라의 기세가 그나마 덜한 동굴 안.

백도현은 휴대용 난로를 지오 쪽으로 더 가까이 밀었다. 부르르 몸을 떤 지오가 퀭한 얼굴로 노려본다.

"학교라며……? 교복 입는다며? 매점에서 맛스타도 사 주겠다며? 다 거짓부렁……."

"그게, 크흠, 아시다시피 요즘 세상의 변화가 참 빨라서 쫓아가기가……."

"비겁한 변명……. 구라 도현, 이승에서 남길 말은 그게 전부인가?"

그동안 즐거웠다, 회귀자. 순진한 킹지오를 우롱한 죄 저승에서 참회해라. 아디오스.

주섬주섬 마탄의 총을 꺼내려던 지오가 멈칫했다. 아 그렇지.

"님…… 성위 스킬 안 터진다는 것도 말 안 했더라? 진짜 요단강 앞에서 1회 차 백도현과 재회하고 싶으신 지? 3회 차 함 시작해 봐? 엉?"

생전 겪어 본 적 없는 혹한과 혹독함.

사흘간의 야생 체험으로 몹시 사나워진 모글리 지오가

눈을 살벌하게 부라렸다. 그 뒤에서 회색 곰도 덩달아 으르렁거린다.

"자, 잠깐. 오해입니다. 그건 분명히 말씀드렸습니다! 9구간은 성위 힘이 제한되는 스테이지라고요!"

"언제!"

"울산에서도, 어제 전화로도요!"

"뭔 개소리……!"

「하지만 마의 9구간은 달라요. 9구간은 바벨의 영향력이 막대한 층입니다. 해당 층대의 라스트 스테이지 같은 거니까요. 9구간에서는 성위의 힘조차 제한됩니다.」

"……는 아니징. 웅."

지오가 코를 훌쩍였다. 추웠다.

그래도 진짜 스킬까지 안 될 줄은 몰랐다며 코맹맹이 소리로 웅얼거리는데.

가만 보니 코끝도 발갛다. 안쓰럽게 바라보며 백도현이 위로했다.

"메시지조차 안 되니 말 다 했죠. 괜히 마의 9구간이라 부르는 게 아닙니다. 그런데…… 많이 추우십니까? 심하게 떠시는데."

"어어. 아냐."

"아, 그렇죠? 혹시나 싶–"

"걍 내가 아프리카 임팔라만큼 추위를 타고 시베리아 불곰처럼 더위에 약하고, 뜨거운 것은 질색하고 차가운 것은 뼛속까지 시려하는 보통 사람일 뿐."

뭐, 평균이지. 사람 사는 게 다 그렇지 않겠나? 허허.

킹지오가 아련하게 코를 훔쳤다. 이를 딱딱 부딪치고 있어서 더 불쌍해 보였다.

'⋯⋯뭐지, 이 도자기 인형은?'

일반인보다 배는 예민한 듯한 체질에 말문이 턱 막히기도 잠시, 백도현은 조심스럽게 입을 뗐다.

"아니⋯⋯ 온도 조절 마법이 있지 않습니까?"

그건 정말 기초 중의 기초, 기본 중의 기본이었다.

법사 계열이 아니어도 마력 좀 다룬다면 마협에서 파는 기초 키트와 우튜브 강좌를 통해 쉽게 익힐 만큼 초간단한 마법.

'설마⋯⋯.'

"혹시, 귀찮다고 기초는 다 건너뛰고 심화만 익히신⋯⋯?"

"⋯⋯."

"⋯⋯정말로요?"

"⋯⋯."

온실 속 먼치킨(주: 법사계 원 톱)이 어색한 인공 지능 로봇처럼 시선을 피했다. 기초⋯⋯.

"중요한가……? 자고로 마법사란 뭐, 잘 날아다니고 무기만 잘 쓰면 되지."

'개념부터가 아예 잘못됐잖아.'

입시 삼수의 근본적인 원인을 목격한 것 같다.

마법이란 본래 복잡한 탐구의 영역. 모든 마법사가 천재이진 않지만, 수재가 아닌 마법사는 없었다.

그 똑똑이들 가운데서도 제일가는 분께서 왜 삼수씩이나 하고 있는지 늘 의아했는데…… 방금 오랜 의문이 풀렸다.

'기초를 갖다 버렸구나……!'

백도현은 어색하게 웃었다.

"그럼 정말 상당히 추우셨을 텐데…… 여러모로 고생 많으셨겠네요."

하, 저기요. 지금 그걸 말이라고?

사흘간의 야생 서바이벌을 떠올리는 지오의 눈망울이 촉촉해졌다.

「에엥. 씨발, 이게 모여? 학교는 어디 가심? 백 집사! 야, 백도현! 이게 감히 겁도 없이 킹지오 통수를 쳐? 헉, 추, 추웟……!」

멘탈 바사삭 쪼개진 설국 입장부터.

「……서, 성냥 사요. 성냥 삽니다. 아무나 성냥 좀 파셈요.

불은 있는데 왜 타질 못해……!」

성냥 구매 소녀 견지오를 지나.

「확 운석을 떨궈……? 아, 아냐. 내가 무슨 소리를! 정신 차
려, 견지오! 정말 이대로 빌런 루트 밟을 셈이셔요?」

흑화 문턱 직전까지 갔다가 뒷걸음질하고.

「쿠오오오오!」
「……」
「쿠어어?」
「……」

툭, 툭툭.
반응이 없다. 죽은 것 같다.

「그어어어억!」
「……아니, 자암깐. 이럴 필요 없잖아. 헐. 나도 모르게 죽
은 척해 버렸네. 이래서 TV가 사람을 바보로 만든다고. 뭘 봐,
이 곰탱아! 빠샤!」

마침내 자이언트 불곰과의 운명적인 만남까지.

휘이잉, 거세게 이는 눈보라에 동굴 앞 나무가 흔들렸다.

반사적으로 불곰이 지오를 안아 든다.

몸을 푹 감싸는 모피. 따뜻했다. 백도현과 눈이 마주친 지오가 척 엄지를 들어 올렸다.

곰 가죽이요? 죽이지 마세요. 그냥 데리고 다니세요.

"울 테디랑 인사해. 성은 테디, 이름은 베어. 얘가 이래 보여도 참 말을 잘 알아들어요. 똑똑하다니까. 어떨 때 보면 사람보다 나음."

"아, 네……."

"물론 처음엔 약간의 훈육이 필요하긴 했는데, 잠깐이 야 뭐. 언젠가부터 음식도 지가 먼저 구해 오고, 이건 비밀인데 나를 무슨 애기 곰 비슷한 걸로 착각하는 거 같더라고. 하핫, 녀석…… 정성이 아주."

'곰이 현실 도피를 했어.'

조그만 인간한테 얻어맞는 현실을 못 받아들이고 스스로 자기 세뇌를 끝내 버린 동물형 괴수.

백도현이 묘한 동정심을 느끼든 말든, 아랑곳하지 않고 지오는 계속 모험담을 이어 갔다.

"아무튼 탑의 악명을 실감했다고나 할까. 테디가 없었다면 증말……."

【나는?】

흠칫. 지오가 살짝 어깨를 떨었다.

익숙해졌다 싶다가도 여전히 불시에 들으면 몸이 먼저 반응한다. 불가항력의 존재감이었다.

'……뭘 하셨다구.'

【밤마다 네 귓가에 속삭이던 자장가를 잊었느냐. 지난 사흘간 누가 고생하여 재워 줬는지 그새 잊다니.】

【깜찍하다고 해야 할지, 섭섭하다고 해야 할지. 응?】

'가만히 좀 있어요.'

그의 말이 맞긴 맞았다.

[라이브러리]는 안 열리지, 춥긴 더럽게 추운데 익힌 마법은 죄 전투 관련이지.

말로만 듣던 바벨탑 헬급 난이도에 식겁한 만렙 초짜를 내내 어르고 달랜 것이 바로 성약성.

이 혹독한 대자연보다 위대한, 견지오의 별이었다.

많은 걸 알려 주진 못해도 밤비 상태 정도는 공유 가능하다며, 날마다 무사하다 일러 주고 눈뜨고 잠들 때까지 옆에서 속삭이고…….

바람이 분다.

지오는 제 뺨에 닿았다가 사라지는 무형의 손길을 그대로 두었다. 이어지는 웃음 섞인 속삭임.

【내 고양이.】

"⋯⋯지오?"

"왜."

"아뇨⋯⋯. 갑자기 웃으셔서."

"내가?"

그럴 리가. 지오는 태연하게 곰에게 등을 기댔다. 아무 일도 없다는, 평소의 심드렁한 표정으로.

눈보라가 약간 잦아들었다.

움직이려면 지금이 낫겠다며 백도현이 길을 재촉했다. 시야가 제대로 확보되는 것만으로도 거동 범위가 확 달라진다.

「아무래도 메인 시나리오인 데다가 스케일이나 상황도 그렇고⋯⋯ 분명 어떤 스토리가 있을 겁니다. 그러면 우선 사람부터 만나야 해요.」

사람과 접촉해 이곳의 이야기를 들어야 한다. 그것이

공략을 여는 첫 번째 순서.

그리고 그 길에 당연히 견지록도 있을 테니까.

사박, 사박.

발이 푹푹 박히던 몇 시간 전과는 달랐다. 가벼운 걸음으로 눈 위를 걷던 백도현이 뒤쪽을 돌아봤다.

"길이 워낙 험해서 그런지 뭐가 없네요. 더 어두워지기 전에 머물 곳부터 찾을까요?"

"……."

"죠? 지오 씨! 무슨 문제 있으십니까?"

"……씁, 으응?"

빼꼼. 푹신한 곰의 품속에서 지오가 고개를 내밀었다. 자다 깼는지 눈이 게슴츠레했다.

"불렀어어? 흐아암."

"……."

물끄러미 그를 응시하는 곰의 눈빛이 따갑다. 마치 무슨 일 있는지는 나한테나 좀 물어봐라 이 새끼야, 라고 비난하는 듯했다.

백도현은 어색하게 한 손을 들었다. 어어, 그래. 테디…… 수고가 많다.

"뭔데? 뭐 좀 찾았어?"

"아뇨. 해가 져서 힘들 듯합니다. 이쯤 하고 일단……."

그 순간, 둘의 목소리가 멎는다.

백도현이 말을 멈추고, 지오도 하품을 거뒀다. 시선이 마주친다.

둘 다 느꼈다.

'살기殺氣!'

키익, 킥…….

숨죽인 웃음소리였으나 이쪽에겐 그 정도로 충분했다. 백도현은 차분하게 형세를 파악했다.

수는 대략 예닐곱. 중형 마수.

지형은 불리하다. 사방이 뚫려 있다.

언제 어떤 방향에서 달려든다 해도 이상하지 않은 상황.

백도현은 아래로 팔을 늘어트렸다. 허공을 조용히 움켜 쥐자 그의 손안에 소환되는 검 한 자루.

시선은 정면. 후방은 걱정할 필요 없다. 거기까지 걱정 하면 오만이라는 걸 백도현은 안다.

'수세守勢는 갖췄다. 와라.'

그대로 하염없이 수십 초가 흐른다. 뒤에서 짜증 섞인 중얼거림이 들렸다.

"……뭔 기미 상궁임? 간만 보고 왜 안 와?"

저도 모르게 백도현이 실소하는 찰나.

투, 투둑.

적은 생각보다 교활했다. 소리에 흠칫한 백도현이 반사 적으로 절벽 쪽을 올려다봤다.

'눈……!'

무너지는 눈사태. 견지오의 머리 바로 위쪽이다.

"죠!"

"캬아, 키아아악!"

백도현이 다급히 외치는 것과 동시에 사방에서 달려드는 마수들. 지오가 시니컬하게 웃었다.

"알아. 누굴 걱정……!"

푹.

…….

"지, 지오 씨−!"

쿠어어어!

걸음아 나 살려라, 저 멀리 도망가는 자이언트 불곰.

그리고…… 하얀 눈 속으로 거꾸로 푹 처박혀 두 다리만 보이는 마술사왕.

갑자기 벌어진, 정확히는 겁먹은 불곰이 뒤엎고 간 깽판에 백도현의 사고마저 멍해진 혼돈의 그 순간.

화아아아!

"[빛이여!]"

정말로, 빛이 나타났다.

"……죠, 죠죠 니이임?!"

·· ✦ ✳ ✦ ✳ ✦ ··

해가 저문 설산.

달려드는 마수들은 인간형의 무엇이었다. 얼굴 외형은 분명 사람이건만 목과 팔다리가 기이하게 길었다.

'아주 오래 악령에 씌어 시달린 사람 같다.'

네 발로 달려오는 그들과 눈이 마주친 찰나 백도현은 생각했다. 그리고 어쩌면 그 생각이 맞았을지도 모르겠다.

"[빛이여!]"

저 주문을 안다.

헌터라면 누구나, 또 바벨 시대를 살아가는 사람이라면 누구나.

진부하기 짝이 없는 부름이었지만, 진실로 어둠 속에서 '빛'을 가져오는 약속의 언어.

성력 특화 계열, 기본 구마驅魔 주문.

[빛의 부름].

화아아악!

멀리서 들려오는 말 울음소리.

이랴! 짧지만 당찬 호령. 흰 말을 타고 설산을 가로지르는 빛의 등불을 쥔 여자.

긴 다갈색 머리카락이 북풍에 휘날렸다.

"키에에엑!"

마수들이 몸부림친다. 달려오는 빛이 어둠을 밝히는

만큼 그들도 범위 밖으로 빠르게 밀려나고 있었다.

백도현도 들은 적 있다.

비록 같은 전장에 서 본 적은 없지만, 한국의 '고요한 밤'은 단 한 마디로 악을 내쫓곤 했다고.

역사 속 모든 '위대한 힐러'들이 그랬듯이.

"괜찮으세요!"

대한민국 유일의 더블 A급 힐러.

1회 차 이명 '고요한 밤'. 그리고 이명보다 더욱 유명한 또 다른 별명은…….

"어, 도현 씨?"

광신도狂信徒, 나조연.

극적으로 등장한 나조연이 당황해 고삐를 당겼다. 푸르릉. 말이 거칠게 투레질한다.

"도, 도현 씨가 여기 어떻게……?"

"그게, 아!"

워낙 순식간이라 몇 초 지나진 않았을 것이다. 그래도 백도현은 화들짝 놀라 뒤를 돌아봤다. 깜빡 잊었던……!

그에 나조연도 사고 현장을 목격한다.

백색 눈 동산에 거꾸로 푹 박혀 있는 무언가의 두 다리……. 광신도의 세포가 빠르게 돌아갔다.

뜬금없는 백도현 난입부터 미치도록 눈에 익은 쁘띠빠띠 사이즈의 두 발, 저 운동화…….

"지……!"

"죠, 죠죠 니이이임?!"

본능이 이성보다 훨씬 빨랐다. 달려가던 백도현을 어깨빵 놓은 나조연이 허겁지겁 앞질러 뛰쳐나갔다.

"……."

"세, 세상에! 이게 무슨! 크흑, 괜찮으신가욧! 저, 저를 잡으셔요. 아, 아니면 안기셔도…… 어머나, 어떡해! 많이 추우시죠오. 세상에나."

팟, 파앗-!

연속으로 갈겨지는 성력 주문들. 쉽 없이 터지는 빛들이 거의 폭죽놀이 수준이었다.

'무슨 최전방 구호소냐……?'

눈에 젖어 달달 떠는 휴먼 고양이와 껴안고 사심 채우느라 바쁜 힐러.

묘하게 익숙한 장면이다…….

몇 걸음 떨어져 보던 백도현이 한숨을 내쉬었다. 그리고 재킷을 벗으며 그들 쪽으로 다가갔다.

【그렇게 기초부터 익히라 말하지 않았느냐. 들은 척도 않다가 결국 자발적 너프라니, 기가 차서 원.】

'시끄렁.'

눈사람 지오가 코를 훌쩍였다.

어깨에는 백도현의 재킷과 나조연이 허겁지겁 둘러 준 모포 두 겹까지. 거의 천 뭉치나 다름없는 꼴이었지만, 그래도 으슬으슬했다.

'테디 베어 자식······.'

너어······ 두고 보자. 다시 만나면 핏빛 복수 축제를 열어 주지. 머리부터 발끝까지 모조리 냉동 곰 육포로 만들어 주마.

"저어, 죠죠 님. 이것 좀 드셔 보세요. 급하게 끓인 거라 입맛에 맞으실지 모르겠지만······."

"잠깐만요, 조연 씨. 뜨거운 건 잘 못 드십니다. 그냥 저한테 주시죠."

"······무슨 개소, 아니, 왜, 왜요? 설마 도현 씨가 먹게요? 이거 귀한 거예요."

"예? 아뇨, 설마요. 당연히 제가 식혀서 드리려고······."

"뭐, 뭐욧! 이 남자가 돌았나! 어디서 내 이벤트를 가로채! 이 양심은 개나 준 자식!"

"난폭한 성격은 여전하네요. 이런 건 당연히 '오래' 본 '편한' 사이의 '가까운' 사람이 하는 겁니다. 대체, 이런 기본까지 설명해 줘야 한다니······."

"너, 너 그 우월감과 동정심 섞인 눈깔 저리 안 치웟! 절레절레하지 말라고!"

'시끄러워……'

40차 튜토리얼 조합.

(누구 덕분에) 나란히 수석과 차석이셨다. 화성 훈련소에서 같이 합숙했다더니 예전보다 친해 보인다.

지오는 나조연을 뜯어봤다. 새삼스러운 느낌이었다. 그 후로도 계속 봐 온 회귀자와 달리 이쪽은 정말 오랜만이었으니까.

'그 드라마 오타쿠 밑으로 들어갔다는 얘긴 들었지만……'

탑 안에 들어와 있을 줄이야.

그럼 밤비 구출하러 안 왔으면 애도 못 돌아왔다는 건가? 흠.

'아까운 애를 잃을 뻔했네.'

지오는 몸에서 힘을 빼고 뒤로 더 기댔다. 빤히 올려다보자 나조연이 생긋 미소 짓는다.

극적인 타협 끝에 수프 떠 주는 놈은 백도현, 그동안 뒤에서 부축(백허그)은 나조연이 하기로 합의한 상태였다.

"왜 그러세요?"

"아니, 걍. 예뻐져서."

"저, 저, 정말욧!"

"나조연 씨, 가만히 좀 계세요. 흘립니다."

"크흑! 개자식……!"

21세기 술탄이 따로 없다며 별님이 웃는다. 지오는 못

들은 척했다.

타, 타닥.

벽난로에서 불씨가 튄다. 빈 그릇이 탁자 위로 쌓이고, 늦은 저녁 시간의 대화는 조용히 이어졌다.

"그럼 조연 씨는 여기 온 지 일주일쯤 된 겁니까? 아직 아무도 못 만났고?"

"음, 네. 제가 세어 본 날짜로는 그래요. 두 분은 어쩌다가 여기에 계세요?"

"……그, 중도 입장했습니다."

"네? 프리 패스요? 어떻게, 아니, 왜, 왜요? 아껴 뒀다가 다른 데 쓰시지, 왜……."

눈이 동그래진 나조연.

부르는 게 값이고, 누구나 열망하는 조커 패를 왜 여기 썼는지 진심으로 어리둥절한 눈치였다.

백도현은 머그잔을 가만 쥐었다. 다시 그녀를 부르는 목소리는 나지막했다. 조연 씨.

"탑 바깥은 지금 4월이 된 지 오래입니다."

"……네?"

"거의 한 달이 지났어요."

"그게 무슨……?"

"조연 씨는 운이 좋아 일주일 정도 됐지만, 같이 들어온 사람들은 어쩌면…… 그 몇 배의 시간을 여기서 보냈을지도 모릅니다. 제가 볼 때는 매우 높은 가능성으로, 조연 씨가 '마지막' 입장 같거든요."

적막이 내려앉는다.

슬슬 상황이 이해 가는지 나조연은 낯빛이 창백해졌다. 백도현이 거기에 마침표를 찍는다.

"예. 우리는 구출대입니다."

챙!

벌떡 일어난 나조연의 움직임에 그릇끼리 부딪친 소리였다. 지오는 깨닫는다. 저건, 단순히 시간이 많이 지나서 놀란 얼굴이 아니다.

"위, 위험해요. 그럼 내일부터라도 당장 움직여야……!"

"그래서 말인데."

그 긴장감을 깨트리는 느긋한 목소리.

두 사람의 시선이 돌아간다. 침상에 비스듬히 기댄 지오가 무표정으로 문 쪽을 턱짓했다.

"대체 네 뒤의 저것들은 뭐야?"

끼이익.

마법사의 손짓에 문틈이 벌어진다. 사이로 드러나는 것은…… 일곱 명의 아이들.

전부 '똑같은 얼굴'을 가진 아이들이었다.

「……이곳은 죽은 땅이에요. 아주 오래전에.」

39층 연합 공략대 총 인원 스물.

그중 길드 〈D.I.〉 소속 AA급 헌터, 나조연.

눈뜬 시각은 일주일 전.

깨어나 보니 그 어느 곳에서도 생명력이 느껴지지 않았다며 힐러는 이야기를 시작했다.

「아까 산에서 마수들 보셨죠? 그걸 이 애들은 '인간 사마귀'라고 불러요.」

「……인간?」

「네. 원래는 전부 이 설국의 사람들이었대요.」

설산에서 나조연이 지오와 백도현을 구조해 데리고 온 곳은 한 마을이었다.

규모가 그리 크진 않아도 있을 건 다 있어 보였지만, 딱하나. 사람의 흔적만은 없던 빈 부락.

「자세한 사정은 저도 모르겠어요. 그런데 해가 저물면 그 '사마귀'와 비슷한 것들이 깨어나서 마을로 몰려와요. 그럼 덮쳐진 사람들도 그들과 비슷한 모습으로 변하는 거죠.」

「꼭 좀비 바이러스 같네.」

「비슷해요. 그래서 그런지 면역법도 있는 것 같아요…….
이 설산에서부터 내려오는 〈소금강〉. 그곳 강물을 마신 사람
에게는 저주가 찾아오지 않는다고 하더라고요.」

「그 강 지금 어딨음?」

「자, 잠깐만요, 죠죠 님! 그 강이 제일 무서운 거란 말이에요.」

강물을 마신 사람들은 예외 없이 저렇게 변해요.

어려지고, 똑같은 얼굴로…… 마치 누군가를 닮아 가는 것
처럼. 점점 내가 아닌 다른 '누군가'가 되어 가는 거예요.

그 과정에서 자기 이름도, 심지어는 자기가 누구인지조차 잊어
버리고 한 사람의 모습으로 변하면서 계속, 계속 어려지는 거죠.

「사람이 계속 어려지면…… 마지막엔 어떻게 되겠어요?」

강물에 입을 댄 자들은 모두 죽었다.

계속된 퇴화 끝에 한낱 먼지로 돌아갔다. 그리하여 남은 자
가 겨우 일곱 명. 나조연이 이 마을에서 만난 아이들이었다.

그들조차 '기억'하고 있는 것이 이것뿐이라고, 저주의
시작이 뭐였는지도 잊어버렸다고 한다.

내내 조용히 듣던 백도현이 물었다. 어두운 표정으로.

「아무도 기억 못 한다면 그럼 공략은…… 대체 퀘스트는 누가 줄 수 있는 거죠?」

"저는 에프예요. 제일 많은 걸 기억하고 있어요."

이름은 모두 잊어버렸기에 그저 알파벳. F부터 L까지.

다른 알파벳은 전부 죽었다.

또한 같은 얼굴이기에 서로를 구분하기 위한 것이라며 에프가 'F'라고 조각된 펜던트를 들어 보였다.

에프는 그들 모두가 같은 마을 출신은 아니라고 설명했다. 〈소금강〉이 흐르는 강줄기를 따라 자연스럽게 이곳으로 모인 거라고.

"소금강은 얕아서 많은 곳으로 흐르지 않거든요. 좀 가물가물하지만…… 쭉 따라가다 보면 '소금다리'라고 큰 다리가 하나 나올 거예요."

가장 큰 강줄기가 위치한 곳.

아마 〈소금다리〉 근처에 가면 더 많은 사람들이 있을 거라며 에프가 눈을 반짝였다.

검은 곱슬머리와 주근깨, 새치름한 눈매.

가장 나이가 많아 보이는 에프는 열네 살 정도. 나머지는 그 아래로 보였다. 모두 많이 어렸다.

밤이 깊었다.

내일의 목적지는 정해졌다.

어느 정도 대화가 마무리된 듯하자 아이들은 잠자리에 들고, 백도현은 잠시 마을을 둘러보겠다며 나갔다.

"여기가 가장 큰 방이에요. 방은 여러 개라 충분해서, 혼자 쓰시면 돼요."

"흠, 다행이네. 다닥다닥 붙어서 잔다고 했으면 다들 강제 야외 취침해야 했을 텐데."

모포를 뒤집어쓰고 앉은 지오가 심드렁히 중얼거렸다.

불을 지핀 벽난로 앞. 향하는 시선은 그 위, 박제된 사슴 머리 쪽이다.

'중세 컨셉 오졌다. 바벨 자식 엄청 진심이네.'

근데 왜 찝찝하게 사슴이고 난리신지? 해보자는 건가?

지오의 농담에 작게 웃어 보이던 나조연이 몸을 일으켰다. 정리가 끝난 침구는 가지런했다.

"자, 다 됐다. 그럼 푹 쉬세요."

"도비."

"네?"

타닥, 타닥. 불씨가 튄다.

지오는 물끄러미 일렁이는 불꽃을 바라봤다.

"너 말이야. 왜 계속 여기 있었음? '소금다리'라는데, 누가 봐도 거기가 메인이잖아."

바벨탑 39th 플로어, 메인 시나리오 〈제4장 소금다리의 연인들〉.

바벨이 가리키고 있는 방향은 시나리오에 입장한 각성 자라면 누구나 알 수 있을 만큼 명확했다.

하지만 나조연은 이곳을 떠나지 않았다. 밖에서 온 구출대가 당도할 때까지.

정적은 아주 잠깐이었다.

차분하고 고요한 목소리로 나조연이 답했다.

"밤이 오면 괴물들이 와요. 잠 못 드는 아이들을 악몽으로부터 지켜 주는 게…… 어른인 거잖아요."

"……."

"헌터, 치곤 너무 미련하죠?"

"응."

"하핫. 어서 주무세요. 내일 아침 일찍 떠나야 하니까 피곤하실 거예요."

"나조연 씨."

"……네?"

"내가 누구인지는 안 궁금하고?"

왜 여기 왔는지, 어떻게 왔는지, 또 누구인지.

40차 튜토리얼이 끝나자마자 랭킹이 갱신됐다.

월드 랭킹 업데이트, 행성 대표 교체였다.

단순한 우연이라 여기기에는 지나치게 공교로운 타이밍. 그 자리의 관계자였던 나조연은 의심해도, 의문이 생겨도 마땅하다.

그러나 지금 이 순간까지도 던져진 질문은 없었다.

지오가 돌아봤다.

벽난로의 불빛들이 고스란히 그 눈 안에 담겨 있다. 나조연은 홀린 듯이 대답했다. 네…….

"궁금하지 않아요."

"……."

"언젠가, 답해 주시는 게 아니라…… 알려 주시길 기다리고 있으니까."

가장 신실한 신도가 웃었다. 상냥한 미소였다.

달칵.

나조연이 문을 닫고 나간 방.

지오는 다시 벽난로 위 사슴 머리를 바라본다. 몸의 감각이 이상하게 나른했다.

둘만 남자 약속한 듯이 그가 다가왔다. 이마로 내려앉는 손길.

【견지오.】

【너 아픈데.】

"……말이 돼? 도비가 성력으로 거의 샤워를 시켰는데."

【세이프 존으로 가겠느냐. 길은 이쪽에서 열어 줄 터이니.】

"힘 다 막혔다면서 그런 건 되나?"

【장단에 맞춰 주고 있을 뿐. 네 허락만 있다면 내 불가능한 것이 무어 있을까.】

'운명을 읽는 자'가 속삭였다.

【허락해 봐, 나의 화신.】
【당신의 성약성이 어디까지 갈 수 있는지 기꺼이 보여 주지.】

모든 것을 내려다보고, 오로지 단 하나만을 올려보면서. 지극히 오만하고, 자상하게.

[세이프 존Safe Zone].

공략의 중도 포기가 가능한 안전지대를 말했다.

별은 지금 탑을 나갈 것을 은근히 종용하고 있는 거였다.

틈만 나면 탑으로 가라, 염불을 외시더니 웬일. 지오는 모포를 여미며 시큰둥하게 대꾸했다.

"싫어. 당신의 견지오가 존나 사양합니다."

잘난 성위께서 '세상의 룰 따위 개나 줘' 혹은 '바베엘? 야 오빠가 귀여워서 함 놀아 준다ㅋ' 모드로 나오는 건 새삼스러운 일도 아니다.

입만 가볍게 털어 대는 게 아니라 실제로도 그랬다.

멋대로 열어 대는 성흔부터, 엄격히 제한된 현실 간섭도 저 꼴리는 대로 해 대고. 지오 또한 어릴 적부터 알아차렸던 사실이다.

아, 내 별님은 '기준'에서 벗어나 있구나.

남의 집 별들과 다르구나.

하지만 기준을 벗어난다는 것은 여러 의미로 해석되는 법이다. 지오는 그것 역시 어릴 때 깨쳤다.

각성으로 눈이 열리고, 미지의 감각이 일깨워지며 눈앞에 새롭게 열린 세상……

손짓에 따라 출렁이는 세계 마력世界魔力과 숨 쉴 때마다 요동치는 체내의 진眞 마력을 느낀 순간, 아홉 살의 각성자, 세기의 천재는 생각했다.

'21초.'

지금 누워 있는 이 대학 병원을 먼지 더미로 만들기까지 소요될 시간.

무의식적인 계산이었다.

스킬이나 주문 같은 걸 애써 익힐 필요도 없었다.

그냥 그런 게 '가능'했다.

멀쩡한 세상이 하루아침에 토이 월드로 전락한 기분을 누가 알아줄까?

그렇게 사람과 세상을 있는 그대로 바라보기가 어려워 지면서, 아이의 눈이 점점 심드렁해질 무렵……

불시에 들이닥쳤던, 마력 폭주 현상.

피에 젖은 범과 면전에서는 웃으면서도 그 아래 깔린 두려움을 감추지 못하는 센터 사람들. 그 모든 것을 겪으면서 어린 지오는 깨달았다.

'기준에서 벗어난 것은 위험해.'

S급 '괴물' 견지오의 비공식 훈련은 중학교 졸업 때까지 이어졌다.

다년간 노력했던 부분은 오로지, 가진 힘에 대한 컨트롤.

단 한 번도 더 강해지고자 노력한 적 없다.

견태성을 보면서 약한 것이 얼마나 쉽게 사그라지는지 배웠다면, 강한 것이 얼마나 쉽게 망가트리는지 스스로를 보며 배웠으니까.

성위도 별반 다르지 않다.

어떤 의미에서는 가장 위험하다고 봐야 했다.

심지어 이 우주급 깡패는 세상이 돌아가는 기준마저 단 한 명의 인간에게 두었다.

지오를 제외한 전부를 흐릿하게 지워 버리는, 맹목적인 편애. 조금도 다른 데에 걸쳐져 있지 않았다.

그런 자의 말을 무작정 다 들었다간, 이 세상 뭣 되기 십상.

벽난로 앞. 지오는 턱을 괬다. 목소리는 낮았다.

"꼬드기지 마. 시나리오에 억지로 난입해서 뭐 하시게요?"

【꼬드기다니. 바벨의 잔재주가 거슬렸을 뿐이거늘.】

"장단 맞추기로 했으면 걍 해. 바벨한테 밉보여서 페널티 받을 생각 말고. 이 구역 망나니는 나 하나로 족해."

【보면 은근히 보수적인 거 아니냐.】

"원래 어딜 가나 대가리는 보수적이야. 그래야 체계가 유지되니까."

기준을 한참 벗어난 룰 브레이커.

지니고 있는 위험성만큼 무엇에도 쉽사리 흔들려서는 안 된다.

견지오는 안다. 늘 부동심을 지킬 필요가 있다는 것을.

별의 고삐를 꽉 쥐고서 오로지 자신 스스로 방향을 정해야만 했다.

사람의 실수는 개인을 성장하게 하고, 헌터의 실수는 전우와 나눌 수 있지만, 왕의 실수는 수백만을 죽이며 역사를 후퇴시킨다.

"뭐, 게다가 별것도 아니잖아? 밤비만 데리고 나가면 돼. 온 김에 도비도 챙겨 가고."

【흐음.】

"언니가 끼면 괜히 시끄러워지기만 함. 사람의 일은 사람이 하도록 둬."

【무정한 얼굴로 인간을 논하는구나.】

"뭐래. 킹의 세계 평화 유지쯤으로 해 두지?"
툭, 툭. 베개를 정리해 누웠다. 중세 배경이라 그런지 촉감부터 더럽게 허접했다.
낯선 잠자리. 몸이 축 처진다.
나른한 눈을 깜빡이며 지오가 중얼거렸다. 별님아, 솔직히 말해 봐.
"언니 이 시나리오 맘에 안 들죠?"
그보다 나른하게 별이 답했다.

【이 지겹고 하찮은 세상에 나의 마음에 드는 것이 너 말고 더 있겠느냐.】

"……참 나. 허락할게."

【뭘.】

"킹지오에게 자장가 불러 주는 개수작을 허하노라."

【그거 아느냐.】

"뭐."

【그대만큼 개소리를 깜찍하게 하는 애가 없어. 우주를 다 뒤져 봐도.】

그리하여, 나는 온 은하와 성계를 건너 지금 또다시 너의 곁에 있다는 것을.

밤이 깊다.

작은 불꽃 앞에서 잠든 작은 연인.

별은 그리움과 애틋함으로 턱을 기울였다. 결코 닿지 않을 또 한 번의 입맞춤이 닿았다.

나직한 허밍은 밤새도록 이어졌다. 설국의 밤을 감싸 안으며.

하…… 시벌. 말이 돼?

견지오는 분개해 소리쳤다.

"감기라니. 내가 감기라니이!"

"그, 지오 씨. 남들 다 걸리는 감기를 그렇게 고통스럽게 외치실 필요는–"

"죠죠 니이이임, 제가 무능해서, 무능해서어! 나쁜 도비! 못된 도비!"

"저기, 조연 씨도 그렇게까지 절망하실 필요는–"

"닥쳐욧! 무능한 멍뭉이 자식! 이게 다 그쪽이 우리 죠죠 님을 눈 속에 처박아서 그렇잖아!"

"그, 그건 제가 아니라 엄밀히 따지자면 테디라는 성에 베어라는 이름을 가진 불곰이 저지른 악행입니다. 물론 제가 부주의했음을 인정하지만……!"

"됐음. 혼자 있고 싶으닝 다들 그만 탑을 나가 주세영."

"크흑, 이 와중에 코맹맹이 소리가 너무 귀엽다고 생각하는 나란 여자는 정말 구제불능 쓰레기……!"

"속마음이 다 들리고 있다고요, 조연 씨."

다그닥, 덜커덩.

강줄기를 따라 마차가 안정적으로 굴러갔다.

며칠 먼저 왔다고 그새 눈길에 익숙해진 나조연 덕분이었다. 야무지게 정비를 마치더니 [라이트]를 띄워 길을 녹였다.

말다툼하느라 계속 시끌시끌한 마부석의 두 사람.

하지만 이쪽은 이젠 농담할 기운도 제로다. 지오는 발라당 마차 안쪽에 드러누웠다. 이마가 지끈거렸다.

감기라니, 정말 황당했다.

AA급 힐러의 성력이 먹히지 않는 것부터가 말도 안 되지만, 백번 양보해 뭐가 꼬였거니 쳐도.

'왜 내 주문까지 안 먹히냐구.'

성력 계열만큼의 위력은 아니어도 고위 마법사답게 쓸 만한 치유 주문 두어 개는 익혀 두고 있었다. [큐어 크리티컬 운즈]라든가, [재생의 숨결]이라든가.

그런데 싹 다 안 먹힌다. 희한하게도.

'이쯤 되면 성위가 아니라 나를 너프한 거 아니냐.'

서얼마 종로 던전처럼 강제 밸런스 패치? 먼치킨 역차별? 지오는 의심을 담아 손을 까딱였다.

[직업 스킬, 5계급 상위 주문 — '별들의 카덴차Cadenza of Stars']

무영창, 노 액션. 마법 실현을 위한 어떤 준비나 단계도 없이 그대로 주문이 발현된다.

문자 그대로 기교적인 카덴차Cadenza.

한낮의 마차 안으로 별빛이 화려하게 수놓아졌다.

달리는 말들, 헤엄치는 돌고래 떼 등등. 다채롭게 허공을 누비며 물들인다.

정령 마법의 일종으로서 악한 마음을 지우고, 아군의 사기를 북돋운다든가······.

뭐가 잔뜩 거창했지만, 요란함에 비해 실속은 떨어지는 눈요기용 마법이었다. 지금처럼 시험 삼아 써 보기에나 적당한. (견지오 기준)

'흠. 마력은 멀쩡한데.'

"우, 우와."

"와아······."

탄성에 지오가 힐긋 돌아봤다.

마차 구석, 옹기종기 쪼그려 앉은 아이들이 이쪽으로부터 눈을 떼지 못하고 있었다.

전부 데려가야 한다고 나조연이 극구 우겨 태워 놓고선, 절대 우리 죠죠 님 귀찮게 말라 협박하는 바람에 저런 불쌍한 꼴들이셨다.

'도비 쟨 진짜 또라이인지 천사인지 모르겠음.'

"뭘 봐. 마법사 처음 봄?"

"네."

칼답이다. 지오는 살짝 뻘쭘해졌다.

"······기억도 없다면서 어떻게 알아? 전에 봤을 수도 있지."

"그렇다고 기억 못 하는 과거에 봤을 수도 있지만 기억하지 못하기 때문에 일단은 지금 처음 본다고 할게요, 라고 답하면 너무 길잖아요."

"⋯⋯뭐지, 이 예상치 못한 타이밍에 훅 들어오는 엑스트라의 발칙함은?"

"제, 제이, 이리 와!"

"아 왜? 나 저 반짝이들 더 보고 싶은데."

에프가 당황해 소년을 뒤로 잡아끌었다.

맹랑한 꼬맹이. 이름은 '제이'라신다.

요 자식 봐라. 지오는 누운 채 다리를 건들거렸다.

"어이. 복붙한 일곱 난쟁이들. 너희 성격도 점점 똑같아진다더니 아니잖아. 쟤는 싸가지가 독보적으로 없는데."

"아, 아예 똑같아지는 건 아니고, 약간씩 차이가 있어요. 제이가 저희 중에서도 유독 그런 편이고요."

에프가 머뭇거리며 덧붙인다. 그리고 솔직히.

"제일 얼마 남지 않았다 보니⋯⋯ 하고 싶은 대로 하게 내버려 둔 것도 있어서."

말마따나 제이는 아이들 중에서도 가장 어려 보였다. 눈대중으로 대여섯 살 정도? 음⋯⋯.

'시한부한테 가오 잡았다간 사탄이 여보게 친구 하겠지.'

친구는 꽤 가려 사귀는 지오가 슬그머니 부라리던 눈에서 힘을 뺐다.

"그래⋯⋯ 열심히 살고, 응. 기운 내고, 다음 생에는 꼭 수질 좋은 데서 태어나기다, 약속이야! 아자아자 파이팅입니다요!"

"뭐야, 저 누나 기분 나빠."

"제, 제이! 아픈 분이잖아, 내버려 둬!"

얼씨구? 얘들 봐. 그 아픈 게 감기 말하는 거 맞느냐고 본격 진흙탕 싸움을 시작해 보려던 찰나.

"죠, 죠죠 님! 괜찮으시면 잠깐 나와 보시겠어요?"

다급한 부름. 나조연의 목소리였다.

어느새 마차도 꽤 속도가 느려져 있다. 지오는 한 팔을 뻗었다.

휙. 천을 걷자 즉시 뺨을 때리는 눈보라.

그리고…….

"개판이네."

그 이상의 감상평이 어렵다.

살얼음 낀 강줄기를 따라 저 멀리 보이는 낮은 성벽, 그 앞의 평원.

설원 곳곳에서 피어오르는 연기와 발 디딜 틈 없이 빼곡히 들어찬 시신들이 참혹했다.

"허. 완죠니 그림으로 그린 듯한 폐허잖아. 전쟁이라도 났나?"

"지오 씨. 그보다 저기……."

조심스럽게 백도현이 가리키는 방향. 지오의 눈이 가늘어졌다.

펄럭, 찢어진 깃발이 나부낀다.

푸드덕 소리와 함께 착지하는 수백의 까마귀 떼.

백색 설원이 한순간 흑색으로 물든다. 시체 쫓는 그들이 먹이로 삼는, 이 전장에서도 가장 많은 죽음이 드리워 있는 곳…….

생존자는 단 한 명이었다.

일말의 흐트러짐 없이 꼿꼿하게 허리를 편 채 폐허 위에 우뚝 서 있다.

'저건……'

누군지 확인한 지오가 저도 모르게 실소했다. 아니, 무슨 모여라 공략대냐.

"드래곤 볼 찾기도 아니고, 뭘 하나하나씩……"

39층 연합 공략대 총 인원 스물.

〈여명〉을 제외한 5대 길드의 우수한 인재들이 차출됐지만, 사람들 뇌리에 기억된 이름은 단 세 개.

하나는 〈바빌론〉의 견지록.

또 하나는 〈D.I.〉의 신성 나조연.

그리고 마지막으로…….

까악! 까아악-!

까마귀들이 우짖었다.

눈보라 속에서 검사가 고개를 든다.

죽음의 흑조들 가운데 홀로 고고한 백색의 군계일학群鷄一鶴.

한국 랭킹 4위.

〈해타〉의 종주, 하얀새가 거기 있었다.

7

시산혈해의 설경 속 검사.

클리셰 같은 광경이어도 보는 이들을 압도하는 힘이 있었다. 저 여자의 검 한 자루가 짊어진 역사를 생각해 보면 더더욱.

다그락, 닥.

멈췄던 마차가 다시 움직인다.

눈으로 희고, 그을음으로 검고, 핏물로 붉은 길. 장애물 많은 길 위에서 바퀴는 쉽게 나아가지 못했다.

그리고 덜커덩! 결국 걸려 멈추는가 싶더니.

"키에에엑!"

채 죽지 않은 시체가 튀어나온 것은 부지불식간이었다.

마차를 급습하는 그림자와 기겁해 들썩이는 말들. 그러나 지오는 반응하지 않았다.

먼저 움직인 사람을 봤으니까.

"……[흰 해오라기 날아오르니 한 점 눈과 같도다.]"

해타종 제1식.
백로일점설白鷺一點雪.

사아악!
소리 없이 고요한 일도양단.
두 동강 난 마수의 사체 위로 가볍게 착지한다. 그대로 시선
이 마주쳤다. 순간 지오는 유명한 수식어 하나를 떠올린다.
'인간적인 괴물.'
현존하는 최상위 랭커들 중 유일하게 [성약]을 맺지 않
은, 순수한 인간.
잠시 지오 쪽을 보던 눈이 차분히 일행을 훑었다. 허공
에 흰 입김이 서린다.
"조금……."
하얀새가 입을 뗐다.
"늦었군."

·· ✦ ✳ ✦ ✳ ✦ ··

재미없는 여자. 고지식한 여자.
그러나 모든 칼잡이들이 꿈꾸는 이상이자 평생 도달하

고자 하는 목표점.

대한민국 제1검, 하얀새.

한반도에 자리한 대다수 무도 문파 및 종파들의 원류가 〈해타〉이며, 그런 〈해타〉의 주인이자 당대 종주가 바로 저 사람이었다.

천상계 랭커는 예외 없이 유명하다지만, 하얀새와 몇 명은 그 의미가 좀 남달랐다.

견지록과 황혼이 데뷔하기 전, -범지구적 인기의 먼치킨 하나를 제외하면-자타 공인 한국을 대표하던 빅3 중 하나였으므로.

해외에선 이렇게 표현하기도 했다.

〖한국 헌터계는 절대적인 한 명의 군림 아래 '노장', '군자', '배우'로 이루어진 세 개의 축이 균형을 받치는 시스템이다.〗

명성만을 말하는 게 아니다.

그 이상의 것이 그들에게 있었다.

예컨대 모두가 잊지 못할 그때 그 장면이라든가.

'악몽의 3월' 여파로 일시 폐문했던 〈해타〉가 새로운 종주와 함께 돌아왔던 다음 해의 추념식.

추모 헌시 낭독을 마친 〈해타〉의 새 주인이 고개 들었다.

「나는, '해타'는.」

전 국민이 지켜보던 생중계였다.
국기를 배경으로 긴 머리가 휘날렸다.

「자랑스러운 태극기 앞에.」

정면, 그리고 직시直視.
애상도, 감정도 없이 그저 정결한 눈빛으로 그녀가 맹세했다.

「조국과 민족의 안정을 위하여, 몸과 마음을 바쳐 충의를 다할 것을 굳게 다짐합니다.」

'하얀새'.
국가가 그 이름을 기억한 순간이었다.
강렬했던 첫 등장 이후 10년.
분명히 하얀새는 가장 강한 헌터가 아니다. 가장 인기가 많지도, 가장 존경받지도 않았다.
그러나 현시점 이 나라에서 가장 믿음직한 헌터의 이름을 댄다면, 그건 단언컨대 하얀새였다.
"조심해라. 이쪽은 특히 길이 험하니까."

앞장서서 눈길을 걷는 등.

몰아치는 눈보라에도 *끄떡없었다*. 어찌나 꼿꼿하신지 눈보라가 연약해 보일 지경이다.

지오는 내심 감탄하며 *끄덕였다*. 역시…….

'국×은행 모델…… 국민 픽!'

신뢰의 아이콘, 대중 호감도의 바로미터. 그 집 광고는 아무나 찍으시는 게 아니다. 어디 맥주 광고나 찍는 최 모 씨와는 급이 다르다고나 할까.

물론 국민 픽 원 톱 죠느님에 비빌 정도는 못 되지만, 국민 검사 타이틀 정도는 충분히 달고 다닐 만했다.

'겁나 친근해.'

박 여사의 적금 통장에 있는 바로 그 얼굴 아닌가.

카카오페이나 헌터페이를 애용하는 견씨 삼 남매와 달리 그 은행 충성 고객인 박 여사 덕분에 브로마이드부터 온갖 굿즈까지 못 본 게 없었다.

쾅, 쾅!

눈을 대충 털어 낸 하얀새가 성문을 두드렸다.

"나다. 열어, 휘셴."

"……휘셴이 아니라 휘틀이라니까요!"

"아, 미안하다. 휘바."

'서얼마 국민 검사까지 바보는 아니겠지.'

아무렴, 조국의 희망이신데.

의심스러운 눈앞의 실랑이를 애써 무시하며 지오는 성문을 올려다봤다.

보고 있기 불쌍할 만큼 허름한 문짝.

임시방편이 분명해 보이는 판자 조각들부터 벗겨 내지 못한 그을음 등등. 치열한 사투의 흔적이 고스란했다.

성문 안쪽에 뭘 많이 갖다 뒀는지 문을 여는 데도 한참이 걸린다.

나조연이 머뭇거리며 물었다.

"친근해 보이는데, 종주님은 여기 얼마나 계셨던 거예요?"

하얀새가 덤덤히 대답했다.

"100년 정도."

"……네?"

"꽤 길었지."

"……."

저, 저, 저기요? 조금 늦었다며!

소리 없이 경악하는 사람들.

지오조차 턱을 떨구고 있는데, 슥 돌아본 하얀새가 느리게 고개를 내저었다. 이런.

"농이다. 다들 유머 감각이 부족하군."

"……놔 봐, 이거 놔 봐! 조국의 희망은 무슨 시발!"

"지오 씨! 참으셔야 합니다!"

"죠, 죠죠 니임! 심정은 이해하지만 제 얼굴을 봐서라도!"

쿵, 끼이익.

"화이트 버드! 내 이름은 휘바도 아니라고 몇 번을……! 어?"

성문을 연 꼬맹이가 주춤 물러섰다. 그 뒤로 보이는 사람들은 꽤 여러 명. 전부 이쪽도 아는 얼굴이다.

흐음. 지오는 마차 안 아이들과 그들을 번갈아 바라봤다. 이거 일곱일 땐 몰랐는데…….

'확실히, 똑같은 얼굴이 서른 명쯤 되니까 기분 개이상하네.'

그리고 성문 안으로 일행이 발을 디딤과 동시였다.

[시나리오 알림 ─ 특별 구역 | 그린 존: 풍요로운 성도省都 아드미야]

['안전지대Safe Zone'를 발견하셨습니다.]

[각성자 확인. 세이프 존이 활성화됩니다.]

[비활성화까지 남은 시간 ─ 00:03:59:58]

…….

……?

네……?

누구라 할 것 없었다.

일제히 한쪽을 돌아봤다. 아무런 표정 없이 서 있는 하얀새를 향해.

·· ✦ ✱ ✦ ✱ ✦ ··

"허기부터 채우지. 4시간 후면 다시 몬스터 웨이브가 시작될 테니."

바벨이 베풀어 주는 휴식 시간은 고작 그 정도다.

불씨 앞에 앉은 하얀새가 매우 노련한 손길로 무언가를 휙휙 던져 넣었다.

"뭐 넣은 거야?"

"고구마."

'이 자식……'

좀 먹어 본 놈인가? 겨울엔 군고구마가 국룰이긴 하지. 지오가 진지하게 끄덕였다.

"난 웰던으로 부탁."

"너무 퍽퍽할 텐데."

"취존하시지?"

"알겠다."

경력 30년 차 군고구마 장수 느낌으로 작업에 열중하는 하얀새. 그사이 백도현은 유심히 주변을 뜯어봤다. 광장 바닥에 마련된 모닥불과 임시 막사까지. 이건…….

"……전시 모드군요. 언제든 성벽으로 갈 수 있는."

"약 칠백에서 일천. 날마다 몰려드는 놈들의 숫자다. 전쟁과 별다를 바 없지."

담담하게 답한 하얀새가 일행을 힐긋 돌아봤다.

"그런데 바빌론의 초신성이 원래 공략대의 일원이었던가. D.I.의 조연은 확실하게 기억에 있다만……."

"아. 아닙니다. 저희는 구출대, 그러니까 일종의 후발대라서."

"저희?"

살짝 갸웃하는 무표정의 하얀새.

백도현이 어색하게 지오와 그 자신을 가리키자 그제야 알았다는 듯 짧게 탄식한다.

"이곳 아이가 아니었나? 몰랐군."

"나이키 아노락 입고 있는 사람한테 뭐라는 거임? 저 무례한 새대가리가."

"죠, 죠죠 님."

"현대어가 능숙해 놀랍긴 했지만. 바벨 번역 기능이 훌륭하다고 감탄할 게 아니었군."

저기요. 그걸 지금 깨달으면 어떡해요……?

천상계 고인물들 사이에 낀 뉴비와 경력 뉴비가 안절부절 가시방석을 체험할 시점. 정작 하얀새는 신경도 안 쓰고 잘 익은 고구마를 꺼내 지오에게 쓰윽 건넨다.

"받아라. 바깥도 꽤 시간이 지난 모양이지? 구출대가 올 정도면."

"감…… 아 뜨거! 시바 뭐여! 졸라 개뜨거!"

"히익, 죠죠 니임! 괜찮으세요? 제가 까 드릴게요! 앗, 네. 그러니 빨리 다른 분들도 찾고, 어서 공략을 끝내야 해요. 혹시나 강물에 입 대기라도 하면 큰일이니까."

"손이 그렇게 부드러우니까 뜨거운 것도 못 잡는 거다. 강물이라니? 소금강을 말하나?"

"내 손이 어때서!"

"지오, 지오 씨! 진정하세요. 저는 지오 씨 손 좋아합니다. 예. 맞습니다, 종주. 조금이라도 마시면 저렇게 변한다는……."

'제발 한 번에 한 주제로만 떠들어라, 이 외지인들아.'

관전하던 휘틀과 시민들의 눈이 점점 썩어들어 갔다.

다행히 개판이던 대화는 늦지 않게 정상 궤도로 돌아온다.

"잘못 알고 있군."

단호한 부정이었다.

이목이 집중된다. 하얀새는 불가에서 천천히 시선을 뗐다.

"강은 원인이 아니다. 접촉하면 더 빨라지긴 하겠지만, 그뿐. 이곳에 머물면 어떻게든 그녀처럼 변하게 돼. 이 나라 전체에 내린 저주 때문에."

"'그녀'요?"

하얀새가 휘틀 쪽을 눈짓했다. 아무래도 이 얘기는 원주민에게 직접 듣는 편이 나을 테니까.

생존자 휘틀.

본래는 비천한 신분이었으나 가장 기억하는 것이 많아 아드미야 생존자들의 대표가 된 노숙자. 그가 몰리는 일행의 시선에 침착하게 말문을 열었다.

"원래 이곳, 성도 아드미야는 풍요로운 여름 도시였어요. 하지만⋯⋯ 저 '소금다리'의 연인."

휘틀의 손가락이 멀리를 가리켰다.

성곽 너머 끝자락. 지금은 무너진 성의 뒤편, 강을 중간에 두고 성도省都와 설산을 잇는 다리.

〈소금다리〉였다.

"바로 저 다리에서 비밀스러운 만남을 가지던 한 쌍의 연인으로 인해, 모든 것이 변했죠."

아드미야 성주의 딸 지오르사.

그리고 그녀에게 불멸의 맹세를 한 기사이자 수도의 천년 공작.

휴양지로 유명한 아드미야를 그가 찾으면서 맺어진 우연은 서로에게 구원인 운명으로 피어났다.

하지만 일개 시골 성주의 딸과 수도의 공작.

귀천상혼이 이뤄지기 위해선 왕의 인가가 필요했다.

수도로 바삐 떠난 공작이 성도를 비운 기간은 겨우 며칠 남짓이었다. 아마 그는 그 잠깐 사이 그녀가 그토록 허무하게 자신을 떠날 줄 몰랐을 것이다.

비참히 죽은 연인의 시신을 끌어안고 공작이 절규했다.

「흐, 아아아악!」

피를 토하는 그 울부짖음에 하늘이 갈라지고, 시린 분노에 대지가 얼어붙었다.

위대한 천년 공작. 모두가 용의 피가 섞였을 거라 우러러 경외했던 그 영광된 청년은 사실 용도, 사람도 아니었다.

억겁의 분노와 증오로 껍질을 벗은 대악마가 선언했다.

「그녀에게 영원을 약속했다. 그러니 내가 그녀의 제단에 바치는 이 종말 또한 결코 끝나지 않으리라.」

영원한 겨울의 시작이었다.

"폭설이 끊이지 않으면서, 나병 같은 전염병이 돌았어요. 그다음에는 사람들이 이유도 없이 쓰러지기 시작했고, 해가 저물면 그 시체들이 일어나다가…… 그러다가."

사람들은 용서를 빌고자 온갖 제물을 해다 바쳤다. 그중에는 성주의 딸과 빼닮은 여인도 있었다.

대악마는 차게 비웃었다.

「좋다. 너희들이 그녀를 그렇게 기억하고 싶다면 내 기회를 주지.」

사망 당시 지오르사의 나이 열일곱.

살아남은 생존자 전원이 그 나이, 그 모습의 그녀와 닮아 갔고, 점점 더 어려져 갔다.

괴물에게 바로 죽지는 않으나 그뿐. 더욱 처참하고 느린 죽음의 저주였다.

타닥, 탁. 불씨 튀는 소리.

배경 설명은 끝났다. 적막 속에서 하얀새가 물었다.

"여기 온 지 얼마나 됐나?"

하루가 지났으니 지오는 나흘, 백도현은 이틀, 나조연은 여드레째다. 하얀새가 끄덕였다.

"다행이군. 외지인이 이곳을 찾을 때 변하기 시작하는 시점이 7일부터라 들었다."

"네? 저는 일주일이 넘었는, 아, 혹시……!"

"그래. 이유야 어찌 됐든 '악마'의 저주. 아마 조연 그대는 성력, 나는 파마破魔의 법력을 지녀 그 영향권에서 벗어난 거겠지."

〈해타〉의 뿌리는 신수神獸와 불교다.

신수의 법력과 불가佛家의 공력. 양쪽의 힘 모두를 갖춘 하얀새 역시 삿된 것들을 사멸하는 데에 도가 튼 인물이었다.

"그럼 공략법은 그 악마를 해치우면 되는 겁니까?"

"힉, 무슨 소리를!"

백도현의 도전적인 물음에 휘틀이 새파랗게 질려 기함했다. 하얀새도 고개를 내저었다.

"일국을 멸망시킨 악마다. 아무리 메인 시나리오여도 그렇게까지 30층대의 난이도가 난해하지는 않아."

"그러면……?"

"문제에 답이 있지 않나. 39층의 답은 '소금다리'다. 그곳으로 가야 해."

서둘러 휘틀이 부연했다.

"대악마는 몇 년 전에 잠든 상태예요. 구전에 따르면 다리 건너 제단에 성주의 딸이 공작에게 선물한 꽃이 있다고 전해지는데……."

성도 아드미야에 내린 마지막 자비, 최후의 신탁이었다.

대악마의 심장이나 다름없는 그 꽃을 태우면 이 땅에 내린 저주 또한 멈출 거라고.

'쉬워.'

백도현이 생각했다.

예상과 다르게 너무나 간단했다. 하얀새 정도의 인물이 여태 못 끝낸 것이 의아할 정도로.

그런 의문이 들던 바로 그 순간, 스치는 어떤 깨달음.

'4시간' 간격으로 찾아온다는 몬스터 웨이브.

하지만 그것은 [세이프 존]이 활성화됐을 때의 얘기. 즉.

'세이프 존이 켜지지 않으면 몬스터 웨이브는 끝나지 않아. 그럼 이곳은…….'

무너진다.

산산이, 또 완전히.

"……설마 이들을 지키느라 못 움직이신 겁니까?"

정적이 내려앉았다.

눈보라는 멎지 않고 있다.

꺼질 듯 꺼지지 않는 불씨. 그것을 묵묵히 내려다보던 하얀새가 뇌까렸다.

"세이프 존이 활성화되면 이들의 퇴화도, 몬스터 웨이브도 잠시나마 멈추더군. 하지만."

"세이프 존은 각성자가 있어야만 활성화되죠."

각성자를 보호하기 위한 영역이니 당연했다. 바벨탑이 신경 쓰는 것은 오로지 탑을 오르는 사람들뿐이다.

"소금다리로 향하기 위해선 반드시 성벽을 지나야 하지. 언젠가는 올 거라 믿었다."

"그, 그렇게 얼마나, 얼마나 기다리신 거죠?"

다급하기까지 한 나조연의 물음.

'군자' 하얀새가 답했다.

"6년."

견지오도 응답했다.

"미친 사람……."

6년, 뭐가 어째?

이번에는 농담 따위가 아니라는 걸 단번에 알 수 있었다.

발 디딜 틈도 없이 시신으로 가득했던 성문 밖의 풍경.

날마다 그렇게, 자그마치 6년.

단신으로 몬스터 웨이브를 막아 내고 있었다고?

지오는 기가 막혔다. 아니, 그보다는.

"등신짓도 정도가 있지."

짜증이 났다.

싸늘한 목소리. 드리워 있는 정적의 무게만큼 튀었다.

경외심, 혹은 경악으로 하얀새를 보던 모두의 시선이 돌아간다.

모닥불을 중간에 둔 두 사람.

같은 온도 앞에 있어도 선명히 대비되었다. 지오의 눈빛이 차갑게 하얀새를 향했다.

"아무리 안과 밖의 시간 개념이 달라도, 6년이면 바깥에서도 그만한 시간이 지났을 거라 생각 못 해? 기다리고 있는 사람들은 안중에도 없냐고."

"……."

현관 앞을 떠나지 못하던 가족들의 등, 홀로 설악의 무게를 버텨내던 최다윗의 등.

기다리는 것밖에 할 수 없던 자들의 등이 하나둘 떠올랐다.

"그래. 여기 인간들 단순 NPC는 아니란 거 알아. 이 새끼들도 생명이고, 다 소중하신 인간이다 쳐. 그래도 그쪽 이기심이라는 생각 안 드나?"

미시적이니 거시적인 관점이니 왈왈 지껄이며 따져 대는 짓, 이쪽도 딱 질색이시다.

이기적인 걸로 따지면 세상 누구보다도 압도적인 원 톱이라서 존나 내로남불인 것도 아주 잘 알겠는데.

'쟤는 나랑 다르잖아.'

사람에겐 각자의 역할이 있는 법 아니겠는가.

"넌 '하얀새'잖아. 본인 위치 잘 알 텐데?"

"……."

"더 중요하고, 덜 중요한 게 뭔지 정도는 눈치껏 구분해야 할 거 아냐."

다른 사람들은 말이 없었다. 정확히는, 끼어들지 못했다. 백도현은 확실히, 그리고 나조연은 어렴풋이 알고 있는 사실.

지금 누가 누구에게 묻고 있는지.

이건 바벨 시대의 폭군이 군자에게 던지는 질문이었다.

"더 중요하고, 덜 중요한 것……."

하얀새가 지오의 말을 느릿하게 곱씹었다.

돌연히 쏟아진 비난에도 표정 변화는 없다. 그저 잔잔한 호수 같은 얼굴로 긍정했다.

"'우선순위를 구분하라.' 자주 듣는 말이지. 조부님께서 늘 내게 하셨던 말씀이다. 작은 것을 좇다가 큰 것을 잃게 될 거라 매번 꾸짖곤 하셨으니."

「소탐대실의 우를 범하지 마시게.」

그때마다 작은 하얀새는 되물었다.

「작은 것을 보지 못하는 자가 어떻게 큰 것을 볼 수 있습니까?」

"……."
"나는 언제나 사소했다."
여전히 작은 하얀새가 견지오에게 답했다.
"그릇이 작고, 시야가 좁고, 단순하여 멀리 보지를 못하는 사람이지."
"……."
"내 이름, 내 가문, 내 민족, 내 나라……. 줄곧 내 눈앞에 닥친 것들을 그저 지켜 왔을 뿐."
한곳으로밖에 못 걷는 외골수.
그렇게 사소하고 단순한 걸음 하나하나로 만들어진 것이 지금의 하얀새였다.

"내 위치가 무엇이 됐든 그건 지금도 다르지 않아."

"하. 그쪽이 눈앞의 애먼 놈들 지키느라 허송세월하는 동안 바깥의 네 사람들 개망 좆망해도?"

"모든 가능성을 계산하고, 경중을 따진다면 어떻게 앞으로 나아갈 수 있겠나?"

순간 말문이 턱 막혔다.

지오는 뚫어져라 하얀새를 바라봤다. 눈을 뗄 수 없었다.

하얀새가 말했다.

"사람이 보여 사람을 구했다."

"……."

"이로 인해 어떤 일이 벌어져도 결정에 후회는 없어. 물론……."

슬프기는 하겠지.

하얀새의 조용한 중얼거림이 북풍에 흩어졌다. 잠깐 먼 곳을 본다. 지오도 따라서 바라봤다.

하얀 설국. 그리고 이름을 잃어버린 아이들.

바벨탑의 미션 필드Mission Field.

층별 시나리오가 진행되는 이곳이 실제인지 가상인지 아무도 모른다. 당연히 게임적인 공간이지 않겠냐고, 혹자는 말했다. 하지만 한 번이라도 탑을 경험해 본 자들은 달랐다.

그들은 입을 모아 말했다.

거기에 진짜 '사람'이 있노라고.

나도 죽고, 그들도 똑같이 죽는, 또 다른 실제의 세계라고.

꼰대 왕이 중얼거렸다.

"아집이야."

"신념이다."

벽창호 군자가 답했다.

"먼 위기를 막고자 눈앞의 사람을 외면하는 짓은 차마 못 하겠군. 어리석을지언정 그것이 내 신념이고, 내 사소한 대의다."

검사는 검 끝에 어떤 망설임도 싣지 않는다.

검집에서 빼내는 순간 베어야 하는 것이 곧 검이었으며, 하얀새는 검사였다.

삼국제일검, 고려제일검, 조선제일검.

그리고 대한제일검大韓第一劍.

그 모든 역사 아래서 태어난 순간부터 지금까지, 단 한 번도 아니었던 적 없었다.

"어리석은 건 아시고?"

"알지. 그대의 비난은 합당하다. 이기심이라는 것도 부정치 못하겠어."

"……."

"그러나 검사에게 신념은 검과 같고, 검이 꺾인 검사는 검사가 아니다."

"……."

"더 비난해도 괜찮다. 하지만······."

안전지대가 활성화된 성도省都.

거친 눈보라 대신 눈송이가 떨어져 내리고 있었다. 손바닥 위로 내려앉는 눈을 가만히 쥐며 하얀새는 담담하게 사죄했다.

"미안하다. 나는 오늘 죽어도 검사로 죽을 것이다."

6년.

약 2,000여 일, 5만 시간.

이 갑갑하고 우직한 외골수가 한 자루의 신념을 지키고자 사선의 성곽에서 홀로 버텨 낸 시간.

무도武道에 충실하겠답시고 별과의 성약조차 거부한 인간임을 다시 한번 실감했다.

동토에 피어난 한 줄기 난초 같은 여자.

정직한 시선으로 지오를 바라본다.

지오도 진지하게 마주 봤다. 동시에 생각했다.

'질서선 명대사 미쳤겠다······.'

이 훈훈하다 못해 뜨거운 전개 겁나 적응 안 돼. 진짜 대환장.

내 인생 장르 또 바뀐 거야?

알고 보니 이거 사실 개노답 먼치킨 강제 갱생물이었다거나 설마 퇴마나 회개 뭐 그런 거 당하는 중? 무릎 꿇고 잘못 살아서 죄송합니다 속죄하면 되는 분위기냐고.

'쏟아지는 신념 빔에 삼수생 빌런 혼절······!'

마치 유언 같은 명대사에 동족 만난 질서선 두 명은 이미 감동의 도가니였다. 한쪽에서 입틀막을 시전하고 계신다.

"종주님……!"

"역시 해타……!"

'파티 구성 시발 개망했어요.'

누가 짰냐? 당장 나와 봐…….

뭔 질서선 그러데이션도 아니고, 골라 먹는 뷔페세요?

〈세계를 구하러 돌아왔다〉의 빛도현부터 〈빛이여!〉의 힐조연도 모자라 이젠 〈사람이 보여서 구했을 뿐〉의 세인트흰새…….

술 취해서 노래방 다른 룸으로 잘못 들어간 사탄이 된 기분이다. 후퇴하기도 전에 반겨 주는 천사들한테 억지로 붙잡혀 마이크 든 느낌.

사탄 절친 후보 견지오는 강력한 현기증을 느꼈다.

【불편하다…….】

【아무리 반대가 끌린다 해도 어디서 이런 놈들만 주워 오는 거냐.】

'휴. 그래도 나만 타락한 쓰레기 아니라서 다행.'

도긴개긴인 성약성에 지오가 남몰래 안도의 숨을 돌리는데, 하얀새가 다시 말했다.

"사실은."

'또 뭐.'

"말은 이리 해도 최근 심적 갈등이 있었는데, 그대와 얘기하면서 내 스스로도 정리가 된 기분이다. 10년 정도는 거뜬하겠어. 고맙다고 말하고 싶군."

"저, 저희 나죠죠 님이 그런 분이세요! 워낙 두루두루 현명하셔서 늘 남들에게 깨우침을 주시고……!"

"예. 언뜻 가벼워 보여도, 보이는 것만이 전부가 아닌 분이시죠."

"이름이 나죠죠인가? 나죠죠…… 과연. 범상치 않은 자라 생각은 했다."

'그만해, 이 날개 없는 천사들아…….'

불쌍한 빌런을 내버려 둬…….

이때다 싶어 허겁지겁 최애 영업하는 광신도와 객관충인 척하지만 글러 먹은 사랑충, 보이스 피싱 당하기 딱 좋은 조선제일검의 콜라보레이션.

'랭커 채널 안 터져서 압도적 감사…….'

도저히 맨정신으로 최다윗의 이름을 바라볼 자신이 없다. 지오는 황급히 화제를 돌렸다.

"……어, 어이. 휘바휘바. 그래서 뭐 그 꽃 뭐시기를 태우면 다 원래대로 돌아온다 이거임?"

"휘바휘바가 아니라 휘틀……. 아뇨, 아니에요. 원래대로 돌아오지는 않아요."

나조연이 화들짝 놀라 반문했다.

"네? 아까는 멈춘다고⋯⋯."

"신탁에선 '멈춘'다고 했지, 돌아온다고 하지 않았어요. 신탁은 있는 그대로만 말하니까요."

"그, 그럼 어떡해요! 돌아올 방법은 아예 없는 거예요?"

"조연 씨."

백도현이 제지했다. 소리 낮춰 속삭인다.

"왜 놀랐는지 알겠는데, 우리와는 상관없는 얘기입니다. 시나리오 특수성으로 인한 외적 변화는 공략 완료 시 전부 리셋돼요."

"아⋯⋯."

탑이 되돌릴 수 없는 것은 죽음뿐.

하얀새가 덧붙였다.

"듣기로 악마가 잠든 지는 10년쯤 됐다고 하더군. 정황상 그때가 이 시나리오의 시작 지점이겠지. 그러니 나머지 인원도 이곳에 오래 있어 봤자 10년. 저주에 걸렸어도 아직 살아 있을 거다."

"다, 다행이네요⋯⋯."

말은 그렇게 하면서도 나조연은 여전히 울상이었다. 머뭇머뭇 휘틀에게 묻는다.

"그래도, 저흰 그렇다 쳐도⋯⋯. 휘틀 씨와 저분들

은…… 무슨 방도가 없을까요? 돕고 싶어요.”

'으이구. 착해 빠져선.'

지오는 심드렁하게 턱을 괬다.

조금 떨어져 옹기종기 모여 앉은 아이들. 그쪽을 보며 휘틀이 한참 입술을 달싹였다. 그 역시 어두운 표정이었다.

“이걸 있다고 해야 할지, 없다고 해야 할지…….”

“어쭈, 난쟁이. 꼴에 분위기 잡지 말고 빨랑 실토해. 우리 도비 애태우지 말고.”

“죠, 죠죠 님! 자상하셔……!”

'어딜 봐서……?'

기가 막혔지만, 휘틀은 닥치고 실토했다.

“사랑이요.”

“……엉?”

난데없이 툭 튀어나온 사랑 타령.

갑자기? 지오와 일행이 순간 갸우뚱하는 가운데, 휘틀은 홀로 진지했다.

“농담이 아니라 정말로요. 전해지는 얘기가 그래요. 사랑하는 사람이 ‘진짜 이름’을 불러 주면 원래 모습으로 돌아온다고. 하지만 보다시피.”

휘틀이 쓰게 웃었다.

해주법을 알았을 땐 이미 모두가 변해 버린 뒤로…….

“누가 누군지도 전혀 모르고, 자기 이름도 기억 못 하는 지경인데 어떻게 가능하겠어요? 없느니만 못한 방법이에요."

"……음, 클래식하군요. 사랑으로 시작된 저주이니 사랑으로 풀리는 게 정공법이긴 하죠."

이번 시나리오는 여러모로 동화 같다며 백도현이 중얼거렸다. 지오는 빤히 휘틀을 바라봤다.

'흐음.'

"그거, 꼭 사랑하는 사람이어야 해? 연인?"

"어, 글쎄요. 아닐걸요……? 남녀노소 할 거 없이 다들 변했는데 그 모두한테 연인이 있는 건 아니라서."

"제 생각도 같습니다. 동화의 키는 결국 진심이거든요. 아마 소중한 사람을 찾으면 될 텐데……."

"그럼 됐음. 함 해 보지 뭐."

견지오가 일어났다.

그 걸음에 망설임은 없었다. 쏟아지는 의구심이 담긴 시선들을 아랑곳하지 않고 그대로 걸어간다.

사박, 사박.

눈 위를 밟는 발걸음.

하얀 입김이 서렸다.

지오는 다가가 그대로 양 뺨을 감싸 쥐었다.

깜짝 놀라서 바라보는 '제이'.

천천히, 지오가 웃었다. 이어지는 장난기 담긴 속삭임.

"야, 이 멍청아. 들었지?"

"……."

"그만 돌아와, 록아."

집에 가자, 견지록.

사랑하는 마이 부라더, 내 동생님아.

· ○ ☾ ☾ ● ☽ ☽ ○ ·

1월 1일.

12월 31일.

같은 해 겨울의 시작과 끝에 태어난 남매.

태어난 날짜는 달랐지만, 깨어난 날씨는 판에 찍어 낸 듯
이 똑같았다. 하늘에서 비처럼 흰 눈이 쏟아지는 날이었다.

견지오는 견지록을 처음 본 순간을 기억한다.

견지록 또한 마찬가지였다.

「지오야, 봐. 예쁘지~ 네 동생이야.」

바벨탑 출현 이후 탄생 세대.

인류의 전환점, 신인류라는 수식어에 걸맞게끔 아이들
은 보다 진화해서 태어났다. 따라서 탄생 시점부터 기억하
고 있는 경우가 그리 드물진 않았지만, 꼭 그런 이유 때문

만은 아니다.

그건 그냥 '본능'이었다.

또 다른 내가 생겨난 듯한 그 기분은 그렇게밖에 표현할 수 없었다.

「바뻐, 밤비.」

「어머! 여보 들었어요? 오구오구 내 따알~ 맞아요. 얘가 우리 밤비, 밤비예요.」

「수, 순요야, 봐! 지록이가 지오 손, 손잡았어. 사, 사진기! 카메라 어디 있지?」

「아유, 호들갑 좀 떨지 마! 얼씨구? 뭐야, 자기 또 울어? 이 양반 정말 주책이라니까.」

「애들아…… 흐읍, 서로 아껴 주고, 응? 서로 지켜 주고 흑, 건강히 잘 자라야 한다…… 응?」

「말도 못 하는 애들이 뭘 알아듣는다고! 못 말려, 진짜.」

남매는 견태성의 바람 그대로 자라났다.

음, 사실 정확하다 못해 좀 지나칠 정도로.

「저…… 지록아, 제발 오늘 하루만 내가 지오 옆에 앉으면 안 될까? 제발 부탁이야.」

「꺼져. 모래로 샤워하고 싶지 않으면.」

「으아앙! 선생님!」

「나, 나영아! 견지록, 선생님이 친구한테 험한 말 쓰면 안 된다고 했어요, 안 했어요!」

「험한 말을 안 듣고 싶으면 애초에 험한 꼴을 안 만들면 되잖아요.」

「큿, 반박할 수 없어! 나영이 너 설마 또 지록이한테 자리 바꿔 달라고 그랬니?」

「하, 하지만! 지오 원래 짝꿍은 저란 말이에요! 원래 제 자리인데에!」

「선생님이 그만 포기하랬잖니……!」

질풍노도의 샛별 유치원 시절을 지나.

「견지오! 오, 오늘만으…… 크흠!」

「야, 야 서홍민 쫄지 마, 시바. 너 할 수 있어, 새꺄. 너 강한 놈이야, 너 자신을 믿어!」

「그럼 너희들이 하든가! 무서운데!」

「장난해? 제비뽑기 네가 졌잖아. 빨리 해.」

「크흐흠, 거기 견지록의 누나! 내 말 들리지? 오늘만은! 물, 물러나지 않겠다! 견지록을 우, 우리에게 돌려 달라!」

「우우우! 도, 돌려 달라! 돌려 달라!」

「하암. 시끄러워.」

「야! 남자들! 우리 지오 언니가 시끄럽다잖아! 당장 안 꺼져!」

「야, 야, 한 발 뒤로 와. 견지오 친위대다. 시발 학교에 뭘 하렘을 만들어 놨어. 이거 교육청에 신고해야 하는 거 아냐?」

「쟤네도 견지오 근처에는 못 가고 훔쳐보는 신센데 뭘 친위대는 친위대야. 개꼴값. 허, 헐. 견지오 이쪽 본다. 쉿, 쉿!」

「어이. 뭘 자꾸 돌려 달래? 죽고 싶나?」

「하지만 지오 누나! 오늘 축구 결승전인데 지록이 없으면 우리 반은 가망 없단 말이에요!」

「내가 지금 베개로 쓰고 있는 거 안 보여? 네놈 인생이 가망 없어지고 싶으신지? 흠, 뭐 이미 많이 없어 보이긴 하지만.」

「호, 홍민아! 짜샤! 울지 마!」

「이 새끼, 견지오 좋아한다더니 설마 진짜였냐……? 저 악마 같은 남매…….」

치명적인 샛별 초등학교 시절을 지나서…….

매앰- 매앰-

「나 티켓 받았어.」

「…….」

중학교 2학년. 열다섯 살의 여름.

겨울에 태어난 남매는 더위에 몹시 취약했다.

매미 소리가 시끄럽게 울리던 날, 역대 가장 더운 여름 날이라고 기록된 날의 오후였다.

탈탈, 소리 내며 돌아가는 선풍기는 있으나 마나. 그럼에도 다락방 창틀에 걸터앉은 둘은 맞댄 등을 떼지 않았다.

견지록이 물었다.

「가지 말까?」

「갈 거잖아.」

「네가 하도 싫어하니까 예의상 물어봤다.」

아삭, 아이스크림을 베어 물며 견지오가 중얼거렸다.

「죽지 마.」

「……」

「너 죽으면 나도 죽어.」

「……알아.」

고개를 젖히며 견지록이 답했다. 작아서 등 한번 기대기도 더럽게 불편한 견지오……

「널 두고 내가 어떻게 죽냐.」

「…….」

「네 성약성이 뭐라 안 해? 할 때 됐는데.」

「안 그래도 지랄임. 좋은 말로 할 때 너 목숨 대여섯 개 가지고 다니래.」

「하여튼 유난이지.」

「하루 이틀인가.」

「그래도 안심은 돼. 별은 끝까지 누나 옆에 있을 거잖아.」

「…….」

「나 없다고 또 혼자 페인처럼 방에 틀어박혀 있지 말고. 못 자겠으면 금금이랑 자든가 해.」

「금금이 나 싫어해.」

「싫어하는 게 아니고 어색. 안 그러던 인간이 갑자기 언니 노릇 하는데 애가 안 놀라겠냐?」

「…….」

「솔직히 너도 그렇잖아.」

「……좀 어려워. 내 뜻은 그게 아닌데, 안 닿는 거 같고 자꾸 막혀. 답답해.」

「원래 그래. 누구나 너를 바로 이해할 순 없어. 그래서 세상에 언어가 존재하는 거지.」

견지록이 비스듬히 고개 돌렸다. 뜨거운 이마가 스치며 서로의 눈을 가까이 바라본다.

「이렇게. 눈을 마주치고, 대화하면서 서로를 알아 가라고.」

빛에 닿으면 금빛이 도는 홍채.

닮은 구석이 적은 남매였지만, 눈만큼은 서로의 것을 빼다 박은 듯 똑같았다.

지오가 중얼거렸다.

「하지만 넌 다 아는데.」

견지록이 실소했다.

「다른 사람들. 나 말고.」

「…….」

「야, 너 진짜 어떡할래? 사회화 이렇게 안 돼서. 나를 기준점으로 두지 말라니까.」

「그럼 너는. 다른 사람들이랑 잘 통해?」

「답을 알면서 왜 묻냐.」

다시 등이 맞닿았다.

팔등에서 빛나는 금색의 '바벨' 문장. 물끄러미 티켓을 바라보던 견지록이 표정 없이 뇌까렸다.

「그럴 리가…….」

너 빼고는 다 외계인이야.

⋯✦✹✦✹✦⋯

쌍둥이는 아니나 거의 비슷했다. 사람이 무엇이고, 세상이 무엇인지 알기 전부터 함께였으니.

그러니까 대충 그런 얘기다.

너보다 내가 너를 잘 알고, 나보다 네가 나를 잘 아는데.

'낯짝 좀 바뀌었다고 못 알아볼 리가 있으시겠냐구.'

지오가 목걸이의 확인을 관둔 시점은 바로 어제.

별님 역시 마찬가지였다. 매 시간마다 견지록의 생사를 알려 주던 것을 멈추었다.

같이 있는 걸 아는데 굳이 그럴 필요 없었으므로.

샤아아아……!

정면의 상대를 휘감는 빛에 지오가 비죽 웃었다. 왔노라, 보았노라. 해냈노라.

'이것이 혈육의 힘이다.'

[저주(특수): 영원한 겨울의 낙인 — '이름 강탈Depredation of Name'에서 벗어납니다!]

/[피해] 저주 — 범위 내 모든 대상에게 공통 적용되는 강력한 저주입니다. 누적 피해가 지속될 시 생명에 심각한 위협을 받습니다./

/해주 조건: 1) 소중한 이로부터 진명 소명 2) 태양광 노출 시 저주 축적치 제거/

[시나리오 최초로 저주가 해주解呪되었습니다!]

"이여얼, 중딩 밤비."

"시끄러워."

제 뺨을 감싼 지오의 손을 잡아 내리며 견지록이 찡그리듯 웃었다.

흐트러진 머리칼, 반항적인 눈매와 입술점. 원래 제 나이보다 어린 얼굴이지만, 한 달여 만에 보는 동생이었다.

둘의 눈높이가 순식간에 바뀌었다.

지오를 잠시 내려다보던 견지록이 주변을 슥 둘러본다.

뜬금없이 눈앞에 있는 제 누나와 백도현부터, 멍하니 이쪽을 바라보고 있는 사람들, 요란한 알림창, 개판 일보 직전의 광장 등등까지.

그답게 사태 파악은 빨랐다. 견지록의 인상이 팍 구겨졌다.

"……시발. 개망신이 따로 없네."

"리더!"

"대, 대장님?"

"어. 형, 바깥은 얼마나 시간이 지났지?"

"한 달쯤…… 아니, 그보다. 네가 제이였어?! 지오 씨, 대체 어떻게 알아보신 겁니까?"

엣헴. 한 건 거하게 올리신 킹지오가 거만한 콧대를 세웠다. 말해 주면 뭐 알긴 알고?

으스대는 지오 옆에서 견지록은 낮게 혀를 찼다. 한 달이라. 견적 나온다.

"밖에서 사망설이고 뭐고 다들 아주 신나셨겠어."

"대체 어떻게 된 거야? 몸은 괜찮아?"

"애새끼 하나 구한다고 강물에 빠진 뒤부터 기억 없어. 알림 보니 저주에 걸렸던 것 같은데……."

손을 쥐었다 펴며 견지록은 몸 상태를 체크했다. 저주에 묶였던 그의 시간이 느리게 풀려 가고 있는 것이 느껴졌다.

"페널티인지 능력치도 동결. 원 상태로 돌아오기까진 꽤 걸릴 모양이고."

뭣 같은 바벨 같으니.

딱 그가 탑에 최초 입장했던 시절의 육체였다. 아예 처음으로 리셋해 놓고 서서히 돌려줄 심산인가 보다.

신경질적으로 뇌까린 견지록이 앞쪽을 응시했다. 불가에 앉은 하얀새가 그들을 신기하게 지켜보고 있었다.

서로 짧은 눈인사가 오간다.

"폐를 끼쳤습니다, 종주. 빚은 나가서 갚죠."

"그대의 잘못이 아니다. 불가피한 일이었을 뿐. 그나저나 둘이 남매였군. 눈을 보니 알겠어."

"나, 남매!"

흡! 한쪽 구석에서 신음하는 나조연을 힐긋 본 견지록이 단호하게 선을 그었다.

"공략대장은 접니다. 맡은 공략대를 제대로 책임지지 못했으니 제 잘못이 맞습니다."

"음."

"불필요한 얘기는 나중에 시간 많을 때 하고. 필요한 얘기부터 듣죠. 현재 공략 상황이 어떻게 됩니까?"

그의 질문이 끝나는 것과 동시였다.

띠링! 띵! 띵!

마치 짜기라도 한 듯한 타이밍. 연속적으로 알림이 울렸다.

[위험! 해주된 저주의 영향으로 얼어붙은 대지가 크게 동요

합니다.]

　[특수 경고: 대악마 ■■■■가 겨울잠에서 깨어날 준비를
합니다.]

　[알 수 없는 마력이 성도를 잠식합니다!]

　[공간이 불안정해지고 있습니다. 현재 머무르는 장소는 더
이상 안전하지 않습니다.]

　[세이프 존의 해제가 강제 가속화됩니다.]

　[안전지대 비활성화까지 남은 시간 ― 00:00:29:59]

　페이즈 변환을 알리는 경고들이었다.

　와우, 견지록이 시니컬하게 감탄했다.

　"뭐 썩 좋지는 않아 보이지만."

　"······성벽으로 장소를 옮기지. 보면서 설명하는 편이
낫겠군."

　하얀새가 먼저 일어났다. 큰 보폭으로 앞서가는 그녀를
따라 일행도 하나둘 이동한다.

　물끄러미 그들을 보던 견지록이 툭 지오를 건드렸다. 속
닥인다.

　"시스터, 신세 졌다."

　"알면 갚으셈."

　"엄마는?"

　"드러눕기 직전. 재깍 좀 다녀."

"할 말 없게 만드네. 우리 집순이께서 손수 탑까지 왕림하시고."

"안 그래도 존나 후회 중."

'거짓말.'

피식, 가벼운 실소와 함께 정수리를 한 번 꾹 누르고 가는 손. 고마움과 미안함의 표시는 그것으로 다였다.

【저 귀신같은 놈. 속아 주는 법이 없지.】

그러게나 말이요. 뉘 집 사슴인지. 참 잘나셨다.

지오는 느긋하게 걸어갔다. 어깨의 무게를 덜어 낸 평온함, 또 평소의 심드렁한 얼굴로.

8

설풍이 점점 사나워지는 성벽.

하얀새의 설명이 끝나고, 모두가 자연스럽게 한쪽을 바라봤다. 그에 돌아온 공략대장, 견지록이 선언했다.

"전력을 나누겠습니다."

현 시각 오후 4시 38분.

다음 몬스터 웨이브까지 남은 시간은 약 20여 분.

진지陣地를 구축할 시간도, 그럴 가치도 없었다. 성벽은 여태 버틴 것이 용할 정도로 이미 내구가 다한 지 오래.

그러므로 수성전守城戰은 어불성설. 막으려면 하얀새가 쭉 그래 왔듯 성문 앞 설원만이 전장으로 적격이다.

지난 얘기들을 모두 듣고 난 견지록의 판단은 그러했다.

"다리와 성문, 두 팀으로 나누죠. 속전속결로."

"성도를 버리지 않는군."

시나리오의 페이즈가 바뀌었다.

본격적으로 공략이 시작됐다는 의미. 바벨탑 성격상 이제부터 난이도는 빠르게 바뀔 터였다. 몬스터 웨이브 정도는 현재 전력으로 무리 없이 막아 낸다 해도, [대악마]라는 변수가 끼면 판이 어떻게 돌아갈지 아무도 모른다.

그가 깨어나기 전에 반드시 공략을 끝낼 것. 그게 지금의 최선이었다.

따라서 이것은 결국 시간 싸움.

절대적으로 부족한 시간 탓에 〈소금다리〉 쪽에만 집중하자고 해도 다들 납득했을 것이다.

하얀새가 물끄러미 그를 바라본다.

견지록은 담담하게 고개를 저어 보였다. 6년이라 했던가? 감명 깊다 못해 사람 대 사람으로 살짝 두렵기까지 했으나…….

"이쪽은 선의니 인의니 그런 게 아닙니다. '소금다리'에 뭐가 있을지 모르는 이상, 후방이 뚫리도록 내버려 둘 수 없는 노릇이니까."

전략적인 판단일 뿐이다. 입가를 슥 훑은 견지록이 다시 미간을 좁혔다.

"문제는 그 나눌 전력이 없다는 건데."

현재 시나리오 안에 들어와 있는 각성자의 수가 총 스물둘이긴 해도, 이곳에 있는 인원은 그중 고작 다섯.

견지록, 하얀새, 백도현, 나조연 그리고 견지오.

보나마나 아이로 변해 있을 나머지는 찾아봤자 무의미하다. 저주가 풀릴 가능성도 희박할뿐더러 풀리더라도 지금 견지록의 상태와 별다를 바 없을 테니까.

페널티로 능력치가 전부 제한된 이 시점에서 견지록은 현재 조금 강한 일반인 정도에 불과했다.

'상황이 영 별론데.'

물론 데우스 엑스 마키나, 말도 안 되는 사기캐 하나가 이 틈에 가증스럽게 껴 있긴 하나…… 견지록은 지오 쪽을 흘긋 확인했다.

나설 생각이라고는 전혀 없어 보이신다.

'뻔하지. 나도 원래대로 돌려놨으니 자기 할 일은 다 끝났다고 생각하는 거야.'

정체를 감추는 것도 일이지만, 결정적으로 39층은 특수 스테이지. 성위 스킬이 막혀 불가능하니 각성자 개인의 [적업 스킬], 즉 견지오의 케이스로 따지면 마법만 써야 하는데…….

각성자의 특성 여러 개가 모여 개화하는 [적업適業 타이틀].

'특성'이 배우지 않아도 되는 날것의 재능을 말한다면, 그런 [적업 타이틀]에서 비롯된 '스킬'은 보다 전문적인 영역이었다.

예컨대, 비슷해 보여도 퍼스트 타이틀이 레인저인 사람의 [추적] 스킬과 다른 직업군이 쓰는 [추적자] 특성은 질적인 면에서나 익히는 면에서나 차원이 다르다는 뜻.

완전한 전문 영역에 가까운 만큼, 상위 스킬일수록 익히고 써먹기도 몹시 까다로웠다.

그런고로, 평소에도 쓸 때마다 대가리 깨지겠다며 스킬 쓰는 걸 질색하는 견지오가 동하지도 않는 일에 나설 리 만무.

'저건 없다고 생각하자.'

견지록은 떨떠름히 입을 뗐다.

"……제가 이 꼴이라 사실상 운용 가능한 전력은 셋, 정도."

'음, 뺐구나.'

그의 표정으로 모든 번민을 이해한 백도현이 끄덕였다.

영문 모르는 하얀새가 살짝 갸웃거린다.

"넷이 아닌가?"

"그, 지오 씨는 바빌론의 지원팀이라서."

인내하는 얼굴의 밤비 대신 백도현이 대답했다. 아예 틀린 말은 아니다. 일단 (아직) 공식적으로는 바빌론의 데스크팀(기간제) 소속이긴 하니까…….

아. 하얀새가 짧게 끄덕였다.

"그랬군. 중요한 건 아니었다. 셋이든, 넷이든 성문에는 한 명이면 족해. 나 혼자 남겠다."

견지록이 즉각 부정했다.

"한 명으로는 안 됩니다. 페이즈가 바뀐 마당에 몬스터 웨이브도 전과 같으리란 법 없습니다."

"만에 하나 변수가 생기더라도 그대들이 공략을 끝낼 때까지만 버티면 되는 일이다."

"위험할 겁니다."

그 말은 다른 사람도 아닌 견지록이 해서 조금 웃겼다.

"바빌론 길드장. 가장 위험한 곳만 찾아다니는 사내의 입에서 나올 말은 아닌 듯한데."

"종주."

두 길드의 장長. 정면에서 시선이 부딪친다.

"……."

견지록은 아직 젊고 거칠어도 판단력이 훌륭한 리더다.

이 잠깐 사이 그는 하얀새의 진심을, 하얀새는 견지록이 제 결정을 이해했음을 확인했다.

짧은 정적 끝에 내려앉는 저음은 나직했다.

"지록. 만약 그대가 성문을 버리는 결정을 내렸다면 나는 고집부려 이곳을 지키고자 했겠지."

"……"

"마음의 짐을 덜어 주어 고마울 따름이다."

제게 모이는 여러 쌍의 시선. 하얀새는 좌중을 쭉 돌아본 다음, 성벽 너머 설원을 응시했다. 아직은 고요하기만 한 그 끝을.

"동료들을 믿고 기다리는 것은 지난 6년간 해 왔던 일이 아니겠나. 크게 다르지 않아 보이는군."

지금 이 순간에도 눈보라는 거세지고 있었다.

지체할 시간이 없다. 하얀새는 마침표를 찍었다.

"성문은 내가 맡는다."

현 시각 오후 4시 45분.

공략대 두 개 조, 분산.

·· ✦ ✶ ✦ ✶ ✦ ··

"캬악, 키에에엑!"

인간과 괴물, 그리고 대자연의 싸움이었다.

휘몰아치는 눈발 속에서는 시야 구분은 물론, 걸음마저 떼기가 힘겨웠다.

퐈악!

지오는 언 손등으로 젖은 뺨을 닦아 냈다. 백도현이 베어 낸 마수가 쓰러지면서 튄 피였다. 그조차 그새 얼어붙었는지 좀 닦이다가 만다.

'아오 씨. 밟는 게 눈밭이야, 시체밭이야?'

벌써 네 번째 습격.

박차를 가하던 말의 등에선 조금 전 하마했다. 빗발치는 설풍에 더는 말들이 버틸 수가 없어서였다.

산간 분지에 자리해 있는 성도省都 아드미야.

그 끝자락의 〈소금다리〉로 향하는 길은 험하기 짝이 없었다.

성곽 쪽과 가까워질수록 지형은 가파르게 높아졌고, 다리로 이어지는 길이었다는 310개의 계단은 만년설에 뒤덮여 제대로 보이지도 않았다.

덕분에 또 실시간 등산 중.

오르막길을 오르며 지오가 부들부들 이를 갈았다. 바벨 너어.

'두, 두 번씩이나 이 거지 같은 산길에 오르다니이이⋯⋯!'

강원도 다녀온 지 얼마나 됐다고 어? 킹지오 신세가 대체 어쩌다가! 혹시 설악에서 등산객 원혼이라도 들러붙은 거 아니냐?

'나가자마자 범 자식한테 굿 받고 만다, 나쁜 자식들아.'

"죠, 죠죠 니임, 헉, 허억. 마, 많이 힘, 힘드시죠오. 허억."

'넌 힘든 정도가 아니라 곧 죽겠는데……'

"조연 씨, 괜찮으십니까? 그러게 평소에 운동 좀 하시지."

"크윽. 헬스장은 원래 신년에 끊어 놓고 안 가는 거라…… 흐악!"

울컥하느라 삐끗하는 나조연의 뒷덜미를 잡아챈 지오의 손.

그녀가 감사하다고 훌쩍였지만, 지오는 어느새 다른 곳을 보고 있었다. 표정 없는 얼굴로, 걸어온 길의 먼 뒤편을.

'……언니.'

【그래. 4초 전이다.】

그러나 굳이 확인하지 않아도 될 뻔했다.

곧바로 눈앞의 허공을 메우는 카운트다운 글자.

[3, 2…… 1.]

[안전지대가 해제되었습니다.]

[위급! '성도省都 아드미야'에 몬스터 웨이브가 발생합니다.]

――! ―――!

쿵, 쿠궁, 쿠구구!

거세게 들이닥치는 눈보라에 가려 아무것도 보이지 않았다. 다만…… 멀리서부터 울려오는 동토의 진동과 마수들의 떼울음 소리.

"견지오. 빨리 와."

"……."

높낮이 없는 어조에 지오는 견지록을 빤히 올려다봤다. 탑에서는 얘 이런 얼굴을 하는구나.

더없이 감정적인 눈으로 무감정한 말을 뱉는다.

"결정했으면 돌아보지 마."

"……돌아본 게 아니라 얼마나 왔나 확인한 거임."

휘이이이−

눈보라 속에서 다시 길을 오르는 발걸음들.

현 시각 오후 5시 01분.

아드미야 몬스터 웨이브, 시작.

까마귀 싸우는 골에 백로白鷺야 가지 마라.
성난 까마귀 너의 흰빛을 샘하니,
희고 흰 깃에 검은 때 묻힐세라.
진실로 검은 때 묻히면 씻을 길이 없노라.

「또 백로가白鷺歌를 읊고 계십니까, 조부님?」

「종주. 눈이 내리지 않소. 흰 새를 찾기에 더할 나위 없이 좋은 날이지.」

「아직 종주는 아닙니다.」

「신수가 증명하고 다른 이들 역시 이미 그리 여기는데, 이리 부르든 저리 부르든 무슨 상관일꼬?」

「……좀 두렵습니다. 제가 잘할 수 있을까요?」

「허어……. 혹 노부가 어찌하여 이 시조를 이토록 좋아하는지 종주에게 말해 준 적 있던가?」

「그저 하얀 새를 좋아한다고만 하셨습니다.」

「사실, 백로는 골칫덩이 새야. 한번 둥지를 틀면 주변 나무가 말라 죽고, 해충이 들끓어.」

「그런가요.」

「하나 누구도 그 하얀 새를 흉보지 않으이.」

「…….」

「그런 사소한 흠 따위로는 가리지 못할 흰빛을 타고났거든.」

「…….」

「백로는 그저, 검은 때를 묻히지만 않으면 되는 거라네. 본연의 흰빛을 지키고 있는 것만으로도 청렴의 상징이 되고, 고결의 표상이 되어 많은 이들이 닮고자 할 터이니…….」

보다 강직하게.

보다 결백하게.

그렇게. 짊어진 무게들을 견뎌 온 하얀새의 방식이었다.

돌파구, 라 불러도 별로 다르진 않겠다. 그러나.

'그게 옳았을까?'

"그어어어!"

"키아아아아악!"

정면, 해일처럼 몰려오는 적들. 하얀새는 손때 묻은 검병劍柄을 고쳐 잡았다.

"……[흰 검 그저 푸른 바다를 가르노니.]"

[적업 스킬, 9계급 극상 기술 — 최종 오의最終奧義
'해타종 제11식 백검할창해白劍割蒼海']

스사아악!

새하얀 검명이 파도와 같이 솟아나고, 시신의 바다가 두 갈래로 갈라진다. 지쳐 위력이 다소 떨어졌지만, 베어 낸 수는 어림잡아 거의 천여 마리의 마수.

그러나 그럼에도 적은 줄지 않고 있다.

'그게…… 정말 옳았을까?'

하얀새는 거칠어진 숨을 가다듬었다.

현 시각 오후 5시 37분.

견지록이 맞았다.

변수는 위험했다.

이전과는 전혀 다른 양상의 몬스터 웨이브였다. 많아 봤자 몇백이었던 숫자는 현재 육안으로도 만이 넘는다.

베어 내도 끝이 없다. 죽여도 되살아났다.

그야말로 지옥.

'그렇게 사는 것이 과연 옳았을까?'

스스로에게 던지는 의문과 의심이 멎지 않는다.

하얀새는 헌터보다 사람으로 살고 싶었다.

끝끝내, 사람이라서 한없이 위대해질 수 있었으나, 또 사람이라서 한없이 연약해지는 순간이 종종 찾아오곤 했다.

바로 지금 같은 때가 그랬다.

"……큭!"

비틀, 연달아 적들을 베어 낸 하얀새가 순간 균형을 잃고 휘청였다.

찰나였으나 위기는 그보다 빨랐다. 베어 낸 방금 그 자리에서 재차 일어나는 마귀의 떼.

"그어어어어어!"

하늘은 더 이상 보이지 않는다.

제 머리 위로 드리우는 검은 그림자를 느끼며 하얀새는 검병을 악세게 쥐었다. 신음이 샜다.

"……다윗."

나는, 흰 새는 그렇게 사는 것이 정말 옳았을까?
그리고 그 끝없는 물음에 대해 답을 내린 것은…….

"[오라, 극광이여.]"

[적업 스킬, 10계급 궁극 주문
― 왕령Order of the King '아포칼립스Apocalypse']

더는 보이지 않는다고 생각했던 하늘.
바로 그 하늘에서였다.

20여 분 전, 오후 5시 20분.

"[믿어 부서지지 않을지니!]"
프리스트 4계급 신성 기도, [신뢰의 장막].
반투명한 막이 정면에 빠르게 생성됨과 동시에, 터엉!
충돌이 상쇄된다.
그의 머리 바로 위에서 튕겨 나가는 갑각 마수의 팔.
분노에 찬 포효가 귓등을 스쳤다.
백도현은 지체 않고 미끄러지며 갑각 사이 위치한 놈의

목덜미로 검을 쑤셔 박았다.

파악!

분수처럼 뿜어진 핏줄기가 허공을 적셨다. 무너지는 마수의 사체가 빙산과 충돌하며 얼음 조각들이 사방으로 비산한다.

쯧. 지오는 혀를 차며 소매 속에서 손가락을 까딱였다.

견지록 쪽으로 튀어 오르던 얼음 조각들이 소리 없이 바스라진다. 다른 사체에서 창을 빼내던 견지록이 힐긋 일별하고, 마저 창을 뽑아냈다.

"망할 바벨. 이딴 중급 마수한테 빌빌대는 꼴이라니, 돌 겠네."

"바벨이 억울하지 않을까. 페널티 상태에서마저 이 정도라니……."

견지록 주변에 널린 너덜너덜한 마수 사체들을 보며 백도현이 혀를 내둘렀다. 제한 때문에 주 무기인 [롱기누스의 창]도 못 꺼내면서 참……. 알고는 있었지만, 보면 볼수록 놀라운 재능충이다.

"허억, 하아. 대, 대장님! 죄송한데 저 조금만, 조금만 쉴 수 있을까요?"

"한계입니까?"

"조연 씨. 물약은……."

"아까가 마지막이었어요."

창백하다 못해 파리한 안색으로 나조연이 바닥에 털썩

주저앉았다. AA급이라 해도 탑 등반이 처음인 초짜. 하물며 지금은 베테랑 힐러조차도 혀를 내두를 만치 연속된 전투였다.

어떤 지점을 넘어서부터다.

일행 앞에 가시덤불처럼 솟아난 빙산의 숲. 유리 공예처럼 첨단 하나하나가 예리한 모양새였다.

바로 저 너머에 〈소금다리〉가 있겠구나.

직감적으로 느껴졌다. 그를 증명이라도 하듯 마수들의 습격 또한 급속도로 잦아지기 시작했다.

빙산 하나를 넘을 때마다 충돌의 연속. 그와 더불어 불어나는 눈덩이처럼 높아지는 난이도까지.

처음에는 예의 그 인간 사마귀들이더니, 점점 덩치가 더 커지거나 갑각이 붙어 있는 등, 각종 변형종이 등장했다.

티 내지는 않아도 나조연뿐만 아니라 모두의 얼굴에서 피로감이 엿보이고 있었다.

지오도 한숨을 푹 내쉬었다.

"빡세긴 하다. 개힘드네……."

'……네가 뭘 했다고?'

"하아. 추워서 숨 쉬기도 힘들구."

"죠, 죠죠 니임! 흐윽, 잠시, 잠시만요. 제가 어떻게든 힐을 짜내서 흐으윽."

힐이 아니라 목숨을 짜내려는 듯한 나조연 모습에 견지

록이 설핏 인상을 구겼다.

"관두죠? 무슨 힐 짜는 좀비도 아니고."

"그, 그치마안……!"

"그치만이고, 뭐고. 하나뿐인 힐러가 골로 가면 우리도 곤란하니까. 야, 네가 말해. 엄살이라고."

"떼잉……."

시무룩 시선을 피하는 지오. 정말 춥긴 한지 코끝이 빨갛게 얼어 있다. 잠시 보던 견지록이 짧게 혀를 찼다.

"3분. 그 이상은 못 쉽니다. 필드 몬스터도 리젠될 거고, 아시다시피 성문 쪽 상황도-"

"리더."

견지록은 부름에 돌아봤다. 벼랑 끄트머리 부근에 선 백도현이 제 손을 내려다보고 있었다.

"바람이……."

정확히는, 제 손 위의 바람을.

"눈보라가 잦아들고 있어."

그 말을 듣고 보니 왜 못 알아차렸나 싶을 정도로 낌새가 확연하다. 견지록의 표정이 굳어졌다.

"언제부터?"

"지금 막."

좋지 않다. 돌발적인 변화는 어떤 징조에 가까웠다. 아니나 다를까.

띠링-!

[특수 경고: 대악마 ■■■■의 심층 의식이 각성 단계에 접어듭니다. 해당 단계가 끝날 시 대악마 ■■■■가 완전히 깨어납니다.]

"……시발. 서두르자."

"자, 잠깐! 저게…… 뭐야?"

잦아드는 눈보라 사이로 비치는 광경.

멈칫, 두 사람이 굳어 섰다. 뭔가 심상치 않음을 감지한 나조연도 얼른 몸을 일으켜 벼랑 쪽으로 다가갔다.

휘이이-

마지막 돌풍이 지나가며 그들의 시야가 걷힌다.

그와 동시에 드러나는…….

"마, 말도 안 돼! 많아 봤자 천이라고 그랬잖아요!"

머나먼 시야 너머의 성문.

그 앞을 빼곡하게 뒤덮은 흑색.

설원의 흰색은 새카맣게 우글거리는 마수 떼에 가려 원래 색이 조금도 보이지 않았다. 경악스러울 만큼, 오롯이 까만 물결이었다.

제일 먼저 정신을 차린 사람은 견지록이었다. 굳은 표정으로 일행을 채근한다.

"움직입시다. 시간 없어."

"⋯⋯안 돼요! 대장님, 도, 돌아가요! 당장 도우러 가야 해요. 저러다가 죽어요. 저, 저걸 어떻게 혼자, 절대 혼자 못 버텨요."

"⋯⋯소금다리가 더 가깝습니다. 가죠."

나조연이 비명 지르듯 반발했다.

"얼마나 걸릴지도 모르잖아ー!"

"⋯⋯."

"감정적으로 구는 거 같아요? 아니에요! 다리까지 얼마나, 가서도 바로 끝날지 아무도 모르는데! 그사이에 저러다가 정말 큰일이라도 나면!"

"나조연 씨. 지금 상황에서는 최선의 선택이란 없어요."

놓인 선택지가 최악과 최악뿐이라면, 가던 쪽으로 밀고 나갈 수밖에.

견지록은 비정할 정도로 냉정히 뒤돌아섰다.

후욱, 훅⋯⋯.

거친 숨소리, 그리고 나조연의 억누른 한숨밖에 들리지 않는 길.

일행의 분위기는 무거웠다. 방금 전 목격한 건 누가 봐도 절망적인 아군의 열세였으니까.

또한 객관적으로 봐도 반전의 키가 간절한 상황이었으나…… 견지오는 생각했다.

'안 한다. 응. 안 해. 이번엔 진짜 안 함.'

⟨해타⟩에는 이미 할 만큼 해 줬다.

안 그래도 확 늘어난 죠밍아웃 목록에 또 한 명을 얹어? 심지어는 밤비랑 남매인 것까지 아는 사람을? 뭘 믿고?

어림도 없는 소리.

'죽다니, 허, 죽긴 왜 죽냐. 그 흰새가.'

전부 나도비의 과대한 망상일 뿐이다. 쟤는 항상 오버 떠는 애니까. 이번에도 마찬가지.

그래. 별 하나 달지 않고 한국 랭킹 4위까지 올라온 괴물 아니겠냐고.

'걱정해 줄 놈을 걱정해야지.'

지금은 얌전히 사리고 있을 타이밍이다.

요즘 들어 가뜩이나 질질 새는 정체 바가지. 덕분에 평온하던 일상도 충분할 만큼 흔들리는 중 아닌가? 정체가 노출될수록 필연적으로 위험도 가까워진다. 상관없는 사람 챙긴답시고 계속 나댔다가는 골로 가기 십상.

죠는 왕이지만, 견지오는 사람이다. 사람 견지오의 일상에는 '사람'들이 존재했다.

평범한 엄마, 평범한 동생, 평범한 친구들…… 평범하고 약해 빠진 견지오의 사람들.

그러므로 이 간격은 멀게 유지되어야만 한다.

쓸데없는 책임은 갖지도 말자. 세상 모든 일에 오지랖 부리며 나설 순 없는 노릇이다. 고럼, 고럼. 더 중요한 게 뭔지 생각-

【그러다가 정말 죽으면?】

우뚝, 지오가 멈춰 섰다.

'……뭔 짓이야?'

【4월 아니겠느냐. 몇 년 전 그때처럼 누가 우울해하는 모습은 영 보고 싶지 않아서.】

'경우가 다르지. 그건 아빠 일이었고, 이건 나랑 전혀 상관없는-'

별님이 웃었다.

【정말?】

별이 던진 질문. 견지오는 고개를 들었다.

갑자기 멈춘 걸음이었으나 재촉은 없다. 다들 말없이 지오를 바라보고 있었다.

마치, 어떤 결정을 기다리는 것처럼.

지오도 그들을 마주 봤다. 어느덧 익숙해진 면면들. 어느새 맺어져 버린 '상관있는' 인연들.

……혹시, 돌이키기에는 이미 늦었나?

기분이 이상하다. 지오는 멍하니, 저도 모르게 중얼거렸다.

"다 너 때문이야."

"……아."

갑자기 지목당한 백도현은 당황한 눈치였다.

하지만 지오는 그에게서 시선을 떼지 않았다. 생각해 보면 정말 다 저 빌어먹을 회귀자 때문이었으니까.

전부 저 자식을 만난 뒤부터다.

좁디좁았던 견지오의 세상이 쓸데없이 넓어지기 시작한 것이. 나아가지 않고 멈춰 있던 견지오를 세상으로, 사람들 틈으로 떠민 놈이 바로…….

「나는 당신이 누군지 압니다, 마술사왕.」

순간 오버랩되는 첫 만남.

지오는 어이가 없어서 웃었다.

"백도현 이 망할 주인공 새끼……. 대체 나를 어디까지 끌고 갈래?"

한번 가정해 본다.

만약 홍달야를 만나지 않아 오늘 탑에 오지 않았더라면. 그랬다면…… 밤비가 물끄러미 그녀를 보고 있었다. 살아 있는 밤비가…… 아.

견지오는 깨닫는다.

지금 이 상황이, 백도현에게 끌려다니면서 엮이게 된 인연들이 꼭 나쁘다고만 할 수도 없다는 것을. 오히려.

「모든 가능성을 계산하고, 경중을 따진다면 어떻게 앞으로 나아갈 수 있겠나?」

'……시발.'

무서운 질서선들 같으니.

대체 언제 이렇게 스며든 거야? 다단계 뺨치는 솜씨다.

"하늘에 계신 아부지가 딸내미 교화당했다고 엉엉 우시겠네."

지오는 꽉 눌러썼던 후드를 걷어 넘겼다. 걸음을 돌려 나아갔다. 그때. 탁, 뒤에서 붙잡는 팔.

"야."

"왜?"

"……너, 몸 안 좋잖아."

최악으로 치닫는 상황 속에서도 그답지 않게 한 번도 재촉하지 않았던 이유. 씹어뱉듯 견지록이 다시 말했다.

"누나 아프다고, 지금."

아픈 모습을 보는 것은 중학교 때 이후로 처음이다.

그리고 견지오가 아플 때는 늘 마력과 연관되어 있었다. 그런 애한테 차마 마법을 쓰라고 강요할 수 없어서, 그래서였는데…….

붙잡은 팔에서 서서히 힘이 빠져나갔다.

굳이 말하지 않아도 전해지는 의지 때문이다. 지오의 눈을 똑바로 보며 견지록은 마지막으로 확인했다.

"정말로?"

"응."

답은 짧고, 확신에 차 있었다.

새까만 단발이 휘날린다. 돌아서는 등은 어딘지 홀가분해 보였다.

현 시각 오후 5시 35분.

지원군 마술사왕 '죠', 성문 이동.

·◆✳✦✳◆·

각성한 마법사가 '공식적으로' 다루는 [적업適業 스킬]의 등위는 총 9단계.

스킬 발현에 요구되는 연산 능력 또한 그 계급이 높아

질수록 차원을 달리한다.

세계 마탑에서는 9계급 마법을 1회 시전하는 데 고위 마법사 3명이 필요하다고 정의했다. 그보다 상위 레벨인 대마법사의 경우, 단독 시전도 가능하나 하루에 두 번 이상은 힘들 것이라고도.

어느 날, 혹자는 물었다.

『그럼 10계급은요? 풍문에 의하면 10계급 마법도 존재한다고 하던데요.』

세계 마탑주 멀린이 대답했다.

『개소리bullshit.』

『저, 저기 이거 방송-』

『전설의 궁극기니 뭐니, 헛된 망상에 찌든 무지렁이들이 떠드는 헛소리일 뿐이오. 설령 있다 한들 누가 가능하겠소? 9계급에서조차 낑낑대는데.』

신랄하게 쏘아붙이던 것도 잠시, 멀린이 돌연 무언가 떠오른 것처럼 정색했다.

한참 곰곰이 생각하더니 자세를 고쳐 앉아 말하기를.

『정정하지.』

『네?』

『그 '괴물'이면 가능할지도.』

배열配列.

정립定立.

재정의再定義.

오래되고 엄격한 약속과 법칙에 따라 세계의 질서를 건드린다.

하나라도 삐끗하는 순간, 모든 게 무너질 테지만, 정교하게 직조된 마력은 무서우리만치 적소에 배치되었다.

연산은 찰나에 끝났다.

단 여섯 개밖에 존재하지 않는 10계급 궁극 주문.

세계 마력을 완전히 지배하고, 삼라만상의 균형을 잠시나마 흩트리기에 두려워하여…… 그 이름.

왕령Order of the King.

만물 법칙을 초월하여 바벨이 경의를 담아 선사한 타이틀, '마술사왕'은 약속된 언령으로 그 위대한 술식을 완성시켰다.

"[오라, 극광이여.]"

[적업 스킬, 10계급 궁극 주문

— 왕령Order of the King '아포칼립스Apocalypse']

싸아아아아아-!

그것은 대자연의 복종이었다.

대기가 떨린다. 영공권을 빼앗긴 하늘로 여러 겹의 거대한 장막이 드리웠다.

마치, 북극의 오로라.

상위 원소, 광휘 그리고 성聖속성의 극점이 더해진 광역 대마법. 모든 것을 희게 불살라 지워 버리는, 신성한 빛의 대재앙.

스사아아······

극광極光이 설원을 쓸어 덮쳤다.

ㅡㅡ! ㅡㅡㅡ!

수만의 마귀, 수천의 마수들이 비명도 지르지 못하며 그대로 타들어 간다.

결코 자비하지 않은 신성은 징벌에 가깝다. 난폭한 빛의 해일이 일대를 휩쓸었다. 무자비하게 검은 것을 불태우며 설원이 거짓말처럼 백색을 되찾는다.

하얀새는 멍하니 하늘을 올려다보았다.

장엄하기까지 한 죽음의 장막 아래, 단신으로 서 있는 한 사람.

북풍을 맞아 깨끗한 이마가 훤히 드러났다. 더 이상 무엇으로도 가리고 있지 않은 얼굴.

뒷짐 진 채, 자신이 일으킨 대재앙을 관망하던 견지오가 고개 돌렸다.

탁.

하얀새가 다시 눈을 깜빡였을 땐, 어느새 정면 허공에.

'순간이동…….'

영창조차 없다. 하얀새는 홀린 듯이 바라봤다.

시체의 산. 백색의 피바다에 꽂힌 검을 움켜쥔 검사가 한쪽 무릎을 꿇은 채 올려다본다. 주위에는 아직 서광이 너울거리고…….

뭐야, 웃긴 구도네. 살짝 뜬 허공에서 내려다보며 어린 폭군은 비식 웃었다.

"하얀새 경."

"……."

"뭘 충성 서약이라도 할 자세인데, 사양하겠음. 부담스러워."

"……그대는."

대마법의 여파로 은하수처럼 만발하는 눈동자. 그 안, 얼핏 비치는 황금빛 마력 회로.

하얀새는 바보가 아니다.

세계에서 가장 강한 마법사를 눈앞에 두고도 못 알아볼 만큼 멍청하지 않았다.

긴 탄식이 샜다. 어쩌면 경외감일지도 모르겠다.

손짓 한 번에 세상이 바뀌는 것을 목격한 입장에서는 당연했다.

"믿기지가 않는군……."

견지오가 삐뚜름히 대꾸했다.

"친구 잘 둔 줄 알아."

"친구?"

"흥. 나가 보면 아실 거고."

코웃음 친 지오가 그녀를 바라봤다. 피와 얼룩으로 더러워진 얼굴. 그럼에도 눈빛만은 맑다.

처음부터 끝까지 한결같이.

"……뭐, 너 같은 답답이도 하나쯤 세상에 필요하겠지."

감화까진 아니더라도, 또 갑갑하고 등신 같아도, 인상 깊기는 했으니까. 그건 인정하자.

그리고 이해 못 한 하얀새가 막 다시 입을 떼려는 순간.

[특수 경고: 대악마 ■■■■가 겨울잠에서 깨어납니다!]
[긴급! 현재 레벨에서 대적이 불가능한 적입니다! 스테이지 내 인원에게 즉각 탈출을 권고합니다.]

【견지오.】

맹세코, 그런 말을 듣는 것은 처음이었다.

별님이 속삭였다.

【달려. 당장.】

갑자기 안 어울리게 분위기 잡고 난리시냐며 평소처럼
농담을 지껄일 새 없었다.

지오는 본능적으로 하얀새의 멱살을 낚아채, 그대로
공간을 뛰어넘었다.

[순간이동]이 보이는 범위 내에서 시전자의 위치를 조정
한다면, [공간 이동]은 거리와 거리 사이를 넘어서는 도약.

정확한 좌표 계산과 여러 전제 조건이 필요했지만, 고위
마법사에게는 무의미한 얘기일 뿐이다. 따라서 그 즉시
견지오가 의도한 장소, 〈소금다리〉 앞으로 도달해야 맞
건만······.

[대악마 ■■■■의 지배력이 성도 전역을 장악합니다!]

**[차단된 구역입니다. 해당 범위 내에서 스킬 사용 및 마력
운용이 제한됩니다.]**
[적용 범위: 풍요로운 성도 '아드미야' 전역]
[경고! 필드 페널티로 인해 적업 스킬 '공간 이동'이 무효화
됩니다!]

[스킬 '공간 이동'에 실패하였습니다.]

파앗!

목표 지점까지 절반이 남은 거리였다. 뾰족한 빙산 위 허공으로 두 인영이 추락한다.

휙, 하얀새가 빠르게 공중에서 몸을 틀었다. 지오를 당겨 안아 착지한다.

"괜찮나?"

가까이 맞붙은 몸 탓에 하얀새 특유의 난초 향이 맡아질 법도 했으나 그보다는…….

퉤. 지오는 말없이 고개 틀어 피를 뱉었다.

스킬 실패에 의한 역대미지. 속에서부터 역류한 피 냄새가 비리디비렸다.

'시발. 달리라는 게 이런 뜻이었어?'

"그대, 몸이 뜨거운데."

"궁극기 쓴 후에 반동 대미지까지 처먹었는데 멀쩡하면 그게 사람임?"

"……내상 정도가 심각한가?"

거칠게 입가를 닦아 낸 지오가 하얀새를 노려봤다.

머리카락 끝을 아귀힘으로 쥐어 잡아당기자 훅 가까워지는 얼굴. 당혹감에 흔들리는 두 눈이 가깝다.

지오의 목소리가 낮아졌다. 야.

"지금 그딴 거 신경 쓸 때야? 너 제정신이냐?"

"……."

"이거 안 느껴져?"

쿵, 쿵!

아까부터 심장이 격렬히 울고 있었다.

천적, 혹은 강적을 지척에 두고 본능이 보내오는 위험 신호였다. 계속해서 등골이 오싹했다. 뒷목의 소름이 가시지 않았다.

마법사는 예민한 동물이다.

경고 알림이 울린 직후부터 이곳의 누구보다도 강렬하게 느낄 수 있었다.

이건 인간의 힘으로 상대 가능한 적이 아니다.

다시 침착해진 하얀새의 표정. 지오는 신경질적으로 웃었다.

"정신 차렸으면 달려, 씨발."

오글거리는 공주님 안기 자세 뭐냐고 투덜거릴 시간도 없다. 지오가 하얀새의 목을 끌어안음과 동시에 전신이 팽팽히 당겨지는 긴장감.

화살이 시위를 떠나듯, 하얀새가 앞으로 쏘아져 나갔다.

쏴아아아-!

젖은 뺨이 차갑다.

지금 내리는 것은 눈 대신 비.

대마법이 일으킨 여파였다.

신성한 빛의 재앙, [아포칼립스]. 삿된 것들을 정화하다 못해 맹렬히 태우는 성광의 해일은 얼어붙은 북풍을 걷어 내기에 충분했다.

아드미야의 해묵은 겨울이 실시간으로 녹고 있었다.

1초, 2초. 눈을 깜빡일 때마다 휙휙 풍경이 바뀐다. 무너지는 빗속의 설국.

곳곳에서 붕괴하는 빙산과 눈사태를 보며 지오는 생각했다.

'이야, 제대로 조졌네······.'

암만 한국 바벨탑이 밸런스 개망한 헬급이어도 설마 이 정도일 리 있나. 아마 원래 의도된 공략 방향은 절대 이런 쪽이 아닐 터였다.

아마 저주로 시간제한을 걸어 놓은 다음, 항마력을 지닌 소수의 공략대원들이 〈소금다리〉를 건너는 그림 정도로 생각했겠지.

문제는 변수.

그 변수가 좀 과하셨다.

인간적인 괴물 하나가 뜬금 성문에서 발이 묶였고, 풀라고 놔둔 게 아닌 대악마의 저주는 웬 브라콤에게 걸려

덜컥 풀려 버리고.

와, 천상계님들 여기서 왜 이래요⋯⋯? 제발 눈치 챙겨⋯⋯. 바벨의 깊은 탄식이 들리는 듯한 이 기분.

삐, 삐-!

멎지 않는 상태창의 적색 경고가 바벨이 얼마나 멘붕 식은땀을 흘리는 중인지 여실히 보여 주고 있었다.

죽지 말라고 누구보다도 방방 뛰고 있는 것 같다면 기분 탓일까?

눈치껏 비유하면 사자 굴 앞까지만 다녀오라고 보냈더니 잠자는 사자를 깨워 버린 금쪽이 망나니 파티가 되어버린 상황인 듯싶다.

"죠죠 님-!"

"종주!"

지오는 고개 돌렸다.

엉거주춤 당황하여 이쪽을 쳐다보는 얼굴들. 비에 쫄딱 젖은 꼴들이 왠지 모르게 웃기다.

휘익, 빙산들 사이를 가볍게 뛰어넘으며 잘도 달리는 하얀새.

새처럼 날듯이 달리는 덕에 얼빠진 일행도 금방 스쳐 지나간다. 지오는 새는 웃음을 참지 않고 외쳤다.

"뭐 하고 있어 이 바보들아!"

달- 려-!

한반도 랭커들 아니랄까 봐 눈치 하나는 죽여줬다.

지체하지 않고 즉시 따라 달린다. 백도현이 나조연을 쌀자루처럼 짊어지고, 견지록이 욕설과 함께 눈길을 내달렸다.

이제 얼추 고등학생쯤은 되어 보이는 밤비가 빗속에서 악쓴다.

"야! 우리 좆 된 거 맞지!"

지오도 냅다 외쳤다.

"보면 모르냐! 완죠니 조때따!"

"······죠. 그대, 내 귀에 대고 외치지 않았으면 한다만······. 집중이 흐트러진다."

"시끄러, 이 하얀 고구마야! 이게 다 네가 성문 앞에서 삽질해서잖아!"

백로에서 고구마로 전락한 하얀새는 다소 억울한 눈치였다. 입술을 살짝 비죽이는 것 같지만, 지오는 무시했다.

쩌저저적!

이 와중에도 녹아내리고 있는 대지가 저 먼 끝에서부터 다시 살얼음이 끼고 있었다. 마치 '누군가' 그들에게 서서히 다가오고 있음을 알려 주듯.

투둑, 툭.

조금씩 우박 조각이 섞이기 시작하는 비. 지오는 빗물에 젖은 앞머리를 거칠게 쓸어 올렸다.

'······가까워.'

"다리."

〈소금다리〉가 보이노라 하얀새가 속삭였다. 견지록이 날카로운 웃음을 터트린다.

"하. 바벨, 이 쳐 죽일 친애하는 바벨!"

"무, 무슨 일이에욧! 또 왜…… 헉! 저, 저거!"

지오도 몸을 틀어 확인했다.

〈소금다리〉. 하얗게 바스러질 듯한 그 다리 너머 유리관 속에 놓인 붉은 장미 한 송이.

그리고 또 유리관 너머로 멀리 보이는…….

'승리의 종……!'

한 층의 최종 관문에 도달하면 나타난다는 바벨탑의 종. 저 거대한 종을 울리면 층의 공략도 완전히 종료된다.

실물로 보는 것은 처음이었다.

하지만 신기하다고 감상하거나 마침내 다 왔다고 안심하기에는 지나치게 일렀다.

"하얀새."

지오는 속삭이듯 물었다.

"부술 수 있겠어?"

힐긋 품 안의 지오를 내려다보는 하얀새. 무얼 묻는지는 바로 알아들었다. 빗속, 하얀새의 얼굴로 미미한 미소가 번졌다.

"이럴 때 검사에게는……."

“…….”

“벨 수 있냐고, 묻는 것이다. 마법사.”

그리고 이 위대한 검사에게 베지 않는 적은 있어도, 벨 수 없는 적은 없었음이다.

몸은 지쳤지만, 상관없다.

속도를 높이며 하얀새는 왼손을 뻗어 허공을 움켜쥐었다.

주력 무기를 지닌 전투계 각성자들의 전유 제스처, [전용 무기 소환].

빗속에서 수묵처럼 검은 눈이 고요히 잦아든다.

하얀새는 제 숨을 최저점으로 낮췄다. 오른팔은 지오를 안고 있어 쓸 수 없다. 그렇다면……!

역수逆手.

거칠게 입으로 검집을 벗겨 낸 하얀새가 허공에서 검병을 획 바꿔 쥐었다.

스킬 사용이 금지됐을지언정 그 또한 상관없다. 수만 번 베었던 검의 궤적은 몸이 기억하고 있었다.

‘……백로일점설白鷺一點雪.’

역수로 쥔 검이 그대로 허공을 갈랐다.

사악, 파가각-!

산산조각 나는 유리관과 그 안의 붉은 장미.

부서진 장미 꽃잎이 빗속에서 흩날렸다. 그리고…… 온다! 지오는 이 악물고 외쳤다.

"나 던지고, 꺼져!"

"견지오!"

경악하며 돌아보는 견지록.

놔! 지오는 하얀새를 팍 밀쳤다. 안은 팔에 억지로 힘을 주며 버틴 하얀새가 망설인다.

"진심인가?"

"이럴 시간 없어, 등신아!"

"견지오 너 미쳤어? 씨발!"

그럼 어쩔 건데?

'저걸' 나 말고 누가 막을 수 있는데, 대체?

결정을 끝낸 눈은 이미 집중하여 서늘히 빛나고 있었다. 그 눈빛을 보자 더 이상 머뭇거릴 수 없었다.

지오가 하얀새의 어깨를 짚으며 등을 세운다. 하얀새는 어금니를 꽉 물고 그 발을 받쳐…… 밀었다!

열로 온몸이 욱신거린다.

실패의 반동으로 뒤집어진 속이 연신 비명을 지르고 있었다.

그리고 빗소리와 함께 귓전을 때리는 적색 경고음.

[차단된 구역입니다. 스킬 사용에 실패하였습니다.]

[마력 운용이 제한된 차단 구역입니다. 스킬 사용에 실패하였습니다.]

스킬 사용에 실패하였······.

실패······ 실패.

찰나 동안 수십 개의 실패 알림음이 스쳐 지나갔다.

하지만 견지오는 알고 있었다.

'개소리하지 마.'

마력 속에서 태어나, 마력과 투쟁하며 자랐으며, 마침내 마력을 지배하는 데 성공한 자.

견지오는 '마술사왕'이었다.

만물 법칙을 부수고, 제 뜻대로 재정립하여 바벨과 성계가 경의를 담아 선물한 이름.

'그러니······.'

어두운 빗속에서 왕의 눈이 황금빛으로 번쩍였다.

'움직여!'

[타이틀 특성, '**용마의 심장**(전설)'의 2단계 성장이 완료되었습니다.]

[타이틀 특성, '**마력지체**(희귀)'의 2단계 성장이 완료되었습니다.]

[한계 해제限界解除!]

[각성자 '견지오'의 마력 회로 제한이 3차 해금됩니다!]

콰아앙-!

막대한 충돌음과 함께 금색의 막이 드리웠다. 실로 간발의 차.

콰가가각! 갈고리 같은 흑색 마력이 닿을 때마다 결계가 부서져 나간다. 부서지고, 생성되고, 쉴 틈 없는 공방이 오갔다.

'강해.'

지오의 눈이 차게 타올랐다.

오싹했다.

전력을 남김없이 퍼부어 부딪치고 있는데도 도저히 이 자를 이길 수 있을 거란 확신이 들지 않는다.

상대도 마찬가지인지 주춤하는 게 느껴졌다.

빈틈.

지오는 입가를 비틀었다. 동시에 망설이지 않고 [공간]을 접었다.

'아디오스!'

누구 좋으라고 계속 상대해 주나?

그딴 멍청한 짓은 열혈 소년물 주인공한테나 가서 찾아라. 미안하지만, 이쪽은 호승심 같은 거 전혀 없으시거든!

지오가 조소하는 그 순간.

타악!

"……!"

비틀리는 공간을 뚫고 팔뚝을 그러쥐어 오는 손.

섬찟할 정도로 서늘한 체온이다. 견지오는 소스라치게 놀라 돌아봤다. 그러자 이쪽을 붙잡고 있는 대악마…….

'……악마?'

황폐한 겨울이 거기 있었다.

환상 속의 기사처럼 단단한 체격. 비에 젖은 청회색 머리카락, 겨울밤처럼 고요한 심연의 눈…….

울고 있는 눈.

그를 적신 것이 빗물인지 눈물인지 구분할 수 없었다.

세상을 제 발아래 두고 있다는 걸 한눈에 봐도 알 만큼 오만하고 압도적인 지배자의 얼굴로, 지극히 무력하게 속삭인다.

"그대인 줄 몰랐다."

"……."

"알았다면 감히 그랬을까."

슬프다 못해 지쳐 버린 쉰 소리로, 지오에게 간청했다.

"가지 마. 제발."

또, 나를 두고…….

'……누구를 보는 거지?'

쏴아아-!

비가 내리고 있었다.

지오는 뚫어져라 겨울의 대악마를 마주 봤다. 어떤 기시감, 같은 게 들어서.

분명 처음 보는 남자, 처음 겪는 일이 맞는데 기이하리만치 친숙한 느낌이었다. 그러나.

"사람 잘못 봤어."

매몰차기까지 한 부정에 악마가 실소했다. 고통스러워 어찌할 바를 모르는 눈으로 부정한다.

"그럴 리가."

"……."

"나 자신마저 잊어도, 그대를 잊어 못 알아보는 일은 없을 것이다. ……지오."

놀라기도 전에 정신을 일깨우는 목소리.

【어디서 개수작을.】

『경고. 권한에서 벗어난 개입입니다!』

파지직! 허공으로 스파크가 튄다.

바벨의 강제 조치에 신경 쓸 틈 없었다. 지오가 눈썹을 치켜들었다.

눈앞, 대악마의 얼굴이 삽시간에 서늘해져 있었다. 마치 별의 말이 '들리기'라도 하는 것처럼.

시선을 떼지 않은 채 그가 입술을 달싹였다. 조용히.

"몇 번■■…… ■■■?"

【■■■ ■■ 주제에 건방지긴. ■ ■■■ 거냐. ■■.】

[─ 오류 발생. 들을 수 없습니다.]

[에러 코드: 접근 금지]

[허용되지 않은 영역입니다. 규율에 따라 관리자 권한으로 임의 필터링합니다.]

『성위, '운명을 읽는 자' 1차 경고.』

『위법이 지속될 시 성계 성약에 의거하여 '천문' 접속이 제한될 수 있습니다.』

【바벨의 같잖은 농간에 휘둘리지 말고.】

【가거라.】

별의 강제 개입, 잇따른 경고. 뒤바뀌는 시야.

'강제 공간 이동……!'

모두 고작 1, 2초 사이에 벌어진 일들이었다. 지오는 흠칫 고개를 들었다.

빠르게 부는 공중의 바람이 귓가를 스친다. 좌표점은 약간 바뀌었으나 여전히 다리 위의 허공이다.

[공간 이동]이 또 한 번 실패했음을 깨달았다. 하지만 놀란 것은 그 때문이 아니었다.

"정 가야겠다면……."

멀어지기는커녕 이전보다 더 가까워진 거리와 어느새 지오의 손안에 쥐어져 있는, 칼자루의 감촉.

겹쳐진 양손. 떼어 낼 겨를이 없었다.

'이대로 죽나?'

무의식적으로 생각한 순간.

콰직!

"아……."

이쪽이 아니다.

훅 당겨진 칼날이 그대로 끌려 그의 가슴, 심장 중앙으로 정확히 내리꽂혔다.

지오는 헛숨을 들이켰다. 살을 가르는 감각이 생생했다.

흔들리는 시선이 얽히자…… 부서질 듯 희미한 미소. 나직하게 대악마가 속삭였다.

그대 손으로.

"이 덧없는 숨도 거두고 가."

〈소금다리〉 위, 그에게 안겨 거꾸로 몸이 추락한다.

산산이 부서진 장미 꽃잎의 개수가 낙하하는 그들을 따라 둑 터진 강물처럼 빠르게 불어났다. 핏물과 빗물이 뒤섞이는 시야 속에서 청회색 머리카락이 짧게 휘날린다.

그리고 아스라이 울려 퍼지는⋯⋯.

대앵– 댕– 대앵!

종이 울린 것과 바닥으로의 추락은 동시였다.

털썩.

녹고 있는 만년설 위로 붉은 피가 번져 나갔다.

지오는 느릿하게 몸을 일으켰다. 주저앉은 채 그대로 제 옆에 쓰러진 대악마를 뚫어져라 바라봤다.

죽음이 장악한 색의 대비가 너무나도 강렬해서, 도저히 그에게서 눈을 뗄 수가 없었다.

《승리의 종이 울립니다!》

《승자에게 별들의 가호를!》

《바벨 탑 39층 공략에 성공하셨습니다.》

[39th 플로어 — 메인 시나리오 | 제4장 소금다리의 연인들]

[시나리오가 종료됩니다.]

[5초 후 광장으로 이동합니다.]

[5······ 4······]

그가 지오에게 팔을 뻗었다.

주인의 명에 자진하여 목숨을 내놓은 맹수처럼, 지오의 손바닥에 무력한 제 뺨을 묻는다.

슬픔에 젖은 눈.

짧게 끊어지는 숨. 애달프고 지친 목소리가 속삭였다.

"······내 이번 생의 이름은, 윈터다."

"······."

"헛되이 길고 긴 이름이었으나······ 그대가 준 것 말고는 전부 버렸어."

시야가 멀어진다. 지오는 무언가의 힘에 의해 제 몸이 뒤로 당겨지는 것을 느낄 수 있었다. 바벨이다.

툭, 윈터의 손이 떨어졌다.

얼어붙은 바닥과 맞닿아 있는 그의 뺨으로 눈물이 타고 흘러내렸다.

피에 젖어 달싹이는 입술.

'영원하자던 약조, 지키지 못하여서······.'

[······1초. 이동.]

[믿을 수 없는 업적! 시나리오의 파멸을 저지하였습니다.]

[단독으로 대악마 '천년 공작'을 처치하였습니다! 특성, '**악마 살해자**(준신화)'를 획득합니다.]

[불가능한 업적! 격이 다른 적을 처치하였습니다.]

[당신은 상위 격을 최초로 살해한 정복자입니다! '천문'의 일부 성위들이 당신을 두려워하기 시작합니다.]

[고유 타이틀, '**역전의 반왕反王**'이 해금되었습니다!]

허억, 헉.

사방에서 여러 개의 가쁜 숨소리가 울린다.

인공적인 돌바닥, 은하수가 드리운 돔형의 높은 천장.

몸을 적시던 빗줄기는 온데간데없다.

바벨탑의 그라운드 플로어, [광장]이었다.

곳곳에 쓰러진 사람들. 저주에 걸려서 보이지 않던 공략대원들까지 전부 돌아와 있었다.

엎어져 숨을 고르던 나조연이 힘겹게 몸을 일으켰다.

바들바들 떨리는 팔로 바닥을 짚는데, 바로 눈앞에 뚝뚝 떨어져 내리고 있는 피…… 피?

깜짝 놀라 올려다본 나조연이 희게 질려 외쳤다.

"죠, 죠죠 님! 피, 피가!"

"너……!"

견지록은 퍼뜩 다가가 지오의 팔을 그러쥐었다. 붉은

혈해에 빠졌다가 헤쳐 나온 사람처럼 뺨부터 옷까지 죄 피투성이였다.

물끄러미 제 손을 내려다보던 지오가 천천히 고개를 든다. 어느새 원래대로 돌아온 동생과 마주 보며 중얼거렸다.

"……이거 내 피 아니야."

《완료 보상을 정산 중입니다.》

《39층 메인 시나리오 ― 히든 루트 '대악마 살해' 공략 완료. 지역 탑의 현재 레벨을 뛰어넘는 대업적을 기록하였습니다.》

《공적도와 난이도를 종합 추산하여 다음 층이 해금됩니다.》

[축하합니다, 한국!]

[국가 대한민국 ― 바벨탑 40층이 해금되었습니다.]

[41층이 해금되었습니다.]

[42층이 해금되었습니다. 43층이…….]

40층부터 41층, 42층, 43층, 44층, 45층 연속 해금.

총 여섯 개의 층이 동시에 열리는 순간이었다.

전례 없는 대기록.

어느 때보다 성대한 종소리가 한반도와 세계 전역에 울려 퍼지고 있었다.

그러나 환호할 틈은 없어 보인다. 지오의 눈꺼풀이 느리게 깜빡였다.

"……야, 밤비."

불안하게 그녀를 바라보는 눈. 하여간에.

'눈치는 오지게 좋아서…….'

"견지오!"

지오는 픽 웃었다. 그리고 그대로 휘청, 쓰러지는 몸을 견지록이 황급히 받쳐 안고.

기억하는 장면은 딱 거기까지였다.

〈랭커를 위한 바른 생활 안내서 1부〉

3권에서 계속